А.И. СО

ОДИН Д

ИЗДАТЕЛЬСТВО АСТ
МОСКВА

УДК 821.161.1-32
ББК 84(2Рос=Рус)6-44
  С60

Серия «Эксклюзив: Русская классика»

Серийное оформление *Е. Д. Ферез*

Солженицын, Александр Исаевич.

С60   Один день Ивана Денисовича : [сборник рас-
сказов] / А.И. Солженицын. — Москва : АСТ,
2017. — 384 с. — (Эксклюзив: Русская классика).

ISBN 978-5-17-088511-4

В этот сборник вошли знаковые для творчества Солженицына рассказы (включая легендарный «Один день Ивана
Денисовича», с публикации которого в журнале «Новый
мир» фактически началась хрущевская «оттепель»), соста-
вившие славу русской литературы XX века, — «Матренин
двор», «Правая кисть», «Захар-Калита», «Случай на станции Кочетовка» и другие произведения — настоящие ше-
девры «малой» прозы, а также миниатюры, которые сам
автор именовал трогательным словом «крохотки».

УДК 821.161.1-32
ББК 84(2Рос=Рус)6-44

Рассказы
1959—1966

Один день Ивана Денисовича

В пять часов утра, как всегда, пробило подъём — молотком об рельс у штабного барака. Перерывистый звон слабо прошёл сквозь стёкла, намёрзшие в два пальца, и скоро затих: холодно было, и надзирателю неохота была долго рукой махать.

Звон утих, а за окном всё так же, как и среди ночи, когда Шухов вставал к параше, была тьма и тьма, да попадало в окно три жёлтых фонаря: два — на зоне, один — внутри лагеря.

И барака что-то не шли отпирать, и не слыхать было, чтобы дневальные брали бочку парашную на палки — выносить.

Шухов никогда не просыпал подъёма, всегда вставал по нему — до развода было часа полтора времени своего, не казённого, и кто знает лагерную жизнь, всегда может подработать: шить кому-нибудь из старой подкладки чехол на рукавички; богатому бригаднику подать сухие валенки прямо на койку, чтоб ему босиком не топтаться вкруг кучи, не выбирать; или пробежать по каптёркам, где кому надо услужить, подмести или поднести что-нибудь; или идти в столовую собирать миски со столов и сносить их горками в посудомойку — тоже накормят, но там охотников много, отбою нет, а главное — если в миске что осталось, не удержишься, начнёшь миски лизать. А Шухову крепко запомнились слова его первого бригадира Кузёмина — старый был лагерный волк, сидел к девятьсот сорок третьему году уже двенадцать лет, и своему пополнению, привезённому с фронта, как-то на голой просеке у костра сказал:

— Здесь, ребята, закон — тайга. Но люди и здесь живут. В лагере вот кто подыхает: кто миски лижет, кто на санчасть надеется да кто к куму ходит стучать.

Насчёт кума — это, конечно, он загнул. Те-то себя сберегают. Только береженье их — на чужой крови.

Всегда Шухов по подъёму вставал, а сегодня не встал. Ещё с вечера ему было не по себе, не то знобило, не то ломало. И ночью не угрелся. Сквозь сон чудилось — то вроде совсем заболел, то отходил маленько. Всё не хотелось, чтобы утро.

Но утро пришло своим чередом.

Да и где тут угреешься — на окне наледи намётано, и на стенах вдоль стыка с потолком по всему бараку — здоровый барак! — паутинка белая. Иней.

Шухов не вставал. Он лежал на верху *вагонки,* с головой накрывшись одеялом и бушлатом, а в телогрейку, в один подвёрнутый рукав, сунув обе ступни вместе. Он не видел, но по звукам всё понимал, что делалось в бараке и в их бригадном углу. Вот, тяжело ступая по коридору, дневальные понесли одну из восьмивёдерных параш. Считается инвалид, лёгкая работа, а ну-ка поди вынеси, не пролья! Вот в 75-й бригаде хлопнули об пол связку валенок из сушилки. А вот — и в нашей (и наша была сегодня очередь валенки сушить). Бригадир и помбригадир обуваются молча, а вагонка их скрипит. Помбрига-

Александр Солженицын

дир сейчас в хлеборезку пойдёт, а бригадир — в штабной барак, к нарядчикам.

Да не просто к нарядчикам, как каждый день ходит, — Шухов вспомнил: сегодня судьба решается — хотят их 104-ю бригаду фугануть со строительства мастерских на новый объект «Соцгородок». А Соцгородок тот — поле голое, в увалах снежных, и, прежде чем что там делать, надо ямы копать, столбы ставить и колючую проволоку от себя самих натягивать — чтоб не убежать. А потом строить.

Там, верное дело, месяц погреться негде будет — ни конурки. И костра не разведёшь — чем топить? Вкалывай на совесть — одно спасение.

Бригадир озабочен, уладить идёт. Какую-нибудь другую бригаду, нерасторопную, заместо себя туда толкануть. Конечно, с пустыми руками не договоришься. Полкило сала старшему нарядчику понести. А то и килограмм.

Испыток не убыток, не попробовать ли в санчасти *косануть,* от работы на денёк освободиться? Ну прямо всё тело разнимает.

И ещё — кто из надзирателей сегодня дежурит?

Дежурит — вспомнил — Полтора Ивана, худой да долгий сержант черноокий. Первый раз глянешь — прямо страшно, а узнали его — из всех дежурняков покладистей: ни в карцер не сажает, ни к начальнику режима не таскает. Так что полежать можно, аж пока в столовую девятый барак.

Вагонка затряслась и закачалась. Вставали сразу двое: наверху — сосед Шухова баптист Алёшка, а внизу — Буйновский, капитан второго ранга бывший, кавторанг.

Старики дневальные, вынеся обе параши, забранились, кому идти за кипятком. Бранились привязчиво, как бабы. Электросварщик из 20-й бригады рявкнул:

— Эй, *фитили!* — и запустил в них валенком. —
Помирю!

Валенок глухо стукнулся об столб. Замолчали.

В соседней бригаде чуть буркотел помбригадир:

— Василь Фёдорыч! В продстоле передёрнули,
гады: было девятисоток четыре, а стало три только.
Кому ж недодать?

Он тихо это сказал, но уж конечно вся та бригада
слышала и затаилась: от кого-то вечером кусочек
отрежут.

А Шухов лежал и лежал на спрессовавшихся
опилках своего матрасика. Хотя бы уж одна сторона
брала — или забило бы в ознобе, или ломота прошла. А ни то ни сё.

Пока баптист шептал молитвы, с ветерка вернулся Буйновский и объявил никому, но как бы
злорадно:

— Ну, держись, краснофлотцы! Тридцать градусов верных!

И Шухов решился — идти в санчасть.

И тут же чья-то имеющая власть рука сдёрнула
с него телогрейку и одеяло. Шухов скинул бушлат с лица, приподнялся. Под ним, равняясь головой с верхней нарой вагонки, стоял худой Татарин.

Значит, дежурил не в очередь он и прокрался
тихо.

— Ще-восемьсот пятьдесят четыре! — прочёл
Татарин с белой латки на спине чёрного бушлата. —
Трое суток *кондея с выводом!*

И едва только раздался его особый сдавленный
голос, как во всём полутёмном бараке, где лампочка горела не каждая, где на полусотне клопя-
ных вагонок спало двести человек, сразу заворочá-
лись и стали поспешно одеваться все, кто ещё не
встал.

Александр Солженицын

— За что, гражданин начальник? — придавая своему голосу больше жалости, чем испытывал, спросил Шухов.

С выводом на работу — это ещё полкарцера, и горячее дадут, и задумываться некогда. Полный карцер — это когда *без вывода*.

— По подъёму не встал? Пошли в комендатуру, — пояснил Татарин лениво, потому что и ему, и Шухову, и всем было понятно, за что кондей.

На безволосом мятом лице Татарина ничего не выражалось. Он обернулся, ища второго кого бы, но все уже, кто в полутьме, кто под лампочкой, на первом этаже вагонок и на втором, проталкивали ноги в чёрные ватные брюки с номерами на левом колене или, уже одетые, запахивались и спешили к выходу — переждать Татарина на дворе.

Если б Шухову дали карцер за что другое, где б он заслужил, — не так бы было обидно. То и обидно было, что всегда он вставал из первых. Но отпроситься у Татарина было нельзя, он знал. И, продолжая отпрашиваться просто для порядка, Шухов, как был в ватных брюках, не снятых на ночь (повыше левого колена их тоже был пришит затасканный, погрязневший лоскут, и на нём выведен чёрной, уже поблёкшей краской номер Щ-854), надел телогрейку (на ней таких номера было два — на груди один и один на спине), выбрал свои валенки из кучи на полу, шапку надел (с таким же лоскутом и номером спереди) и вышел вслед за Татарином.

Вся 104-я бригада видела, как уводили Шухова, но никто слова не сказал: ни к чему, да и что скажешь? Бригадир бы мог маленько вступиться, да уж его не было. И Шухов тоже никому ни слова не сказал, Татарина не стал дразнить. Приберегут завтрак, догадаются.

Так и вышли вдвоём.

Мороз был со мглой, прихватывающей дыхание. Два больших прожектора били по зоне наперекрёст с дальних угловых вышек. Светили фонари зоны и внутренние фонари. Так много их было натыкано, что они совсем засветляли звёзды.

Скрипя валенками по снегу, быстро пробегали зэки по своим делам — кто в уборную, кто в каптёрку, иной — на склад посылок, тот крупу сдавать на индивидуальную кухню. У всех у них голова ушла в плечи, бушлаты запахнуты, и всем им холодно не так от мороза, как от думки, что и день целый на этом морозе пробыть.

А Татарин в своей старой шинели с замусленными голубыми петлицами шёл ровно, и мороз как будто совсем его не брал.

Они прошли мимо высокого дощаного заплота вкруг БУРа — каменной внутрилагерной тюрьмы; мимо колючки, охранявшей лагерную пекарню от заключённых; мимо угла штабного барака, где, толстой проволокою подхваченный, висел на столбе обындевевший рельс; мимо другого столба, где в затишке, чтоб не показывал слишком низко, весь обмётанный инеем, висел термометр. Шухов с надеждой покосился на его молочно-белую трубочку: если б он показал сорок один, не должны бы выгонять на работу. Только никак сегодня не натягивало на сорок.

Вошли в штабной барак и сразу же — в надзирательскую. Там разъяснилось, как Шухов уже смекнул и по дороге: никакого карцера ему не было, а просто пол в надзирательской не мыт. Теперь Татарин объявил, что прощает Шухова, и велел ему вымыть пол.

Мыть пол в надзирательской было дело специального зэка, которого не выводили за зону, — дневального по штабному бараку прямое дело. Но, дав

Александр Солженицын

но в штабном бараке обжившись, он доступ имел в кабинеты майора, и начальника режима, и кума, услуживал им, порой слышал такое, чего не знали и надзиратели, и с некоторых пор посчитал, что мыть полы для простых надзирателей ему приходится как бы низко. Те позвали его раз, другой, поняли, в чём дело, и стали *дёргать* на полы из работяг.

В надзирательской яро топилась печь. Раздевшись до грязных своих гимнастёрок, двое надзирателей играли в шашки, а третий, как был, в перепоясанном тулупе и валенках, спал на узкой лавке. В углу стояло ведро с тряпкой.

Шухов обрадовался и сказал Татарину за прощение:

— Спасибо, гражданин начальник! Теперь никогда не буду залёживаться.

Закон здесь был простой: кончишь — уйдёшь. Теперь, когда Шухову дали работу, вроде и ломать перестало. Он взял ведро и без рукавичек (наскорях забыл их под подушкой) пошёл к колодцу.

Бригадиры, ходившие в ППЧ — планово-производственную часть, столпились несколько у столба, а один, помоложе, бывший Герой Советского Союза, взлез на столб и протирал термометр.

Снизу советовали:

— Ты только в сторону дыши, а то поднимется.

— Фуиметься! — поднимется!.. не влияет.

Тюрина, шуховского бригадира, меж них не было. Поставив ведро и сплетя руки в рукава, Шухов с любопытством наблюдал.

А тот хрипло сказал со столба:

— Двадцать семь с половиной, хреновина.

И ещё доглядев для верности, спрыгнул.

— Да он неправильный, всегда брешет, — сказал кто-то. — Разве правильный в зоне повесят?

Бригадиры разошлись. Шухов побежал к колодцу. Под спущенными, но незавязанными наушниками поламывало уши морозом.

Сруб колодца был в толстой обледи, так что едва пролезало в дыру ведро. И верёвка стояла колóм.

Рук не чувствуя, с дымящимся ведром Шухов вернулся в надзирательскую и сунул руки в колодезную воду. Потеплело.

Татарина не было, а надзирателей сбилось четверо, они покинули шашки и сон и спорили, по скольку им дадут в январе пшена (в посёлке с продуктами было плохо, и надзирателям, хоть карточки давно кончились, продавали кой-какие продукты отдельно от поселковых, со скидкой).

— Дверь-то притягивай, ты, падло! Дует! — отвлёкся один из них.

Никак не годилось с утра мочить валенки. А и переобуться не во что, хоть и в барак побеги. Разных порядков с обувью нагляделся Шухов за восемь лет сидки: бывало, и вовсе без валенок зиму перехаживали, бывало, и ботинок тех не видали, только лапти да ЧТЗ (из резины обутка, след автомобильный). Теперь вроде с обувью подналадилось: в октябре получил Шухов (а почему получил — с помбригадиром вместе в каптёрку увязался) ботинки дюжие, твердоносые, с простором на две тёплых портянки. С неделю ходил как именинник, всё новенькими каблучками постукивал. А в декабре валенки подоспели — житуха, умирать не надо. Так какой-то чёрт в бухгалтерии начальнику нашептал: валенки, мол, пусть получают, а ботинки сдают. Мол, непорядок — чтобы зэк две пары имел сразу. И пришлось Шухову выбирать: или в ботинках всю зиму навылет, или в валенках, хошь бы и в оттепель, а ботинки отдай. Берёг, солидолом умягчал, ботинки новёхонькие, ах! — ничего так жалко не было за восемь лет, как

Александр Солженицын

этих ботинков. В одну кучу скинули, весной уж твои не будут. Точно, как лошадей в колхоз сгоняли.

Сейчас Шухов так догадался: проворно вылез из валенок, составил их в угол, скинул туда портянки (ложка звякнула на пол; как быстро ни снаряжался в карцер, а ложку не забыл) и босиком, щедро разливая тряпкой воду, ринулся под валенки к надзирателям.

— Ты! гад! потише! — спохватился один, подбирая ноги на стул.

— Рис? Рис по другой норме идёт, с рисом ты не равняй!

— Да ты сколько воды набираешь, дурак? Кто ж так моет?

— Гражданин начальник! А иначе его не вымоешь. Въелась грязь-то...

— Ты хоть видал когда, как твоя баба полы мыла, чушка?

Шухов распрямился, держа в руке тряпку со стекающей водой. Он улыбнулся простодушно, показывая недостаток зубов, прореженных цынгой в Усть-Ижме в сорок третьем году, когда он доходил. Так доходил, что кровавым поносом начисто его проносило, истощённый желудок ничего принимать не хотел. А теперь только шепелявенье от того времени и осталось.

— От бабы меня, гражданин начальник, в сорок первом году отставили. Не упомню, какая она и баба.

— Та́к вот они моют... Ничего, падлы, делать не умеют и не хотят. Хлеба того не стоят, что им дают. Дерьмом бы их кормить.

— Да на хрена его и мыть каждый день? Сырость не переводится. Ты вот что, слышь, восемьсот пятьдесят четвёртый! Ты легонько протри, чтоб только мокровато было, и вали отсюда.

— Рис! Пшёнку с рисом ты не равняй!

Шухов бойко управлялся.

Работа — она как палка, конца в ней два: для людей делаешь — качество дай, для начальника делаешь — дай показуху.

А иначе б давно все подохли, дело известное.

Шухов протёр доски пола, чтобы пятен сухих не осталось, тряпку невыжатую бросил за печку, у порога свои валенки натянул, выплеснул воду на дорожку, где ходило начальство, — и наискось, мимо бани, мимо тёмного охолодавшего здания клуба, наддал к столовой.

Надо было ещё и в санчасть поспеть, ломало опять всего. И ещё надо было перед столовой надзирателям не попасться: был приказ начальника лагеря строгий — одиночек отставших ловить и сажать в карцер.

Перед столовой сегодня — случай такой дивный — толпа не густилась, очереди не было. Заходи.

Внутри стоял пар, как в бане, — напуски мороза от дверей и пар от баланды. Бригады сидели за столами или толкались в проходах, ждали, когда места освободятся. Прокликаясь через тесноту, от каждой бригады работяги по два, по три носили на деревянных подносах миски с баландой и кашей и искали для них места на столах. И всё равно не слышит, обалдуй, спина еловая, нá тебе, толкнул поднос. Плесь, плесь! Рукой его свободной — по шее, по шее! Правильно! Не стой на дороге, не высматривай, где подлизать.

Там, за столом, ещё ложку не окунумши, парень молодой крестится. Бендеровец, значит, и то новичок: старые бендеровцы, в лагере пожив, от креста отстали.

А русские — и какой рукой креститься забыли.

Сидеть в столовой холодно, едят больше в шапках, но не спеша, вылавливая разварки тленной мел-

Александр Солженицын

кой рыбёшки из-под листьев чёрной капусты и выплёвывая косточки на стол. Когда их наберётся гора на столе — перед новой бригадой кто-нибудь смахнёт, и там они дохрястывают на полу.

А прямо на пол кости плевать — считается вроде бы неаккуратно.

Посреди барака шли в два ряда не то столбы, не то подпорки, и у одного из таких столбов сидел однобригадник Шухова Фетюков, стерёг ему завтрак. Это был из последних бригадников, поплоше Шухова. Снаружи бригада вся в одних чёрных бушлатах и в номерах одинаковых, а внутри шибко неравно — ступеньками идёт. Буйновского не посадишь с миской сидеть, а и Шухов не всякую работу возьмёт, есть пониже.

Фетюков заметил Шухова и вздохнул, уступая место.

— Уж застыло всё. Я за тебя есть хотел, думал — ты в кондее.

И — не стал ждать, зная, что Шухов ему не оставит, обе миски отштукатурит дочиста.

Шухов вытянул из валенка ложку. Ложка та была ему дорога, прошла с ним весь север, он сам отливал её в песке из алюминиевого провода, на ней и наколка стояла: «Усть-Ижма, 1944».

Потом Шухов снял шапку с бритой головы — как ни холодно, но не мог он себя допустить есть в шапке — и, взмучивая отстоявшуюся баланду, быстро проверил, что там попало в миску. Попало так, средне. Не с начала бака наливали, но и не доболтки. С Фетюкова станет, что он, миску стережа, из неё картошку выловил.

Одна радость в баланде бывает, что горяча, но Шухову досталась теперь совсем холодная. Однако он стал есть её так же медленно, внимчиво. Уж тут хоть крыша гори — спешить не надо. Не считая сна, лагерник живёт для себя только утром десять минут за завтраком, да за обедом пять, да пять за ужином.

Баланда не менялась ото дня ко дню, зависело — какой овощ на зиму заготовят. В летошнем году заготовили одну солёную морковку — так и прошла баланда на чистой морковке с сентября до июня. А нонче — капуста чёрная. Самое сытное время лагернику — июнь: всякий овощ кончается, и заменяют крупой. Самое худое время — июль: крапиву в котёл секут.

Из рыбки мелкой попадались всё больше кости, мясо с костей сварилось, развалилось, только на голове и на хвосте держалось. На хрупкой сетке рыбкиного скелета не оставив ни чешуйки, ни мясинки, Шухов ещё мял зубами, высасывал скелет — и выплёвывал на стол. В любой рыбе ел он всё, хоть жабры, хоть хвост, и глаза ел, когда они на месте попадались, а когда вываривались и плавали в миске отдельно — большие рыбьи глаза — не ел. Над ним за то смеялись.

Сегодня Шухов сэкономил: в барак не зашедши, пайки не получил и теперь ел без хлеба. Хлеб — его потом отдельно нажать можно, ещё сытей.

На второе была каша из магары. Она застыла в один слиток, Шухов её отламывал кусочками. Магара не то что холодная — она и горячая ни вкуса, ни сытости не оставляет: трава и трава, только жёлтая, под вид пшена. Придумали давать её вместо крупы, говорят — от китайцев. В варёном весе триста грамм тянет — и лады: каша не каша, а идёт за кашу.

Облизав ложку и засунув её на прежнее место в валенок, Шухов надел шапку и пошёл в санчасть.

Было всё так же темно в небе, с которого лагерные фонари согнали звёзды. И всё так же широкими

Александр Солженицын

струями два прожектора резали лагерную зону. Как этот лагерь, Особый, зачинали — ещё фронтовых ракет осветительных больно много было у охраны, чуть погаснет свет — сыпят ракетами над зоной, белыми, зелёными, красными, война настоящая. Потом не стали ракет кидать. Или дороги обходятся?

Была всё та же ночь, что и при подъёме, но опытному глазу по разным мелким приметам легко было определить, что скоро ударят развод. Помощник Хромого (дневальный по столовой Хромой от себя кормил и держал ещё помощника) пошёл звать на завтрак инвалидный шестой барак, то есть не выходящих за зону. В культурно-воспитательную часть поплёлся старый художник с бородкой — за краской и кисточкой, номера писать. Опять же Татарин широкими шагами, спеша, пересек *линейку* в сторону штабного барака. И вообще снаружи народу поменело — значит, все приткнулись и греются последние сладкие минуты.

Шухов проворно спрятался от Татарина за угол барака: второй раз попадёшься — опять пригребётся. Да и никогда зевать нельзя. Стараться надо, чтоб никакой надзиратель тебя в одиночку не видел, а в толпе только. Может, он человека ищет на работу послать, может, зло отвести не на ком. Читали ж вот приказ по баракам — перед надзирателем за пять шагов снимать шапку и два шага спустя надеть. Иной надзиратель бредёт, как слепой, ему всё равно, а для других это сласть. Сколько за ту шапку в кондей перетаскали, псы клятые. Нет уж, за углом перестоим.

Миновал Татарин — и уже Шухов совсем намерился в санчасть, как его озарило, что ведь сегодня утром до развода назначил ему длинный латыш из седьмого барака прийти купить два стакана самосада, а Шухов захлопотался, из головы вон. Длинный латыш вечером вчера получил посылку, и, может, завтра уж этого самосаду не будет, жди тогда месяц новой посылки. Хороший у него самосад, крепкий в меру и духовитый. Буроватенький такой.

Раздосадовался Шухов, затоптался — не повернуть ли к седьмому бараку. Но до санчасти совсем мало оставалось, и он потрусил к крыльцу санчасти.

Слышно скрипел снег под ногами.

В санчасти, как всегда, до того было чисто в коридоре, что страшно ступать по полу. И стены крашены эмалевой белой краской. И белая вся мебель.

Но двери кабинетов были все закрыты. Врачи-то, поди, ещё с постелей не подымались. А в дежурке сидел фельдшер — молодой парень Коля Вдовушкин, за чистым столиком, в свеженьком белом халате — и что-то писал.

Никого больше не было.

Шухов снял шапку, как перед начальством, и, по лагерной привычке лезть глазами куда не следует, не мог не заметить, что Николай писал ровными-ровными строчками и каждую строчку, отступя от краю, аккуратно одну под одной начинал с большой буквы. Шухову было, конечно, сразу понятно, что это — не работа, а по левой, но ему до того не было дела.

— Вот что... Николай Семёныч... я вроде это... болен... — совестливо, как будто зарясь на что чужое, сказал Шухов.

Вдовушкин поднял от работы спокойные, большие глаза. На нём был чепчик белый, халат белый, и номеров видно не было.

— Что ж ты поздно так? А вечером почему не пришёл? Ты же знаешь, что утром приёма нет? Список освобождённых уже в ППЧ.

Всё это Шухов знал. Знал, что и вечером освободиться не проще.

— Да ведь, Коля... Оно с вечера, когда нужно, так и не болит...

— А что — оно? Оно — что болит?

— Да разобраться, бывает, и ничего не болит. А недужит всего.

Шухов не был из тех, кто липнет к санчасти, и Вдовушкин это знал. Но право ему было дано освободить утром только двух человек — и двух он уже освободил, и под зеленоватым стеклом на столе записаны были эти два человека и подведена черта.

— Так надо было беспокоиться раньше. Что ж ты — под самый развод? На!

Вдовушкин вынул термометр из банки, куда они были спущены сквозь прорези в марле, обтёр от раствора и дал Шухову держать.

Шухов сел на скамейку у стены, на самый краешек, только-только чтоб не перекувырнуться вместе с ней. Неудобное место такое он избрал даже не нарочно, а показывая невольно, что санчасть ему чужая и что пришёл он в неё за малым.

А Вдовушкин писал дальше.

Санчасть была в самом глухом, дальнем углу зоны, и звуки сюда не достигали никакие. Ни ходики не стучали — заключённым часов не положено, время за них знает начальство. И даже мыши не скребли — всех их повыловил больничный кот, на то поставленный.

Было дивно Шухову сидеть в такой чистой комнате, в тишине такой, при яркой лампе целых пять минут и ничего не делать. Осмотрел он все стены — ничего на них не нашёл. Осмотрел телогрейку свою — номер на груди пообтёрся, каб не зацапали, надо подновить. Свободной рукой ещё бороду опробовал на лице — здоровая выперла, с той бани растёт, дней боле десяти. А и не мешает. Ещё дня через три баня будет, тогда и побреют. Чего в парикмахерской зря в очереди сидеть? Красоваться Шухову не для кого.

Потом, глядя на беленький-беленький чепчик Вдовушкина, Шухов вспомнил медсанбат на реке Ловать, как он пришёл туда с повреждённой челюстью и — недотыка ж хренова! — доброй волею в строй вернулся. А мог пяток дней полежать.

Теперь вот грезится: заболеть бы недельки на две, на три, не насмерть и без операции, но чтобы в больничку положили, — лежал бы, кажется, три недели, не шевельнулся, а уж кормят бульоном пустым — лады.

Но, вспомнил Шухов, теперь и в больничке отлёжу нет. С каким-то этапом новый доктор появился — Степан Григорьич, тонкий такой да звонкий, сам сумутится, и больным нет покою: выдумал всех ходячих больных выгонять на работу при больнице: загородку городить, дорожки делать, на клумбы землю нанашивать, а зимой — снегозадержание. Говорит, от болезни работа — первое лекарство.

От работы лошади дохнут. Это понимать надо. Ухайдакался бы сам на каменной кладке — небось бы тихо сидел.

...А Вдовушкин писал своё. Он вправду занимался работой «левой», но для Шухова непостижимой. Он переписывал новое длинное стихотворение, которое вчера отделал, а сегодня обещал показать Степану Григорьичу, тому самому врачу.

Как это делается только в лагерях, Степан Григорьич и посоветовал Вдовушкину объявиться фельдшером, поставил его на работу фельдшером, и стал Вдовушкин учиться делать внутривенные уколы на тёмных работягах да на смирных литовцах и эстонцах, кому и в голову никак бы не могло вступить, что фельдшер может быть вовсе не фельдшером. Был же

Александр Солженицын

Коля студент литературного факультета, арестованный со второго курса. Степан Григорьич хотел, чтоб он написал в тюрьме то, чего ему не дали на воле.

...Сквозь двойные, непрозрачные от белого льда стёкла еле слышно донёсся звонок развода. Шухов вздохнул и встал. Знобило его, как и раньше, но косануть, видно, не проходило. Вдовушкин протянул руку за термометром, посмотрел.

— Видишь, ни то ни сё, тридцать семь и две. Было бы тридцать восемь, так каждому ясно. Я тебя освободить не могу. На свой страх, если хочешь, останься. После проверки посчитает доктор больным — освободит, а здоровым — отказчик, и в БУР. Сходи уж лучше за зону.

Шухов ничего не ответил и не кивнул даже, шапку нахлобучил и вышел.

Тёплый зяблого разве когда поймёт?

Мороз жал. Мороз едкой мглицей больно охватил Шухова, вынудил его закашляться. В морозе было двадцать семь, в Шухове тридцать семь. Теперь кто кого.

Трусцой побежал Шухов в барак. Линейка напролёт была вся пуста, и лагерь весь стоял пуст. Была та минута короткая, разморчивая, когда уже всё оторвано, но прикидываются, что нет, что не будет развода. Конвой сидит в тёплых казармах, сонные головы прислоня к винтовкам, — тоже им не масло сливочное в такой мороз на вышках топтаться. Вахтёры на главной вахте подбрасывают в печку угля. Надзиратели в надзирательской докуривают последнюю цигарку перед обыском. А заключённые, уже одетые во всю свою рвань, перепоясанные всеми верёвочками, обмотавшись от подбородка до глаз тряпками от мороза, — лежат на нарах поверх одеял в валенках и, глаза закрыв, обмирают. Аж пока бригадир крикнет: «Па-дъём!»

Дремала со всем девятым бараком и 104-я бригада. Только помбригадир Павло, шевеля губами, что-то считал карандашиком да на верхних нарах баптист Алёшка, сосед Шухова, чистенький, приумытый, читал свою записную книжку, где у него была переписана половина евангелия.

Шухов вбежал хоть и стремглав, а тихо совсем, и — к помбригадировой вагонке.

Павло поднял голову.

— Нэ посадылы, Иван Денисыч? Живы? (Украинцев западных никак не переучат, они и в лагере по отечеству да выкают.)

И, со стола взявши, протянул пайку. А на пайке — сахару черпачок опрокинут холмиком белым.

Очень спешил Шухов и всё же ответил прилично (помбригадир — тоже начальство, от него даже больше зависит, чем от начальника лагеря). Уж как спешил, с хлеба сахар губами забрал, языком подлизнул, одной ногой на кронштейник — лезть наверх постель заправлять, — а пайку так и так посмотрел и рукой на лету взвесил: есть ли в ней те пятьсот пятьдесят грамм, что положены. Паек этих тысячу не одну переполучал Шухов в тюрьмах и в лагерях, и хоть ни одной из них на весах проверить не пришлось, и хоть шуметь и *качать права* он, как человек робкий, не смел, но всякому арестанту и Шухову давно понятно, что, честно вешая, в хлеборезке не удержишься. Недодача есть в каждой пайке — только какая, велика ли? Вот два раза на день и смотришь, душу успокоить — может, сегодня обманули меня не круто? Может, в моей-то граммы почти все?

Грамм двадцать не дотягивает, — решил Шухов и преломил пайку надвое. Одну половину за пазуху сунул, под телогрейку, а там у него карманчик белый специально пришит (на фабрике телогрейки для зэков шьют без карманов). Другую половину, сэкономленную за завтраком, думал и съесть тут же, да наспех еда не еда, пройдёт даром, без сытости. Потянулся сунуть полпайки в тумбочку, но опять раздумал: вспомнил, что дневальные уже два раза за воровство биты. Барак большой, как двор проезжий.

И потому, не выпуская хлеба из рук, Иван Денисович вытянул ноги из валенок, ловко оставив там и портянки и ложку, взлез босой наверх, расширил дырочку в матрасе и туда, в опилки, спрятал свои полпайки. Шапку с головы содрал, вытащил из неё иголочку с ниточкой (тоже запрятана глубоко, на *шмоне* шапки тоже щупают: однова надзиратель об иголку накололся, так чуть Шухову голову со злости не разбил). Стежь, стежь, стежь — вот и дырочку за пайкой спрятанной прихватил. Тем временем сахар во рту дотаял. Всё в Шухове было напряжено до крайности — вот сейчас нарядчик в дверях заорёт. Пальцы Шухова славно шевелились, а голова, забегая вперёд, располагала, что дальше.

Баптист читал евангелие не вовсе про себя, а как бы в дыхание (может, для Шухова нарочно, они ведь, эти баптисты, любят агитировать, вроде политруков):

— «Только бы не пострадал кто из вас как убийца, или как вор, или злодей, или как посягающий на чужое. А если как христианин, то не стыдись, но прославляй Бога за такую участь».

За что Алёшка молодец: эту книжечку свою так засавывает ловко в щель в стене — ни на едином шмоне ещё не нашли.

Теми же быстрыми движениями Шухов свесил на перекладину бушлат, повытаскивал из-под матраса рукавички, ещё пару худых портянок, верёвочку и тряпочку с двумя рубезками. Опилки в матрасе чудок разровнял (тяжёлые они, сбитые), одеяло вкруговую подоткнул, подушку кинул на место — босиком же слез вниз и стал обуваться, сперва в хорошие портянки, новые, потом в плохие, поверх.

И тут бригадир прогаркнулся, встал и объявил:

— Кон-чай ночевать, сто четвёртая! Вы-ходи!

И сразу вся бригада, дремала ли, не дремала, встала, зазевала и пошла к выходу. Бригадир девятнадцать лет сидит, он на развод минутой раньше не выгонит. Сказал — «выходи!» — значит, край выходить.

И пока бригадники, тяжело ступая, без слова выходили один за другим сперва в коридор, потом в сени и на крыльцо, а бригадир 20-й, подражая Тюрину, тоже объявил: «Вы-ходи!» — Шухов доспел валенки обуть на две портянки, бушлат надеть сверх телогрейки и туго вспоясаться верёвочкой (ремни кожаные были у кого, так отобрали — нельзя в Особлаге ремень).

Так Шухов всё успел и в сенях нагнал последних своих бригадников — спины их с номерами выходили через дверь на крылечко. Толстоватые, навернувшие на себя всё, что только было из одёжки, бригадники наискосок, гуськом, не домогаясь друг друга нагнать, тяжело шли к линейке и только поскрипывали.

Всё ещё темно было, хотя небо с восхода зеленело и светлело. И тонкий, злой потягивал с восхода ветерок.

Вот этой минуты горше нет — на развод идти утром. В темноте, в мороз, с брюхом голодным, на день целый. Язык отнимается. Говорить друг с другом не захочешь.

У линейки метался младший нарядчик.

— Ну, Тюрин, сколько ждать? Опять тянешься?

Младшего-то нарядчика разве Шухов боится, только не Тюрин. Он ему и дых по морозу зря не по-

Александр Солженицын

гонит, топает себе молча. И бригада за ним по снегу: топ-топ, скрип-скрип.

А килограмм сала, должно, отнёс — потому что опять в свою колонну пришла 104-я, по соседним бригадам видать. На Соцгородок победней да поглупей кого погонят. Ой, лють там сегодня будет: двадцать семь с ветерком, ни укрыва, ни грева!

Бригадиру сала много надо: и в ППЧ нести, и своё брюхо утолакивать. Бригадир хоть сам посылок не получает — без сала не сидит. Кто из бригады получит — сейчас ему дар несёт.

А иначе не проживёшь.

Старший нарядчик отмечает по дощечке:

— У тебя, Тюрин, сегодня один болен, на выходе двадцать три?

— Двадцать три, — бригадир кивает.

Кого ж нет? Пантелеева нет. Да разве он болен?

И сразу шу-шу-шу по бригаде: Пантелеев, сука, опять в зоне остался. Ничего он не болен, *опер* его оставил. Опять будет стучать на кого-то.

Днём его вызовут без помех, хоть три часа держи, никто не видел, не слышал.

А проводят по санчасти...

Вся линейка чернела от бушлатов — и вдоль её медленно переталкивались бригады вперёд, к шмону. Вспомнил Шухов, что хотел обновить номерок на телогрейке, протискался через линейку на тот бок. Там к художнику два-три зэка в очереди стояли. И Шухов стал. Номер нашему брату — один вред, по нему издали надзиратель тебя заметит, и конвой запишет, а не обновишь номера в пору — тебе же и кондей: зачем об номере не заботишься?

Художников в лагере трое, пишут для начальства картины бесплатные, а ещё в черёд ходят на развод номера писать. Сегодня старик с бородкой седенькой. Когда на шапке номер пишет кисточкой — ну точно как поп миром лбы мажет.

Помалюет, помалюет и в перчатку дышит. Перчатка вязаная, тонкая, рука окостеневает, чисел не выводит.

Художник обновил Шухову «Щ-854» на телогрейке, и Шухов, уже не запахивая бушлата, потому что до шмона оставалось недалеко, с верёвочкой в руке догнал бригаду. И сразу разглядел: однобригадник его Цезарь курил, и курил не трубку, а сигарету — значит, подстрельнуть можно. Но Шухов не стал прямо просить, а остановился совсем рядом с Цезарем и вполоборота глядел мимо него.

Он глядел мимо и как будто равнодушно, но видел, как после каждой затяжки (Цезарь затягивался редко, в задумчивости) ободок красного пепла передвигался по сигарете, убавляя её и подбираясь к мундштуку.

Тут же и Фетюков, шакал, подсосался, стал прямо против Цезаря и в рот ему засматривает, и глаза горят.

У Шухова ни табачинки не осталось, и не предвидел он сегодня прежде вечера раздобыть — он весь напрягся в ожидании, и желанней ему сейчас был этот хвостик сигареты, чем, кажется, воля сама, — но он бы себя не уронил и так, как Фетюков, в рот бы не смотрел.

В Цезаре всех наций намешано: не то он грек, не то еврей, не то цыган — не поймёшь. Молодой ещё. Картины снимал для кино. Но и первой не доснял, как его посадили. У него усы чёрные, слитые, густые. Потому не сбрили здесь, что на *деле* так снят, на карточке.

— Цезарь Маркович! — не выдержав, прослюнявил Фетюков. — Да-айте разок потянуть!

И лицо его передёргивалось от жадности и желания.

...Цезарь приоткрыл веки, полуспущенные над чёрными глазами, и посмотрел на Фетюкова. Из-за того он и стал курить чаще трубку, чтоб не перебивали его, когда он курит, не просили дотянуть. Не табака ему было жалко, а прерванной мысли. Он курил, чтобы возбудить в себе сильную мысль и дать ей найти что-то. Но едва он поджигал сигарету, как сразу в нескольких глазах видел: «Оставь докурить!»

...Цезарь повернулся к Шухову и сказал:

— Возьми, Иван Денисыч!

И большим пальцем вывернул горящий недокурок из янтарного короткого мундштука.

Шухов встрепенулся (он и ждал так, что Цезарь сам ему предложит), одной рукой поспешно благодарно брал недокурок, а второю страховал снизу, чтоб не обронить. Он не обижался, что Цезарь брезговал дать ему докурить в мундштуке (у кого рот чистый, а у кого и гунявый), и пальцы его закалелые не обжигались, держась за самый огонь. Главное, он Фетюкова-шакала пересёк и вот теперь тянул дым, пока губы стали гореть от огня. М-м-м-м! Дым разошёлся по голодному телу, и в ногах отдалось и в голове.

И только эта благость по телу разлилась, как услышал Иван Денисович гул:

— Рубахи нижние отбирают!..

Так и вся жизнь у зэка. Шухов привык: только и высматривай, чтоб на горло тебе не кинулись.

Почему — рубахи? Рубахи ж сам начальник выдавал?.. Не, не так...

Уж до шмона оставалось две бригады впереди, и вся 104-я разглядела: подошёл от штабного барака начальник режима лейтенант Волково́й и крикнул что-то надзирателям. И надзиратели, без Волкового шмонавшие кое-как, тут зарьялись, кинулись, как звери, а старшина их крикнул:

— Ра-ас-стегнуть рубахи!

Волкового не то что зэки и не то что надзиратели — сам начальник лагеря, говорят, боится. Вот Бог шельму метит, фамильцу дал! — иначе как волк Волковой не смотрит. Тёмный, да длинный, да насупленный — и носится быстро. Вынырнет из барака: «А тут что собрались?» Не ухоронишься. Поперву он ещё плётку таскал, как рука до локтя, кожаную, кручёную. В БУРе ею сек, говорят. Или на проверке вечерней столпятся зэки у барака, а он подкрадётся сзади да хлесь плетью по шее: «Почему в строй не стал, падло?» Как волной от него толпу шарахнет. Обожжённый за шею схватится, вытрет кровь, молчит: каб ещё БУРа не дал.

Теперь что-то не стал плётку носить.

В мороз на простом шмоне не по вечерам, так хоть утром порядок был мягкий: заключённый расстёгивал бушлат и отводил его полы в стороны. Так шли по пять, и пять надзирателей навстречу стояло. Они обхлопывали зэка по бокам запоясанной телогрейки, хлопали по единственному положенному карману на правом колене, сами бывали в перчатках, и если что-нибудь непонятное нащупывали, то не вытягивали сразу, а спрашивали, ленясь: «Это — что?»

Утром чтó искать у зэка? Ножи? Так их не из лагеря носят, а в лагерь. Утром проверить надо, не несёт ли с собой еды килограмма три, чтобы с нею сбежать. Было время, так так этого хлеба боялись, кусочка двухсотграммового на обед, что был приказ издан: каждой бригаде сделать себе деревянный чемодан и в том чемодане носить весь хлеб бригадный, все кусочки от бригадников собирать. В чём тут они, враги, располагали выгадать — нельзя додуматься, а скорей чтобы людей мучить, забота лишняя: пайку эту свою надкуси, да заметь, да клади в чемодан, а они, куски, всё равно похожие, все из одного хлеба, и всю дорогу об том думай и мучайся, не подменят ли твой кусок, да друг с другом спорь, иногда и до драки. Только однажды сбежали из производственной зоны трое на автомашине и такой чемодан хлеба прихватили. Опомнились тогда начальники и все чемоданы на вахте порубали. Носи, мол, опять всяк себе.

Ещё проверить утром надо, не одет ли костюм гражданский под зэковский? Так ведь вещи гражданские давно начисто у всех отметены и до конца срока не отдадут, сказали. А конца срока в этом лагере ни у кого ещё не было.

И проверить — письма не несёт ли, чтоб через вольного толкануть? Да только у каждого письмо искать — до обеда проканителишься.

Но крикнул что-то Волковой искать — и надзиратели быстро перчатки поснимали, телогрейки велят распустить (где каждый тепло барачное спрятал), рубахи расстегнуть — и лезут перещупывать, не поддето ли чего в обход устава. Положено зэку две рубахи — нижняя да верхняя, остальное снять! — вот как передали зэки из ряда в ряд приказ Волкового. Какие раньше бригады прошли — ихее счастье, уж и за воротами некоторые, а эти — открывайся! У кого поддето — скидай тут же на морозе!

Так и начали, да неуладка у них вышла: в воротах уже прочистилось, конвой с вахты орёт: давай, давай! И Волковой на 104-й сменил гнев на милость: записывать, на ком что лишнее, вечером сами пусть в каптёрку сдадут и объяснительную напишут: как и почему скрыли.

На Шухове-то всё казённое, на, щупай — грудь да душа, а у Цезаря рубаху байковую записали, а у Буйновского, кесь, жилетик или напузник какой-то. Буйновский — в горло, на миноносцах своих привык, а в лагере трёх месяцев нет:

— Вы права не имеете людей на морозе раздевать! Вы девятую статью уголовного кодекса не знаете!..

Имеют. Знают. Это ты, брат, ещё не знаешь.

— Вы не советские люди! — долбает их капитан.

Статью из кодекса ещё терпел Волковой, а тут, как молния чёрная, передёрнулся:

— Десять суток строгого!

И потише старшине:

— К вечеру оформишь.

Они по утрам-то не любят в карцер брать: человеко-выход теряется. День пусть спину погнёт, а вечером его в БУР.

Тут же и БУР по левую руку от линейки: каменный, в два крыла. Второе крыло этой осенью достроили — в одном помещаться не стали. На восемнадцать камер тюрьма, да одиночки из камер нагорожены. Весь лагерь деревянный, одна тюрьма каменная.

Холод под рубаху зашёл, теперь не выгонишь. Что укутаны были зэки — всё зря. И так это нудно тянет спину Шухову. В коечку больничную лечь бы сейчас — и спать. И ничего больше не хочется. Одеяло бы потяжельше.

Стоят зэки перед воротами, застёгиваются, завязываются, а снаружи конвой:

— Давай! Давай!

И нарядчик в спины пихает:

— Давай! Давай!

Одни ворота. Предзонник. Вторые ворота. И перила с двух сторон около вахты.

— Стой! — шумит вахтёр. — Как баранов стадо. Разберись по пять!

Александр Солженицын

Уже рассмеркивалось. Догорал костёр конвоя за вахтой. Они перед разводом всегда разжигают костёр — чтобы греться и чтоб считать виднее.

Один вахтёр громко, резко отсчитывал:

— Первая! Вторая! Третья!

И пятёрки отделялись и шли цепочками отдельными, так что хоть сзади, хоть спереди смотри: пять голов, пять спин, десять ног.

А второй вахтёр — контролёр, у других перил молча стоит, только проверяет, счёт правильный ли.

И ещё лейтенант стоит, смотрит.

Это от лагеря.

Человек — дороже золота. Одной головы за проволокой недостанет — свою голову туда добавишь.

И опять бригада слилась вся вместе.

И теперь сержант конвоя считает:

— Первая! Вторая! Третья!

И пятёрки опять отделяются и идут цепочками отдельными.

И помощник начальника караула с другой стороны проверяет.

И ещё лейтенант.

Это от конвоя.

Никак нельзя ошибиться. За лишнюю голову распишешься — своей головой заменишь.

А конвоиров понатыкано! Полукругом обняли колонну ТЭЦ, автоматы вскинули, прямо в морду тебе держат. И собаководы с собаками серыми. Одна собака зубы оскалила, как смеётся над зэками. Конвоиры все в полушубках, лишь шестеро в тулупах. Тулупы у них сменные: тот надевает, кому на вышку идти.

И ещё раз, смешав бригады, конвой пересчитал всю колонну ТЭЦ по пятёркам.

— На восходе самый большой мороз бывает! — объявил кавторанг. — Потому что это последняя точка ночного охлаждения.

Капитан любит вообще объяснять. Месяц ка кой — молодой ли, старый, — рассчитает тебе на лю бой год, на любой день.

На глазах доходит капитан, щёки ввалились, — а бодрый.

Мороз тут за зоной при потягивающем ветерке крепко покусывал даже ко всему притерпевшееся лицо Шухова. Смекнув, что так и будет по дороге на ТЭЦ дуть всё время в морду, Шухов решил надеть тряпочку. Тряпочка на случай встречного ветра у него, как и у многих других, была с двумя рубезоч ками длинными. Признали зэки, что тряпочка такая помогает. Шухов обхватил лицо по самые глаза, по низу ушей рубезочки провёл, на затылке завязал. Потом затылок отворотом шапки закрыл и поднял воротник бушлата. Ещё передний отворот шапчонки спустил на лоб. И так у него спереди одни глаза оста лись. Бушлат по поясу он хорошо затянул бечёвоч кой. Всё теперь ладно, только рукавицы худые и руки уже застылые. Он тёр и хлопал ими, зная, что сейчас придётся взять их за спину и так держать всю дорогу.

Начальник караула прочёл ежедневную надоев шую арестантскую «молитву»:

— Внимание, заключённые! В ходу следования соблюдать строгий порядок колонны! Не растяги ваться, не набегать, из пятёрки в пятёрку не перехо дить, не разговаривать, по сторонам не оглядывать ся, руки держать только назад! Шаг вправо, шаг влево — считается побег, конвой открывает огонь без предупреждения! Направляющий, шагом марш!

И, должно, пошли передних два конвоира по до роге. Колыхнулась колонна впереди, закачала плеча-

Александр Солженицын

ми, и конвой, — справа и слева от колонны шагах в двадцати, а друг за другом через десять шагов, — пошёл, держа автоматы наготове.

Снегу не было уже с неделю, дорога проторена, убита. Обогнули лагерь — стал ветер наискось в лицо. Руки держа сзади, а головы опустив, пошла колонна, как на похороны. И видно тебе только ноги у передних двух-трёх да клочок земли утоптанной, куда своими ногами переступить. От времени до времени какой конвоир крикнет: «Ю-сорок восемь! Руки назад!», «Бэ-пятьсот два! Подтянуться!». Потом и они реже кричать стали: ветер сечёт, смотреть мешает. Им-то тряпочками завязываться не положено. Тоже служба неважная...

В колонне, когда потеплей, все разговаривают — кричи не кричи на них. А сегодня пригнулись все, каждый за спину переднего хоронится, и ушли в свои думки.

Дума арестантская — и та несвободная, всё к тому ж возвращается, всё снова ворошит: не нащупают ли пайку в матрасе? В санчасти освободят ли вечером? Посадят капитана или не посадят? И как Цезарь на руки раздобыл своё бельё тёплое? Наверно, подмазал в каптёрке личных вещей, откуда ж?

Из-за того, что без пайки завтракал и что холодное всё съел, чувствовал себя Шухов сегодня несытым. И чтобы брюхо не занывало, есть не просило, перестал он думать о лагере, стал думать, как письмо будет скоро домой писать.

Колонна прошла мимо деревообделочного, построенного зэками, мимо жилого квартала (собирали бараки тоже зэки, а живут вольные), мимо клуба нового (тоже зэки всё, от фундамента до стенной росписи, а кино вольные смотрят), и вышла колонна в степь, прямо против ветра и против краснеющего восхода. Голый белый снег лежал до края, направо и налево, и де́ревца во всей степи не было ни одного.

Начался год новый, пятьдесят первый, и имел в нём Шухов право на два письма. Последнее отослал он в июле, а ответ на него получил в октябре. В Усть-Ижме — там иначе был порядок, пиши хоть каждый месяц. Да чего в письме напишешь? Не чаще Шухов и писал, чем ныне.

Из дому Шухов ушёл двадцать третьего июня сорок первого года. В воскресенье народ из Поломни пришёл от обедни и говорит: война. В Поломне узнала почта, а в Темгенёве ни у кого до войны радио не было. Сейчас-то, пишут, в каждой избе радио галдит, проводное.

Писать теперь — что в омут дремучий камешки кидать. Что упало, что кануло — тому отзыва нет. Не напишешь, в какой бригаде работаешь, какой бригадир у тебя Андрей Прокофьевич Тюрин. Сейчас с Кильдигсом, латышом, больше об чём говорить, чем с домашними.

Да и они два раза в год напишут — жизни их не поймёшь. Председатель колхоза-де новый — так он каждый год новый, их больше года не держат. Колхоз укрупнили — так его и ране укрупняли, а потом мельчили опять. Ну, ещё кто нормы трудодней не выполняет — огороды поджали до пятнадцати соток, а кому и под самый дом обрезали. Ещё, писала когда-то баба, был закон за норму ту судить и кто не выполнит — в тюрьму сажать, но как-то тот закон не вступил.

Чему Шухову никак не внять, это, пишет жена, с войны с самой ни одна живая душа в колхоз не добавилась: парни все и девки все, кто как ухитрится, но уходят повально или в город на завод, или на торфоразработки. Мужиков с войны половина вовсе не вернулась, а какие вернулись — колхоза не призна-

Александр Солженицын

ют: живут дома, работают на стороне. Мужиков в колхозе: бригадир Захар Васильич да плотник Тихон восьмидесяти четырёх лет, женился недавно, и дети уже есть. Тянут же колхоз те бабы, каких ещё с тридцатого года загнали, а как они свалятся — и колхоз сдохнет.

Вот этого-то Шухову и не понять никак: живут дома, а работают на стороне. Видел Шухов жизнь единоличную, видел колхозную, но чтобы мужики в своей же деревне не работали — этого он не может принять. Вроде отхожий промысел, что ли? А с сенокосом же как?

Отхожие промыслы, жена ответила, бросили давно. Ни по-плотницки не ходят, чем сторона их была славна, ни корзины лозовые не вяжут, никому это теперь не нужно. А промысел есть-таки один новый, весёлый — это ковры красить. Привёз кто-то с войны трафаретки, и с тех пор пошло, пошло, и всё больше таких мастаков *красилей* набирается: нигде не состоят, нигде не работают, месяц один помогают колхозу, как раз в сенокос да в уборку, а за то на одиннадцать месяцев колхоз ему справку даёт, что колхозник такой-то отпущен по своим делам и недоимок за ним нет. И ездят они по всей стране и даже в самолётах летают, потому что время своё берегут, а деньги гребут тысячами многими, и везде ковры малюют: пятьдесят рублей ковёр на любой простыне старой, какую дают, какую не жалко, — а рисовать тот ковёр будто бы час один, не боле. И очень жена надежду таит, что вернётся Иван и тоже в колхоз ни ногой, и тоже таким красилём станет. И они тогда подымутся из нищеты, в какой она бьётся, детей в техникум отдадут, и заместо старой избы гнилой новую поставят. Все красили себе дома новые ставят, близ железной дороги стали дома теперь не пять тысяч, как раньше, а двадцать пять.

Хоть сидеть Шухову ещё немало, зиму-лето да зиму-лето, а всё ж разбередили его эти ковры. Как раз для него работа, если будет лишение прав или ссылка. Просил он тогда жену описать — как же он будет красилём, если отроду рисовать не умел? И что это за ковры такие дивные, что на них? Отвечала жена, что рисовать их только дурак не сможет: наложи трафаретку и мажь кистью сквозь дырочки. А ковры есть трёх сортов: один ковёр «Тройка» — в упряжи красивой тройка везёт офицера гусарского, второй ковёр — «Олень», а третий — под персидский. И никаких больше рисунков нет, но и за эти по всей стране люди спасибо говорят и из рук хватают. Потому что настоящий ковёр не пятьдесят рублей, а тысячи стоит.

Хоть бы глазом одним посмотреть Шухову на те ковры...

По лагерям да по тюрьмам отвык Иван Денисович раскладывать, что завтра, что́ через год да чем семью кормить. Обо всём за него начальство думает — оно будто и легче. А как на волю вступишь?..

Из рассказов вольных шоферов и экскаваторщиков видит Шухов, что прямую дорогу людям загородили, но люди не теряются: в обход идут и тем живы.

В обход бы и Шухов пробрался. Заработок, видать, лёгкий, огневой. И от своих деревенских отставать вроде обидно... Но, по душе, не хотел бы Иван Денисович за те ковры браться. Для них развязность нужна, нахальство, милиции на лапу совать. Шухов же сорок лет землю топчет, уж зубов нет половины и на голове плешь, никому никогда не давал и не брал ни с кого, и в лагере не научился.

Лёгкие деньги — они и не весят ничего, и чутья такого нет, что вот, мол, ты заработал. Правильно старики говорили: за что не доплатишь, того не доносишь. Руки у Шухова ещё добрые, смогают, неуж он себе на воле верной работы не найдёт?

Да ещё пустят ли когда на ту волю? Не навесят ли ещё *десятки* ни за так?..

Колонна тем временем дошла и остановилась перед вахтой широко раскинутой зоны *объекта*. Ещё раньше, с угла зоны, два конвоира в тулупах отделились и побрели по полю к своим дальним вышкам. Пока всех вышек конвой не займёт, внутрь не пустят. Начкар с автоматом за плечом пошёл на вахту. А из вахты, из трубы, дым не переставая клубится: вольный вахтёр всю ночь там сидит, чтоб доски не вывезли или цемент.

Напересек через ворота проволочные, и черезо всю строительную зону, и через дальнюю проволоку, что по тот бок, — солнце встаёт большое, красное, как бы во мгле. Рядом с Шуховым Алёшка смотрит на солнце и радуется, улыбка на губы сошла. Щёки вваленные, на пайке сидит, нигде не подрабатывает — чему рад? По воскресеньям всё с другими баптистами шепчется. С них лагеря как с гуся вода. По двадцать пять лет вкатили им за баптистскую веру — неуж думают тем от веры отвадить?

Намордник дорожный, тряпочка, за дорогу вся отмокла от дыхания и кой-где морозом прихватилась, коркой стала ледяной. Шухов её ссунул с лица на шею и стал к ветру спиной. Нигде его особо не продрало, а только руки озябли в худых рукавичках да онемели пальцы на левой ноге: валенок-то левый горетый, второй раз подшитый.

Поясницу и спину всю до плечей тянет, ломает — как работать?

Оглянулся — и на бригадира лицом попал, тот в задней пятёрке шёл. Бригадир в плечах здоров, да и образ у него широкий. Хмур стоит. Смехуёчками он бригаду свою не жалует, а кормит — ничего, о большой пайке заботлив. Сидит он второй срок, сын ГУЛАГа, лагерный обычай знает напрожог.

Бригадир в лагере — это всё: хороший бригадир тебе жизнь вторую даст, плохой бригадир в деревянный бушлат загонит. Андрея Прокофьевича знал Шухов ещё по Усть-Ижме, только там у него в бригаде не был. А когда с Усть-Ижмы, из общего лагеря, перегнали пятьдесят восьмую статью сюда, в каторжный, — тут его Тюрин подобрал. С начальником лагеря, с ППЧ, с прорабами, с инженерами Шухов дела не имеет: везде его бригадир застоит, грудь стальная у бригадира. Зато шевельнёт бровью или пальцем покажет — беги, делай. Кого хошь в лагере обманывай, только Андрей Прокофьича не обманывай. И будешь жив.

И хочется Шухову спросить бригадира, там же ли работать, где вчера, на другое ли место переходить, — а боязно перебивать его высокую думу. Только что Соцгородок с плеч спихнул, теперь, бывает, процентовку обдумывает, от неё пять следующих дней питания зависят.

Лицо у бригадира в рябинах крупных, от оспы. Стоит против ветра — не поморщится, кожа на лице — как кора дубовая.

Хлопают руками, перетаптываются в колонне. Злой ветерок! Уж, кажется, на всех шести вышках попки сидят — опять в зону не пускают. Бдительность травят.

Ну! Вышли начкар с контролёром из вахты, по обои стороны ворот стали, и ворота развели.

— Р-раз-берись по пятёркам! Пер-рвая! Втор-ра-я!

Зашагали арестанты как на парад, шагом чуть не строевым. Только в зону прорваться, а там не учи, что делать.

За вахтой вскоре — будка конторы, около конторы стоит прораб, бригадиров заворачивает, да они и сами к нему. И Дэр туда, десятник из зэков, сволочь хорошая, своего брата зэка хуже собак гоняет.

Восемь часов, пять минут девятого (только что энергопоезд прогудел), начальство боится, как бы зэки время не потеряли, по обогревалкам бы не рассыпались, — а у зэков день большой, на всё время хватит. Кто в зону зайдёт, наклоняется: там щепочка, здесь щепочка, нашей печке огонь. И в норы заюркивают.

Тюрин велел Павлу, помощнику, идти с ним в контору. Туда же и Цезарь свернул. Цезарь богатый, два раза в месяц посылки, всем сунул, кому надо, — и *придурком* работает в конторе, помощником нормировщика.

А остальная 104-я сразу в сторону, и дёру, дёру.

Солнце взошло красное, мглистое над зоной пустой: где щиты сборных домов снегом занесены, где кладка каменная начатая да у фундамента и брошенная, там экскаватора рукоять переломленная лежит, там ковш, там хлам железный, канав понарыто, траншей, ям наворочено, авторемонтные мастерские под перекрытие выведены, а на бугре — ТЭЦ в начале второго этажа.

И — попрятались все. Только шесть часовых стоят на вышках, да около конторы суета. Вот этотто наш миг и есть! Старший прораб сколько, говорят, грозился разнарядку всем бригадам давать с вечера — а никак не наладят. Потому что с вечера до утра у них всё наоборот поворачивается.

А миг — наш! Пока начальство разберётся — приткнись, где потеплей, сядь, сиди, ещё наломаешь спину. Хорошо, если около печки, — портянки переобернуть да согреть их малость. Тогда во весь день ноги будут тёплые. А и без печки — всё одно хорошо.

Сто четвёртая бригада вошла в большой зал в авторемонтных, где остеклено с осени и 38-я бригада бетонные плиты льёт. Одни плиты в формах лежат, другие стоймя наставлены, там арматура сетками. До верху высоко, и пол земляной, тепло тут не будет тепло, а всё ж этот зал обтапливают, угля не жалеют: не для того, чтоб людям греться, а чтобы плиты лучше схватывались. Даже градусник висит, и в воскресенье, если лагерь почему на работу не выйдет, вольный тоже топит.

Тридцать восьмая, конечно, чужих никого к печи не допускает, сама обсела, портянки сушит. Ладно, мы и тут, в уголку, ничего.

Задом ватных брюк, везде уже пересидевших, Шухов пристроился на край деревянной формы, а спиной в стенку упёрся. И когда он отклонился — натянулись его бушлат и телогрейка, и левой стороной груди, у сердца, он ощутил, как подавливает твёрдое что-то. Это твёрдое было — из внутреннего карманчика угол хлебной краюшки, той половины утренней пайки, которую он взял себе на обед. Всегда он столько с собой и брал на работу и не посягал до обеда. Но он другую половину съедал за завтраком, а нонче не съел. И понял Шухов, что ничего он не сэкономил: засосало его сейчас ту пайку съесть в тепле. До обеда — пять часов, протяжно.

А что в спине поламывало — теперь в ноги перешло, ноги такие слабые стали. Эх, к печечке бы!..

Шухов положил на колени рукавицы, расстегнулся, намордник свой дорожный оледеневший развязал с шеи, сломил несколько раз и в карман спрятал. Тогда достал хлебушек в белой тряпице и, держа её в запазушке, чтобы ни крошка мимо той тряпицы не упала, стал помалу-помалу откусывать и жевать. Хлеб он пронёс под двумя одёжками, грел

Александр Солженицын

его собственным теплом — и оттого он не мёрзлый был ничуть.

В лагерях Шухов не раз вспоминал, как в деревне раньше ели: картошку — целыми сковородами, кашу — чугунками, а ещё раньше, по-без-колхозов, мясо — ломтями здоровыми. Да молоко дули — пусть брюхо лопнет. А не надо было так, понял Шухов в лагерях. Есть надо — чтоб думка была на одной еде, вот как сейчас эти кусочки малые откусываешь, и языком их мнёшь, и щеками подсасываешь — и такой тебе духовитый этот хлеб чёрный сырой. Чтó Шухов ест восемь лет, девятый? Ничего. А ворочает? Хо-го!

Так Шухов занят был своими двумястами граммами, а близ него в той же стороне приютилась и вся 104-я.

Два эстонца, как два брата родных, сидели на низкой бетонной плите и вместе, по очереди, курили половинку сигареты из одного мундштука. Эстонцы эти были оба белые, оба длинные, оба худощавые, оба с долгими носами, с большими глазами. Они так друг за друга держались, как будто одному без другого воздуха синего не хватало. Бригадир никогда их и не разлучал. И ели они всё пополам, и спали на вагонке сверху на одной. И когда стояли в колонне, или на разводе ждали, или на ночь ложились — всё промеж себя толковали, всегда негромко и неторопливо. А были они вовсе не братья и познакомились уж тут, в 104-й. Один, объясняли, был рыбак с побережья, другого же, когда Советы уставились, ребёнком малым родители в Швецию увезли. А он вырос и самодумкой назад, дурандай, на родину, институт кончать. Тут его и взяли сразу.

Вот, говорят, нация ничего не означает, во всякой, мол, нации худые люди есть. А эстонцев сколь Шухов ни видал — плохих людей ему не попадалось.

И все сидели — кто на плитах, кто на опалубке для плит, кто на земле прямо. Говорить-то с утра язык не ворочается, каждый в мысли свои упёрся, молчит. Фетюков-шакал насобирал где-тось окурков (он их и из плевательницы вывернет, не погребует), теперь на коленях их разворачивал и неперегоревший табачок ссыпал в одну бумажку. У Фетюкова на воле детей трое, но как сел — от него все отказались, а жена замуж вышла: так помощи ему ниоткуда.

Буйновский косился-косился на Фетюкова да и гавкнул:

— Ну, что заразу всякую собираешь? Губы тебе сифилисом обмечет! Брось!

Кавторанг — он командовать привык, он со всеми людьми так разговаривает, как командует.

Но Фетюков от Буйновского ни в чём не зависит — кавторангу посылки тоже не идут. И, недобро усмехнувшись ртом полупустым, сказал:

— Подожди, кавторанг, восемь лет посидишь — ещё и ты собирать будешь.

Это верно, и гордей кавторанга люди в лагерь приходили...

— Чего-чего? — недослышал глуховатый Сенька Клевшин. Он думал — про то разговор идёт, как Буйновский сегодня на разводе погорел. — Залупаться не надо было! — сокрушённо покачал он головой. — Обошлось бы всё.

Сенька Клевшин — он тихий, бедолага. Ухо у него лопнуло одно, ещё в сорок первом. Потом в плен попал, бежал три раза, излавливали, сунули в Бухенвальд. В Бухенвальде чудом смерть обминул, теперь отбывает срок тихо. Будешь залупаться, говорит, пропадёшь.

Это верно, кряхти да гнись. А упрёшься — переломишься.

Александр Солженицын

Алексей лицо в ладони окунул, молчит. Молитвы читает.

Доел Шухов пайку свою до самых рук, однако голой корочки кусок — полукруглой верхней корочки — оставил. Потому что никакой ложкой так дочиста каши не выешь из миски, как хлебом. Корочку эту он обратно в тряпицу белую завернул на обед, тряпицу сунул в карман внутренний под телогрейкой, застегнулся для мороза и стал готов, пусть теперь на работу шлют. А лучше б и ещё помедлили.

Тридцать восьмая бригада встала, разошлась: кто к растворомешалке, кто за водой, кто к арматуре.

Но ни Тюрин не шёл к своей бригаде, ни помощник его Павло. И хоть сидела 104-я вряд ли минут двадцать, а день рабочий — зимний, укороченный — был у них до шести, уж всем казалось большое счастье, уж будто и до вечера теперь недалеко.

— Эх, буранов давно нет! — вздохнул краснолицый упитанный латыш Кильдигс. — За всю зиму — ни бурана! Что за зима?!

— Да... буранов... буранов... — перевздохнула бригада.

Когда задует в местности здешней буран, так не то что на работу не ведут, а из барака вывести боятся: от барака до столовой если верёвку не протянешь, то и заблудишься. Замёрзнет арестант в снегу — так пёс его ешь. А ну-ка убежит? Случаи были. Снег при буране мелочкий-мелочкий, а в сугроб ложится, как прессует его кто. По такому сугробу, через проволоку перемётанному, и уходили.

Недалеко, правда.

От бурана, если рассудить, пользы никакой: сидят зэки под замком; уголь не вовремя, тепло из барака выдувает; муки в лагерь не подвезут — хлеба нет; там, смотришь, и на кухне не справились. И сколько бы буран тот ни дул — три ли дня, неделю ли, — эти дни засчитывают за выходные и столько воскресений подряд на работу выгонят.

А всё равно любят зэки буран и молят его. Чуть ветер покрепче завернёт — все на небо запрокидываются: матерьяльчику бы! матерьяльчику!

Снежку, значит.

Потому что от позёмки никогда бурана стоящего не разыграется.

Уж кто-то полез греться к печи 38-й бригады, его оттуда шуранули.

Тут в зал вошёл и Тюрин. Мрачен был он. Поняли бригадники: что-то делать надо, и быстро.

— Та-ак, — огляделся Тюрин. — Все здесь, сто четвёртая?

И, не проверяя и не пересчитывая, потому что никто у Тюрина никуда уйти не мог, он быстро стал разнаряжать. Эстонцев двоих да Клевшина с Гопчиком послал большой растворный ящик неподалёку взять и нести на ТЭЦ. Уж из того стало ясно, что переходит бригада на недостроенную и поздней осенью брошенную ТЭЦ. Ещё двоих послал он в инструменталку, где Павло получал инструмент. Четверых нарядил снег чистить около ТЭЦ, и у входа там в машинный зал, и в самом машинном зале, и на трапах. Ещё двоим велел в зале том печь топить — углем и досок спереть, поколоть. И одному цемент на санках туда везти. И двоим воду носить, а двоим песок, и ещё одному из-под снега песок тот очищать и ломом разбивать.

И после всего того остались ненаряженными Шухов да Кильдигс — первые в бригаде мастера. И, отозвав их, бригадир им сказал:

— Вот что, ребята! — А был не старше их, но привычка такая у него была — «ребята». — С обеда будете шлакоблоками на втором этаже стены класть, там, где осенью шестая бригада покинула. А сейчас надо утеплить машинный зал. Там три окна больших, их в первую очередь чем-нибудь забить. Я вам ещё людей на помощь дам, только думайте, чем забить. Машинный зал будет нам и растворная и обогревалка. Не нагреем — помёрзнем как собаки, поняли?

И может быть, ещё б чего сказал, да прибежал за ним Гопчик, хлопец лет шестнадцати, розовенький, как поросёнок, с жалобой, что растворного ящика им другая бригада не даёт, дерутся. И Тюрин умахнул туда.

Как ни тяжко было начинать рабочий день в такой мороз, но только начало это и важно было переступить, только его.

Шухов и Кильдигс посмотрели друг на друга. Они не раз уж работали вдвоём и уважали друг в друге и плотника и каменщика. Издобыть на снегу голом, чем окна те зашить, не было легко. Но Кильдигс сказал:

— Ваня! Там, где дома сборные, знаю я такое местечко — лежит здоровый рулон толя. Я ж его сам и прикрыл. Махнём?

Кильдигс хотя и латыш, но русский знает как родной, — у них рядом деревня была старообрядческая, сыздетства и научился. А в лагерях Кильдигс только два года, но уже всё понимает: не выкусишь — не выпросишь. Зовут Кильдигса Ян, Шухов тоже зовёт его Ваня.

Решили идти за толем. Только Шухов прежде сбегал тут же в строящемся корпусе авторемонтных взять свой мастерок. Мастерок — большое дело для каменщика, если он по руке и лёгок. Однако на каждом объекте такой порядок: весь инструмент утром получили, вечером сдали. И какой завтра инструмент захватишь — это от удачи. Но Шухов однажды обсчитал инструментальщика и лучший мастерок зажилил. И теперь каждый вечер он его перепрятывает, а утро каждое, если кладка будет, берёт. Конечно, погнали б сегодня 104-ю на Соцгородок — и опять Шухов без мастерка. А сейчас камешек отвалил, в щёлку пальцы засунул — вот он, вытянул.

Шухов и Кильдигс вышли из авторемонтных и пошли в сторону сборных домов. Густой пар шёл от их дыхания. Солнце уже поднялось, но было без лучей, как в тумане, а по бокам солнца вставали — не столбы ли? — кивнул Шухов Кильдигсу.

— А нам столбы не мешают, — отмахнулся Кильдигс и засмеялся. — Лишь бы от столба до столба колючку не натянули, ты вот что смотри.

Кильдигс без шутки слова не знает. За то его вся бригада любит. А уж латыши со всего лагеря его почитают как! Ну, правда, питается Кильдигс нормально, две посылки каждый месяц, румяный, как и не в лагере он вовсе. Будешь шутить.

Ихьего объекта зона здорова́ — пока-а пройдёшь через всю! Попались по дороге из 82-й бригады ребятишки — опять их ямки долбать заставили. Ямки нужны невелики: пятьдесят на пятьдесят и глубины пятьдесят, да земля та и летом как камень, а сейчас морозом схваченная, пойди её угрызи. Долбают её киркой — скользит кирка, и только искры сыплются, а земля — ни крошки. Стоят ребятки каждый над своей ямкой, оглянутся — греться им негде, отойти не велят, — давай опять за кирку. От неё всё тепло.

Увидел средь них Шухов знакомого одного, вятича, и посоветовал:

— Вы бы, слышь, землерубы, над каждой ямкой тёплянку развели. Она б и оттаяла, земля-та.

— Не велят, — вздохнул вятич. — Дров не дают.

— Найти надо.

А Кильдигс только плюнул.

— Ну скажи, Ваня, если б начальство умное было — разве поставило бы людей в такой мороз кирками землю долбать?

Ещё Кильдигс выругался несколько раз неразборчиво и смолк, на морозе не разговоришься. Шли они дальше и дальше и подошли к тому месту, где под снегом были погребены щиты сборных домов.

С Кильдигсом Шухов любит работать, у него одно только плохо — не курит, и табаку в его посылках не бывает.

И правда, приметчив Кильдигс: приподняли вдвоём доску, другую — а под них толя рулон закатан.

Вынули. Теперь — как нести? С вышки заметят — это ничто: у попок только та забота, чтоб зэки не разбежались, а внутри рабочей зоны хоть все щиты на щепки поруби. И надзиратель лагерный если навстречу попадётся — тоже ничто: он сам приглядывается, что́ б ему в хозяйство пошло. И работягам всем на эти сборные дома наплевать. И бригадирам тоже. Печётся об них только прораб вольный, да десятник из зэков, да Шкуропатенко долговязый. Никто он, Шкуропатенко, просто зэк, но душа вертухайская. Выписывают ему наряд-повремёнку за то одно, что он сборные дома от зэков караулит, не даёт растаскивать. Вот этот-то Шкуропатенко их скорей всего на открытом прозоре и подловит.

— Вот что, Ваня, плашмя нести нельзя, — придумал Шухов, — давай его стоймя в обнимку возьмём и пойдём так легонько, собой прикрывая. Издаля не разберёт.

Ладно придумал Шухов. Взять рулон неудобно, так не взяли, а стиснули между собой, как человека третьего, — и пошли. И со стороны только и увидишь, что два человека идут плотно.

— А потом на окнах прораб увидит этот толь, всё одно догадается, — высказал Шухов.

— А мы при чём? — удивился Кильдигс. — Пришли на ТЭЦ, а уж там, мол, *было так*. Неужто срывать?

И то верно.

Ну, пальцы в худых рукавицах окостенели, прямо совсем не слышно. А валенок левый держит. Валенки — это главное. Руки в работе разойдутся.

Прошли целиною снежной — вышли на санный полоз от инструменталки к ТЭЦ. Должно быть, цемент вперёд провезли.

ТЭЦ стоит на бугре, а за ней зона кончается. Давно уж на ТЭЦ никто не бывал, все подступы к ней снегом ровным опелёнаты. Тем ясней полоз санный и тропка свежая, глубокие следы — наши прошли. И чистят уже лопатами деревянными около ТЭЦ и дорогу для машины.

Хорошо бы подъёмничек на ТЭЦ работал. Да там мотор перегорел, и с тех пор, кажись, не чинили. Это опять, значит, на второй этаж всё на себе. Раствор. И шлакоблоки.

Стояла ТЭЦ два месяца как скелет серый, в снегу, покинутая. А вот пришла 104-я. И в чём её души держатся? — брюхи пустые поясами брезентовыми затянуты; морозяка трещит; ни обогревалки, ни огня искорки. А всё ж пришла 104-я — и опять жизнь начинается.

У самого входа в машинный зал развалился ящик растворный. Он дряхлый был, ящик, Шухов и не чаял, что его донесут целым. Бригадир поматюгался для порядка, но видит — никто не виноват. А тут катят Кильдигс с Шуховым, толь меж собой несут. Обрадовался бригадир и сейчас перестановку затеял: Шухову — трубу к печке ладить, чтоб скорей расто-

Александр Солженицын

пить, Кильдигсу — ящик чинить, а эстонцы ему два на помощь, а Сеньке Клевшину — нá топор, и планок долгих наколоть, чтоб на них толь набивать: толь-то ýже окна в два раза. Откуда планок брать? Чтобы обогревалку сделать, на это прораб досок не выпишет. Оглянулся бригадир, и все оглянулись, один выход: отбить пару досок, что как перила к трапам на второй этаж пристроены. Ходить — не зевать, так не свалишься. А что ж делать?

Кажется, чего бы зэку десять лет в лагере горбить? Не хочу, мол, да и только. Волочи день до вечера, а ночь наша.

Да не выйдет. На то придумана — бригада. Да не такая бригада, как на воле, где Иван Иванычу отдельно зарплата и Петру Петровичу отдельно зарплата. В лагере бригада — это такое устройство, чтоб не начальство зэков понукало, а зэки друг друга. Тут так: или всем *дополнительное,* или все подыхайте. Ты не работаешь, гад, а я из-за тебя голодным сидеть буду? Нет, вкалывай, падло!

А ещё подожмёт такой момент, как сейчас, тем боле не рассидишься. Волен не волен, а скачи да прыгай, поворачивайся. Если через два часа обогревалки себе не сделаем — пропадём тут все на хрен.

Инструмент Павло принёс уже, только разбирай. И труб несколько. По жестяному делу инструмента, правда, нет, но есть молоточек слесарный да топорик. Как-нибудь.

Похлопает Шухов рукавицами друг об друга, и составляет трубы, и оббивает в стыках. Опять похлопает и опять оббивает. (А мастерок тут же и спрятал недалеко. Хоть в бригаде люди свои, а подменить могут. Тот же и Кильдигс.)

И — как вымело все мысли из головы. Ни о чём Шухов сейчас не вспоминал и не заботился, а только думал — как ему колена трубные составить и вывести, чтоб не дымило. Гопчика послал проволоку искать — подвесить трубу у окна на выходе.

А в углу ещё приземистая печь есть с кирпичным выводом. У ней плита железная поверху, она калится, и на ней песок отмерзает и сохнет. Так ту печь уже растопили, и на неё кавторанг с Фетюковым носилками песок носят. Чтоб носилки носить — ума не надо. Вот и ставит бригадир на ту работу бывших начальников. Фетюков, кесь, в какой-то конторе большим начальником был. На машине ездил.

Фетюков по первым дням на кавторанга даже хвост поднял, покрикивал. Но кавторанг ему двинул в зубы раз, на том и поладили.

Уж к печи с песком сунулись ребята греться, но бригадир предупредил:

— Эх, сейчас кого-то в лоб огрею! Оборудуйте сперва!

Битой собаке только плеть покажи. И мороз лют, но бригадир лютей. Разошлись ребята опять по работам.

А бригадир, слышит Шухов, тихо Павлу́:

— Ты оставайся тут, держи крепко. Мне сейчас процентовку закрывать идти.

От процентовки больше зависит, чем от самой работы. Который бригадир умный — тот не так на работу, как на процентовку налегает. С ей кормимся. Чего не сделано — докажи, что сделано; за что дёшево платят — оберни так, чтоб дороже. На это большой ум у бригадира нужен. И блат с нормировщиками. Нормировщикам тоже *нести* надо.

А разобраться — для кого эти все проценты? Для лагеря. Лагерь через то со строительства тысячи лишние выгребает да своим лейтенантам премии выписывает. Тому ж Волковому за его плётку.

А тебе — хлеба двести грамм лишних в вечер. Двести грамм жизнью правят. На двести граммах Беломорканал построен.

Принесли воды два ведра, а она по дороге льдом схватилась. Рассудил Павло́ — нечего её и носить. Скорее тут из снега натопим. Поставили вёдра на печку.

Припёр Гопчик проволоки алюминиевой новой — той, что провода электрики тянут. Докладывает:

— Иван Денисыч! На ложки хорошая проволока. Меня научите ложку отлить?

Этого Гопчика, плута, любит Иван Денисыч (собственный его сын помер маленьким, дома дочки две взрослых). Посадили Гопчика за то, что бендеровцам в лес молоко носил. Срок дали как взрослому. Он — телёнок ласковый, ко всем мужикам ластится. А уж и хитрость у него: посылки свои в одиночку ест, иногда по ночам жуёт.

Да ведь всех и не накормишь.

Отломили проволоки на ложки, спрятали в углу. Состроил Шухов две доски, вроде стремянки, послал по ней Гопчика подвесить трубу. Гопчик, как белка, лёгкий — по перекладинам взобрался, прибил гвоздь, проволоку накинул и под трубу подпустил. Не поленился Шухов, самый-то выпуск трубы ещё с одним коленом вверх сделал. Сегодня нет ветру, а завтра будет — так чтоб дыму не задувало. Надо понимать, печка эта — для себя.

А Сенька Клевшин уже планок долгих наколол. Гопчика-хлопчика и прибивать заставили. Лазит, чертёныш, кричит сверху.

Солнце выше подтянулось, мглицу разогнало, и столбов не стало — и алым заиграло внутри. Тут и печку затопили дровами ворованными. Куда радостней!

— В январе солнышко коровке бок согрело! — объявил Шухов.

Кильдигс ящик растворный сбивать кончил, ещё топориком пристукнул, закричал:

— Слышь, Павло, за эту работу с бригадира сто рублей, меньше не возьму!

Смеётся Павло:

— Сто грамм получишь.

— Прокурор добавит! — кричит Гопчик сверху.

— Не трогьте, не трогьте! — Шухов закричал. (Не так толь резать стали.)

Показал — как.

К печке жестяной народу налезло, разогнал их Павло. Кильдигсу помощь дал и велел растворные корытца делать — наверх раствор носить. На подноску песка ещё пару людей добавил. Наверх послал — чистить от снегу подмости и саму кладку. И ещё внутри одного — песок разогретый с плиты в ящик растворный кидать.

А снаружи мотор зафырчал — шлакоблоки возить стали, машина пробивается. Выбежал Павло руками махать — показывать, куда шлакоблоки скидывать.

Одну полосу толя нашли, вторую. От толя — какое укрывище? Бумага — она бумага и есть. А всё ж вроде стенка сплошная стала. И — темней внутри. Оттого печь ярче.

Алёшка угля принёс. Одни кричат ему: сыпь! Другие: не сыпь! хоть при дровах погреемся! Стал, не знает, кого слушать.

Фетюков к печке пристроился и суёт же, дурак, валенки к самому огню. Кавторанг его за шиворот поднял и к носилкам пихает:

— Иди песок носить, фитиль!

Кавторанг — он и на лагерную работу как на морскую службу смотрит: сказано делать — значит, делай! Осунулся крепко кавторанг за последний месяц, а упряжку тянет.

Долго ли, коротко ли — вот все три окна толем зашили. Только от дверей теперь и свету. И холоду от них же. Велел Павло верхнюю часть дверей забить, а нижнюю покинуть — так, чтоб, голову нагнувши, человек войти мог. Забили.

Тем временем шлакоблоков три самосвала привезли и сбросили. Задача теперь — поднимать их как без подъёмника?

— Каменщики! Ходимте, подывымось! — пригласил Павло.

Это — дело почётное. Поднялись Шухов и Кильдигс с Павлом наверх. Трап и без того узок был, да ещё теперь Сенька перила сбил — жмись к стене, каб вниз не опрокинуться. Ещё то плохо — к перекладинам трапа снег примёрз, округлил их, ноге упору нет — как раствор носить будут?

Поглядели, где стены класть, уж с них лопатами снег снимают. Вот тут. Надо будет со старой кладки топориком лёд сколоть да веничком промести.

Прикинули, откуда шлакоблоки подавать. Вниз заглянули. Так и решили: чем по трапу таскать, четверых снизу поставить кидать шлакоблоки вон на те подмости, а тут ещё двоих, перекидывать, а по второму этажу ещё двоих, подносить, — и всё ж быстрей будет.

Наверху ветерок не сильный, но тянет. Продует, как класть будем. А за начатую кладку зайдёшь, укроешься — ничего, теплей намного.

Шухов поднял голову на небо и ахнул: небо чистое, а солнышко почти к обеду поднялось. Диво дивное: вот время за работой идёт! Сколь раз Шухов замечал: дни в лагере катятся — не оглянешься. А срок сам — ничуть не идёт, не убавляется его вовсе.

Спустились вниз, а там уж все к печке уселись, только кавторанг с Фетюковым песок носят. Разгневался Павло́, восемь человек сразу выгнал на шлакоблоки, двум велел цементу в ящик насыпать и с песком насухую размешивать, того — за водой, того — за углем. А Кильдигс — своей команде:

— Ну, мальцы, надо носилки кончать.

— Бывает, и я им помогу? — Шухов сам у Павла́ работу просит.

— Поможи́ть. — Павло́ кивает.

Тут бак принесли, снег растапливать для раствора. Слышали от кого-то, будто двенадцать часов уже.

— Не иначе как двенадцать, — объявил и Шухов. — Солнышко на перевале уже.

— Если на перевале, — отозвался кавторанг, — так, значит, не двенадцать, а час.

— Это почему ж? — поразился Шухов. — Всем дедам известно: всего выше солнце в обед стоит.

— То — дедам! — отрубил кавторанг. — А с тех пор декрет был, и солнце выше всего в час стоит.

— Чей же эт декрет?

— Советской власти!

Вышел кавторанг с носилками, да Шухов бы и спорить не стал. Неуж и солнце ихим декретам подчиняется?

Побили ещё, постучали, четыре корытца сколотили.

— Ладно, посыдымо, погриемось, — двоим каменщикам сказал Павло́. — И вы, Сенька, писля обида тоже будэтэ ложить. Сидайтэ!

И — сели к печке законно. Всё равно до обеда уж кладки не начинать, а раствор разводить некстати, замёрзнет.

Уголь накалился помалу, теперь устойчивый жар даёт. Только около печи его и чуешь, а по всему залу — холод, как был.

54   *Александр Солженицын*

Рукавицы сняли, руками близ печки водят все четверо.

А ноги близко к огню никогда в обуви не ставь, это понимать надо. Если ботинки, так в них кожа растрескается, а если валенки — отсыреют, парок пойдёт, ничуть тебе теплей не станет. А ещё ближе к огню сунешь — сожжёшь. Так с дырой до весны и протопаешь, других не жди.

— Да Шухову что? — Кильдигс подначивает. — Шухов, братцы, одной ногой почти дома.

— Вон той, босой, — подкинул кто-то. Рассмеялись. (Шухов левый горетый валенок снял и портянку согревает.)

— Шухов срок кончает.

Самому-то Кильдигсу двадцать пять дали. Это полоса была раньше такая счастливая: всем под гребёнку десять давали. А с сорок девятого такая полоса пошла — всем по двадцать пять, невзирая. Десять-то ещё можно прожить не околев, — а ну двадцать пять проживи?!

Шухову и приятно, что так на него все пальцами тычут: вот он-де срок кончает, — но сам он в это не больно верит. Вон, у кого в войну срок кончался, всех до особого распоряжения держали, до сорок шестого года. У кого и основного-то сроку три года было, так пять лет пересидки получилось. Закон — он выворотной. Кончится десятка — скажут: нá тебе ещё одну. Или в ссылку.

А иной раз подумаешь — дух сопрёт: срок-то всё ж кончается, катушка-то на размоте... Господи! Своими ногами — да на волю, а?

Только вслух об том высказывать старому лагернику непристойно. И Шухов Кильдигсу:

— Двадцать пять ты свои не считай. Двадцать пять сидеть ли, нет ли, это ещё вилами по воде. А уж я отсидел восемь полных, так это точно.

Так вот живёшь об землю рожей, и времени-то не бывает подумать: как сел? да как выйдешь?

Считается по делу, что Шухов за измену родине сел. И показания он дал, что таки да, он сдался в плен, желая изменить родине, а вернулся из плена потому, что выполнял задание немецкой разведки. Какое ж задание — ни Шухов сам не мог придумать, ни следователь. Так и оставили просто — задание.

В контрразведке били Шухова много. И расчёт был у Шухова простой: не подпишешь — бушлат деревянный, подпишешь — хоть поживёшь ещё малость. Подписал.

А было вот как: в феврале сорок второго года на Северо-Западном окружили их армию всю, и с самолётов им ничего жрать не бросали, а и самолётов тех не было. Дошли до того, что строгали копыта с лошадей околевших, размачивали ту роговицу в воде и ели. И стрелять было нечем. И так их помалу немцы по лесам ловили и брали. И вот в группе такой одной Шухов в плену побыл пару дней, там же, в лесах, — и убежали они впятером. И ещё по лесам, по болотам покрались — чудом к своим попали. Только двоих автоматчик свой на месте уложил, третий от ран умер, — двое их и дошло. Были б умней — сказали б, что по лесам бродили, и ничего б им. А они открылись: мол, из плена немецкого. Из плена?? Мать вашу так! Фашистские агенты! И за решётку. Было б их пять, может, сличили показания, поверили б, а двоим никак: сговорились, мол, гады, насчёт побега.

Сенька Клевшин услышал через глушь свою, что о побеге из плена говорят, и сказал громко:

— Я из плена три раза бежал. И три раза ловили.

Сенька, терпельник, всё молчит больше: людей не слышит и в разговор не вмешивается. Так про

Александр Солженицын

него и знают мало, только то, что он в Бухенвальде сидел и там в подпольной организации был, оружие в зону носил для восстания. И как его немцы за руки сзади спины подвешивали и палками били.

— Ты, Ваня, восемь сидел — в каких лагерях? — Кильдигс перечит. — Ты в бытовых сидел, вы там с бабами жили. Вы номеров не носили. А вот в каторжном восемь лет посиди. Ещё никто не просидел.

— С бабами!.. С *балáнами,* а не с бабами...

С брёвнами, значит.

В огонь печной Шухов уставился, и вспомнились ему семь лет его на севере. И как он на бревнотаске три года укатывал тарный кряж да шпальник. И костра вот так же огонь переменный — на лесоповале, да не дневном, а ночном повале. Закон был такой у начальника: бригада, не выполнившая дневного задания, остаётся на ночь в лесу.

Уж за полночь до лагеря дотянутся, утром опять в лес.

— Не-ет, братцы... здесь поспокойнéй, пожалуй, — прошепелявил он. — Тут съём — закон. Выполнил, не выполнил — катись в зону. И гарантийка тут на сто грамм выше. Тут — жить можно. Особый — и пусть он особый, номера тебе мешают, что ль? Они не весят, номера.

— Поспокойнéй! — Фетюков шипит (дело к перерыву, и все к печке подтянулись). — Людей в постелях режут! Поспокойнéй!..

— Нэ людын, а стукачúв! — Павлó палец поднял, грозит Фетюкову.

И правда, чего-то новое в лагере началось. Двух стукачей известных прям на вагонке зарезали, по подъёму. И потом ещё работягу невинного — место, что ль, спутали. И один стукач сам к начальству в БУР убежал, там его, в тюрьме каменной, и спрятали. Чу́дно... Такого в бытовых не было. Да и здесь-то не было...

Вдруг прогудел гудок с энергопоезда. Он не сразу во всю мочь загудел, а сперва хрипловато так, будто горло прочищал.

Полдня — долой! Перерыв обеденный!

Эх, пропустили! Давно б в столовую идти, очередь занимать. На объекте одиннадцать бригад, а в столовую больше двух не входит.

Бригадира всё нет. Павло окинул оком быстрым и так решил:

— Шухов и Гопчик — со мной! Кильдигс! Як Гопчика до вас пришлю — веди́ть за́раз бригаду!

Места их у печи тут же и захватили, окружили ту печку, как бабу, все обнимать лезут.

— Кончай ночевать! — кричат ребята. — Закуривай!

И друг на друга смотрят — кто закурит. А закуривать некому — или табака нет, или зажимают, показать не хотят.

Вышли наружу с Павлом. И Гопчик сзади зайчишкой бежит.

— Потеплело, — сразу определил Шухов. — Градусов восемнадцать, не боле. Хорошо будет класть.

Оглянулись на шлакоблоки — уж ребята на подмости покидали многие, а какие и на перекрытие, на второй этаж.

И солнце тоже Шухов проверил, сощурясь, — насчёт кавторангова декрета.

А наоткрыте, где ветру простор, всё же потягивает, пощипывает. Не забывайся, мол, помни январь.

Производственная кухня — это халабуда маленькая, из тёсу сколоченная вокруг печи, да ещё жестью проржавленной обитая, чтобы щели закрыть. Внутри халабуду надвое делит перегородка — на кухню и на столовую. Одинаково, что на кухне полы не сте-

Александр Солженицын

лены, что в столовой. Как землю заторили ногами, так и осталась в буграх да в ямках. А кухня вся — печь квадратная, в неё котёл вмазан.

Орудуют на той кухне двое — повар и санинструктор. С утра, как из лагеря выходить, получает повар на большой лагерной кухне крупу. На брата, наверно, грамм по пятьдесят, на бригаду — кило, а на объект получается немногим меньше пуда. Сам повар того мешка с крупой три километра нести не станет, даёт нести *шестёрке*. Чем самому спину ломать, лучше тому шестёрке выделить порцию лишнюю за счёт работяг. Воду принести, дров, печку растопить — тоже не сам повар делает, тоже работяги да доходяги — и им он по порции, чужого не жалко. Ещё положено, чтоб ели, не выходя со столовой: миски тоже из лагеря носить приходится (на объекте не оставишь, ночью вольные сопрут), так носят их полсотни, не больше, а тут моют да оборачивают побыстрей (носчику мисок — тоже порция сверх). Чтоб мисок из столовой не выносили — ставят ещё нового шестёрку на дверях, не выпускать мисок. Но как он ни стереги — всё равно унесут, уговорят ли, глаза ли отведут. Так ещё надо по всему, по всему объекту сборщика пустить: миски собирать грязные и опять их на кухню стаскивать. И тому порцию. И тому порцию.

Сам повар только вот что делает: крупу да соль в котёл засыпает, жиры делит — в котёл и себе. (Хороший жир до работяг не доходит, плохой жир — весь в котле. Так зэки больше любят, чтоб со склада отпускали жиры плохие.) Ещё — помешивает кашу, как доспевает. А санинструктор и этого не делает: сидит смотрит. Дошла каша — сейчас санинструктору: ешь от пуза. И сам — от пуза. Тут дежурный бригадир приходит — меняются они ежедён — пробу снимать, проверять будто, можно ли такой кашей работяг кормить. За дежурство ему — двойную порцию. Да с бригадой получит.

Тут и гудок. Тут приходят бригады в черёд, и выдаёт повар в окошко миски, а в мисках тех дно покрыто кашицей, и сколько там твоей крупы — не спросишь и не взвесишь, только сто тебе редек в рот, если рот откроешь.

Свистит над голой степью ветер — летом суховейный, зимой морозный. Отроду в степи той ничего не росло, а меж проволоками четырьмя — и подавно. Хлеб растёт в хлеборезке одной, овёс колосится — на продскладе. И хоть спину тут в работе переломи, хоть животом ляжь — из земли еды не выколотишь, больше, чем начальничек тебе выпишет, не получишь. А и того не получишь за поварами, да за шестёрками, да за придурками. И здесь воруют, и в зоне воруют, и ещё раньше на складе воруют. И все те, кто воруют, киркой сами не вкалывают. А ты — вкалывай и бери, что дают. И отходи от окошка.

Кто кого сможет, тот того и гложет.

Вошли Павло́ с Шуховым и с Гопчиком в столовую — там прямо один к одному стоят, не видно за спинами ни столов куцых, ни лавок. Кто сидя ест, а больше стоя. 82-я бригада, какая ямки долбала без угреву полдня, — она-то первые места по гудку и захватила. Теперь и поевши не уйдёт — уходить ей некуда. Ругаются на неё другие, а ей что по спине, что по стене — всё отрадней, чем на морозе.

Пробились Павло́ и Шухов локтями. Хорошо пришли: одна бригада получает, да одна всего в очереди, тоже помбригадиры у окошка стоят. Остальные, значит, за нами будут.

— Миски! Миски! — повар кричит из окошка, и уж ему суют отсюда, и Шухов тоже собирает и суёт — не ради каши лишней, а быстрее чтоб.

Александр Солженицын

Ещё там сейчас за перегородкой шестёрки миски моют — это тоже за кашу.

Начал получать тот помбригадир, что перед Павлом, — Павло крикнул через головы:

— Гопчик!

— Я! — от двери. Тонюсенький у него голосочек, как у козлёнка.

— Зови бригаду!

Убёг.

Главное, каша сегодня хороша, лучшая каша — овсянка. Не часто она бывает. Больше идёт магара по два раза в день или мучная затирка. В овсянке между зёрнами — навар этот сытен, он-то и дорог.

Сколища Шухов смолоду овса лошадям скормил — никогда не думал, что будет всей душой изнывать по горсточке этого овса.

— Мисок! Мисок! — кричат из окошка.

Подходит и 104-й очередь. Передний помбригадир в свою миску получил двойную «бригадирскую», отвалил от окошка.

Тоже за счёт работяг идёт — и тоже никто не перечит. На каждого бригадира такую дают, а он хоть сам ешь, хоть помощнику отдавай. Тюрин Павлу отдаёт.

Шухову сейчас работа такая: вклинился он за столом, двух доходяг согнал, одного работягу по-хорошему попросил, очистил стола кусок мисок на двенадцать, если вплоть их ставить, да на них вторым этажом шесть станут, да ещё сверху две, теперь надо от Павла миски принимать, счёт его повторять и доглядывать, чтоб чужой никто миску со стола не увёл. И не толкнул бы локтем никто, не опрокинул. А тут же рядом вылезают с лавки, влезают, едят. Надо глазом границу держать: миску — свою едят? или в нашу залезли?

— Две! Четыре! Шесть! — считает повар за окошком. Он сразу по две в руки даёт. Так ему легче, по одной сбиться можно.

— Дви, чотыри, шисть, — негромко повторяет Павло туда ему в окошко. И сразу по две миски передаёт Шухову, а Шухов на стол ставит. Шухов вслух ничего не повторяет, а считает острей их.

— Восемь, десять.

Что это Кильдигс бригаду не ведёт?

— Двенадцать, четырнадцать... — идёт счёт.

Да мисок недостало на кухне. Мимо головы и плеча Павла видно и Шухову: две руки повара поставили две миски в окошечке и, держась за них, остановились, как бы в раздумье. Должно, он повернулся и посудомоев ругает. А тут ему в окошечко ещё стопку мисок опорожненных суют. Он с тех нижних мисок руки стронул, стопку порожних назад передаёт.

Шухов покинул всю гору мисок своих за столом, ногой через скамью перемахнул, обе миски потянул и, вроде не для повара, а для Павла, повторил не очень громко:

— Четырнадцать.

— Стой! Куда потянул? — заорал повар.

— Наш, наш, — подтвердил Павло.

— Ваш-то ваш, да счёта не сбивай!

— Четырнáйцать, — пожал плечами Павлó. Он-то бы сам не стал миски *косить,* ему, как помбригадиру, авторитет надо держать, ну а тут повторил за Шуховым, на него же и свалить можно.

— Я «четырнадцать» уже говорил! — разоряется повар.

— Ну что ж, что говорил! А сам не дал, руками задержал! — шумнул Шухов. — Иди считай, не веришь? Вот они, на столе все!

Александр Солженицын

Шухов кричал повару, но уже заметил двух эстонцев, пробивавшихся к нему, и две миски с ходу им сунул. И ещё он успел вернуться к столу, и ещё успел сочнуть, что все на месте, соседи спереть ничего не управились, а свободно могли.

В окошке вплотну показалась красная рожа повара.

— Где миски? — строго спросил он.

— На, пожалуйста! — кричал Шухов. — Отодвинься ты, друг ситный, не засть! — толкнул он кого-то. — Вот две! — Он две миски второго этажа поднял повыше. — И вон три ряда по четыре, аккурат, считай.

— А бригада не пришла? — недоверчиво смотрел повар в том маленьком просторе, который давало ему окошко, для того и узкое, чтоб к нему из столовой не подглядывали, сколько там в котле осталось.

— Ни, нэма ще бригады, — покачал головой Павло.

— Так какого ж вы хрена миски занимаете, когда бригады нет? — рассвирепел повар.

— Вон, вон бригада! — закричал Шухов.

И все услышали окрики кавторанга в дверях, как с капитанского мостика:

— Чего столпились? Поели — и выходи! Дай другим!

Повар пробуркотел ещё, выпрямился, и опять в окошке появились его руки.

— Шестнадцать, восемнадцать...

И, последнюю налив, двойную:

— Двадцать три. Всё! Следующая!

Стали пробиваться бригадники, и Павло протягивал им миски, кому через головы сидящих, на второй стол.

На скамейке на каждой летом село бы человек по пять, но как сейчас все одеты были толсто — еле по четыре умещалось, и то ложками им двигать было несправно.

Рассчитывая, что из закошенных двух порций уж хоть одна-то будет его, Шухов быстро принялся за свою кровную. Для того он колено правое подтянул к животу, из-под валеного голенища вытянул ложку «Усть-Ижма, 1944», шапку снял, поджал под левую мышку, а ложкою обтронул кашу с краёв.

Вот эту минуту надо было сейчас всю собрать на еду и, каши той тонкий пласт со дна снимая, обережно в рот доносить, а там языком переминать. Но приходилось поспешить, чтобы Павло увидел, что он уже кончил, и предложил бы ему вторую кашу. А тут ещё Фетюков, который пришёл с эстонцами вместе, всё подметил, как две каши закосили, стал прямо против Павла и ел стоя, поглядывая на четыре оставшихся неразобранных бригадных порции. Он хотел тем показать Павлу, что ему тоже надо бы дать если не порцию, то хоть полпорции.

Смуглый молодой Павло, однако, спокойно ел свою двойную, и по его лицу никак было не знать, видит ли он, кто тут рядом, и помнит ли, что две порции лишних.

Шухов доел кашу. Оттого, что он желудок свой раззявил сразу на две — от одной ему не стало сытно, как становилось всегда от овсянки. Шухов полез во внутренний карман, из тряпицы беленькой достал свой незамёрзлый полукруглый кусочек верхней корочки, ею стал бережно вытирать все остатки овсяной размазни со дна и разложистых боковин миски. Насобирав, он слизывал кашу с корочки языком и ещё собирал корочкою с эстолько. Наконец миска была чиста, как вымыта, разве чуть замутнена. Он через плечо отдал миску сборщику и продолжал минуту сидеть со снятой шапкой.

Александр Солженицын

Хоть закосил миски Шухов, а хозяин им — помбригадир.

Павло потомил ещё немного, пока тоже кончил свою миску, но не вылизывал, а только ложку облизал, спрятал, перекрестился. И тогда тронул слегка — передвинуть было тесно — две миски из четырёх, как бы тем отдавая их Шухову.

— Иван Денисович. Одну соби визмить, а одну Цезарю отдасьте.

Шухов помнил, что одну миску надо Цезарю нести в контору (Цезарь сам никогда не унижался ходить в столовую ни здесь, ни в лагере), — помнил, но, когда Павло коснулся сразу двух мисок, сердце Шухова обмерло: не обе ли лишние ему отдавал Павло? И сейчас же опять пошло сердце своим ходом.

И сейчас же он наклонился над своей законной добычей и стал есть рассудительно, не чувствуя, как толкали его в спину новые бригады. Он досадовал только, не отдали бы вторую кашу Фетюкову. Шакалить Фетюков всегда мастак, а закосить бы смелости не хватило.

...А вблизи от них сидел за столом кавторанг Буйновский. Он давно уже кончил свою кашу и не знал, что в бригаде есть лишние, и не оглядывался, сколько их там осталось у помбригадира. Он просто разомлел, разогрелся, не имел сил встать и идти на мороз или в холодную, необогревающую обогревалку. Он так же занимал сейчас незаконное место здесь и мешал новоприбывающим бригадам, как те, кого пять минут назад он изгонял своим металлическим голосом. Он недавно был в лагере, недавно на общих работах. Такие минуты, как сейчас, были (он не знал этого) особо важными для него минутами, превращавшими его из властного звонкого морского офицера в малоподвижного осмотрительного зэка, только этой малоподвижностью и могущего перемочь отвёрстанные ему двадцать пять лет тюрьмы.

...На него уже кричали и в спину толкали, чтоб он освобождал место.

Павло сказал:

— Капитан! А, капитан?

Буйновский вздрогнул, как просыпаясь, и оглянулся.

Павло протянул ему кашу, не спрашивая, хочет ли он.

Брови Буйновского поднялись, глаза его смотрели на кашу, как на чудо невиданное.

— Берить, берить, — успокоил его Павло и, забрав последнюю кашу для бригадира, ушёл.

Виноватая улыбка раздвинула истресканные губы капитана, ходившего и вокруг Европы, и Великим северным путём. И он наклонился, счастливый, над неполным черпаком жидкой овсяной каши, безжирной вовсе, — над овсом и водой.

Фетюков злобно посмотрел на Шухова, на капитана и отошёл.

А по Шухову, правильно, что капитану отдали. Придёт пора, и капитан жить научится, а пока не умеет.

Ещё Шухов слабую надежду имел — не отдаст ли ему и Цезарь своей каши? Но не должен бы отдать, потому что посылки не получал уже две недели.

После второй каши так же вылизав донце и развал миски корочкой хлеба и так же слизывая с корочки каждый раз, Шухов напоследок съел и саму корочку. После чего взял охолоделую кашу Цезаря и пошёл.

— В контору! — оттолкнул он шестёрку на дверях, не пропускавшего с миской.

Александр Солженицын

Контора была — рубленая изба близ вахты. Дым, как утром, и посейчас всё валил из её трубы. Топил там печку дневальный, он же и посыльный, повремёнку ему выписывают. А щепок да палочья для конторы не жалеют.

Заскрипел Шухов дверью тамбура, ещё потом одной дверью, обитой паклею, и, вваливая клубы морозного пара, вошёл внутрь и быстренько притянул за собой дверь (спеша, чтоб не крикнули на него: «Эй, ты, вахлак, дверь закрывай!»).

Жара ему показалась в конторе, ровно в бане. Через окна с обтаявшим льдом солнышко играло уже не зло, как там, на верху ТЭЦ, а весело. И расходился в луче широкий дым от трубки Цезаря, как ладан в церкви. А печка вся красно насквозь светилась, так раскалили, идолы. И трубы докрасна.

В таком тепле только присядь на миг — и заснёшь тут же.

Комнат в конторе две. Второй, прорабской, дверь недоприкрыта, и оттуда голос прораба гремит:

— Мы имеем перерасход по фонду заработной платы и перерасход по стройматериалам. Ценнейшие доски, не говорю уже о сборных щитах, у вас заключённые на дрова рубят и в обогревалках сжигают, а вы не видите ничего. А цемент около склада на днях заключённые разгружали на сильном ветру и ещё носилками носили по десяти метров, так вся площадка вокруг склада в цементе по щиколотку, и рабочие ушли не чёрные, а серые. Сколько потерь!

Совещание, значит, у прораба. Должно, с десятниками.

У входа в углу сидит дневальный на табуретке, разомлел. Дальше Шкуропатенко, Б-219, жердь кривая, бельмом уставился в окошко, доглядает и сейчас, не прут ли его дома сборные. Толь-то проахал, дядя.

Бухгалтера два, тоже зэки, хлеб поджаривают на печке. Чтоб не горел — сеточку такую подстроили из проволоки.

Цезарь трубку курит, у стола своего развалясь. К Шухову он спиной, не видит.

А против него сидит X-123, двадцатилетник, каторжанин по приговору, жилистый старик. Кашу ест.

— Нет, батенька, — мягко этак, попуская, говорит Цезарь, — объективность требует признать, что Эйзенштейн гениален. «Иоанн Грозный» — разве это не гениально? Пляска опричников с личиной! Сцена в соборе!

— Кривлянье! — ложку перед ртом задержа, сердится X-123. — Так много искусства, что уже и не искусство. Перец и мак вместо хлеба насущного! И потом же гнуснейшая политическая идея — оправдание единоличной тирании. Глумление над памятью трёх поколений русской интеллигенции! — (Кашу ест ртом бесчувственным, она ему не впрок.)

— Но какую трактовку пропустили бы иначе?..

— Ах пропустили бы? Так не говорите, что гений! Скажите, что подхалим, заказ собачий выполнял. Гении не подгоняют трактовку под вкус тиранов!

— Гм, гм, — откашлялся Шухов, стесняясь прервать образованный разговор. Ну и тоже стоять ему тут было ни к чему.

Цезарь оборотился, руку протянул за кашей, на Шухова и не посмотрел, будто каша сама приехала по воздуху, — и за своё:

— Но слушайте, искусство — это не *что*, а *как*.

Подхватился X-123 и ребром ладони по столу, по столу:

— Нет уж, к чёртовой матери ваше «как», если оно добрых чувств во мне не пробудит!

Постоял Шухов ровно сколько прилично было постоять, отдав кашу. Он ждал, не угостит ли его Цезарь покурить. Но Цезарь совсем об нём не помнил, что он тут, за спиной.

И Шухов, поворотясь, ушёл тихо.

Ничего, не шибко холодно на улице. Кладка сегодня как ни то пойдёт.

Шёл Шухов тропою и увидел на снегу кусок стальной ножовки, полотна поломанного кусок. Хоть ни для какой надобности ему такой кусок не определялся, однако нужды своей вперёд не знаешь. Подобрал, сунул в карман брюк. Спрятать её на ТЭЦ. Запасливый лучше богатого.

На ТЭЦ придя, прежде всего он достал спрятанный мастерок и засунул его за свою верёвочную опоясочку. Потом уж нырнул в растворную.

Там после солнца совсем темно ему показалось и не теплей, чем на улице. Сыроватей как-то.

Сгрудились все около круглой печурки, поставленной Шуховым, и около той, где песок греется, пуская из себя парок. Кому места не хватило — сидят на ребре ящика растворного. Бригадир у самой печки сидит, кашу доедает. На печке ему Павло кашу разогрел.

Шу-шу — среди ребят. Повеселели ребята. И Ивану Денисычу тоже тихо говорят: бригадир процентовку хорошо закрыл. Весёлый пришёл.

Уж где он там работу нашёл, какую — это его, бригадирова, ума дело. Сегодня вот за полдня что сделали? Ничего. Установку печки не оплатят, и обогревалку не оплатят: это для себя делали, не для производства. А в наряде что-то писать надо. Может, ещё Цезарь бригадиру что в нарядах подмучает — уважителен к нему бригадир, зря бы не стал.

«Хорошо закрыл» — значит, теперь пять дней пайки хорошие будут. Пять, положим, не пять, а четыре только: из пяти дней один захалтыривает начальство, катит на гарантийке весь лагерь вровень, и лучших и худших. Вроде не обидно никому, всем ведь поровну, а экономят на нашем брюхе. Ладно, зэка желудок всё перетерпливает: сегодня как-нибудь, а завтра наедимся. С этой мечтой и спать ложится лагерь в день гарантийки.

А разобраться — пять дней работаем, а четыре дня едим.

Не шумит бригада. У кого есть — покуривают втихомолку. Сгрудились во теми — и на огонь смотрят. Как семья большая. Она и есть семья, бригада. Слушают, как бригадир у печки двум-трём рассказывает. Он слов зря никогда не роняет, уж если рассказывать пустился — значит, в доброй душе.

Тоже он в шапке есть не научился, Андрей Прокофьич. Без шапки голова его уже старая. Стрижена коротко, как у всех, а и в печном огне видать, сколь седины меж его сероватых волос рассеяно.

— ...Я и перед командиром батальона дрожал, а тут комполка! «Красноармеец Тюрин по вашему распоряжению...» Из-под бровей диких уставился: «А зовут как, а по отчеству?» Говорю. «Год рождения?» Говорю. Мне тогда, в тридцатом году, что ж, двадцать два годика было, телёнок. «Ну, как служишь, Тюрин?» — «Служу трудовому народу!» Как вскипятится, да двумя руками по столу — хлоп! «Служишь ты трудовому народу, да кто ты сам, подлец?!» Та́к меня варом внутри!.. Но креплюсь: «Стрелок-пулемётчик, первый номер. Отличник боевой и полити...» — «Ка-кой первый номер, гад? Отец твой кулак! Вот, из Каменя бумажка пришла! Отец твой кулак, а ты скрылся, второй год тебя ищут!» Побледнел я, молчу. Год писем домой не писал, чтоб следа не нашли. И живы ли там, ничего не знал, ни дома про меня. «Какая ж у тебя совесть, — орёт, четыре шпалы трясутся, — обманывать рабоче-крестьянскую власть?» Я думал, бить будет. Нет, не стал. Подписал приказ — шесть часов и за ворота выгнать... А на дворе — ноябрь. Обмундирование зимнее содрали, выдали летнее, б/у, третьего срока носки, шинельку кургузую. Я — раз...бай был, не знал, что могу не сдать, послать их... И лютую справочку на руки: «Уволен из рядов... как сын кулака». Только на работу с той справкой. Добираться мне поездом четверо суток — литеры железнодорожной не выписали, довольствия не выдали ни на день единый. Накормили обедом последний раз и выпихнули из военного городка.

...Между прочим, в тридцать восьмом на Котласской пересылке встретил я своего бывшего комвзвода, тоже ему десятку сунули. Так узнал от него: и тот комполка и комиссар — обая расстреляны в тридцать седьмом. Там уж были они пролетарии или кулаки... Имели совесть или не имели... Перекрестился я и говорю: «Всё ж Ты есть, Создатель, на небе. Долго терпишь, да больно бьёшь».

После двух мисок каши закурить хотелось Шухову горше смерти. И, располагая купить у латыша из седьмого барака два стакана самосада и тогда рассчитаться, Шухов тихо сказал эстонцу-рыбаку:

— Слышь, Эйно, на одну закрутку займи мне до завтра. Ведь я не обману.

Эйно посмотрел Шухову в глаза прямо, потом не спеша так же перевёл на брата названого. Всё у них пополам, ни табачинки один не потратит. Чего-то промычали друг другу, и достал Эйно кисет, расписанный розовым шнуром. Из кисета того вынул щепоть табаку фабричной резки, положил на ладонь Шухову, примерился и ещё несколько ленточек добавил. Как раз на одну завёртку, не больше.

А газетка у Шухова есть. Оторвал, скрутил, поднял уголёк, скатившийся меж ног бригадира, — и потянул! и потянул! И кружь такая пошла по телу всему, и даже как будто хмель в ноги и в голову.

Только закурил, а уж черезо всю растворную на него глаза зелёные вспыхнули: Фетюков. Можно б и смиловаться, дать ему, шакалу, да уж он сегодня подстреливал, Шухов видел. А лучше Сеньке Клевшину оставить. Он и не слышит, чего там бригадир рассказывает, сидит, горюня, перед огнём, набок голову склоня.

Бригадира лицо рябое освещено из печи. Рассказывает без жалости, как не об себе:

— Барахольце, какое было, загнал скупщику за четверть цены. Купил из-под полы две буханки хлеба, уж карточки тогда были. Думал товарными добираться, но и против того законы суровые вышли: стрелять на товарных поездах... А билетов, кто помнит, и за деньги не купить было, не то что без денег. Все привокзальные площади мужицкими тулупами выстланы. Там же с голоду и подыхали, не уехав. Билеты известно кому выдавали — ГПУ, армии, командировочным. На перрон тоже не было ходу: в дверях милиция, с обех сторон станции охранники по путям бродят. Солнце холодное клонится, подстывают лужи — где ночевать?.. Осилил я каменную гладкую стенку, перемахнул с буханками — и в перронную уборную. Там постоял — никто не гонится. Выхожу как пассажир, солдатик. А на путе́ стоит как раз Владивосток — Москва. За кипятком — свалка, друг друга котелками по головам. Кружится девушка в синей кофточке с двухлитровым чайником, а подступить к кипятильнику боится. Ноги у неё крохотулечные, обшпарят или отдавят. «На, говорю, буханки мои, сейчас тебе кипятку!» Пока налил, а поезд

Александр Солженицын

трогает. Она буханки мои дёржит, плачет, что с ими делать, чайник бросить рада. «Беги, кричу, беги, я за тобой!» Она впередé, я следом. Догнал, одной рукой подсаживаю, — а поезд гону! Я — тоже на подножку. Не стал меня кондуктор ни по пальцам бить, ни в грудки спихивать: ехали другие бойцы в вагоне, он меня с ними попутал.

Толкнул Шухов Сеньку под бок: на, докури, мол, недобычник. С мундштуком ему своим деревянным и дал, пусть пососёт, нечего тут. Сенька, он чудак, как артист: руку одну к сердцу прижал и головой кивает. Ну да что с глухого!..

Рассказывает бригадир:

— Шесть их, девушек, в купе закрытом ехало, ленинградские студентки с практики. На столике у них маслице да фуяслице, плащи на крючках покачиваются, чемоданчики в чехолках. Едут мимо жизни, семафоры зелёные... Поговорили, пошутили, чаю вместе выпили. А вы, спрашивают, из какого вагона? Вздохнул я и открылся: из такого я, девушки, вагона, что вам жить, а мне умирать...

Тихо в растворной. Печка горит.

— Ахали, охали, совещались... Всё ж прикрыли меня плащами на третьей полке. Тогда кондуктора с гепеушниками ходили. Не о билете шло — о шкуре. До Новосибирска дотаили, довезли... Между прочим, одну из тех девочек я потом на Печоре отблагодарил: она в тридцать пятом в кировском потоке попала, доходила на *общих*, я её в портняжную устроил.

— Може, раствор робыть? — Павло шёпотом бригадира спрашивает.

Не слышит бригадир.

— Домой я ночью пришёл с огородов. Отца уже угнали, мать с ребятишками этапа ждала. Уж была обо мне телеграмма, и сельсовет искал меня взять.

Трясёмся, свет погасили и на пол сели под стенку, а то активисты по деревне ходили и в окна заглядывали. Тою же ночью я маленького братишку прихватил и повёз в тёплые страны, во Фрунзю. Кормить было нечем что его, что себя. Во Фрунзи асфальт варили в котле, и шпана кругом сидела. Я подсел к ним: «Слушай, господа бесштанные! Возьмите моего братишку в обучение, научите его, как жить!» Взяли... Жалею, что и сам к блатным не пристал...

— И никогда больше брата не встречали? — кавторанг спросил.

Тюрин зевнул.

— Не, никогда не встречал. — Ещё зевнул. Сказал: — Ну, не горюй, ребята! Обживёмся и на ТЭЦ. Кому раствор разводить — начинайте, гудка не ждите.

Вот это оно и есть — бригада. Начальник и в рабочий-то час работягу не сдвинет, а бригадир и в перерыв сказал — работать, значит — работать. Потому что он кормит, бригадир. И зря не заставит тоже.

По гудку если раствор разводить, так каменщикам — стой?

Вздохнул Шухов и поднялся.

— Пойти лёд сколоть.

Взял с собой для лёду топорик и метёлку, а для кладки — молоточек каменотёсный, рейку, шнурок, отвес.

Кильдигс румяный посмотрел на Шухова, скривился — мол, чего поперёк бригадира выпрыгнул? Да ведь Кильдигсу не думать, из чего бригаду кормить: ему, лысому, хоть на двести грамм хлеба и помене — он с посылками проживёт.

А всё же встаёт, понимает. Бригаду держать из-за себя нельзя.

— Подожди, Ваня, и я пойду! — обзывает.

Александр Солженицын

Небось, небось, толстощёкий. На себя б работал — ещё б раньше поднялся.

(А ещё потому Шухов поспешил, чтоб отвес прежде Кильдигса захватить, отвес-то из инструменталки взят один.)

Павло спросил бригадира:

— Мают класть утрёх? Ще одного нэ поставимо? Або раствора нэ выстаче?

Бригадир насупился, подумал.

— Четвёртым я сам стану, Павло. А ты тут — раствор! Ящик велик, поставь человек шесть, и так: из одной половины готовый раствор выбирать, в другой половине новый замешивать. Чтобы мне перерыву ни минуты!

— Эх! — Павло вскочил, парень молодой, кровь свежая, лагерями ещё не трёпан, на галушках украинских ряжка отъеденная. — Як вы сами класть, так я сам — раствор робыть! А подывымось, кто бильш наробэ! А дэ тут найдлинниша лопата!

Вот это и есть бригада! Стрелял Павло из-под леса да на районы ночью налётывал — стал бы он тут горбить! А для бригадира — это дело другое!

Вышли Шухов с Кильдигсом наверх, слышат — и Сенька сзади по трапу скрипит: Догадался, глухой.

На втором этаже стены только начаты кладкой: в три ряда кругом и редко где подняты выше. Самая это спорая кладка — от колен до груди, без подмостей.

А подмости, какие тут раньше были, и козелки — всё зэки растащили: что на другие здания унесли, что спалили — лишь бы чужим бригадам не досталось. Теперь, по-хозяйски ведя, уже завтра надо козелки сбивать, а то остановимся.

Далеко видно с верха ТЭЦ: и вся зона вокруг заснеженная, пустынная (попрятались зэки, греются до гудка), и вышки чёрные, и столбы заострённые, под колючку. Сама колючка по солнцу видна, а против — нет. Солнце яро блещет, глаз не раскроешь.

А ещё невдали видно — энергопоезд. Ну дымит, небо коптит! И — задышал тяжко. Хрип такой больной всегда у него перед гудком. Вот и загудел. Не много и переработали.

— Эй, стака́новец! Ты с отвесиком побыстрей управляйся! — Кильдигс подгоняет.

— Да на твоей стене смотри лёду сколько! Ты лёд к вечеру сколешь ли? Мастерка-то бы зря наверх не таскал, — изгаляется над ним и Шухов.

Хотели по тем стенкам становиться, как до обеда их разделили, а тут бригадир снизу кричит:

— Эй, ребята! Чтоб раствор в ящиках не мёрз, по двое станем. Шухов! Ты на свою стену Клевшина возьми, а я с Кильдигсом буду. А пока Гопчик за меня у Кильдигса стенку очистит.

Переглянулись Шухов с Кильдигсом. Верно. Так спорей. И — схватились за топоры.

И не видел больше Шухов ни озора дальнего, где солнце блеснило по снегу, ни как по зоне разбредались из обогревалок работяги — кто ямки долбать, с утра не додолбанные, кто арматуру крепить, кто стропила поднимать на мастерских. Шухов видел только стену свою — от развязки слева, где кладка поднималась ступеньками выше пояса, и направо до угла, где сходилась его стена и Кильдигсова. Он указал Сеньке, где тому снимать лёд, и сам ретиво рубил его то обухом, то лезвием, так что брызги льда разлетались вокруг и в морду тоже, работу эту он правил лихо, но вовсе не думая. А думка его и глаза его вычуивали из-подо льда саму стену, наружную фасадную стену ТЭЦ в два шлакоблока. Стену в этом месте прежде клал неизвестный ему каменщик, не разумея или

Александр Солженицын

халтуря, а теперь Шухов обвыкал со стеной, как со своей. Вот тут — провалина, её выровнять за один ряд нельзя, придётся ряда за три, всякий раз подбавляя раствора потолще. Вот тут наружу стена пузом выдалась — это спрямить ряда за два. И разделил он стену невидимой метой — до коих сам будет класть от левой ступенчатой развязки и от коих Сенька направо до Кильдигса. Там, на углу, рассчитал он, Кильдигс не удержится, за Сеньку малость положит, вот ему и легче будет. А пока те на уголке будут ковыряться, Шухов тут погонит больше полстены, чтоб наша пара не отставала. И наметил он, куда ему сколько шлакоблоков класть. И лишь подносчики шлакоблоков наверх взлезли, он тут же Алёшку заарканил:

— Мне носи! Вот сюда клади! И сюда.

Сенька лёд докалывал, а Шухов уже схватил метёлку из проволоки стальной, двумя руками схватил и туда-сюда, туда-сюда пошёл ею стену драить, очищая верхний ряд шлакоблоков хоть не дочиста, но до лёгкой рядинки снежной, и особенно из швов.

Взлез наверх и бригадир, и, пока Шухов ещё с метёлкой чушкался, прибил бригадир рейку на углу. А по краям у Шухова и Кильдигса давно стоят.

— Гэй! — кричит Павло снизу. — Чи там ё жива людына навэрси? Тримайтэ раствор!

Шухов аж взопрел: шнур-то ещё не натянут! Запалился. Так решил: шнур натянуть не на ряд, не на два, а сразу на три, с запасом. А чтобы Сеньке легче было, ещё прихватить у него кусок наружного ряда, а чуть внутреннего ему покинуть.

Шнур по верхней бровке натягивая, объяснил Сеньке и словами и знаками, где ему класть. Понял глухой. Губы закуся, глаза перекосив, в сторону бригадировой стены кивает — мол, дадим огоньку? Не отстанем! Смеётся.

А уж по трапу и раствор несут. Раствор будут четыре пары носить. Решил бригадир ящиков растворных близ каменщиков не ставить никаких — ведь раствор от перекладывания только мёрзнуть будет. А прямо носилки поставили — и разбирай два каменщика на стену, клади. Тем временем подносчикам, чтобы не мёрзнуть на верхотуре зря, шлакоблоки поверху подбрасывать. Как вычерпают их носилки, снизу без перерыву — вторые, а эти катись вниз. Там носилки у печки оттаивай от замёрзшего раствору, ну и сами сколько успеете.

Принесли двое носилок сразу — на Кильдигсову стену и на шуховскую. Раствор парует на морозе, дымится, а тепла в нём чуть. Мастерком его на стену шлёпнув да зазеваешься — он и прихвачен. И бить его тогда тесачком молотка, мастерком не собьёшь. А и шлакоблок положишь чуть не так — и уж примёрз, перекособоченный. Теперь только обухом топора тот шлакоблок сбивать да раствор скалывать.

Но Шухов не ошибается. Шлакоблоки не все один в один. Какой с отбитым углом, с помятым ребром или с приливом — сразу Шухов это видит, и видит, какой стороной этот шлакоблок лечь хочет, и видит то место на стене, которое этого шлакоблока ждёт.

Мастерком захватывает Шухов дымящийся раствор — и на то место бросает и запоминает, где прошёл нижний шов (на тот шов серединой верхнего шлакоблока потом угодить). Раствора бросает он ровно столько, сколько под один шлакоблок. И хватает из кучки шлакоблок (но с осторожкою хватает — не продрать бы рукавицу, шлакоблоки дерут больно). И ещё раствор мастерком разровняв — шлёп туда шлакоблок! И сейчас же, сейчас его подровнять, боком мастерка подбить, если не так: чтоб наружная стена шла по отвесу, и чтобы вдлинь кир-

Александр Солженицын

пич плашмя лежал, и чтобы поперёк тоже плашмя. И уж он схвачен, примёрз.

Теперь, если по бокам из-под него выдавилось раствору, раствор этот ребром же мастерка отбить поскорей, со стены сошвырнуть (летом он под следующий кирпич идёт, сейчас и не думай) и опять нижние швы посмотреть — бывает, там не целый блок, а накрошено их, — и раствору опять бросить, да чтобы под левый бок толще, и шлакоблок не просто класть, а справа налево полозом, он и выдавит этот лишек раствора меж собой и слева соседом. Глазом по отвесу. Глазом плашмя. Схвачено. Следу-щий!

Пошла работа. Два ряда как выложим да старые огрехи подровняем, так вовсе гладко пойдёт. А сейчас — зорче смотреть!

И погнал, и погнал наружный ряд к Сеньке навстречу. И Сенька там на углу с бригадиром разошёлся, тоже сюда идёт.

Подносчикам мигнул Шухов — раствор, раствор под руку перетаскивайте, живо! Такая пошла работа — недосуг носу утереть.

Как сошлись с Сенькой да почали из одного ящика черпать — а уж и с заскрёбом.

— Раствору! — орёт Шухов через стенку.

— Да-е-мо́! — Павло кричит.

Принесли носилки. Вычерпали сколько было жидкого, а уж по стенкам схватился — выцарапывай сами! Нарастёт коростой — вам же таскать вверхвниз. Отваливай! Следу-щий!

Шухов и другие каменщики перестали чувствовать мороз. От быстрой захватчивой работы прошёл по ним сперва первый жарок — тот жарок, от которого под бушлатом, под телогрейкой, под верхней и нижней рубахами мокреет. Но они ни на миг не останавливались и гнали кладку дальше и дальше.

И часом спустя пробил их второй жарок — тот, от которого пот высыхает. В ноги их мороз не брал, это главное, а остальное ничто, ни ветерок лёгкий, потягивающий — не могли их мыслей отвлечь от кладки. Только Клевшин нога об ногу постукивал: у него, бессчастного, сорок шестой размер, валенки ему подобрали от разных пар, тесноватые.

Бригадир от поры до поры крикнет: «Раство-ору!» И Шухов своё: «Раство-ору!» Кто работу крепко тянет, тот над соседями тоже вроде бригадира становится. Шухову надо не отстать от той пары, он сейчас и брата родного по трапу с носилками загонял бы.

Буйновский сперва, с обеда, с Фетюковым вместе раствор носил. По трапу и круто, и оступчиво, не очень он тянул поначалу, Шухов его подгонял легонько:

— Кавторанг, побыстрей! Кавторанг, шлакоблоков!

Только с каждыми носилками кавторанг становился расторопнее, а Фетюков всё ленивее: идёт, сучье вымя, носилки наклонит и раствор выхлюпывает, чтоб легче нести.

Костыльнул его Шухов в спину разок:

— У, гадская кровь! А директором был — небось с рабочих требовал?

— Бригадир! — кричит кавторанг. — Поставь меня с человеком! Не буду я с этим м...ком носить!

Переставил бригадир: Фетюкова шлакоблоки снизу на подмости кидать, да так поставил, чтоб отдельно считать, сколько он шлакоблоков вскинет, а Алёшку-баптиста — с кавторангом. Алёшка — тихий, над ним не командует только кто не хочет.

— Аврал, салага! — ему кавторанг внушает. — Видишь, кладка пошла!

Улыбается Алёшка уступчиво:

— Если нужно быстрей — давайте быстрей. Как вы скажете.

И потопали вниз.

Смирный — в бригаде клад.

Кому-то вниз бригадир кричит. Оказывается, ещё одна машина со шлакоблоками подошла. То полгода ни одной не было, то как прорвало их. Пока и работать, что шлакоблоки возят. Первый день. А потом простой будет, не разгонишься.

И ещё вниз ругается бригадир. Что-то о подъёмнике. И узнать Шухову хочется, и некогда: стену выравнивает. Подошли подносчики, рассказали: пришёл монтёр на подъёмнике мотор исправлять, и с ним прораб по электроработам, вольный. Монтёр копается, прораб смотрит.

Это — как положено: один работает, один смотрит.

Сейчас бы исправили подъёмник — можно б и шлакоблоки им подымать, и раствор.

Уж повёл Шухов третий ряд (и Кильдигс тоже третий начал), как по трапу прётся ещё один дозорщик, ещё один начальник — строительный десятник Дэр. Москвич. Говорят, в министерстве работал.

Шухов от Кильдигса близко стоял, показал ему на Дэра.

— А-а! — отмахивается Кильдигс. — Я с начальством вообще дела не имею. Только если он с трапа свалится, тогда меня позовёшь.

Сейчас станет среди каменщиков и будет смотреть. Вот этих наблюдателей пуще всего Шухов не терпит. В инженеры лезет, свинячья морда! А один раз показывал, как кирпичи класть, так Шухов обхохотался. По-нашему, вот построй один дом своими руками, тогда инженер будешь.

В Темгенёве каменных домов не знали, избы из дерева. И школа тоже рубленая, из заказника лес привозили в шесть саженей. А в лагере понадобилось на каменщика — и Шухов, пожалуйста, каменщик. Кто два дела руками знает, тот ещё и десять подхватит.

Нет, не свалился Дэр, только споткнулся раз. Взбежал наверх чуть не бегом.

— Тю-урин! — кричит, и глаза навыкате. — Тюрин!

А вслед ему по трапу Павло взбегает с лопатой, как был.

Бушлат у Дэра лагерный, но новенький, чистенький. Шапка отличная, кожаная. А номер и на ней как у всех: Б-731.

— Ну? — Тюрин к нему с мастерком вышел. Шапка бригадирова съехала накось, на один глаз.

Что-то небывалое. И пропустить никак нельзя, и раствор стынет в корытце. Кладёт Шухов, кладёт и слушает.

— Да ты что?! — Дэр кричит, слюной брызгает. — Это не карцером пахнет! Это уголовное дело, Тюрин! Третий срок получишь!

Только тут прострельнуло Шухова, в чём дело. На Кильдигса глянул — и тот уж понял. Толь! Толь увидал на окнах.

За себя Шухов ничуть не боится, бригадир его не продаст. Боится за бригадира. Для нас бригадир — отец, а для них — пешка. За такие дела второй срок на севере бригадиру вполне паяли.

Ух, как лицо бригадирово перекосило! Ка-ак швырнёт мастерок под ноги! И к Дэру — шаг! Дэр оглянулся — Павло лопату наотмашь подымает.

Лопату-то! Лопату-то он не зря прихватил...

И Сенька, даром что глухой, — понял: тоже руки в боки и подошёл. А он здоровый, леший.

Дэр заморгал, забеспокоился, смотрит, где пятый угол.

Бригадир наклонился к Дэру и тихо так совсем, а явственно здесь наверху:

— Прошло ваше время, заразы, срока́ давать. Ес-сли ты слово скажешь, кровосос, — день последний живёшь, запомни!

Трясёт бригадира всего. Трясёт, не уймётся никак.

И Павло остролицый прямо глазом Дэра режет, прямо режет.

— Ну что вы, что вы, ребята! — Дэр бледный стал — и от трапа подальше.

Ничего бригадир больше не сказал, поправил шапку, мастерок поднял изогнутый и пошёл к своей стене.

И Павло с лопатой медленно пошёл вниз.

Ме-едленно...

Да-а... Вот она, кровь-то резаных этих... Троих зарезали, а лагеря не узнать.

И оставаться Дэру страшно, и спускаться страшно. Спрятался за Кильдигса, стоит.

А Кильдигс кладёт — в аптеке так лекарства вешают: личностью доктор и не торопится ничуть. К Дэру он всё спиной, будто его и не видал.

Подкрадывается Дэр к бригадиру. Где и спесь его вся.

— Что ж я прорабу скажу, Тюрин?

Бригадир кладёт, головы не поворачивая:

— А скажете — *было так*. Пришли — так было.

Постоял ещё Дэр. Видит, убивать его сейчас не будут.

Прошёлся тихонько, руки в карманы заложил.

— Э, Ща-восемьсот пятьдесят четыре, — пробурчал. — Раствора почему тонкий слой кладёшь?

На ком-то надо отыграться. У Шухова ни к перекосам, ни к швам не подкопаешься — так вот раствор тонок.

— Дозвольте заметить, — прошепелявил он, а с насмешечкой, — что если слой толстый сейчас ложить, весной эта ТЭЦ потечёт вся.

— Ты — каменщик и слушай, что тебе десятник говорит, — нахмурился Дэр и щёки поднадул, привычка у него такая.

Ну, кой-где, может, и тонко, можно бы и потолще, да ведь это если класть не зимой, а по-человечески. Надо ж и людей пожалеть. Выработка нужна. Да чего объяснять, если человек не понимает.

И пошёл Дэр по трапу тихо.

— Вы мне подъёмник наладьте! — бригадир ему со стены вослед. — Что мы — ишаки? На второй этаж шлакоблоки вручную!

— Тебе подъём оплачивают, — Дэр ему с трапа, но смирно.

— «На тачках»? А ну, возьмите тачку, прокатите по трапу. «На носилках» оплачивайте!

— Да что мне, жалко? Не проведёт бухгалтерия «на носилках».

— Бухгалтерия! У меня вся бригада работает, чтоб четырёх каменщиков обслужить. Сколько я заработаю?

Кричит бригадир, а сам кладёт без отрыву.

— Раство-ор! — кричит вниз.

— Раство-ор! — перенимает Шухов. Всё подровняли на третьем ряду, а на четвёртом и развернуться. Надо б шнур на рядок вверх перетянуть, да живёт и так, рядок без шнура прогоним.

Пошёл себе Дэр по полю, съёжился. В контору, греться. Неприютно ему небось. А и думать надо, прежде чем на такого волка идти, как Тюрин. С такими бригадирами он бы ладил, ему б и хлопот ни о чём: горбить не требуют, пайка высокая, живёт в кабине отдельной — чего ещё? Так ум выставляет.

Александр Солженицын

Пришли снизу, говорят: и прораб по электромонтажным ушёл, и монтёр ушёл — нельзя подъёмника наладить.

Значит, ишачь!

Сколько Шухов производств повидал, техника эта или сама ломается, или зэки её ломают. Бревнотаску ломали: в цепь дрын вставят и поднажмут. Чтоб отдохнуть. Балан-то велят к балану класть, не разогнёшься.

— Шлакоблоков! Шлакоблоков! — кричит бригадир, разошёлся. И в мать их, и в мать, подбросчиков и подносчиков.

— Павло спрашивает, с раствором как? — снизу шумят.

— Разводить, как!

— Так разведенного пол-ящика!

— Значит, ещё ящик!

Ну, заваруха! Пятый ряд погнали. То скрючившись первый гнали, а сейчас уж под грудь, гляди! Да ещё б их не гнать, как ни окон, ни дверей, глухих две стены на смычку и шлакоблоков вдоволь. И надо б шнур перетянуть, да поздно.

— Восемьдесят вторая инструменты сдавать понесла, — Гопчик докладает.

Бригадир на него только глазами сверкнул.

— Своё дело знай, сморчок! Таскай кирпичи!

Оглянулся Шухов. Да, солнышко на заходе. С краснинкой заходит и в туман вроде бы седенький. А разогнались — лучше не надо. Теперь уж пятый начали — пятый и кончить. Подровнять.

Подносчики — как лошади запышенные. Кавторанг даже посерел. Ему ведь лет, кавторангу, сорок не сорок, а около.

Холод градусы набирает. Руки в работе, а пальцы всё ж поламывает сквозь рукавички худые. И в левый валенок мороза натягивает. Топ-топ им Шухов, топ-топ.

К стене теперь нагибаться не надо стало, а вот за шлакоблоками — поломай спину за каждым, да ещё за каждой ложкой раствора.

— Ребята! Ребята! — Шухов теребит. — Вы бы мне шлакоблоки на стенку! на стенку подымали!

Уж кавторанг и рад бы, да нет сил. Непривычный он. А Алёшка:

— Хорошо, Иван Денисыч. Куда класть — покажите.

Безотказный этот Алёшка, о чём его ни попроси. Каб все на свете такие были, и Шухов бы был такой. Если человек просит — отчего не пособить? Это верно у них.

По всей зоне и до ТЭЦ ясно донеслось: об рельс звонят. Съём! Прихватил с раствором. Эх, расстарались!..

— Давай раствор! Давай раствор! — кричит бригадир.

А там ящик новый только заделан! Теперь — класть, выхода нет: если ящика не выбрать, завтра весь тот ящик к свиньям разбивай, раствор окаменеет, его киркой не выколупнешь.

— Ну, не удай, братцы! — Шухов кличет.

Кильдигс злой стал. Не любит авралов. У них в Латвии, говорит, работали все потихоньку, и богатые все были. А жмёт и он, куда денешься!

Снизу Павло прибежал, в носилки впрягшись, и мастерок в руке. И тоже класть. В пять мастерков.

Теперь только стыки успевай заделывать! Заране глазом умерит Шухов, какой ему кирпич на стык, и Алёшке молоток подталкивает:

— На, теши мне, теши!

Быстро — хорошо не бывает. Сейчас, как все за быстротой погнались, Шухов уж не гонит, а стену доглядает. Сеньку налево перетолкнул, сам — направо, к главному углу. Сейчас, если стену напустить или угол завалить, — это пропасть, завтра на полдня работы.

— Стой! — Павла от кирпича отбил, сам его поправляет. А оттуда, с угла, глядь — у Сеньки вроде прогибик получается. К Сеньке кинулся, двумя кирпичами направил.

Кавторанг припёр носилки, как мерин добрый.

— Ещё, — кричит, — носилок двое!

С ног уж валится кавторанг, а тянет. Такой мерин и у Шухова был, до колхоза. Шухов-то его приберегал, а в чужих руках подрезался он живо. И шкуру с его сняли.

Солнце и закрайком верхним за землю ушло. Теперь уж и без Гопчика видать: не только все бригады инструмент отнесли, а валом повалил народ к вахте. (Сразу после звонка никто не выходит, дурных нет мёрзнуть там. Сидят все в обогревалках. Но настаёт такой момент, что сговариваются бригадиры, и все бригады вместе сыпят. Если не договориться, так это ж такой злоупорный народ, арестанты, — друг друга пересиживая, будут до полуночи в обогревалках сидеть.)

Опамятовался и бригадир, сам видит, что перепозднился. Уж инструментальщик, наверно, его в десять матов обкладывает.

— Эх, — кричит, — дерьма не жалко! Подносчики! Катите вниз, большой ящик выскребайте, и что наберёте — отнесите в яму вон ту и сверху снегом присыпьте, чтоб не видно! А ты, Павло, бери двоих, инструмент собирай, тащи сдавать. Я тебе с Гопчиком три мастерка дошлю, вот эту пару носилок последнюю выложим.

Накинулись. Молоток у Шухова забрали, шнур отвязали. Подносчики, подбросчики — все убегли вниз в растворную, делать им больше тут нечего. Остались сверху каменщиков трое — Кильдигс, Клевшин да Шухов. Бригадир ходит, обсматривает, сколько выложили. Доволен.

— Хорошо положили, а? За полдня. Без подъёмника, без фуёмника.

Шухов видит — у Кильдигса в корытце мало осталось. Тужит Шухов — в инструменталке бригадира бы не ругали за мастерки.

— Слышь, ребята, — Шухов доник, — мастерки-то несите Гопчику, мой — несчитаный, сдавать не надо, я им доложу.

Смеётся бригадир:

— Ну как тебя на свободу отпускать? Без тебя ж тюрьма плакать будет!

Смеётся и Шухов. Кладёт.

Унёс Кильдигс мастерки. Сенька Шухову шлакоблоки подсавывает, раствор Кильдигсов сюда в корытце перевалили.

Побежал Гопчик через всё поле к инструменталке, Павла догонять. И 104-я сама пошла через поле, без бригадира. Бригадир — сила, но конвой — сила посильней. Перепишут опоздавших — и в кондей.

Грозно сгустело у вахты. Все собрались. Кажись, что и конвой вышел — пересчитывают.

(Считают два раза на выходе: один раз при закрытых воротах, чтоб знать, что можно ворота открыть; второй раз — сквозь открытые ворота пропуская. А если померещится ещё не так — и за воротами считают.)

— Драть его в лоб с раствором! — машет бригадир. — Выкидывай его через стенку!

— Иди, бригадир! Иди, ты там нужней! (Зовёт Шухов его Андрей Прокофьевичем, но сейчас работой своей он с бригадиром сравнялся. Не то чтоб думал так: «Вот я сравнялся», а просто чует, что так.) И шутит вслед бригадиру, широким шагом сходящему по трапу: — Что, гадство, день рабочий такой короткий? Только до работы припадёшь — уж и съём!

Остались вдвоём с глухим. С этим много не поговоришь, да с ним и говорить незачем: он всех умней, без слов понимает.

Шлёп раствор! Шлёп шлакоблок! Притиснули. Проверили. Раствор. Шлакоблок. Раствор. Шлакоблок...

Кажется, и бригадир велел — раствору не жалеть, за стенку его — и побегли. Но так устроен Шухов по-дурацкому, и никак его отучить не могут: всякую вещь и труд всякий жалеет он, чтоб зря не гинули.

Раствор! Шлакоблок! Раствор! Шлакоблок!

— Кончили, мать твою за ногу! — Сенька кричит. — Айда!

Носилки схватил — и по трапу.

А Шухов, хоть там его сейчас конвой псами трави, отбежал по площадке назад, глянул. Ничего. Теперь подбежал — и через стенку, слева, справа. Эх, глаз — ватерпас! Ровно! Ещё рука не старится.

Побежал по трапу.

Сенька — из растворной и по пригорку бегом.

— Ну! Ну! — оборачивается.

— Беги, я сейчас! — Шухов машет.

А сам — в растворную. Мастерка так просто бросить нельзя. Может, завтра Шухов не выйдет, может, бригаду на Соцгородок затурнут, может, сюда ещё полгода не попадёшь — а мастерок пропадай? *Заначить* так заначить!

В растворной все печи погашены. Темно. Страшно. Не то страшно, что темно, а что ушли все, недосчитаются его одного на вахте, и бить будет конвой.

А всё ж зырь-зырь, довидел камень здоровый в углу, отвалил его, под него мастерок подсунул и накрыл. Порядок!

Теперь скорей Сеньку догонять. А он отбежал шагов на сто, дальше не идёт. Никогда Клевшин в беде не бросит. Отвечать — так вместе.

Побежали вровень — маленький и большой. Сенька на полторы головы выше Шухова, да и голова-то сама у него экая здоровая уродилась.

Есть же бездельники — на стадионе доброй волей наперегонки бегают. Вот так бы их погонять, чертей, после целого дня рабочего, со спиной, ещё не разогнутой, в рукавицах мокрых, в валенках стоптанных — да по холоду.

Запалились, как собаки бешеные, только слышно: хыхы! хы-хы!

Ну да бригадир на вахте, объяснит же.

Вот прямо на толпу бегут, страшно.

Сотни глоток сразу как заулюлюкали: и в мать их, и в отца, и в рот, и в нос, и в ребро. Как пятьсот человек на тебя разъярятся — ещё б не страшно!

Но главное — конвой как?

Нет, конвой ничего. И бригадир тут же, в последнем ряду. Объяснил, значит, на себя вину взял.

А ребята орут, а ребята матюгаются! Так орут — даже Сенька многое услышал, дух перевёл да как завернёт со своей высоты! Всю жизнь молчит — ну и как гахнет! Кулаки поднял, сейчас драться кинется. Замолчали. Смеются кой-кто.

— Эй, сто четвёртая! Так он у вас не глухой? — кричат. — Мы проверяли.

Смеются все. И конвой тоже.

Александр Солженицын

— Разобраться по пять!

А ворот не открывают. Сами себе не верят. Подали толпу от ворот назад. (К воротам все прилипли, как глупые, будто от того быстрей будет.)

— Р-разобраться по пять! Первая! Вторая! Третья!..

И как пятёрку назовут, та вперёд проходит метров на несколько.

Отпыхался Шухов пока, оглянулся — а месяц-то, батюшка, нахмурился багрово, уж на небо весь вылез. И ущербляться, кесь, чуть начал. Вчера об эту пору выше много он стоял.

Шухову весело, что всё сошло гладко, кавторанга под бок бьёт и закидывает:

— Слышь, кавторанг, а как по науке вашей — старый месяц куда потом девается?

— Как куда? Невежество! Просто не виден!

Шухов головой крутит, смеётся:

— Так если не виден — откуда ж ты знаешь, что он есть?

— Так что ж, по-твоему, — дивится капитан, — каждый месяц луна новая?

— А что чудного? Люди вон что ни день рождаются, так месяцу раз в четыре недели можно?

— Тьфу! — плюнул капитан. — Ещё ни одного такого дурного матроса не встречал. Так куда ж старый девается?

— Вот я ж и спрашиваю тебя — куда? — Шухов зубы раскрыл.

— Ну? Куда?

Шухов вздохнул и поведал, шепелявя чуть:

— У нас так говорили: старый месяц Бог на звёзды крошит.

— Вот дикари! — Капитан смеётся. — Никогда не слыхал! Так ты что ж, в Бога веришь, Шухов?

— А то? — удивился Шухов. — Как громыхнёт — пойди не поверь!

— И зачем же Бог это делает?

— Чего?

— Месяц на звёзды крошит — зачем?

— Ну, чего не понять! — Шухов пожал плечами. — Звёзды-те от времени падают, пополнять нужно.

— Повернись, мать... — конвой орёт. — Разберись!

Уж до них счёт дошёл. Прошла пятёрка двенадцатая пятой сотни, и их двое сзади — Буйновский да Шухов.

Конвой сумутится, толкует по дощечкам счётным. Не хватает! Опять у них не хватает. Хоть бы считать-то умели, собаки!

Насчитали четыреста шестьдесят два, а должно быть, толкуют, четыреста шестьдесят три.

Опять всех оттолкали от ворот (к воротам снова притиснулись) — и ну:

— Р-разобраться по пять! Первая! Вторая!

Эти пересчёты ихие тем досадливы, что время уходит уже не казённое, а своё. Это пока ещё степью до лагеря допрёшься да перед лагерем очередь на шмон выстоишь! Все объекты бегма бегут, друг перед другом расстариваются, чтоб раньше на шмон и, значит, в лагерь раньше юркнуть. Какой объект в лагерь первый придёт, тот сегодня и княжествует: столовая его ждёт, на посылки он первый, и в камеру хранения первый, и в индивидуальную кухню, в КВЧ за письмами или в цензуру своё письмо сдать, в санчасть, в парикмахерскую — везде он первый.

Да бывает, конвою тоже скорее нас сдать — да к себе в лагерь. Солдату тоже не разгуляешься: дел много, времени мало.

Александр Солженицын

А вот не сходится счёт их.

Как последние пятёрки стали перепускать, померещилось Шухову, что в самом конце трое их будет. А нет, опять двое.

Счётчики к начкару, с дощечками. Толкуют. Начкар кричит:

— Бригадир сто четвёртой!

Тюрин выступил на полшага:

— Я.

— У тебя на ТЭЦ никого не осталось? Подумай.

— Нет.

— Подумай, голову оторву!

— Нет, точно говорю!

А сам на Павла косится — не заснул ли кто там, в растворной?

— Ра-а-азберись по бригадам! — кричит начкар.

А стояли по пятёркам как попало, кто с кем. Теперь затолкались, загудели. Там кричат: «Семьдесят шестая — ко мне!» Там: «Тринадцатая! Сюда!» Там: «Тридцать вторая!»

А 104-я как сзади всех была, так и собралась сзади. И видит Шухов: бригада вся с руками порожними, до того заработались, дурни, что и щепок не подсобрали. Только у двоих вязаночки малые.

Игра эта идёт каждый день: перед съёмом собирают работяги щепочек, палочек, дранки ломаной, обвяжут тесёмочкой тряпичной или верёвочкой худой и несут. Первая облава — у вахты прораб или из десятников кто. Если стоит, сейчас велит всё кидать (миллионы уже через трубу спустили, так они щепками наверстать думают). Но у работяги свой расчёт: если каждый из бригады хоть по чутку палочек принесёт, в бараке теплей будет. А то дают дневальным на каждую печку по пять килограмм угольной пыли, от неё тепла не дождёшься. Поэтому и так делают, что палочек наломают, напилят покороче да суют их себе под бушлат. Так прораба и минуют.

Конвой же здесь, на объекте, никогда не велит дрова кидать: конвою тоже дрова нужны, да нести самим нельзя. Одно дело — мундир не велит, другое — руки автоматами заняты, чтобы по нам стрелять. Конвой как к лагерю подведёт, тут и скомандует: «От такого до такого ряда бросить дрова вот сюда». Но берут по-божески: и для лагерных надзирателей оставить надо, и для самих зэков, а то вовсе носить не будут.

Так и получается: носи дрова каждый зэк и каждый день. Не знаешь, когда донесёшь, когда отымут.

Пока Шухов глазами рыскал, нет ли где щепочек под ногами подсобрать, а бригадир уже всех счёл и доложил начкару:

— Сто четвёртая — вся!

И Цезарь тут, от конторских к своим подошёл. Огнём красным из трубки на себя попыхивает, усы его чёрные обындевели, спрашивает:

— Ну как, капитан, дела?

Гретому мёрзлого не понять. Пустой вопрос — дела как?

— Да как? — поводит капитан плечами. — Наработался вот, еле спину распрямил.

Ты, мол, закурить догадайся дать.

Даёт Цезарь и закурить. Он в бригаде одного кавторанга и придерживается, больше ему не с кем душу отвесть.

— В тридцать второй человека нет! В тридцать второй! — шумят все.

Улупил помощник бригадира 32-й и ещё с ним парень один — туда, к авторемонтным, искать. А по толпе: кто? да что? — спрашивают. И дошло до Шухова: нету молдавана маленького чернявого. Какой же это молдаван? Не тот ли молдаван, что, говорят, шпионом был румынским, настоящим шпионом?

Шпионов — в каждой бригаде по пять человек, но это шпионы деланые, снарошки. По делам проходят как шпионы, а сами пленники просто. И Шухов такой же шпион.

А тот молдаван — настоящий.

Начкар как глянул в список, так и почернел весь. Ведь если шпион сбежал — это что начкару будет?

А толпу всю и Шухова зло берёт. Ведь это что за стерва, гад, падаль, паскуда, загребанец? Уж небо тёмно, свет, считай, от месяца идёт, звёзды вон, мороз силу ночную забирает — а его, пащенка, нет! Что, не наработался, падло? Казённого дня мало, одиннадцать часов, от света до света? Прокурор добавит, подожди!

И Шухову чудно́, чтобы кто-то так мог работать, звонка не замечая.

Шухов совсем забыл, что сам он только что так же работал, — и досадовал, что слишком рано собираются к вахте. Сейчас он зяб со всеми, и лютел со всеми, и ещё бы, кажется, полчаса подержи их этот молдаван, да отдал бы его конвой толпе — разодрали б, как волки телёнка!

Вот когда стал мороз забирать! Никто не стоит — или на месте переступает, или ходит два шага вперёд, два назад.

Толкуют люди — мог ли убежать молдаван? Ну, если днём ещё убёг — другое дело, а если схоронился и ждёт, чтобы с вышек охрану сняли, не дождётся. Если следа под проволокой не осталось, где уполз, — трое суток в зоне не разыщут и трое суток будут на вышках сидеть. И хоть неделю — тоже. Это уж их устав, старые арестанты знают. Вообще, если кто бежал — конвою жизнь кончается, гоняют их безо сна и еды. Так тáк иногда разъярятся — не берут беглеца живым. Пристреливают.

Уговаривает Цезарь кавторанга:

— Например, пенсне на корабельной снасти повисло, помните?

— М-да... — Кавторанг табачок покуривает.

— Или коляска по лестнице — катится, катится.

— Да... Но морская жизнь там кукольная.

— Видите ли, мы избалованы современной техникой съёмки...

— Офицеры все до одного мерзавцы...

— Исторически так и было!

— А кто ж их в бой водил?.. Потом черви по мясу прямо как дождевые ползают. Неужели уж такие были?

— Но более мелких средствами кино не покажешь!

— Думаю, это б мясо к нам в лагерь сейчас привезли вместо нашей рыбки говённой, да не мóя, не скребя в котёл бы ухнули, так мы бы...

— А-а-а! — завопили зэки. — У-у-у!

Увидели: из авторемонтных три фигурки выскочило, — значит, с молдаваном.

— У-у-у! — люлюкает толпа от ворот.

А как те ближе подбежали, так:

— Чу-ма-а! Шко-одник! Шушера! Сука позорная! Мерзотина! Стервоза!!

И Шухов тоже кричит:

— Чу-ма!

Да ведь шутка сказать, больше полчаса времени у пятисот человек отнял!

Вобрал голову, бежит, как мышонок.

— Стой! — конвой кричит. И записывает: — Кэ-четыреста шестьдесят. Где был?

А сам подходит и прикладом карабин поворачивает.

Александр Солженицын

Из толпы всё кричат:

— Сволочь! Блевотина! Паскуда!

А другие, как только сержант стал карабин прикладом оборачивать, затихли.

Молчит молдаван, голову нагнул, от конвоя пятится. Помбригадир 32-й выступил вперёд:

— Он, падло, на леса штукатурные залез, от меня прятался, а там угрелся и заснул.

И по захрястку его кулаком! И по холке!

А тем самым отогнал от конвоира.

Отшатнулся молдаван, а тут мадьяр выскочил из той же 32-й да ногой его под зад, да ногой под зад! (Мадьяры вообще румын не любят.)

Это тебе не то, что шпионить. Шпионить и дурак может. У шпиона жизнь чистая, весёлая. А попробуй в каторжном лагере оттянуть десяточку на общих!

Опустил конвоир карабин.

А начкар орёт:

— А-тайди от ворот! Ра́-зобраться по пять!

Вот собаки, опять считать! Чего ж теперь считать, как и без того ясно? Загудели зэки. Всё зло с молдавана на конвой переметнулось. Загудели и не отходят от ворот.

— Что-о? — начкар заорал. — На снег посадить? Сейчас посажу. До утра держать буду!

Ничего мудрого, и посадит. Сколь раз сажали. И клали даже: «Ложись! Оружие к бою!» Бывало это всё, знают зэки. И стали легонько от ворот оттрагивать.

— Ат-ходи! Ат-ходи! — понуждает конвой.

— Да и чего, правда, к воротам-то жмётесь, стервы? — задние на передних злятся. И отходят под натиском.

— Ра́-зобраться по пять! Первая! Вторая! Третья!

А уж месяц в силу полную светит. Просветлился, багровость с него сошла. Поднялся уж на четверть добрую. Пропал вечер!.. Молдаван проклятый. Конвой проклятый. Жизнь проклятая...

Передние, кого просчитали, оборачиваются, на цыпочки лезут смотреть: в пятёрке последней двое останется или трое. От этого сейчас вся жизнь зависит.

Показалось было Шухову, что в последней пятёрке их четверо останется. Обомлел со страху: лишний! Опять пересчитывать! А оказалось, Фетюков, шакал, у кавторанга окурок достреливал, зазевался, в свою пятёрку не переступил вовремя, и тут вышел вроде лишний.

Помначкар со зла его по шее, Фетюкова.

Правильно!

В последней — три человека. Сошлось, слава тебе, Господи!

— А-тайди от ворот! — опять конвой понуждает.

Но в этот раз зэки не ворчат, видят: выходят солдаты из вахты и оцепляют плац с той стороны ворот.

Значит, выпускать будут.

Десятников вольных не видать, прораба тоже, несут ребятишки дрова.

Распахнули ворота. И уж там, за ними, у переводин бревенчатых, опять начкар и контролёр:

— Пер-рвая! Вторая! Третья!..

Ещё раз если сойдётся — снимать будут часовых с вышек.

А от вышек дальних вдоль зоны хо-го сколько топать! Как последнего зэка из зоны выведут и счёт сойдётся — тогда только по телефону на все вышки звонят: сойти! И если начкар умный — тут же и трогает, знает, что зэку бежать некуда и что те, с вышек, колонну нагонят. А какой начкар дурак — боится, что ему войска не хватит против зэков, и ждёт.

Из тех остолопов и сегодняшний начкар. Ждёт.

Александр Солженицын

Целый день на морозе зэки, смерть чистая, так озябли. И, после съёма стоячи, целый час зябнуть. Но и всё же их не так мороз разбирает, как зло: пропал вечер! Уж никаких дел в зоне не сделаешь.

— А откуда вы так хорошо знаете быт английского флота? — спрашивают в соседней пятёрке.

— Да, видите ли, я прожил почти целый месяц на английском крейсере, имел там свою каюту. Я сопровождал морской конвой. Был офицером связи у них.

— Ах, вот как! Ну, уже достаточно, чтобы вмазать вам двадцать пять.

— Нет, знаете, этого либерального критицизма я не придерживаюсь. Я лучшего мнения о нашем законодательстве.

(Дуди-дуди, Шухов про себя думает, не встревая. Сенька Клевшин с американцами два дня жил, так ему четвертную закатали, а ты месяц на ихем корабле околачивался — так сколько ж тебе давать?)

— Но уже после войны английский адмирал, чёрт его дёрнул, прислал мне памятный подарок. «В знак благодарности». Удивляюсь и проклинаю!..

Чудно́. Чудно вот так посмотреть: степь голая, зона покинутая, снег под месяцем блещет. Конвоиры уже расстановились — десять шагов друг от друга, оружие на изготовку. Стадо чёрное этих зэков, и в таком же бушлате Щ-311 — человек, кому без золотых погонов и жизни было не знато, с адмиралом английским якшался, а теперь с Фетюковым носилки таскает.

Человека можно и так повернуть, и так...

Ну, собрался конвой. Без молитвы прямо:

— Шагом марш! Побыстрей!

Нет уж, хрен вам теперь — побыстрей! Ото всех объектов отстали, так спешить нечего. Зэки и не сговариваясь поняли все: вы нас держали — теперь мы вас подержим. Вам небось тоже к теплу хоц-ца...

— Шире шаг! — кричит начкар. — Шире шаг, направляющий!

Хрен тебе — «шире шаг»! Идут зэки размеренно, понурясь, как на похороны. Нам уже терять нечего, всё равно в лагерь последние. Не хотел по-человечески с нами — хоть разорвись теперь от крику.

Покричал-покричал начкар «шире шаг!» — понял: не пойдут зэки быстрей. И стрелять нельзя: идут пятёрками, колонной, согласно. Нет у начкара власти гнать зэков быстрей. (Утром только этим зэки и спасаются, что на работу тянутся медленно. Кто быстро бегает, тому сроку в лагере не дожить — упарится, свалится.)

Так и пошли ровненько, без разгону. Скрипят себе снежком. Кто разговаривает тихонько, а кто и так. Стал Шухов вспоминать — чего это он с утра ещё в зоне не доделал? И вспомнил — санчасть! Вот диво-то, совсем про санчасть забыл за работой.

Как раз сейчас приём в санчасти. Ещё б можно успеть, если не поужинать. Так теперь вроде и не ломает. И температуры не намерят... Время тратить! Перемогся без докторов. Доктора эти в бушлат деревянный залечат.

Не санчасть его теперь манила — а как бы ещё к ужину добавить? Надежда вся была, что Цезарь посылку получит, уж давно ему пора.

И вдруг колонну зэков как подменили. Заколыхалась, сбилась с ровной ноги, дёрнулась, загудела, загудела — и вот уже хвостовые пятёрки и середь них Шухов не стали догонять идущих впереди, стали подбегать за ними.

Пройдут шагов несколько и опять бегом.

Как хвост на холм вывалил, так и Шухов увидел: справа от них, далеко в степи, чернелась ещё колон-

Александр Солженицын

на, шла она нашей колонне наперекос и, должно быть увидав, тоже припустила.

Могла быть эта колонна только мехзавода, в ней человек триста. И им, значит, не повезло, задержали тоже. А их за что? Их, случается, и по работе задерживают: машину какую не доремонтировали. Да им-то по́пустя, они в тепле целый день.

Ну, теперь кто кого! Бегут ребята, просто бегут. И конвой взялся рысцой, только начкар покрикивает:

— Не растягиваться! Сзади подтянуться! Подтянуться!

Да драть тебя в лоб, что ты гавкаешь? Неужто мы не подтягиваемся?

И кто о чём говорил, и кто о чём думал — всё забыли, и один остался во всей колонне интерес:

— Обогнать! Обжать!

И так всё смешалось, кислое с пресным, что уже конвой зэкам не враг, а друг. Враг же — та колонна, другая.

Развеселились сразу все, и зло прошло.

— Давай! Давай! — задние передним кричат.

Дорвалась наша колонна до улицы, а мехзаводская позади жилого квартала скрылась. Пошла гонка втёмную. Тут нашей колонне торней стало, посерёд улицы. И конвоирам с боков тоже не так спотычливо. Тут-то мы их и обжать должны!

Ещё потому мехзаводцев обжать надо, что их на лагерной вахте особо долго шмонают. С того случая, как в лагере резать стали, начальство считает, что ножи делаются на мехзаводе, в лагерь притекают оттуда. И потому на входе в лагерь мехзаводцев особо шмонают. Поздней осенью, уж земля стужёная, им всё кричали:

— Снять ботинки, мехзавод! Взять ботинки в руки!

Так босиком и шмонали.

А и теперь, мороз не мороз, ткнут по выбору:

— А ну-ка, сними правый валенок! А ты — левый сними!

Снимет валенок зэк и должен, на одной ноге пока прыгая, тот валенок опрокинуть и портянкой потрясти — мол, нет ножа.

А слышал Шухов, не знает — правда ли, неправда, — что мехзаводцы ещё летом два волейбольных столба в лагерь принесли и в тех-то столбах были все ножи запрятаны. По десять длинных в каждом. Теперь их в лагере и находят изредка — там, здесь.

Так полубёгом клуб новый миновали, и жилой квартал, и деревообделочный — и выперли на прямой поворот к лагерной вахте.

— Ху-гу-у! — колонна так и кликнет единым голосом.

На этот-то стык дорог и метили! Мехзаводцы — метров полтораста справа, отстали.

Ну, теперь спокойно пошли. Рады все в колонне. Заячья радость: мол, лягушки ещё и нас боятся.

И вот — лагерь. Какой утром оставили, такой он и сейчас: ночь, огни по зоне над сплошным забором, и особо густо горят фонари перед вахтой, вся площадка для шмона как солнцем залита.

Но, ещё не доходя вахты...

— Стой! — кричит помначкар. И, отдав автомат свой солдату, подбегает к колонне близко (им с автоматом не велят близко). — Все, кто справа стоят и дрова в руках, — брось дрова направо!

А снаружи-то их открыто и несли, ему всех видно. Одна, другая вязочка полетела, третья. Иные хотят укрыть дровишки внутрь колонны, а соседи на них:

— Из-за тебя и у других отымут! Бросай по-хорошему!

Александр Солженицын

Кто арестанту главный враг? Другой арестант. Если б зэки друг с другом не сучились, не имело б над ними силы начальство.

— Ма-арш! — кричит помначкар.

И пошли к вахте.

К вахте сходятся пять дорог, часом раньше на них все объекты толпились. Если по этим всем дорогам да застраивать улицы, так не иначе на месте этой вахты и шмона в будущем городе будет главная площадь с памятником. И как теперь объекты со всех сторон прут, так тогда демонстрации будут сходиться.

Надзиратели уж на вахте грелись. Выходят, поперёк дороги становятся.

— Рас-стегнуть бушлаты! Телогрейки расстегнуть!

И руки разводят. Обнимать собираются, шмоная. По бокам хлопать. Ну как утром, в общем.

Сейчас расстёгивать не страшно, домой идём.

Так и говорят все — «домой».

О другом доме за день и вспомнить некогда.

Уж голову колонны шмонали, когда Шухов подошёл к Цезарю и сказал:

— Цезарь Маркович! Я от вахты побегу сразу в посылочную и займу очередь.

Повернул Цезарь к Шухову усы литые, чёрные, а сейчас белые снизу:

— Чего ж, Иван Денисыч, занимать? Может, и посылки не будет.

— Ну, а не будет — мне лихо какое? Десять минут подожду, не придёте — я и в барак.

(Сам Шухов думает: не Цезарь, так, может, кто другой придёт, кому место продать в очереди.)

Видно, истомился Цезарь по посылке:

— Ну ладно, Иван Денисыч, беги, занимай. Десять минут жди, не больше.

А уж шмон вот-вот, достигает. Сегодня от шмона прятать Шухову нечего, подходит он безбоязно. Расстегнул бушлат не торопясь и телогрейку тоже распустил под брезентовым пояском.

И хотя ничего он за собой запрещённого не помнил сегодня, но насторожённость восьми лет сидки вошла в привычку. И он сунул руку в брючный наколенный карман — проверить, что там пусто, как он и знал хорошо.

Но там была ножовка, кусок ножовочного полотна! Ножовка, которую из хозяйственности он подобрал сегодня среди рабочей зоны и вовсе не собирался проносить в лагерь.

Он не собирался её проносить, но теперь, когда уже донёс, — бросать было жалко край! Ведь её отточить в маленький ножичек — хоть на сапожный лад, хоть на портновский!

Если б он думал её проносить, он бы придумал хорошо и как спрятать. А сейчас оставалось всего два ряда перед ним, и вот уже первая из этих пятёрок отделилась и пошла на шмон.

И надо было быстрее ветра решать: или, затенясь последней пятёркой, незаметно сбросить её на снег (где её следом найдут, но не будут знать чья), или нести!

За ножовку эту могли дать десять суток карцера, если бы признали её ножом.

Но сапожный ножичек был заработок, был хлеб! Бросать было жалко.

И Шухов сунул её в ватную рукавицу.

Тут скомандовали пройти на шмон следующей пятёрке.

И на полном свету их осталось последних трое: Сенька, Шухов и парень из 32-й, бегавший за молдаваном.

Александр Солженицын

Из-за того, что их было трое, а надзирателей стояло против них пять, можно было словчить — выбрать, к кому из двух правых подойти. Шухов выбрал не молодого румяного, а седоусого старого. Старый был, конечно, опытен и легко бы нашёл, если б захотел, но потому что он был старый, ему должна была служба его надоесть хуже серы горючей.

А тем временем Шухов обе рукавицы, с ножовкой и пустую, снял с рук, захватил их в одну руку (рукавицу пустую вперёд оттопыря), в ту же руку схватил и верёвочку-опояску, телогрейку расстегнул дочиста, полы бушлата и телогрейки угодливо подхватил вверх (никогда он так услужлив не был на шмоне, а сейчас хотел показать, что открыт он весь — на, бери меня!) — и по команде пошёл к седоусому.

Седоусый надзиратель обхлопал Шухова по бокам и спине, по наколенному карману сверху хлопнул — нет ничего, промял в руках полы телогрейки и бушлата — тоже нет, и, уже отпуская, для верности смял в руке ещё выставленную рукавицу Шухова — пустую.

Надзиратель рукавицу сжал, а Шухова внутри клешнями сжало. Ещё один такой жим по второй рукавице — и он *горел* в карцер на триста грамм в день, и горячая пища только на третий день. Сразу он представил, как ослабеет там, оголодает и трудно ему будет вернуться в то жилистое, не голодное и не сытое состояние, что сейчас.

И тут же он остро, возносчиво помолился про себя: «Господи! Спаси! Не дай мне карцера!»

И все эти думки пронеслись в нём, только пока надзиратель первую рукавицу смял и перенёс руку, чтоб так же смять и вторую, заднюю (он смял бы их зараз двумя руками, если бы Шухов держал рукавицы в разных руках, а не в одной). Но тут послышалось, как старший на шмоне, торопясь скорей освободиться, крикнул конвою:

— Ну, подводи мехзавод!

И седоусый надзиратель, вместо того чтобы взяться за вторую рукавицу Шухова, махнул рукою — проходи, мол. И отпустил.

Шухов побежал догонять своих. Они уже выстроены были по пять меж двумя долгими бревенчатыми переводинами, похожими на коновязь базарную и образующими как бы загон для колонны. Бежал он лёгкий, земли не чувствуя, и не помолился ещё раз, с благодарностью, потому что некогда было, да уже и некстати.

Конвой, который вёл их колонну, весь теперь ушёл в сторону, освобождая дорогу для конвоя мехзавода, и ждал только своего начальника. Дрова все, брошенные их колонной до шмона, конвоиры собрали себе, а дрова, отобранные на самом шмоне надзирателями, собраны были в кучу у вахты.

Месяц выкатывал всё выше, в белой светлой ночи настаивался мороз.

Начальник конвоя, идя на вахту, чтоб там ему расписку вернули за четыреста шестьдесят три головы, поговорил с Пряхой, помощником Волкового, и тот крикнул:

— Кэ-четыреста шестьдесят!

Молдаван, схоронившийся в гущу колонны, вздохнул и вышел к правой переводине. Он так же всё голову держал поникшей и в плечи вобранной.

— Иди сюда! — показал ему Пряха вокруг коновязи.

Молдаван обошёл. И велено ему было руки взять назад и стоять тут.

Значит, будут паять ему попытку к побегу. В БУР возьмут.

Александр Солженицын

Не доходя ворот, справа и слева за загоном, стали два вахтёра, ворота в три роста человеческих раскрылись медленно, и послышалась команда:

— Раз-зберись по пять! — («Отойди от ворот» тут не надо: всякие ворота всегда внутрь зоны открываются, чтоб, если зэки и толпой изнутри на них наперли, не могли бы высадить.) — Первая! Вторая! Третья!..

Вот на этом-то вечернем пересчёте, сквозь лагерные ворота возвращаясь, зэк за весь день более всего обветрен, вымерз, выголодал — и черпак обжигающих вечерних пустых щей для него сейчас что дождь в сухмень, — разом втянет он их начисто. Этот черпак для него сейчас дороже воли, дороже жизни всей прежней и всей будущей жизни.

Входя сквозь лагерные ворота, зэки, как воины с похода, — звонки, кованы, размашисты — па-сторонись!

Придурку от штабного барака смотреть на вал входящих зэков — страшно.

Вот с этого-то пересчёта, в первый раз с тех пор, как в полседьмого утра дали звонок на развод, зэк становится свободным человеком. Прошли большие ворота зоны, прошли малые ворота предзонника, по линейке ещё меж двух прясел прошли — и теперь рассыпайся кто куда.

Кто куда, а бригадиров нарядчик ловит:

— Бригадиры! В ППЧ!

Это значит — на завтра хомут натягивать.

Шухов бросился мимо БУРа, меж бараков — и в посылочную. А Цезарь пошёл, себя не роняя, размеренно, в другую сторону, где вокруг столба уже кишмя кишело, а на столбе была прибита фанерная дощечка и на ней карандашом химическим написаны все, кому сегодня посылка.

На бумаге в лагере меньше пишут, а больше — на фанере. Оно как-то твёрже, вернее — на доске. На ней и *вертухаи* и нарядчики счёт головам ведут. А назавтра соскоблил — и снова пиши. Экономия.

Кто в зоне остаётся, ещё так *шестерят:* прочтут на дощечке, кому посылка, встречают его тут, на линейке, сразу и номер сообщают. Много не много, а сигаретку и такому дадут.

Добежал Шухов до посылочной — при бараке пристройка, а к той пристройке ещё прилепили тамбур. Тамбур снаружи без двери, свободно холод ходит, — а в нём всё ж будто обжитей, ведь под крышею.

В тамбуре очередь вдоль стенки загнулась. Занял Шухов. Человек пятнадцать впереди, это больше часу, как раз до отбоя. А уж кто из тэцовской колонны пошёл список смотреть, те позади Шухова будут. И мехзаводские все. Им за посылкой как бы не второй раз приходить, завтра с утра.

Стоят в очереди с торбочками, с мешочками. Там, за дверью (сам Шухов в этом лагере ещё ни разу не получал, но по разговорам), вскрывают ящик посылочный топориком, надзиратель всё своими руками вынимает, просматривает. Что разрежет, что переломит, что прощупает, пересыплет. Если жидкость какая, в банках стеклянных или жестяных, откупорят и выливают тебе, хоть руки подставляй, хоть полотенце кулёчком. А банок не отдают, боятся чего-то. Если из пирогов, сладостей подиковинней что или колбаса, рыбка, так надзиратель и откусит. (А качни права попробуй — сейчас придерётся, чтó запрещено, а что не положено — и не выдаст. С надзирателя начиная, кто посылку получает, должен давать, давать и давать.) А когда посылку кончат шмонать, опять же и ящика посылочного не дают, а сметай себе всё в торбочку, хоть в полу бушлатную — и отваливай, следующий. Так заторопят иного, что он и забудет чего на стойке. За этим не возвращайся. Нету.

Ещё когда-то в Усть-Ижме Шухов получил посылку пару раз. Но и сам жене написал: впустую, мол, проходят, не шли, не отрывай от ребятишек.

Хотя на воле Шухову легче было кормить семью целую, чем здесь одного себя, но знал он, чего те передачи стоят, и знал, что десять лет с семьи их не потянешь. Так лучше без них.

Но хоть так он решил, а всякий раз, когда в бригаде кто-нибудь или в бараке близко получал посылку (то есть почти каждый день), щемило его, что не ему посылка. И хоть он накрепко запретил жене даже к Пасхе присылать и никогда не ходил к столбу со списком, разве что для богатого бригадника, — он почему-то ждал иногда, что прибегут и скажут:

— Шухов! Да что ж ты не идёшь? Тебе посылка!

Но никто не прибегал...

И вспомнить деревню Темгенёво и избу родную ещё меньше и меньше было ему поводов... Здешняя жизнь трепала его от подъёма и до отбоя, не оставляя праздных воспоминаний.

Сейчас, стоя среди тех, кто тешил своё нутро близкой надеждой врезаться зубами в сало, намазать хлеб маслом или усластить сахарком кружку, Шухов держался на одном только желании: успеть в столовую со своей бригадой и баланду съесть горячей, а не холодной. Холодная и полцены не имеет против горячей.

Он рассчитывал, что если Цезаря фамилии в списке не оказалось, то уж давно он в бараке и умывается. А если фамилия нашлась, так он мешочки теперь собирает, кружки пластмассовые, тару. Для того десять минут и пообещался Шухов ждать.

Тут, в очереди, услышал Шухов и новость: воскресенья опять не будет на этой неделе, опять заживают воскресенье. Так он и ждал, и все ждали так: если пять воскресений в месяце, то три дают, а два на работу гонят. Так он и ждал, а услышал — повело всю душу, перекривило: воскресеньице-то кровное кому не жалко? Ну да правильно в очереди говорят: выходной и в зоне надсадить умеют, чего-нибудь изобретут — или баню пристраивать, или стену городить, чтобы зэкам проходу не было, или расчистку двора. А то смену матрасов, вытряхивание, да клопов морить на вагонках. Или проверку личности по карточкам затеют. Или инвентаризацию: выходи со всеми вещами во двор, сиди полдня.

Больше всего им, наверно, досаждает, если зэк спит после завтрака.

Очередь, хоть и медленно, а подвигалась. Зашли без очереди, никого не спросясь, оттолкнув переднего, — парикмахер один, один бухгалтер и один из КВЧ. Но это были не серые зэки, а налипшие лагерные придурки, первые сволочи, сидевшие в зоне. Людей этих работяги считали ниже дерьма (как и те ставили работяг). Но спорить с ними бесполезно: у *придурни* меж собой спайка и с надзирателями тоже.

Оставалось всё же впереди Шухова человек десять, и сзади семь человек набежало — и тут-то в пролом двери, нагибаясь, вошёл Цезарь в своей меховой новой шапке, присланной с воли. (Тоже вот и шапка. Кому-то Цезарь подмазал, и разрешили ему носить чистую новую городскую шапку. А с других даже обтрёпанные фронтовые посдирали и дали лагерные, свинячьего меха.)

Цезарь Шухову улыбнулся и сразу же с чудаком в очках, который в очереди всё газету читал:

— Аа-а! Пётр Михалыч!

И — расцвели друг другу, как маки. Тот чудак:

— А у меня «Вечёрка» свежая, смотрите! Бандеролью прислали.

— Да ну?! — И суётся Цезарь в ту же газету. А под потолком лампочка слепенькая-слепенькая, чего там можно мелкими буквами разобрать?

— Тут интереснейшая рецензия на премьеру Завадского!..

Они, москвичи, друг друга издаля́ чуют, как собаки. И, сойдясь, всё обнюхиваются, обнюхиваются по-своему. И лопочут быстро-быстро, кто больше слов скажет. И когда так лопочут, так редко русские слова попадаются, слушать их — всё равно как латышей или румын.

Однако в руке у Цезаря мешочки все собраны, на месте.

— Так я это... Цезарь Маркович... — шепелявит Шухов. — Может, пойду?

— Конечно, конечно. — Цезарь усы чёрные от газеты поднял. — Так, значит, за кем я? Кто за мной?

Растолковал ему Шухов, кто за кем, и, не ждя, что Цезарь сам насчёт ужина вспомнит, спросил:

— А ужин вам принести?

(Это значит — из столовой в барак, в котелке. Носить никак нельзя, на то много было приказов. Ловят, и на землю из котелка выливают, и в карцеры сажают — и всё равно носят и будут носить, потому что у кого дела, тот никогда с бригадой в столовую не поспеет.)

Спросил, принести ли ужин, а про себя думает: «Да неужто ты шквалыгой будешь? Ужина мне не подаришь? Ведь на ужин каши нет, баланда одна голая!..»

— Нет, нет, — улыбнулся Цезарь, — ужин сам ешь, Иван Денисыч!

Только этого Шухов и ждал! Теперь-то он, как птица вольная, выпорхнул из-под тамбурной крыши — и по зоне, и по зоне!

Снуют зэки во все концы! Одно время начальник лагеря ещё такой приказ издал: никаким заключённым в одиночку по зоне не ходить. А куда можно — вести всю бригаду одним строем. А куда всей бригаде сразу никак не надо — ну, в санчасть или в уборную, — то сколачивать группы по четыре-пять человек, и старшего из них назначать, и чтобы вёл своих строем туда, и там дожидался, и назад — тоже строем.

Очень начальник лагеря упирался в тот приказ. Никто перечить ему не смел. Надзиратели хватали одиночек, и номера писали, и в БУР таскали — а поломался приказ. Натихую, как много шумных приказов ломается. Скажем, вызывают же сами человека к оперу — так не посылать с ним команды! Или тебе за продуктами своими в каптёрку надо, а я с тобой зачем пойду? А тот в КВЧ надумал, газеты читать, да кто ж с ним пойдёт? А тому валенки на починку, а тому в сушилку, а тому из барака в барак просто (из барака-то в барак пуще всего запрещено!) — как их удержишь?

Приказом тем хотел начальник ещё последнюю свободу отнять, но и у него не вышло, пузатого.

По дороге до барака, встретив надзирателя и шапку перед ним на всякий случай приподняв, забежал Шухов в барак. В бараке — галдёж: у кого-то пайку днём увели, на дневальных кричат, и дневальные кричат. А угол 104-й пустой.

Уж тот вечер считает Шухов благополучным, когда в зону вернулись, а тут матрасы не перевёрочены, шмона днём в бараках не было.

Метнулся Шухов к своей койке, на ходу бушлат с плеч скидывая. Бушлат — наверх, рукавицы с но-

Александр Солженицын

жовкой — наверх, щупанул матрас в глубину — утренний кусок хлеба на месте! Порадовался, что зашил.

И бегом — наружу! В столовую!

Прошнырнул до столовой, надзирателю не попавшись. Только зэки брели навстречу, споря о пайках.

На дворе всё светлей в сиянии месячном. Фонари везде поблёкли, а от бараков — чёрные тени. Вход в столовую — через широкое крыльцо с четырьмя ступенями, и то крыльцо сейчас — в тени тоже. Но над ним фонарик побалтывается, визжит на морозе. Радужно светятся лампочки, от мороза ли, от грязи.

И ещё был приказ начальника лагеря строгий: бригадам в столовую ходить строем по два. Дальше приказ был: дойдя до столовой, бригадам на крыльцо не всходить, а перестраиваться по пять и стоять, пока дневальный по столовой их не впустит.

Дневальным по столовой цепко держался Хромой. Хромоту свою в инвалидность провёл, а дюжий, стерва. Завёл себе посох берёзовый и с крыльца этим посохом гвоздит, кто не с его команды лезет. А не всякого. Быстрометчив Хромой и в темноте в спину опознает — того не ударит, кто ему самому в морду даст. Прибитых бьёт. Шухова раз гвозданул.

Название — «дневальный». А разобраться — князь! — с поварами дружит!

Сегодня не то бригады поднавалили все в одно время, не то порядки долго наводили, только густо крыльцо облеплено, а на крыльце Хромой, шестёрка Хромого и сам завстоловой. Без надзирателей управляются, полканы.

Завстоловой — откормленный гад, голова как тыква, в плечах аршин. До того силы в нём избывают, что ходит он — как на пружинах дёргается, будто ноги в нём пружинные и руки тоже. Носит шапку белого пуха без номера, ни у кого из вольных такой шапки нет. И носит меховой жилет барашковый, на том жилете на груди — маленький номерок, как марка почтовая, — Волковому уступка, а на спине и такого номера нет. Завстоловой никому не кланяется, а его все зэки боятся. Он в одной руке тысячи жизней держит. Его хотели побить раз, так все повара на защиту выскочили, мордовороты на подбор.

Беда теперь будет, если 104-я уже прошла, — Хромой весь лагерь знает в лицо и при заве ни за что с чужой бригадой не пустит, нарочно изгалится.

Тоже и за спиной Хромого через перила крылечные иногда перелезают, лазил и Шухов. А сегодня при заве не перелезешь — съездит по салазкам, пожалуй, так, что в санчасть потащишься.

Скорей, скорей к крыльцу, средь чёрных всех одинаковых бушлатов дознаться во теми, здесь ли ещё 104-я.

А тут как раз поднапёрли, поднапёрли бригады (деваться некуда — уж отбой скоро!) и как на крепость лезут — одну, вторую, третью, четвёртую ступеньку взяли, ввалили на крыльцо!

— Стой, ...яди! — Хромой орёт и палку поднял на передних. — Осади! Сейчас кому-то ...бальник расквашу!

— Да мы при чём? — передние орут. — Сзади толкают!

Сзади-то сзади, это верно, толкачи, но и передние не шибко противятся, думают в столовую влететь.

Тогда Хромой перехватил свой посох поперёк грудей, как шлагбаум закрытый, да изо всей прыти как кинется на передних! И помощник Хромого, шестёрка, тоже за тот посох схватился, и завстоловой сам не побрезговал руки марать — тоже.

Двинули они круто, а силы у них немереные, мясо едят, — отпятили! Сверху вниз опрокинули

Александр Солженицын

передних на задних, на задних, прямо повалили, как снопы.

— Хромой грёбаный... в лоб тебя драть!.. — кричат из толпы, но скрываясь. Остальные упали молча, подымаются молча, поживей, пока их не затоптали.

Очистили ступеньки. Завстоловой отошёл по крыльцу, а Хромой на ступеньке верхней стоит и учит:

— По пять разбираться, головы бараньи, сколько раз вам говорить?! Когда нужно, тогда и пущу!

Углядел Шухов перед самым крыльцом вроде Сеньки Клевшина голову, обрадовался жутко, давай скорее локтями туда пробиваться. Спины сдвинули — ну, нет сил, не пробьёшься.

— Двадцать седьмая! — Хромой кричит. — Проходи!

Выскочила 27-я по ступенькам да скорей к дверям. А за ней опять попёрлись все по ступенькам, и задние прут. И Шухов тоже прёт силодёром. Крыльцо трясут, фонарь над крыльцом повизгивает.

— Опять, падлы? — Хромой ярится. Да палкой, палкой кого-то по плечам, по спине, да спихивает, спихивает одних на других.

Очистил снова.

Видит Шухов снизу — взошёл рядом с Хромым Павло. Бригаду сюда водит он, Тюрин в толкотню эту не ходит пачкаться.

— Раз-берись по пять, сто четвёртая! — Павло сверху кричит. — А вы посуньтесь, друзья!

Хрен тебе друзья посунутся!

— Да пусти ж ты, спина! Я из той бригады! — Шухов трясёт.

Тот бы рад пустить, но жмут и его отовсюду.

Качается толпа, душится — чтобы баланду получить. Законную баланду.

Тогда Шухов иначе: слева к перилам прихватился, за столб крылечный руками перебрал и — повис, от земли оторвался. Ногами кому-то в колена ткнулся, его по боку огрели, матернули пару раз, а уж он пронырнул: стал одной ногой на карниз крыльца у верхней ступеньки и ждёт. Увидели его свои ребята, руку протянули.

Завстоловой, уходя, из дверей оглянулся:

— Давай, Хромой, ещё две бригады!

— Сто четвёртая! — Хромой крикнул. — А ты куда, падло, лезешь? — И посохом по шее того, чужого.

— Сто четвэртая! — Павло кричит, своих пропускает.

— Фу-у! — выбился Шухов в столовую. И не ждя, пока Павло ему скажет, — за подносами, подносы свободные искать.

В столовой как всегда — пар клубами от дверей, за столами сидят один к одному, как семячки в подсолнухе, меж столами бродят, толкаются, кто пробивается с полным подносом. Но Шухов к этому за столько лет привычен, глаз у него острый и видит: Щ-208 несёт на подносе пять мисок всего, значит — последний поднос в бригаде, иначе бы — чего ж не полный?

Настиг его и в ухо ему сзади наговаривает:

— Браток! Я на поднос — за тобой!

— Да там у окошка ждёт один, я обещал...

— Да лапоть ему в рот, что ждёт, пусть не зевает! Договорились.

Донёс тот до места, разгрузил, Шухов схватился за поднос, а и тот набежал, кому обещано, за другой конец подноса тянет. А сам щуплей Шухова. Шухов его туда же подносом двинул, куда тянет, он отлетел к столбу, с подноса руки сорвались. Шухов — поднос под мышку и бегом к раздаче.

Павло в очереди к окошку стоит, без подносов скучает. Обрадовался:

— Иван Денисович! — И переднего помбрига 27-й отталкивает: — Пусти! Чого зря стоишь? У мэнэ подносы е!

Глядь, и Гопчик, плутишка, поднос волокёт.

— Они зазевались, — смеётся, — а я утянул!

Из Гопчика правильный будет лагерник. Ещё года три подучится, подрастёт — меньше как хлеборезом ему судьбы не прочат.

Второй поднос Павло велел взять Ермолаеву, здоровому сибиряку (тоже за плен десятку получил). Гопчика послал приискивать, на каком столе вечерять кончают. А Шухов поставил свой поднос углом в раздаточное окошко и ждёт.

— Сто четвэртая! — Павло докладает в окошко.

Окошек всего пять: три раздаточных общих, одно для тех, кто по списку кормится (больных язвенных человек десять, да по блату бухгалтерия вся), ещё одно — для возврата посуды (у того окна дерутся, кто миски лижет). Окошки невысоко — чуть повыше пояса. Через них поваров самих не видно, а только руки их видно и черпаки.

Руки у повара белые, холёные, а волосатые, здоровы. Чистый боксёр, а не повар. Карандаш взял и у себя на списке на стенке отметил:

— Сто четвёртая — двадцать четыре!

Пантелеев-то приволокся в столовую. Ничего он не болен, сука.

Повар взял здоровый черпачище литра на три и им — в баке мешать, мешать, мешать (бак перед ним новозалитый, недалеко до полна, пар так и валит). И, перехватив черпак на семьсот пятьдесят грамм, начал им, далеко не окуная, черпать.

— Раз, два, три, четыре...

Шухов приметил, какие миски набраты, пока ещё гуща на дно бака не осела, и какие по-холостому —

жижа одна. Уставил на своём подносе десять мисок и понёс. Гопчик ему машет от вторых столбов:

— Сюда, Иван Денисыч, сюда!

Миски нести — не рукавом трясти. Плавно Шухов переступает, чтобы подносу ни толчка не передалось, а горлом побольше работает:

— Эй, ты, Хэ-девятьсот двадцать!.. Поберегись, дядя!.. С дороги, парень!

В толчее такой и одну-то миску, не расплескавши, хитро пронесть, а тут — десять. И всё же на освобождённый Гопчиком конец стола поставил подносик мягонько, и свежих плесков на нём нет. И ещё смекнул, каким поворотом поставил, чтобы к углу подноса, где сам сейчас сядет, были самые две миски густые.

И Ермолаев десять поднёс. А Гопчик побежал, и с Павлом четыре последних принесли в руках.

Ещё Кильдигс принёс хлеб на подносе. Сегодня по работе кормят — кому двести, кому триста, а Шухову — четыреста. Взял себе четыреста, горбушку, и на Цезаря двести, серединку.

Тут и бригадники со всей столовой стали стекаться — получить ужин, а уж хлебай, где сядешь. Шухов миски раздаёт, запоминает, кому дал, и свой угол подноса блюдёт. В одну из мисок густых опустил ложку — занял, значит. Фетюков свою миску из первых взял и ушёл: расчёл, что в бригаде сейчас не разживёшься, а лучше по всей столовой походить-пошакалить, может, кто не доест. (Если кто не доест и от себя миску отодвинет — за неё как коршуны хватаются, иногда сразу несколько.)

Подсчитали порции с Павлом, как будто сходятся. Для Андрея Прокофьевича подсунул Шухов миску из густых, а Павло перелил в узкий немецкий котелок с крышкой: его под бушлатом можно пронесть, к груди прижав.

Подносы отдали. Павло сел со своей двойной порцией, и Шухов со своими двумя. И больше у них разговору ни об чём не было, святые минуты настали.

Снял Шухов шапку, на колена положил. Проверил одну миску ложкой, проверил другую. Ничего, и рыбка попадается. Вообще-то по вечерам баланда всегда жиже много, чем утром: утром зэка надо накормить, чтоб он работал, а вечером и так уснёт, не подохнет.

Начал он есть. Сперва жижицу одну прямо пил, пил. Как горячее пошло, разлилось по его телу — аж нутро его всё трепыхается навстречу баланде. Хор-ро-шо! Вот он, миг короткий, для которого и живёт зэк.

Сейчас ни на что Шухов не в обиде: ни что срок долгий, ни что день долгий, ни что воскресенья опять не будет. Сейчас он думает: переживём! Переживём всё, даст Бог кончится!

С той и с другой миски жижицу горячую отпив, он вторую миску в первую слил, сбросил и ещё ложкой выскреб. Так оно спокойней как-то, о второй миске не думать, не стеречь её ни глазами, ни рукой.

Глаза освободились — на соседские миски покосился. Слева у соседа — так одна вода. Вот гады, что делают, свои же зэки!

И стал Шухов есть капусту с остатком жижи. Картошинка ему попалась на две миски одна — в Цезаревой миске. Средняя такая картошинка, мороженая, конечно, с твердинкой и подслажённая. А рыбки почти нет, изредка хребтик оголённый мелькнёт. Но и каждый рыбий хребтик и плавничок надо прожевать — из них сок высосешь, сок полезный. На всё то, конечно, время надо, да Шухову спешить теперь некуда, у него сегодня праздник: в обед две порции и в ужин две порции оторвал. Такого дела ради остальные дела и отставить можно.

Разве к латышу сходить за табаком. До утра табаку может и не остаться.

Ужинал Шухов без хлеба: две порции, да ещё с хлебом, — жирно будет, хлеб на завтра пойдёт. Брюхо — злодей, старого добра не помнит, завтра опять спросит.

Шухов доедал свою баланду и не очень старался замечать, кто вокруг, потому что не надо было: за новым ничем он не охотился, а ел своё законное. И всё ж он заметил, как прямо через стол против него освободилось место и сел старик высокий Ю-81. Он был, Шухов знал, из 64-й бригады, а в очереди в посылочной слышал Шухов, что 64-я-то и ходила сегодня на Соцгородок вместо 104-й и целый день без обогреву проволоку колючую тянула — сама себе зону строила.

Об этом старике говорили Шухову, что он по лагерям да по тюрьмам сидит несчётно, сколько советская власть стоит, и ни одна амнистия его не прикоснулась, а как одна десятка кончалась, так ему сразу новую совали.

Теперь рассмотрел его Шухов вблизи. Изо всех пригорбленных лагерных спин его спина отменна была прямизною, и за столом казалось, будто он ещё сверх скамейки под себя что подложил. На голове его голой стричь давно было нечего — волоса все вылезли от хорошей жизни. Глаза старика не юрили вслед всему, что делалось в столовой, а поверх Шухова невидяще упёрлись в своё. Он мерно ел пустую баланду ложкой деревянной, надщерблённой, но не уходил головой в миску, как все, а высоко носил ложки ко рту. Зубов у него не было ни сверху, ни снизу ни одного: окостеневшие дёсны жевали хлеб за зубы. Лицо его всё вымотано было, но не до слабости фитиля-инвалида, а до камня тёсаного, тёмного. И по рукам, большим, в трещинах и черноте, видать было, что не много выпадало ему за все годы отсиживаться придурком. А засело-таки в нём, не примирится: трёхсотграммовку свою не ложит, как все, на нечистый стол в росплесках, а — на тряпочку стираную.

Однако Шухову некогда было долго разглядывать его. Окончивши есть, ложку облизнув и засунув в валенок, нахлобучил он шапку, встал, взял пайки, свою и Цезареву, и вышел. Выход из столовой был через другое крыльцо, и там ещё двое дневальных стояло, которые только и знали, что скинуть крючок, выпустить людей и опять крючок накинуть.

Вышел Шухов с брюхом набитым, собой довольный, и решил так, что хотя отбой будет скоро, а сбегать-таки к латышу. И, не занося хлеба в девятый, он шажисто погнал в сторону седьмого барака.

Месяц стоял куда высоко и как вырезанный на небе, чистый, белый. Небо всё было чистое. И звёзды кой-где — самые яркие. Но на небо смотреть ещё меньше было у Шухова времени. Одно понимал он — что мороз не отпускает. Кто от вольных слышал, передавали: к вечеру ждут тридцать градусов, к утру — до сорока.

Слыхать было очень издали: где-то трактор гудел в посёлке, а в стороне шоссе экскаватор повизгивал. И от каждой пары валенок, кто в лагере где шёл или перебегал, — скрип.

А ветру не было.

Самосад должен был Шухов купить, как и покупал раньше, — рубль стакан, хотя на воле такой стакан стоил три рубля, а по сорту и дороже. В каторжном лагере все цены были свои, ни на что не похожие, потому что денег здесь нельзя было держать, мало у кого они были и очень были дороги. За работу в этом лагере не платили ни копья (в Усть-Ижме хоть тридцать рублей в месяц Шухов получал).

А если кому родственники присылали по почте, тех денег не давали всё равно, а зачисляли на лицевой счёт. С лицевого счёту в месяц раз можно было в ларьке покупать мыло туалетное, гнилые пряники, сигареты «Прима». Нравится товар, не нравится, — а на сколько заявление начальнику написал, на столько и накупай. Не купишь — всё равно деньги пропали, уж они списаны.

К Шухову деньги приходили только от частной работы: тапочки сошьёшь из тряпок давальца — два рубля, телогрейку вылатаешь — тоже по уговору.

Седьмой барак не такой, как девятый, не из двух больших половин. В седьмом бараке коридор длинный, из него десять дверей, в каждой комнате бригада, натыкано по семь вагонок в комнату. Ну, ещё кабина под парашной, да старшего барака кабина. Да художники живут в кабине.

Зашёл Шухов в ту комнату, где его латыш. Лежит латыш на нижних нарах, ноги наверх поставил, на откосину, и с соседом по-латышски горгочет.

Подсел к нему Шухов. Здравствуйте, мол. Здравствуйте, тот ног не спускает. А комната маленькая, все сразу прислушиваются — кто пришёл, зачем пришёл. Оба они это понимают, и поэтому Шухов сидит и тянет: ну, как живёте, мол? Да ничего. Холодно сегодня. Да.

Дождался Шухов, что все опять своё заговорили (про войну в Корее спорят: оттого-де, что китайцы вступились, так будет мировая война или нет), наклонился к латышу:

— Самосад есть?

— Есть.

— Покажи.

Латыш ноги с откосины снял, спустил их в проход, приподнялся. Жи́ла этот латыш, стакан как на-

Александр Солженицын

кладывает — всегда трусится, боится на одну закурку больше положить.

Показал Шухову кисет, вздёржку раздвинул.

Взял Шухов щепотку на ладонь, видит: тот самый, что и прошлый раз, буроватый и резки той же. К носу поднёс, понюхал — он. А латышу сказал:

— Вроде не тот.

— Тот! Тот! — рассердился латыш. — У меня другой сорт нет никогда, всегда один.

— Ну ладно, — согласился Шухов, — ты мне стаканчик набей, я закурю, может, и второй возьму.

Он потому сказал *набей,* что тот внатруску насыпает.

Достал латыш из-под подушки ещё другой кисет, круглей первого, и стаканчик свой из тумбочки вынул. Стаканчик хотя пластмассовый, но Шуховым мерянный, гранёному равен.

Сыплет.

— Да ты ж пригнетай, пригнетай! — Шухов ему и пальцем тычет сам.

— Я сам знай! — сердито отрывает латыш стакан и сам пригнетает, но мягче. И опять сыплет.

А Шухов тем временем телогрейку расстегнул и нащупал изнутри в подкладочной вате ему одному ощутимую бумажку. И, двумя руками переталкивая, переталкивая её по вате, гонит к дырочке маленькой, совсем в другом месте прорванной и двумя ниточками чуть зашитой. Подогнав к той дырочке, он нитки ногтями оторвал, бумажку ещё вдвое по длине сложил (уж и без того она длинновато сложена) и через дырочку вынул. Два рубля. Старенькие, не хрустящие.

А в комнате орут:

— Пожале-ет вас батька усатый! Он брату родному не поверит, не то что вам, лопухам!

Чем в каторжном лагере хорошо — свободы здесь *от пуза.* В усть-ижменском скажешь шепотком, что на воле спичек нет, тебя садят, новую десятку клепают. А здесь кричи с верхних нар что хошь — стукачи того не доносят, оперы рукой махнули.

Только некогда здесь много толковать...

— Эх, внатруску кладёшь, — пожаловался Шухов.

— Ну на, на! — добавил тот щепоть сверху.

Шухов вытянул из нутряного карманчика свой кисет и перевалил туда самосад из стакана.

— Ладно, — решился он, не желая первую сладкую папиросу курить на бегу. — Набивай уж второй.

Ещё попрепиравшись, пересыпал он себе и второй стакан, отдал два рубля, кивнул латышу и ушёл.

А на двор выйдя, сразу опять бегом и бегом к себе. Чтобы Цезаря не пропустить, как тот с посылкой вернётся.

Но Цезарь уже сидел у себя на нижней койке и *гужевался* над посылкой. Что он принёс, разложено было у него по койке и по тумбочке, но только свет туда не падал прямой от лампы, а шуховским же верхним щитом перегораживался, и было там темновато.

Шухов нагнулся, вступил между койками кавторанга и Цезаря и протянул руку с вечерней пайкой.

— Ваш хлеб, Цезарь Маркович.

Он не сказал: «Ну, получили?» — потому, что это был бы намёк, что он очередь занимал и теперь имеет право на долю. Он и так знал, что имеет. Но он не был шакал даже после восьми лет общих работ — и чем дальше, тем крепче утверждался.

Однако глазам своим он приказать не мог. Его глаза, ястребиные глаза лагерника, обежали, проскользнули вмиг по разложенной на койке и на тумбочке Цезаревой посылке, и, хотя бумажки были недоразвёрнуты, мешочки иные закрыты, — этим быстрым

Александр Солженицын

взглядом и подтверждающим нюхом Шухов невольно разведал, что Цезарь получил колбасу, сгущённое молоко, толстую копчёную рыбу, сало, сухарики с запахом, печенье ещё с другим запахом, сахар пиленый килограмма два и ещё, похоже, сливочное масло, потом сигареты, табак трубочный, и ещё, ещё что-то.

И всё это понял он за то короткое время, что сказал:

— Ваш хлеб, Цезарь Маркович.

А Цезарь, взбудораженный, взъерошенный, словно пьяный (продуктовую посылку получив, и всякий таким становится), махнул на хлеб рукой:

— Возьми его себе, Иван Денисыч!

Баланда да ещё хлеба двести грамм — это был полный ужин и уж конечно полная доля Шухова от Цезаревой посылки.

И Шухов сразу, как отрезавши, не стал больше ждать для себя ничего из разложенных Цезарем угощений. Хуже нет, как брюхо растравишь, да попусту.

Вот хлеба четыреста, да двести, да в матрасе не меньше двести. И хватит. Двести сейчас нажать, завтра утром пятьсот пятьдесят улупить, четыреста взять на работу — житуха! А те, в матрасе, пусть ещё полежат. Хорошо, что Шухов обоспел, зашил — из тумбочки вон в 75-й упёрли — спрашивай теперь с Верховного Совета!

Иные так разумеют: посылочник — тугой мешок, с посылочника рви! А разобраться, как приходит у него легко, так и уходит легко. Бывает, перед передачей и посылочники-те рады лишнюю кашу выслужить. И стреляют докурить. Надзирателю, бригадиру, — а придурку посылочному как не дать? Да он другой раз твою посылку так затурсует, её неделю в списках не будет. А каптёру в камеру хранения, кому продукты те все сдаются, куда вот завтра перед разводом Цезарь в мешке посылку понесёт (и от воров, и от шмонов, и начальник так велит), — тому каптёру если не дашь хорошо, так он у тебя по крошкам больше ущиплет. Целый день там сидит, крыса, с чужими продуктами заперишись, проверь его! А за услуги, вот как Шухову? А банщику, чтоб ему отдельно бельё порядочное подкидывал, — сколько ни то, а дать надо? А парикмахеру, который его с *бумажкой* бреет (то есть бритву о бумажку вытирает, не об колено твоё же голое), — много не много, а три-четыре сигаретки тоже дать? А в КВЧ, чтоб ему письма отдельно откладывали, не затеривали? А захочешь денёк закосить, в зоне на боку полежать, — доктору поднести надо. А соседу, кто с тобой за одной тумбочкой питается, как кавторанг с Цезарем, — как же не дать? Ведь он каждый кусок твой считает, тут и бессовестный не ужмётся, даст.

Так что пусть завидует, кому в чужих руках всегда редька толще, а Шухов понимает жизнь и на чужое добро брюха не распяливает.

Тем временем он разулся, залез к себе наверх, достал ножовки кусок из рукавички, осмотрел и решил с завтрева искать камешек хороший и на том камешке затачивать ножовку в сапожный нож. Дня за четыре, если и утром и вечером посидеть, славный можно будет ножичек сделать, с кривеньким острым лезом.

А пока, и до утра даже, ножовочку надо припрятать. В своём же щите под поперечную связку загнать. И пока внизу кавторанга нет, значит, сору в лицо ему не насыплешь, отвернул Шухов с изголовья свой тяжёлый матрас, набитый не стружками, а опилками, — и стал прятать ножовку.

Видели то соседи его по верху: Алёшка-баптист, а через проход, на соседней вагонке, — два брата-эстонца. Но от них Шухов не опасался.

Александр Солженицын

Прошёл по бараку Фетюков, всхлипывая. Сгорбился. У губы кровь размазана. Опять, значит, побили его там за миски. Ни на кого не глядя и слёз своих не скрывая, прошёл мимо всей бригады, залез наверх, уткнулся в матрас.

Разобраться, так жаль его. Срока ему не дожить. Не умеет он себя поставить.

Тут и кавторанг появился, весёлый, принёс в котелке чаю особой заварки. В бараке стоят две бочки с чаем, но что то за чай? Только что тёпел да подкрашен, а сам бурда, и запах у него от бочки — древесиной пропаренной и прелью. Это чай для простых работяг. Ну а Буйновский, значит, взял у Цезаря настоящего чаю горстку, бросил в котелок да сбегал в кипятильник. Довольный такой, внизу за тумбочку устраивается.

— Чуть пальцев не ожёг под струёй! — хвастает.

Там, внизу, разворачивает Цезарь бумаги лист, на него одно, другое кладёт, Шухов закрыл матрас, чтоб не видеть и не расстраиваться. А опять без Шухова у них дела не идут — поднимается Цезарь в рост в проходе, глазами как раз на Шухова и моргает:

— Денисыч! Там... *Десять суток* дай!

Это значит, ножичек дай им складной, маленький. И такой у Шухова есть, и тоже он его в щите держит. Если вот палец в средней косточке согнуть, так меньше того ножичек складной, а режет, мерзавец, сало в пять пальцев толщиной. Сам Шухов тот ножичек сделал, обделал и подтачивает сам.

Полез, вынул нож, дал. Цезарь кивнул и вниз скрылся.

Тоже вот и нож — заработок. За храненье его — ведь карцер. Это лишь у кого вовсе человеческой совести нет, тот может так: дай нам, мол, ножик, мы будем колбасу резать, а тебе хрен в рот.

Теперь Цезарь опять Шухову задолжал.

С хлебом и с ножами разобравшись, следующим делом вытащил Шухов кисет. Сейчас же он взял оттуда щепоть, ровную с той, что занимал, и через проход протянул эстонцу: спасибо, мол.

Эстонец губы растянул, как бы улыбнулся, соседу-брату что-то буркнул, и завернули они эту щепоть отдельно в цигарку — попробовать, значит, что за шуховский табачок.

Да не хуже вашего, пробуйте на здоровье! Шухов бы и сам попробовал, но какими-то часами там, в нутре своём, чует, что осталось до проверки чуть-чуть. Сейчас самое время такое, что надзиратели шастают по баракам. Чтобы курить, сейчас надо в коридор выходить, а Шухову наверху, у себя на кровати, как будто теплей. В бараке ничуть не тепло, и та же обметь снежная по потолку. Ночью продрогнешь, но пока сносно кажется.

Всё это делал Шухов и хлеб начал помалу отламывать от двухсотграммовки, сам же слушал обневолю, как внизу под ним, чай пья, разговорились кавторанг с Цезарем.

— Кушайте, капитан, кушайте, не стесняйтесь! Берите вот рыбца копчёного. Колбасу берите.

— Спасибо, беру.

— Батон маслом мажьте! Настоящий московский батон!

— Ай-ай-ай, просто не верится, что где-то ещё пекут батоны. Вы знаете, такое внезапное изобилие напоминает мне один случай. Это перед ялтинским совещанием, в Севастополе. Город — абсолютно голодный, а надо вести американского адмирала показывать. И вот сделали специально магазин, полный продуктов, но открыть его тогда, когда увидят нас в полквартале, чтоб не успели жители натискаться.

Александр Солженицын

И всё равно за одну минуту полмагазина набилось. А там — чего только нет. «Масло, кричат, смотри, масло! Белый хлеб!»

Гам стоял в половине барака от двухсот глоток, всё же Шухов различил, будто об рельс звонили. Но не слышал никто. И ещё приметил Шухов: вошёл в барак надзиратель Курносенький — совсем маленький паренёк с румяным лицом. Держал он в руках бумажку, и по этому, и по повадке видно было, что он пришёл не курильщиков ловить и не на проверку выгонять, а кого-то искал.

Курносенький сверился с бумажкой и спросил:

— Сто четвёртая где?

— Здесь, — ответили ему. А эстонцы папиросу припрятали и дым разогнали.

— А бригадир где?

— Ну? — Тюрин с койки, ноги на пол едва приспустя.

— Объяснительные записки, кому сказано, написали?

— Пишут! — уверенно ответил Тюрин.

— Сдать надо было уже.

— У меня — малограмотные, дело нелёгкое. (Это про Цезаря он и про кавторанга. Ну и молодец бригадир, никогда за словом не запнётся.) — Ручек нет, чернила нет.

— Надо иметь.

— Отбирают!

— Ну, смотри, бригадир, много будешь говорить — и тебя посажу! — незло пообещал Курносенький. — Чтоб утром завтра до развода объяснительные были в надзирательской! И указать, что недозволенные вещи все сданы в каптёрку личных вещей. Понятно?

— Понятно.

(«Пронесло кавторанга!» — Шухов подумал. А сам кавторанг и не слышит ничего, над колбасой там заливается.)

— Теперь та-ак, — надзиратель сказал. — Ще-триста одиннадцать — есть у тебя такой?

— Надо по списку смотреть, — темнит бригадир. — Рази ж их запомнишь, номера собачьи? — (Тянет бригадир, хочет Буйновского хоть на ночь спасти, до проверки дотянуть.)

— Буйновский — есть?

— А? Я! — отозвался кавторанг из-под шуховской койки, из укрыва.

Та́к вот быстрая вошка всегда первая на гребешок попадает.

— Ты? Ну правильно, Ще-триста одиннадцать. Собирайся.

— Ку-да?

— Сам знаешь.

Только вздохнул капитан да крякнул. Должно быть, тёмной ночью в море бурное легче ему было эскадру миноносцев выводить, чем сейчас от дружеской беседы в ледяной карцер.

— Сколько суток-то? — голосом упав, спросил он.

— Десять. Ну давай, давай быстрей!

И тут же закричали дневальные:

— Проверка! Проверка! Выходи на проверку!

Это значит, надзиратель, которого прислали проверку проводить, уже в бараке.

Оглянулся капитан — бушлат брать? Так бушлат там сдерут, одну телогрейку оставят. Выходит, как есть, так и иди. Понадеялся капитан, что Волковой забудет (а Волковой никому ничего не забывает), и не приготовился, даже табачку себе в телогрейку не спрятал. А в руку брать — дело пустое, на шмоне тотчас и отберут.

Александр Солженицын

Всё ж, пока он шапку надевал, Цезарь ему пару сигарет сунул.

— Ну, прощайте, братцы, — растерянно кивнул кавторанг 104-й бригаде и пошёл за надзирателем.

Крикнули ему в несколько голосов, кто — мол, бодрись, кто — мол, не теряйся, — а что ему скажешь? Сами клали БУР, знает 104-я: стены там каменные, пол цементный, окошка нет никакого, печку топят — только чтоб лёд со стенки стаял и на полу лужей стоял. Спать — на досках голых, если в зуботряске улежишь, хлеба в день — триста грамм, а баланда — только на третий, шестой и девятый дни.

Десять суток! Десять суток здешнего карцера, если отсидеть их строго и до конца, — это значит на всю жизнь здоровья лишиться. Туберкулёз, и из больничек уже не вылезешь.

А по пятнадцать суток строгого кто отсидел — уж те в земле сырой.

Пока в бараке живёшь — молись от радости и не попадайся.

— А ну, выходи, считаю до трёх! — старший барака кричит. — Кто до трёх не выйдет — номера запишу и гражданину надзирателю передам!

Старший барака — вот ещё сволочь старшая. Ведь скажи, запирают его вместе ж с нами в бараке на всю ночь, а держится начальством, не боится никого. Наоборот, его все боятся. Кого надзору продаст, кого сам в морду стукнет. Инвалид считается, потому что палец у него один оторван в драке, а мордой — урка. Урка он и есть, статья уголовная, но меж других статей навесили ему пятьдесят восемь-четырнадцать, потому и в этот лагерь попал.

Свободное дело, сейчас на бумажку запишет, надзирателю передаст — вот тебе и карцер на двое суток с выводом. То медленно тянулись к дверям, а тут как загустили, загустили, да с верхних коек прыгают медведями и прут все в двери узкие.

Шухов, держа в руке уже скрученную, давно желанную цигарку, ловко спрыгнул, сунул ноги в валенки и уж хотел идти, да пожалел Цезаря. Не заработать ещё от Цезаря хотел, а пожалел от души: небось много он об себе думает, Цезарь, а не понимает в жизни ничуть: посылку получив, не гужеваться надо было над ней, а до проверки тащить скорей в камеру хранения. Покушать — отложить можно. А теперь — что́ вот Цезарю с посылкой делать? С собой весь мешочище на проверку выносить — смех! — в пятьсот глоток смех будет. Оставить здесь — не ровён час, тяпнут, кто с проверки первый в барак вбежит. (В Усть-Ижме ещё лютей законы были: там, с работы возвращаясь, блатные опередят, и пока задние войдут, а уж тумбочки их обчищены.)

Видит Шухов — заметался Цезарь, тык-мык, да поздно. Суёт колбасу и сало себе за пазуху — хоть с ими-то на проверку выйти, хоть их спасти.

Пожалел Шухов и научил:

— Сиди, Цезарь Маркович, до последнего, притулись туда, во теми, и до последнего сиди. Аж когда надзиратель с дневальными будет койки обходить, во все дыры заглядать, тогда выходи. Больной, мол! А я выйду первый и вскочу первый. Вот так...

И убежал.

Сперва протискивался Шухов круто (цигарку свёрнутую оберегая, однако, в кулаке). В коридоре же, общем для двух половин барака, и в сенях никто уже вперёд не пёрся, зверехитрое племя, а облепили стены в два ряда слева и в два справа — и только проход посрединке на одного человека оставили пустой: проходи на мороз, кто дурней, а мы и тут побудем. И так целый день на морозе, да сейчас лишних десять минут мёрзнуть? Дураков, мол, нет. Подохни ты сегодня, а я завтра!

В другой раз и Шухов так же жмётся к стеночке. А сейчас выходит шагом широким да скалится ещё:

— Чего испугались, придурни? Сибирского мороза не видели? Выходи на волчье солнышко греться! Дай, дай прикурить, дядя!

Прикурил в сенях и вышел на крыльцо. «Волчье солнышко» — так у Шухова в краю ино месяц в шутку зовут.

Высоко месяц вылез! Ещё столько — и на самом верху будет. Небо белое, аж с сузеленью, звёзды яркие да редкие. Снег белый блестит, бараков стены тож белые — и фонари мало влияют.

Вон у того барака толпа чёрная густеет — выходят строиться. И у другого вон. И от барака к бараку не так разговор гудёт, как снег скрипит.

Со ступенек спустясь, стало лицом к дверям пять человек, и ещё за ними трое. К тем трём во вторую пятёрку и Шухов пристроился. Хлебца пожевав да с папироской в зубах, стоять тут можно. Хорош табак, не обманул латыш — и дерунок, и духовит.

Понемножку ещё из дверей тянутся, сзади Шухова уже пятёрки две-три. Теперь кто вышел, этих зло разбирает: чего *те* гады жмутся в коридоре, не выходят. Мёрзни за них.

Никто из зэков никогда в глаза часов не видит, да и к чему они, часы? Зэку только надо знать — скоро ли подъём? до развода сколько? до обеда? до отбоя?

Всё ж говорят, что проверка вечерняя бывает в девять. Только не кончается она в девять никогда, шурудят проверку по второму да по третьему разу. Раньше десяти не уснёшь. А в пять часов, толкуют, подъём. Дива и нет, что молдаван нынче перед съёмом заснул. Где зэк угреется, там и спит сразу. За неделю наберётся этого сна недоспанного, так если в воскресенье не прокатят — спят вповалку бараками целыми.

Эх, да и повалили ж! повалили зэки с крыльца! — это старший барака с надзирателем их в зады шугают! Так их, зверей!

— Что? — кричат им первые ряды. — Комбинируете, гады? На дерьме сметану собираете? Давно бы вышли — давно бы посчитали.

Выперли весь барак наружу. Четыреста человек в бараке — это восемьдесят пятёрок. Выстроились все в хвост, сперва по пять строго, а там — шалманом.

— Разберись там, сзади! — старший барака орёт со ступенек.

Хуб хрен, не разбираются, черти!

Вышел из дверей Цезарь, жмётся — *с понтом* больной, за ним дневальных двое с той половины барака, двое с этой и ещё хромой один. В первую пятёрку они и стали, так что Шухов в третьей оказался. А Цезаря в хвост угнали.

И надзиратель вышел на крыльцо.

— Раз-зберись по пять! — хвосту кричит, глотка у него здоровая.

— Раз-зберись по пять! — старший барака орёт, глотка ещё здоровше.

Не разбираются, хуб хрен.

Сорвался старший барака с крыльца, да туда, да матом, да в спины!

Но — смотрит: кого. Только смирных лупцует.

Разобрались. Вернулся. И вместе с надзирателем:

— Первая! Вторая! Третья!..

Какую назовут пятёрку — со всех ног, и в барак. На сегодня с начальничком рассчитались!

Рассчитались бы, если без второй проверки. Дармоеды эти, лбы широкие, хуже любого пастуха считают: тот и неграмотен, а стадо гонит, на ходу знает, все ли телята. А этих и натаскивают, да без толку.

Прошлую зиму в этом лагере сушилок вовсе не было, обувь на ночь у всех в бараке оставалась — так вторую, и третью, и четвёртую проверку на улицу выгоняли. Уж не одевались, а так, в одеяла укутанные выходили. С этого года сушилки построили, не на всех, но через два дня на третий каждой бригаде выпадает валенки сушить. Так теперь вторые разы стали считать в бараках: из одной половины в другую перегоняют.

Шухов вбежал хоть и не первый, но с первого глаз не спуская. Добежал до Цезаревой койки, сел. Сорвал с себя валенки, взлез на вагонку близ печки и оттуда валенки свои на печку уставил. Тут — кто раньше займёт. И — назад, к Цезаревой койке. Сидит, ноги поджав, одним глазом смотрит, чтобы Цезарев мешок из-под изголовья не дёрнули, другим — чтоб валенки его не спихнули, кто печку штурмует.

— Эй! — крикнуть пришлось — Ты! рыжий! А валенком в рожу если? Свои ставь, чужих не трог!

Сыпят, сыпят в барак зэки. В 20-й бригаде кричат:

— Сдавай валенки!

Сейчас их с валенками из барака выпустят, барак запрут. А потом бегать будут:

— Гражданин начальник! Пустите в барак!

А надзиратели сойдутся в штабном — и по дощечкам своим бухгалтерию сводить, убежал ли кто или все на месте.

Ну, Шухову сегодня до этого дела нет. Вот и Цезарь к себе меж вагонками ныряет.

— Спасибо, Иван Денисыч!

Шухов кивнул и, как белка, быстро залез наверх. Можно двухсотграммовку доедать, можно вторую папиросу курнуть, можно и спать.

Только от хорошего дня развеселился Шухов, даже и спать вроде не хочется.

Стелиться Шухову дело простое: одеяльце черноватенькое с матраса содрать, лечь на матрас (на простыне Шухов не спал, должно, с сорок первого года, как из дому; ему чудно даже, зачем бабы простынями занимаются, стирка лишняя), голову — на подушку стружчатую, ноги — в телогрейку, сверх одеяла — бушлат, и

— Слава тебе, Господи, ещё один день прошёл!

Спасибо, что не в карцере спать, здесь-то ещё можно.

Шухов лёг головой к окну, а Алёшка на той же вагонке, через ребро доски от Шухова, — обратно головой, чтоб ему от лампочки свет доходил. Евангелие опять читает.

Лампочка от них не так далеко, можно читать, и шить даже можно.

Услышал Алёшка, как Шухов вслух Бога похвалил, и обернулся.

— Ведь вот, Иван Денисович, душа-то ваша просится Богу молиться. Почему ж вы ей воли не даёте, а?

Покосился Шухов на Алёшку. Глаза, как свечки две, теплятся. Вздохнул.

— Потому, Алёшка, что молитвы те, как заявления, или не доходят, или «в жалобе отказать».

Перед штабным бараком есть такие ящичка четыре, опечатанные, раз в месяц их уполномоченный опоражнивает. Многие в те ящички заявления кидают. Ждут, время считают: вот через два месяца, вот через месяц ответ придёт.

А его нету. Или: «отказать».

— Вот потому, Иван Денисыч, что молились вы мало, плохо, без усердия, вот потому и не сбылось по молитвам вашим. Молитва должна быть неотступна!

Александр Солженицын

И если будете веру иметь и скажете этой горе — перейди! — перейдёт.

Усмехнулся Шухов и ещё одну папиросу свернул. Прикурил у эстонца.

— Брось ты, Алёшка, трепаться. Не видал я, чтобы горы ходили. Ну, сказать, и гор-то самих я не видал. А вы вот на Кавказе всем своим баптистским клубом молились — хоть одна перешла?

Тоже горюны: Богу молились, кому они мешали? Всем вкруговую по двадцать пять сунули. Потому пора теперь такая: двадцать пять, одна мерка.

— А мы об этом не молились, Денисыч, — Алёшка внушает. Перелез с Евангелием своим к Шухову поближе, к лицу самому. — Из всего земного и бренного молиться нам Господь завещал только о хлебе насущном: «Хлеб наш насущный даждь нам днесь!»

— Пайку, значит? — спросил Шухов.

А Алёшка своё, глазами уговаривает больше слов и ещё рукой за руку тереблет, поглаживает:

— Иван Денисыч! Молиться не о том надо, чтобы посылку прислали или чтоб лишняя порция баланды. Что высоко у людей, то мерзость перед Богом! Молиться надо о духовном: чтоб Господь с нашего сердца накипь злую снимал...

— Вот слушай лучше. У нас в поломенской церкви поп...

— О попе твоём — не надо! — Алёшка просит, даже лоб от боли переказился.

— Нет, ты всё ж послушай. — Шухов на локте поднялся. — В Поломне, приходе нашем, богаче попа нет человека. Вот, скажем, зовут крышу крыть, так с людей по тридцать пять рублей в день берём, а с попа — сто. И хоть бы крякнул. Он, поп поломенский, трём бабам в три города алименты платит, а с четвёртой семьёй живёт. И архиерей областной у него на крючке, лапу жирную наш поп архиерею даёт. И всех других попов, сколько их присылали, выживает, ни с кем делиться не хочет...

— Зачем ты мне о попе? Православная церковь от Евангелия отошла. Их не сажают, или пять лет дают, потому что вера у них не твёрдая.

Шухов спокойно смотрел, куря, на Алёшкино волнение.

— Алёша, — отвёл он руку его, надымив баптисту и в лицо. — Я ж не против Бога, понимаешь. В Бога я охотно верю. Только вот не верю я в рай и в ад. Зачем вы нас за дурачков считаете, рай и ад нам сулите? Вот что мне не нравится.

Лёг Шухов опять на спину, пепел за головой осторожно сбрасывает меж вагонкой и окном, так, чтоб кавторанговы вещи не прожечь. Раздумался, не слышит, чего там Алёшка лопочет.

— В общем, — решил он, — сколько ни молись, а сроку не скинут. Так *от звонка до звонка* и досидишь.

— А об этом и молиться не надо! — ужаснулся Алёшка. — Что тебе воля? На воле твоя последняя вера терниями заглохнет! Ты радуйся, что ты в тюрьме! Здесь тебе есть время о душе подумать! Апостол Павел вот как говорил: «Что вы плачете и сокрушаете сердце моё? Я не только хочу быть узником, но готов умереть за имя Господа Иисуса!»

Шухов молча смотрел в потолок. Уж сам он не знал, хотел он воли или нет. Поначалу-то очень хотел и каждый вечер считал, сколько дней от срока прошло, сколько осталось. А потом надоело. А потом проясняться стало, что домой таких не пускают, гонят в ссылку. И где ему будет житуха лучше — тут ли, там — не ведомо.

Только б то и хотелось ему у Бога попросить, чтобы — домой.

　　　　　　　　　Александр Солженицын

А домой не пустят...

Не врёт Алёшка, и по его голосу и по глазам его видать, что радый он в тюрьме сидеть.

— Вишь, Алёшка, — Шухов ему разъяснил, — у тебя как-то ладно получается: Христос тебе сидеть велел, за Христа ты и сел. А я за что сел? За то, что в сорок первом к войне не приготовились, за это? А я при чём?

— Что-то второй проверки нет... — Кильдигс со своей койки заворчал.

— Да-а! — отозвался Шухов. — Это нужно в трубе угольком записать, что второй проверки нет. — И зевнул: — Спать, наверно.

И тут же в утихающем усмирённом бараке услышали грохот болта на внешней двери. Вбежали из коридора двое, кто валенки относил, и кричат:

— Вторая проверка!

Тут и надзиратель им вслед:

— Вы́-ходи на ту половину!

А уж кто и спал! Заворчали, задвигались, в валенки ноги суют (в кальсонах редко кто, в брюках ватных так и спят — без них под одеяльцем скоченеешь).

— Тьфу, проклятые! — выругался Шухов. Но не очень он сердился, потому что не заснул ещё.

Цезарь высунул руку наверх и положил ему два печенья, два кусочка сахару и один круглый ломтик колбасы.

— Спасибо, Цезарь Маркович, — нагнулся Шухов вниз, в проход. — А ну-ка, мешочек ваш дайте мне наверх под голову для безопаски. — (Сверху на ходу не стяпнешь так быстро, да и кто у Шухова искать станет?)

Цезарь передал Шухову наверх свой белый завязанный мешок. Шухов подвалил его под матрас и ещё ждал, пока выгонят больше, чтобы в коридоре на полу босиком меньше стоять. Но надзиратель оскалился:

— А ну, там! в углу!

И Шухов мягко спрыгнул босиком на пол (уж так хорошо его валенки с портянками на печке стояли — жалко было их снимать!). Сколько он тапочек перешил — всё другим, себе не оставил. Да он привычен, дело недолгое.

Тапочки тоже отбирают, у кого найдут днём.

И какие бригады валенки сдали на сушку — тоже теперь хорошо, кто в тапочках, а то в портянках одних подвязанных или босиком.

— Ну! ну! — рычал надзиратель.

— Вам дрына, падлы? — старший барака тут же.

Выперли всех в ту половину барака, последних — в коридор. Шухов тут и стал у стеночки, около парашной. Под ногами его пол был мокроват, и ледяно тянуло низом из сеней.

Выгнали всех — и ещё раз пошёл надзиратель и старший барака смотреть — не спрятался ли кто, не приткнулся ли кто в затёмке и спит. Потому что недосчитаешь — беда, и пересчитаешь — беда, опять перепроверка. Обошли, обошли, вернулись к дверям.

Первый, второй, третий, четвёртый... уж теперь быстро по одному запускают. Восемнадцатым и Шухов втиснулся. Да бегом к своей вагонке, да на подпорочку ногу закинул — шасть! — и уж наверху.

Ладно. Ноги опять в рукав телогрейки, сверху одеяло, сверху бушлат, спим! Будут теперь всю ту вторую половину барака в нашу половину перепускать, да нам-то горюшка нет.

Цезарь вернулся. Спустил ему Шухов мешок.

Алёшка вернулся. Неумелец он, всем угождает, а заработать не может.

— На, Алёшка! — и печенье одно ему отдал.

Улыбится Алёшка.

— Спасибо! У вас у самих нет!

— Е-ешь!

У нас нет, так мы всегда заработаем.

А сам колбасы кусочек — в рот! Зубами её! Зубами! Дух мясной! И сок мясной, настоящий. Туда, в живот, пошёл.

И — нету колбасы.

Остальное, рассудил Шухов, перед разводом.

И укрылся с головой одеяльцем, тонким, немытеньким, уже не прислушиваясь, как меж вагонок набилось из той половины зэков: ждут, когда их половину проверят.

Засыпал Шухов вполне удоволенный. На дню у него выдалось сегодня много удач: в карцер не посадили, на Соцгородок бригаду не выгнали, в обед он закосил кашу, бригадир хорошо закрыл процентовку, стену Шухов клал весело, с ножовкой на шмоне не попался, подработал вечером у Цезаря и табачку купил. И не заболел, перемогся.

Прошёл день, ничем не омрачённый, почти счастливый.

Таких дней в его сроке от звонка до звонка было три тысячи шестьсот пятьдесят три.

Из-за високосных годов — три дня лишних набавлялось...

1959

БУР — Барак Усиленного Режима, внутрилагерная тюрьма.

Вагонка — лагерное устройство для тесного спанья. Четыре деревянных щита, смежные и в два этажа, на общем основании. Вагонки стоят рядом —

и создаются как бы вагонные купе, отсюда название.

Вертухай — тюремное слово для надзирателя, отчасти употребляемое в лагере.

Гужеваться (блатн.) — разбирать, рассматривать, пользоваться не торопясь, со смаком.

Качать права — спорить с начальством, пытаясь искать общую справедливость.

КВЧ — Культурно-воспитательная часть. Отдел лагерной администрации, ведающий агитацией, художественной самодеятельностью, библиотекой (если она есть), перепиской (если нет отдельно цензуры) и выполняющий всякие подсобные функции.

Кондей (блатн.) — карцер. *Без вывода* — содержат как в тюрьме. *С выводом* — только ночь в карцере, а днём выводят на работу.

Косить, косануть — воспользоваться, присвоить что-либо вопреки установленным правилам. *Закосить пáйку*. *Закосить день* — суметь не выйти на работу.

Кум, опер — оперуполномоченный. Чекист, следящий за настроениями зэков, ведающий осведомительством и следственными делами. (Вероятно — от истинного значения по-русски: «кум» — состоящий в духовном родстве.)

Общие работы — главные по профилю данного лагеря, на которых работает большинство зэков и где условия наиболее тяжелы.

ППЧ — Планово-производственная часть. Отдел лагерной администрации.

Придурок — работающий в административной должности (но бригадир — не придурок) или в сфере обслуживания — всегда на более лёгкой, привилегированной работе. *Придурня́*.

С понтом — делая вид.

Фитиль (блатн.) — доходяга, сильно ослабший человек, еле на ногах (уже не прямо держится, отсюда сравнение).

Шестерить — услуживать лично кому-либо. *Шестёрка* — кто держится в услугах.

Шмон (блатн.) — обыск.

Матрёнин двор

На сто восемьдесят четвёртом километре от Москвы по ветке, что идёт к Мурому и Казани, ещё с добрых полгода после того все поезда замедляли свой ход почти как бы до ощупи. Пассажиры льнули к стёклам, выходили в тамбур: чинят пути, что ли? из графика вышел?

Нет. Пройдя переезд, поезд опять набирал скорость, пассажиры усаживались.

Только машинисты знали и помнили, отчего это всё. Да я.

1

Летом 1956 года из пыльной горячей пустыни я возвращался наугад — просто в Россию. Ни в одной точке её никто меня не ждал и не звал, потому что я задержался с возвратом годиков на десять. Мне просто хотелось в среднюю полосу — без жары, с лиственным рокотом леса. Мне хотелось затесаться и затеряться в самой нутряной России — если такая где-то была, жила.

За год до того по сю сторону Уральского хребта я мог наняться разве таскать носилки. Даже электриком на порядочное строительство меня бы не взяли. А меня тянуло — учительствовать. Говорили мне знающие люди, что нечего и на билет тратиться, впустую проезжу.

Но что-то начинало уже страгиваться. Когда я поднялся по лестнице Владимирского облоно и спросил, где отдел кадров, то с удивлением увидел, что *кадры* уже не сидели здесь за чёрной кожаной дверью, а за остеклённой перегородкой, как в аптеке. Всё же я подошёл к окошечку робко, поклонился и попросил:

— Скажите, не нужны ли вам математики? Где-нибудь подальше от железной дороги? Я хочу поселиться там навсегда.

Каждую букву в моих документах перещупали, походили из комнаты в комнату и куда-то звонили. Тоже и для них редкость была — все ведь просятся в город, да покрупней. И вдруг-таки дали мне местечко — Высокое Поле. От одного названия веселела душа.

Название не лгало. На взгорке между ложков, а потом других взгорков, цельно-обмкнутое лесом, с прудом и плотинкой, Высокое Поле было тем самым местом, где не обидно бы и жить и умереть. Там я долго сидел в роще на пне и думал, что от души бы хотел не нуждаться каждый день завтракать и обедать, только бы остаться здесь и ночами слушать, как ветви шуршат по крыше — когда ниоткуда не слышно радио и всё в мире молчит.

Увы, там не пекли хлеба. Там не торговали ничем съестным. Вся деревня волокла снедь мешками из областного города.

Я вернулся в отдел кадров и взмолился перед окошечком. Сперва и разговаривать со мной не хотели. Потом всё ж походили из комнаты в комнату, позвонили, поскрипели и отпечатали мне в приказе: «Торфопродукт».

Торфопродукт? Ах, Тургенев не знал, что можно по-русски составить такое!

На станции Торфопродукт, состарившемся временном серо-деревянном бараке, висела строгая надпись: «На поезд садиться только со стороны вокзала!» Гвоздём по доскам было доцарапано: «И без билетов». А у кассы с тем же меланхолическим остроумием было навсегда вырезано ножом: «Билетов нет». Точный смысл этих добавлений я оценил позже. В Торфопродукт легко было приехать. Но не уехать.

А и на этом месте стояли прежде и перестояли революцию дремучие, непрохожие леса. Потом их вырубили — торфоразработчики и соседний колхоз. Председатель его, Горшков, свёл под корень изрядно гектаров леса и выгодно сбыл в Одесскую область, на том свой колхоз возвысив, а себе получив Героя Социалистического Труда.

Меж торфяными низинами беспорядочно разбросался посёлок — однообразные, худо штукатуренные бараки тридцатых годов и, с резьбой по фасаду, с остеклёнными верандами, домики пятидесятых. Но внутри этих домиков нельзя было увидеть перегородки, доходящей до потолка, так что не снять мне было комнаты с четырьмя настоящими стенами.

Над посёлком дымила фабричная труба. Туда и сюда сквозь посёлок проложена была узкоколейка, и паровозики, тоже густо дымящие, пронзительно свистя, таскали по ней поезда с бурым торфом, торфяными плитами и брикетами. Без ошибки я мог предположить, что вечером над дверьми клуба будет надрываться радиола, а по улице пображывать пьяные да подпыривать друг друга ножами.

Вот куда завела меня мечта о тихом уголке России. А ведь там, откуда я приехал, мог я жить в глинобитной хатке, глядящей в пустыню. Там дул такой свежий ветер ночами и только звёздный свод распахивался над головой.

Мне не спалось на станционной скамье, и я чуть свет опять побрёл по посёлку. Теперь я увидел крохотный базарец. По рани единственная женщина стояла там, торгуя молоком. Я взял бутылку, стал пить тут же.

Меня поразила её речь. Она не говорила, а напевала умильно, и слова её были те самые, за которыми потянула меня тоска из Азии:

— Пей, пей с душою жела́дной. Ты, потай, приезжий?

— А вы откуда? — просветлел я.

И узнал, что не всё вокруг торфоразработки, что есть за полотном железной дороги — бугор, а за бугром — деревня, и деревня эта — Тальново, испокон она здесь, ещё когда была барыня-«цыганка» и кругом лес лихой стоял. А дальше целый край идёт деревень: Часлицы, Овинцы, Спудни, Шевертни, Шестимирово — всё поглуше, от железной дороги подале, к озёрам.

Ветром успокоения потянуло на меня от этих названий. Они обещали мне кондовую Россию.

И я попросил мою новую знакомую отвести меня после базара в Тальново и подыскать избу, где бы стать мне квартирантом.

Я оказался квартирантом выгодным: сверх платы сулила школа за меня ещё машину торфа на зиму. По лицу женщины прошли заботы уже не умильные. У самой у неё места не было (они с мужем *воспитывали* её престарелую мать), оттого она повела меня к одним своим родным и ещё к другим. Но и здесь не нашлось комнаты отдельной, везде было тесно и лопотно.

Так мы дошли до высыхающей подпруженной речушки с мостиком. Милей этого места мне не приглянулось во всей деревне; две-три ивы, избушка пе-

Александр Солженицын

рекособоченная, а по пруду плавали утки, и выходили на берег гуси, отряхиваясь.

— Ну, разве что к Матрёне зайдём, — сказала моя проводница, уже уставая от меня. — Только у неё не так уборно, в запущи она живёт, болеет.

Дом Матрёны стоял тут же, неподалёку, с четырьмя оконцами в ряд на холодную некрасную сторону, крытый щепою, на два ската и с украшенным под теремок чердачным окошком. Дом не низкий — восемнадцать венцов. Однако изгнивала щепа, посерели от старости брёвна сруба и ворота, когда-то могучие, и проредилась их обвершка.

Калитка была на запоре, но проводница моя не стала стучать, а просунула руку под низом и отвернула завёртку — нехитрую затею против скота и чужого человека. Дворик не был крыт, но в доме многое было под одной связью. За входной дверью внутренние ступеньки поднимались на просторные *мосты*, высоко осенённые крышей. Налево ещё ступеньки вели вверх в *горницу* — отдельный сруб без печи, и ступеньки вниз, в подклеть. А направо шла сама изба, с чердаком и подпольем.

Строено было давно и добротно, на большую семью, а жила теперь одинокая женщина лет шестидесяти.

Когда я вошёл в избу, она лежала на русской печи, тут же, у входа, накрытая неопределённым тёмным тряпьём, таким бесценным в жизни рабочего человека.

Просторная изба, и особенно лучшая приоконная её часть, была уставлена по табуреткам и лавкам — горшками и кадками с фикусами. Они заполнили одиночество хозяйки безмолвной, но живой толпой. Они разрослись привольно, забирая небогатый свет северной стороны. В остатке света, и к тому же за трубой, кругловатое лицо хозяйки показалось мне жёлтым, больным. И по глазам её замутнённым можно было видеть, что болезнь измотала её.

Разговаривая со мной, она так и лежала на печи ничком, без подушки, головой к двери, а я стоял внизу. Она не проявила радости заполучить квартиранта, жаловалась на чёрный недуг, из приступа которого выходила сейчас: недуг налетал на неё не каждый месяц, но, налетев, —

— ...держит два́-дни и три́-дни, так что ни встать, ни подать я вам не приспею. А избу бы не жалко, живите.

И она перечисляла мне других хозяек, у кого будет мне покойней и угожей, и слала обойти их. Но я уже видел, что жребий мой был — поселиться в этой темноватой избе с тусклым зеркалом, в которое совсем нельзя было смотреться, с двумя яркими рублёвыми плакатами о книжной торговле и об урожае, повешенными на стене для красоты. Здесь было мне тем хорошо, что по бедности Матрёна не держала радио, а по одиночеству не с кем было ей разговаривать.

И хотя Матрёна Васильевна вынудила меня походить ещё по деревне, и хотя в мой второй приход долго отнекивалась:

— Не умемши, не варёмши — как утрафишь? — но уж встретила меня на ногах, и даже будто удовольствие пробудилось в её глазах оттого, что я вернулся.

Поладили о цене и о торфе, что школа привезёт.

Я только потом узнал, что год за годом, многие годы, ниоткуда не зарабатывала Матрёна Васильевна ни рубля. Потому что пенсии ей не платили. Родные ей помогали мало. А в колхозе она работала не за деньги — за палочки. За палочки трудодней в замусленной книжке учётчика.

Так и поселился я у Матрёны Васильевны. Комнаты мы не делили. Её кровать была в дверном углу у печки, а я свою раскладушку развернул у окна и, оттесня от света любимые Матрёнины фикусы, ещё у одного окна поставил стол. Электричество же в деревне было — его ещё в двадцатые годы подтянули от Шатуры. В газетах писали тогда — «лампочки Ильича», а мужики, глаза тараща, говорили: «Царь Огонь!»

Может, кому из деревни, кто побогаче, изба Матрёны и не казалась доброжилой, нам же с ней в ту осень и зиму вполне была хороша: от дождей она ещё не протекала и ветрами студёными выдувало из неё печное грево не сразу, лишь под утро, особенно тогда, когда дул ветер с прохудившейся стороны.

Кроме Матрёны и меня, жили в избе ещё: кошка, мыши и тараканы.

Кошка была немолода, а главное — колченога. Она из жалости была Матрёной подобрана и прижилась. Хотя она и ходила на четырёх ногах, но сильно прихрамывала: одну ногу она берегла, больная была нога. Когда кошка прыгала с печи на пол, звук касания её о пол не был кошаче-мягок, как у всех, а — сильный одновременный удар трёх ног: туп! — такой сильный удар, что я не сразу привык, вздрагивал. Это она три ноги подставляла разом, чтоб уберечь четвёртую.

Но не потому были мыши в избе, что колченогая кошка с ними не справлялась: она как молния за ними прыгала в угол и выносила в зубах. А недоступны были мыши для кошки из-за того, что кто-то когда-то, ещё по хорошей жизни, оклеил Матрёнину избу рифлёными зеленоватыми обоями, да не просто в слой, а в пять слоёв. Друг с другом обои склеились хорошо, от стены же во многих местах отстали — и получилась как бы внутренняя шкура на избе. Между брёвнами избы и обойной шкурой мыши и проделали себе ходы и нагло шуршали, бегая по ним даже и под потолком. Кошка сердито смотрела вслед их шуршанью, а достать не могла.

Иногда ела кошка и тараканов, но от них ей становилось нехорошо. Единственное, что тараканы уважали, это черту перегородки, отделявшей устье русской печи и кухоньку от чистой избы. В чистую избу они не переползали. Зато в кухоньке по ночам кишели, и если поздно вечером, зайдя испить воды, я зажигал там лампочку — пол весь, и скамья большая, и даже стена были чуть не сплошь бурыми и шевелились. Приносил я из химического кабинета буры, и, смешивая с тестом, мы их травили. Тараканов менело, но Матрёна боялась отравить вместе с ними и кошку. Мы прекращали подсыпку яда, и тараканы плодились вновь.

По ночам, когда Матрёна уже спала, а я занимался за столом, — редкое быстрое шуршание мышей под обоями покрывалось слитным, единым, непрерывным, как далёкий шум океана, шорохом тараканов за перегородкой. Но я свыкся с ним, ибо в нём не было ничего злого, в нём не было лжи. Шуршанье их — была их жизнь.

И с грубой плакатной красавицей я свыкся, которая со стены постоянно протягивала мне Белинского, Панфёрова и ещё стопу каких-то книг, но — молчала. Я со всем свыкся, что было в избе Матрёны.

Матрёна вставала в четыре-пять утра. Ходикам Матрёниным было двадцать семь лет как куплены в сельпо. Всегда они шли вперёд, и Матрёна не беспокоилась — лишь бы не отставали, чтоб утром не запоздниться. Она включала лампочку за кухонной перегородкой и тихо, вежливо, стараясь не шуметь, топила русскую печь, ходила доить козу (все животы её были — одна эта грязно-белая криворогая коза), по воду ходила и варила в трёх чугунках: один чугунок — мне, один — себе, один — козе. Козе она выбирала из подполья самую мелкую картошку, себе — мелкую, а мне — с куриное яйцо. Крупной же картошки огород её песчаный, с довоенных лет не удобренный и всегда засаживаемый картошкой, картошкой и картошкой, — крупной не давал.

Мне почти не слышались её утренние хлопоты. Я спал долго, просыпался на позднем зимнем свету и потягивался, высовывая голову из-под одеяла и тулупа. Они да ещё лагерная телогрейка на ногах, а снизу мешок, набитый соломой, хранили мне тепло даже в те ночи, когда стужа толкалась с севера в наши хилые оконца. Услышав за перегородкой сдержанный шумок, я всякий раз размеренно говорил:

— Доброе утро, Матрёна Васильевна!

И всегда одни и те же доброжелательные слова раздавались мне из-за перегородки. Они начинались каким-то низким тёплым мурчанием, как у бабушек в сказках:

— М-м-мм... также и вам!

И немного погодя:

— А завтрак вам приспе-ел.

Что́ на завтрак, она не объявляла, да это и догадаться было легко: *картовь* необлупленная, или суп *картонный* (так выговаривали все в деревне), или каша ячневая (другой крупы в тот год нельзя было купить в Торфопродукте, да и ячневую-то с бою — как самой дешёвой ею откармливали свиней и мешками брали). Не всегда это было посолено, как надо, часто пригорало, а после еды оставляло налёт на нёбе, дёснах и вызывало изжогу.

Но не Матрёны в том была вина: не было в Торфопродукте и масла, маргарин нарасхват, а свободно только жир комбинированный. Да и русская печь, как я пригляделся, неудобна для стряпни: варка идёт скрыто от стряпухи, жар к чугунку подступает с разных сторон неравномерно. Но потому, должно быть, пришла она к нашим предкам из самого каменного века, что, протопленная раз на досветьи, весь день хранит в себе тёплыми корм и пойло для скота, пищу и воду для человека. И спать тепло.

Я покорно съедал всё наваренное мне, терпеливо откладывал в сторону, если попадалось что неурядное: волос ли, торфа кусочек, тараканья ножка. У меня не хватало духу упрекнуть Матрёну. В конце концов, она сама же меня предупреждала: «Не умемши, не варёмши — как утрафишь?»

— Спасибо, — вполне искренне говорил я.

— На чём? На своём на добром? — обезоруживала она меня лучезарной улыбкой. И, простодушно глядя блёкло-голубыми глазами, спрашивала: — Ну, а к ужоткому что вам приготовить?

К *ужоткому* значило — к вечеру. Ел я дважды в сутки, как на фронте. Что мог я заказать к ужоткому? Всё из того же, картовь или суп картонный.

Я мирился с этим, потому что жизнь научила меня не в еде находить смысл повседневного существования. Мне дороже была эта улыбка её кругловатого лица, которую, заработав наконец на фотоаппарат, я тщетно пытался уловить. Увидев на себе холодный глаз объектива, Матрёна принимала выражение или натянутое, или повышенно-суровое.

Раз только запечатлел я, как она улыбалась чему-то, глядя в окошко на улицу.

В ту осень много было у Матрёны обид. Вышел перед тем новый пенсионный закон, и надоумили её соседки добиваться пенсии. Была она одинокая кругом, а с тех пор, как стала сильно болеть, — и из колхоза её отпустили. Наворочено было много несправедливостей с Матрёной: она была больна, но не считалась инвалидом; она четверть века проработала в колхозе, но потому что не на заводе — не полагалось ей пенсии *за себя,* а добиваться можно было только *за мужа,* то есть за утерю кормильца. Но мужа не было уже пятнадцать лет, с начала войны, и нелегко было теперь добыть те справки с разных мест о его *стаже* и сколько он там получал. Хлопоты были — добыть эти справки; и чтоб написали всё же, что получал он в месяц хоть рублей триста; и справку заверить, что живёт она одна и никто ей не помогает; и с года она какого; и потом всё это носить в собес; и перенашивать, исправляя, что сделано не так; и ещё носить. И узнавать — дадут ли пенсию.

Хлопоты эти были тем затруднены, что собес от Тальнова был в двадцати километрах к востоку, сельский совет — в десяти километрах к западу, а посёлковый — к северу, час ходьбы. Из канцелярии в канцелярию и гоняли её два месяца — то за точкой, то за запятой. Каждая проходка — день. Сходит в сельсовет, а секретаря сегодня нет, просто так вот нет, как это бывает в сёлах. Завтра, значит, опять иди. Теперь секретарь есть, да печати у него нет. Третий день опять иди. А четвёртый день иди потому, что сослепу они не на той бумажке расписались, бумажки-то все у Матрёны одной пачкой сколоты.

— Притесняют меня, Игнатич, — жаловалась она мне после таких бесплодных проходок. — Иззаботилась я.

Но лоб её недолго оставался омрачённым. Я заметил: у неё было верное средство вернуть себе доброе расположение духа — работа. Тотчас же она или хваталась за лопату и копала картовь. Или с мешком под мышкой шла за торфом. А то с плетёным кузовом — по ягоды в дальний лес. И не столам конторским кланяясь, а лесным кустам, да наломавши спину ношей, в избу возвращалась Матрёна уже просветлённая, всем довольная, со своей доброй улыбкой.

— Теперича я зуб наложила, Игнатич, знаю, где брать, — говорила она о торфе. — Ну и местечко, любота́ одна!

— Да Матрёна Васильевна, разве моего торфа не хватит? Машина целая.

— Фу-у! твоего торфу! Ещё столько, да ещё столько — тогда, бывает, хватит. Тут как зима закрутит, да *дуе́ль* в окна, так не столько топишь, сколько выдувает. Летось мы торфу натаскивали сколища! Я ли бы и теперь три машины не натаскала? Так вот ловят. Уж одну бабу нашу по судам тягают.

Да, это было так. Уже закруживалось пугающее дыхание зимы — и щемило сердца. Стояли вокруг леса, а топки взять было негде. Рычали кругом экскаваторы на болотах, но не продавалось торфу жителям, а только везли — начальству, да кто при начальстве, да по машине — учителям, врачам, рабочим завода. Топлива не было положено — и спрашивать о нём не полагалось. Председатель колхоза ходил по деревне, смотрел в глаза требовательно, или мутно, или простодушно и о чём угодно говорил, кроме топлива. Потому что сам он запасся. А зимы не ожидалось.

Что ж, воровали раньше лес у барина, теперь тянули торф у треста. Бабы собирались по пять, по десять, чтобы смелей. Ходили днём. За лето накопано было торфу повсюду и сложено штабелями для просушки. Этим и хорош торф, что, добыв, его не могут увезти сразу. Он сохнет до осени, а то и до снега, если дорога не станет или трест затомошился. Это-то время бабы его и брали. Зараз уносили в мешке торфин шесть, если были сыроваты, торфин десять, если сухие. Одного мешка такого, принесённого иногда километра за три (и весил он пуда два), хватало на одну протопку. А дней в зиме двести. А топить надо: утром русскую, вечером «голландку».

— Да чего говорить обáпол! — сердилась Матрёна на кого-то невидимого. — Как лошадей не стало, так чего на себе не припрёшь, того и в домý нет. Спина у меня никогда не заживает. Зимой салазки на себе, летом вязанки на себе, ей-богу правда!

Ходили бабы в день — не по разу. В хорошие дни Матрёна приносила по шесть мешков. Мой торф она сложила открыто, свой прятала под мостами, и каждый вечер забивала лаз доской.

— Разве уж догадаются, враги, — улыбалась она, вытирая пот со лба, — а то ни в жисть не найдут.

Что было делать тресту? Ему не отпускалось штатов, чтобы расставлять караульщиков по всем болотам. Приходилось, наверно, показав обильную добычу в сводках, затем списывать — на крошку, на дожди. Иногда, порывами, собирали патруль и ловили баб у входа в деревню. Бабы бросали мешки и разбегались. Иногда, по доносу, ходили по домам с обыском, составляли протокол на незаконный торф и грозились передать в суд. Бабы на время бросали носить, но зима надвигалась и снова гнала их — с санками по ночам.

Вообще, приглядываясь к Матрёне, я замечал, что, помимо стряпни и хозяйства, на каждый день у неё приходилось и какое-нибудь другое немалое дело; закономерный порядок этих дел она держала в голове и, проснувшись поутру, всегда знала, чем сегодня день её будет занят. Кроме торфа, кроме сбора старых пеньков, вывороченных трактором на болоте, кроме брусники, намачиваемой на зиму в четвертях («Поточи зубки, Игнатич», — угощала меня), кроме копки картошки, кроме беготни по пенсионному делу она должна была ещё где-то раздобывать сенца для единственной своей грязно-белой козы.

— А почему вы коровы не держите, Матрёна Васильевна?

— Э-эх, Игнатич, — разъясняла Матрёна, стоя в нечистом фартуке в кухонном дверном вырезе и оборотясь к моему столу. — Мне молока и от козы хватит. А корову заведи, так она меня самою с ногами съест. У полотна не скоси — там свои хозяева, и в лесу косить нету — лесничество хозяин, и в колхозе мне не велят — не колхозница, мол, теперь. Да они и колхозницы до самых белых мух всё в колхоз, всё в колхоз, а себе уж из-под снегу — что за трава?.. По-бывалошному кипели с сеном в межень, с Петрова до Ильина. Считалось, трава — медовая...

Так, одной утельной козе собрать было сена — для Матрёны труд великий. Брала она с утра мешок и серп и уходила в места, которые помнила, где трава росла по обмежкам, по задороге, по островкам среди болота. Набив мешок свежей тяжёлой травой, она тащила её домой и во дворике у себя раскладывала пластом. С мешка травы получалось подсохшего сена — навильник.

Председатель новый, недавний, присланный из города, первым делом обрезал всем инвалидам огороды. Пятнадцать соток песочка оставил Матрёне, а десять соток так и пустовало за забором. Впрочем, и за пятнадцать соток потягивал колхоз Матрёну. Когда рук не хватало, когда отнекивались бабы уж очень упорно, жена председателя приходила к Матрёне. Она была тоже женщина городская, решительная, коротким серым полупальто и грозным взглядом как бы военная.

Она входила в избу и, не здороваясь, строго смотрела на Матрёну. Матрёна мешалась.

Александр Солженицын

— Та-ак, — раздельно говорила жена председателя. — Товарищ Григорьева! Надо будет помочь колхозу! Надо будет завтра ехать навоз вывозить!

Лицо Матрёны складывалось в извиняющую полуулыбку — как будто ей было совестно за жену председателя, что та не могла ей заплатить за работу.

— Ну что ж, — тянула она. — Я больна, конечно. И к делу вашему теперь не присоединёна. — И тут же спешно исправлялась: — Кóму часу приходить-то?

— И вилы свои бери! — наставляла председательша и уходила, шурша твёрдой юбкой.

— Во как! — пеняла Матрёна вслед. — И вилы свои бери! Ни лопат, ни вил в колхозе нету. А я без мужика живу, кто мне насадит?..

И размышляла потом весь вечер:

— Да что говорить, Игнатич! Ни к столбу, ни к перилу эта работа. Станешь, об лопату опершись, и ждёшь, скоро ли с фабрики гудок на двенадцать. Да ещё заведутся бабы, счёты сводят, кто вышел, кто не вышел. Когда, бывалоча, *по себе* работали, так никакого *звуку* не было, только ой-ойойиньки, вот обед подкатил, вот вечер подступил.

Всё же поутру она уходила со своими вилами.

Но не колхоз только, а любая родственница дальняя или просто соседка приходила тоже к Матрёне с вечера и говорила:

— Завтра, Матрёна, придёшь мне пособить. Картошку будем докапывать.

И Матрёна не могла отказать. Она покидала свой черёд дел, шла помогать соседке и, воротясь, ещё говорила без тени зависти:

— Ах, Игнатич, и крупная ж картошка у неё! В охотку копала, уходить с участка не хотелось, ей-богу правда!

Тем более не обходилась без Матрёны ни одна пахота огорода. Тальновские бабы установили до-точно, что одной вскопать свой огород лопатою тя-желе и дольше, чем, взяв соху и вшестером впряг-шись, вспахать на себе шесть огородов. На то и звали Матрёну в помощь.

— Что ж, платили вы ей? — приходилось мне потом спрашивать.

— Не берёт она денег. Уж поневоле ей вопрятаешь.

Ещё суета большая выпадала Матрёне, когда под-ходила её очередь кормить козьих пастухов: одного — здоровенного, *немоглухого,* и второго — мальчишку с постоянной слюнявой цигаркой в зубах. Очередь эта была в полтора месяца раз, но вгоняла Матрёну в боль-шой расход. Она шла в сельпо, покупала рыбные кон-сервы, расстарывалась и сахару и масла, чего не ела сама. Оказывается, хозяйки выкладывались друг перед другом, стараясь накормить пастухов получше.

— Бойся портного да пастуха, — объясняла она мне. — По всей деревне тебя ославят, если что им не так.

И в эту жизнь, густую заботами, ещё врывалась временами тяжёлая немочь, Матрёна валилась и сут-ки-двое лежала пластом. Она не жаловалась, не сто-нала, но и не шевелилась почти. В такие дни Маша, близкая подруга Матрёны, с самых молодых годков, приходила обихаживать козу да топить печь. Сама Матрёна не пила, не ела и не просила ничего. Вы-звать на дом врача из поселкового медпункта было в Тальнове в диво, как-то неприлично перед соседя-ми — мол, барыня. Вызывали однажды, та приехала злая очень, велела Матрёне, как отлежится, прихо-дить на медпункт самой. Матрёна ходила против воли, брали анализы, посылали в районную больни-цу — да так и заглохло.

Александр Солженицын

Дела звали к жизни. Скоро Матрёна начинала вставать, сперва двигалась медленно, а потом опять живо.

— Это ты меня прежде не видал, Игнатич, — оправдывалась она. — Все мешки мои были, по пять пудов ти́желью не считала. Свёкор кричал: «Матрёна! Спину сломаешь!» Ко мне диви́рь не подходил, чтоб мой конец бревна на передок подсадить. Конь был военный у нас, Волчок, здоровый...

— А почему военный?

— А нашего на войну забрали, этого подраненного — взамен. А он стихово́й какой-то попался. Раз с испугу сани понёс в озеро, мужики отскакивали, а я, правда, за узду схватила, остановила. Овсяной был конь. У нас мужики любили лошадей кормить. Которые кони овсяные, те и ти́жели не признают.

Но отнюдь не была Матрёна бесстрашной. Боялась она пожара, боялась *молоньи,* а больше всего почему-то — поезда.

— Как мне в Черусти ехать, с Нечаевки поезд вылезет, глаза здоровенные свои вылупит, рельсы гудят — аж в жар меня бросает, коленки трясутся. Ей-богу правда! — сама удивлялась и пожимала плечами Матрёна.

— Так, может, потому, что билетов не дают, Матрёна Васильевна?

— В окошечко? Только мягкие суют. А уж поезд — трогацать! Мечемся туда-сюда; да взойдите ж в сознание! Мужики — те по лесенке на крышу полезли. А мы нашли дверь незапертую, впёрлись прям так, без билетов, — а вагоны-то все *простые* идут, все простые, хоть на полке растягивайся. Отчего билетов не давали, паразиты несочувственные, — не знато...

Всё же к той зиме жизнь Матрёны наладилась как никогда. Стали-таки платить ей рублей восемьдесят пенсии. Ещё сто с лишком получала она от школы и от меня.

— Фу-у! Теперь Матрёне и умирать не надо! — уже начинали завидовать некоторые из соседок. — Больше денег ей, старой, и девать некуда.

— А что — пенсия? — возражали другие. — Государство — оно минутное. Сегодня, вишь, дало, а завтра отымет.

Заказала себе Матрёна скатать новые валенки. Купила новую телогрейку. И справила пальто из ношеной железнодорожной шинели, которую подарил ей машинист из Черустей, муж её бывшей воспитанницы Киры. Деревенский портной-горбун подложил под сукно ваты, и такое славное пальто получилось, какого за шесть десятков лет Матрёна не нашивала.

И в середине зимы зашила Матрёна в подкладку этого пальто двести рублей — себе на похороны. Повеселела:

— Маненько и я спокой увидала, Игнатич.

Прошёл декабрь, прошёл январь — за два месяца не посетила её болезнь. Чаще Матрёна по вечерам стала ходить к Маше посидеть, семячки пощёлкать. К себе она гостей по вечерам не звала, уважая мои занятия. Только на Крещенье, воротясь из школы, я застал в избе пляску и познакомлен был с тремя Матрёниными родными сёстрами, звавшими Матрёну как старшую — лёлька или нянька. До этого дня мало было в нашей избе слышно о сёстрах — то ли опасались они, что Матрёна будет просить у них помощи?

Одно только событие или предзнаменование омрачило Матрёне этот праздник: ходила она за пять вёрст в церковь на водосвятие, поставила свой котелок меж других, а когда водосвятие кончилось и бросились

Александр Солженицын

бабы, толкаясь, разбирать — Матрёна не поспела средь первых, а в конце — не оказалось её котелка. И взамен котелка никакой другой посуды тоже оставлено не было. Исчез котелок, как дух нечистый его унёс.

— Бабоньки! — ходила Матрёна среди молящихся. — Не прихватил ли кто неуладкой чужую воду освячённую? в котелке?

Не признался никто. Бывает, мальчишки созоровали, были там и мальчишки. Вернулась Матрёна печальная. Всегда у неё бывала святая вода, а на этот год не стало.

Не сказать, однако, чтобы Матрёна верила как-то истово. Даже скорей была она язычница, брали в ней верх суеверия: что на Ивана Постного в огород зайти нельзя — на будущий год урожая не будет; что если метель крутит — значит, кто-то где-то удавился, а дверью ногу прищемишь — быть гостю. Сколько жил я у неё — никогда не видал её молящейся, ни чтоб она хоть раз перекрестилась. А дело всякое начинала «с Богом!» и мне всякий раз «с Богом!» говорила, когда я шёл в школу. Может быть, она и молилась, но не показно, стесняясь меня или боясь меня притеснить. Был святой угол в чистой избе, и иконка Николая Угодника в кухоньке. Зáбудни стояли они тёмные, а во время всенощной и с утра по праздникам зажигала Матрёна лампадку.

Только грехов у неё было меньше, чем у её колченогой кошки. Та — мышей душила...

Немного выдравшись из колотной своей житёнки, стала Матрёна повнимательней слушать и моё радио (я не преминул поставить себе *разведку* — так Матрёна называла розетку. Мой приёмничек уже не был для меня бич, потому что я своей рукой мог его выключить в любую минуту; но, действительно, выходил он для меня из глухой избы — разведкой).

В тот год повелось по две, по три иностранных делегации в неделю принимать, провожать и возить по многим городам, собирая митинги. И что ни день, известия полны были важными сообщениями о банкетах, обедах и завтраках.

Матрёна хмурилась, неодобрительно вздыхала:

— Ездят-ездят, чего-нибудь наездят.

Услышав, что машины изобретены новые, ворчала Матрёна из кухни:

— Всё новые, новые, на старых работать не хотят, куды старые складывать будем?

Ещё в тот год обещали искусственные спутники Земли. Матрёна качала головой с печи:

— Ой-ой-ойиньки, чего-нибудь изменят, зиму или лето.

Исполнял Шаляпин русские песни. Матрёна стояла-стояла, слушала и приговорила решительно:

— Чудно́ поют, не по-нашему.

— Да что вы, Матрёна Васильевна, да прислушайтесь!

Ещё послушала. Сжала губы:

— Не. Не так. Ладу не нашего. И голосом балует.

Зато и вознаградила меня Матрёна. Передавали как-то концерт из романсов Глинки. И вдруг после пятка камерных романсов Матрёна, держась за фартук, вышла из-за перегородки растепленная, с пеленой слезы в неярких своих глазах:

— А вот это — по-нашему... — прошептала она.

2

Так привыкли Матрёна ко мне, а я к ней, и жили мы запросто. Не мешала она моим долгим вечерним занятиям, не досаждала никакими расспросами. До того отсутствовало в ней бабье любопытство или до

Александр Солженицын

того она была деликатна, что не спросила меня ни разу: был ли я когда женат? Все тальновские бабы приставали к ней — узнать обо мне. Она им отвечала:

— Вам нужно — вы и спрашивайте. Знаю одно — *дальний* он.

И когда невскоре я сам сказал ей, что много провёл в тюрьме, она только молча покивала головой, как бы подозревала и раньше.

А я тоже видел Матрёну сегодняшнюю, потерянную старуху, и тоже не бередил её прошлого, да и не подозревал, чтоб там было что искать.

Знал я, что замуж Матрёна вышла ещё до революции, и сразу в эту избу, где мы жили теперь с ней, и сразу *к печке* (то есть не было в живых ни свекрови, ни старшей золовки незамужней, и с первого послебрачного утра Матрёна взялась за ухват). Знал, что детей у неё было шестеро и один за другим умирали все очень рано, так что двое сразу не жило. Потом была какая-то воспитанница Кира. А муж Матрёны не вернулся с этой войны. Похоронного тоже не было. Односельчане, кто был с ним в роте, говорили, что либо в плен он попал, либо погиб, а только тела не нашли. За одиннадцать послевоенных лет решила и Матрёна сама, что он не жив. И хорошо, что думала так. Хоть и был бы теперь он жив — так женат где-нибудь в Бразилии или в Австралии. И деревня Тальново, и язык русский изглаживаются из памяти его...

Раз, придя из школы, я застал в нашей избе гостя. Высокий чёрный старик, сняв на колени шапку, сидел на стуле, который Матрёна выставила ему на середину комнаты, к печке-«голландке». Всё лицо его облегали густые чёрные волосы, почти не тронутые сединой: с чёрной окладистой бородой сливались усы густые, чёрные, так что рот был виден едва; и непрерывные бакены чёрные, едва выказывая уши, поднимались к чёрным космам, свисавшим с темени; и ещё широкие чёрные брови мостами были брошены друг другу навстречу. И только лоб уходил лысым куполом в лысую просторную маковку. Во всём облике старика показалось мне многознание и достойность. Он сидел ровно, сложив руки на посохе, посох же отвесно уперев в пол, — сидел в положении терпеливого ожидания и, видно, мало разговаривал с Матрёной, возившейся за перегородкой.

Когда я пришёл, он плавно повернул ко мне величавую голову и назвал меня внезапно:

— Батюшка!.. Вижу вас плохо. Сын мой учится у вас. Григорьев Антошка...

Дальше мог бы он и не говорить... При всём моём порыве помочь этому почтенному старику, заранее знал я и отвергал всё то бесполезное, что скажет старик сейчас. Григорьев Антошка был круглый румяный малец из 8-го «г», выглядевший как кот после блинов. В школу он приходил как бы отдыхать, за партой сидел и улыбался лениво. Уж тем более он никогда не готовил уроков дома. Но, главное, борясь за тот высокий процент успеваемости, которым славились школы нашего района, нашей области и соседних областей, — из году в год его переводили, и он ясно усвоил, что, как бы учителя ни грозились, всё равно в конце года переведут, и не надо для этого учиться. Он просто смеялся над нами. Он сидел в 8-м классе, однако не владел дробями и не различал, какие бывают треугольники. По первым четвертям он был в цепкой хватке моих двоек — и то же ожидало его в третьей четверти.

Но этому полуслепому старику, годному Антошке не в отцы, а в деды, и пришедшему ко мне на униженный поклон, — как было сказать теперь, что год за годом школа его обманывала, дальше же обманывать я не могу, иначе развалю весь класс, и превращусь в балаболку, и наплевать должен буду на весь свой труд и звание своё?

И теперь я терпеливо объяснял ему, что запущено у сына очень, и он в школе и дома лжёт, надо дневник проверять у него почаще и круто браться с двух сторон.

— Да уж куда крутей, батюшка, — заверил меня гость. — Бью его теперь, что неделя. А рука тяжёлая у меня.

В разговоре я вспомнил, что уже один раз и Матрёна сама почему-то ходатайствовала за Антошку Григорьева, но я не спросил, что за родственник он ей, и тоже тогда отказал. Матрёна и сейчас стала в дверях кухоньки бессловесной просительницей. И когда Фаддей Миронович ушёл от меня с тем, что будет заходить узнавать, я спросил:

— Не пойму, Матрёна Васильевна, как же этот Антошка вам приходится?

— Дивиря моего сын, — ответила Матрёна суховато и ушла доить козу.

Разочтя, я понял, что чёрный настойчивый этот старик — родной брат мужа её, без вести пропавшего.

И долгий вечер прошёл — Матрёна не касалась больше этого разговора. Лишь поздно вечером, когда я думать забыл о старике и писал своё в тишине избы под шорох тараканов и постук ходиков, — Матрёна вдруг из тёмного своего угла сказала:

— Я, Игнатич, когда-то за него чуть замуж не вышла.

Я и о Матрёне-то самой забыл, что она здесь, не слышал её, — но так взволнованно она это сказала из темноты, будто и сейчас ещё тот старик домогался её.

Видно, весь вечер Матрёна только об том и думала.

Она поднялась с убогой тряпичной кровати и медленно выходила ко мне, как бы идя за своими словами. Я откинулся — и в первый раз совсем по-новому увидел Матрёну.

Верхнего света не было в нашей большой комнате, как лесом заставленной фикусами. От настольной же лампы свет падал кру́гом только на мои тетради, — а по всей комнате глазам, оторвавшимся от света, казался полумрак с розовинкой. И из него выступала Матрёна. И щёки её померещились мне не жёлтыми, как всегда, а тоже с розовинкой.

— Он за меня первый сватался... раньше Ефима... Он был брат — старший... Мне было девятнадцать, Фаддею — двадцать три... Вот в этом самом доме они тогда жили. Ихний был дом. Ихним отцом строенный.

Я невольно оглянулся. Этот старый серый изгнивающий дом вдруг сквозь блёкло-зелёную шкуру обоев, под которыми бегали мыши, проступил мне молодыми, ещё не потемневшими тогда, струганы́ми брёвнами и весёлым смолистым запахом.

— И вы его?.. И что же?..

— В то лето... ходили мы с ним в рощу сидеть, — прошептала она. — Тут роща была, где теперь конный двор, вырубили её... Без малого не вышла, Игнатич. Война германская началась. Взяли Фаддея на войну.

Она уронила это — и вспыхнул передо мной голубой, белый и жёлтый июль четырнадцатого года: ещё мирное небо, плывущие облака и народ, кипящий со спелым жнивом. Я представил их рядом: смоляного богатыря с косой через спину; её, румяную, обнявшую сноп. И — песню, песню под небом, какие давно уже отстала деревня петь, да и не споёшь при механизмах.

Александр Солженицын

— Пошёл он на войну — пропал... Три года затаилась я, ждала. И ни весточки, и ни косточки...

Обвязанное старческим слинявшим платочком, смотрело на меня в непрямых мягких отсветах лампы круглое лицо Матрёны — как будто освобождённое от морщин, от будничного небрежного наряда — испуганное, девичье, перед страшным выбором.

Да. Да... Понимаю... Облетали листья, падал снег — и потом таял. Снова пахали, снова сеяли, снова жали. И опять облетали листья, и опять падал снег. И одна революция. И другая революция. И весь свет перевернулся.

— Мать у них умерла — и присватался ко мне Ефим. Мол, в нашу избу ты идти хотела, в нашу и иди. Был Ефим моложе меня на год. Говорят у нас: умная выходит после Покрова́, а дура — после Петрова́. Рук у них не хватало. Пошла я... На Петров день повенчались, а к Миколе зимнему — вернулся... Фаддей... из венгерского плена.

Матрёна закрыла глаза.

Я молчал.

Она обернулась к двери, как к живой:

— Стал на пороге. Я как закричу! В колена б ему бросилась!.. Нельзя... Ну, говорит, если б то не брат мой родной — я бы вас порубал обоих!

Я вздрогнул. От её надрыва или страха я живо представил, как он стоит там, чёрный, в тёмных дверях, и топором замахнулся на Матрёну.

Но она успокоилась, оперлась о спинку стула перед собой и певуче рассказывала:

— Ой-ой-ойиньки, головушка бедная! Сколько невест было на деревне — не женился. Сказал: буду имечко твоё искать, вторую Матрёну. И привёл-таки себе из Липовки Матрёну, срубили избу отдельную, где и сейчас живут, ты каждый день мимо их в школу ходишь.

Ах вот оно что! Теперь я понял, что видел ту вторую Матрёну не раз. Не любил я её: всегда приходила она к моей Матрёне жаловаться, что муж её бьёт, и скаред муж, жилы из неё вытягивает, и плакала здесь подолгу, и голос-то всегда у неё был на слезе.

Но выходило, что не о чем моей Матрёне жалеть — так бил Фаддей свою Матрёну всю жизнь, и по сей день, и так зажал весь дом.

— Меня *сам* ни разику не бил, — рассказывала она о Ефиме. — По улице на мужиков с кулаками бегал, а меня — ни разику... То есть был-таки раз — я с золовкой поссорилась, он ложку мне об лоб расшибил. Вскочила я от стола: «Захлебнуться бы вам, подавиться, трутни!» И в лес ушла. Больше не трогал.

Кажется, и Фаддею не о чем было жалеть: родила ему вторая Матрёна тоже шестерых детей (средь них и Антошка мой, самый младший, поскрёбыш) — и выжили все, а у Матрёны с Ефимом дети не стояли: до трёх месяцев не доживая и не болея ничем, умирал каждый.

— Одна дочка только родилась, помыли её живую — тут она и померла. Так мёртвую уж обмывать не пришлось... Как свадьба моя была в Петров день, так и шестого ребёнка, Александра, в Петров день схоронила.

И решила вся деревня, что в Матрёне — порча.

— *Порция* во мне! — убеждённо кивала и сейчас Матрёна. — Возили меня к монашенке одной бывшей лечиться, она меня на кашель наводила — ждала, что *порция* из меня лягушкой выбросится. Ну, не выбросилась...

И шли года, как плыла вода... В сорок первом не взяли на войну Фаддея из-за слепоты, зато Ефима взяли. И как старший брат в первую войну, так младший без вести исчез во вторую. Но этот вовсе не вернулся. Гнила и старела когда-то шумная, а теперь пустынная изба — и старела в ней беспритульная Матрёна.

И попросила она у той второй, забитой, Матрёны — чрева её урывочек (или кровиночку Фаддея?) — младшую их девочку Киру.

Десять лет она воспитывала её здесь как родную, вместо своих невыстоявших. И незадолго до меня выдала за молодого машиниста в Черусти. Только оттуда ей теперь и помощь сочилась: иногда сахарку, когда поросёнка зарежут — сальца.

Страдая от недугов и чая недалёкую смерть, тогда же объявила Матрёна свою волю: отдельный сруб горницы, расположенный под общей связью с избою, после смерти её отдать в наследство Кире. О самой избе она ничего не сказала. Ещё три сестры её метили получить эту избу.

Так в тот вечер открылась мне Матрёна сполна. И, как это бывает, связь и смысл её жизни, едва став мне видимыми, — в тех же днях пришли и в движение. Из Черустей приехала Кира, забеспокоился старик Фаддей: в Черустях, чтобы получить и удержать участок земли, надо было молодым поставить какое-нибудь строение. Шла для этого вполне Матрёнина горница. А другого нечего было и поставить, неоткуда лесу взять. И не так сама Кира, и не так муж её, как за них старый Фаддей загорелся захватить этот участок в Черустях.

И вот он зачастил к нам, пришёл раз, ещё раз, наставительно говорил с Матрёной и требовал, чтоб она отдала горницу теперь же, при жизни. В эти приходы он не показался мне тем опирающимся о посох старцем, который вот развалится от толчка или гру-

бого слова. Хоть и пригорбленный больною поясни-
цей, но всё ещё статный, старше шестидесяти сохра-
нивший сочную, молодую черноту в волосах, он наседал с горячностью.

Не спала Матрёна две ночи. Нелегко ей было решиться. Не жалко было саму горницу, стоявшую без
дела, как вообще ни труда, ни добра своего не жалела
Матрёна никогда. И горница эта всё равно была за-
вещана Кире. Но жутко ей было начать ломать ту
крышу, под которой прожила сорок лет. Даже мне,
постояльцу, было больно, что начнут отрывать доски
и выворачивать брёвна дома. А для Матрёны было
это — конец её жизни всей.

Но те, кто настаивал, знали, что её дом можно
сломать и при жизни.

И Фаддей с сыновьями и зятьями пришли как-то
февральским утром и застучали в пять топоров, за-
визжали и заскрипели отрываемыми досками. Глаза
самого Фаддея деловито поблёскивали. Несмотря
что спина его не распрямлялась вся, он ловко лазил
и под стропила и живо суетился внизу, покрикивая
на помощников. Эту избу он парнишкою сам и стро-
ил когда-то с отцом; эту горницу для него, старшего
сына, и рубили, чтоб он поселился здесь с молодой.
А теперь он яро разбирал её по рёбрышкам, чтоб
увезти с чужого двора.

Переметив номерами венцы сруба и доски пото-
лочного настила, горницу с подклетью разобрали,
а избу саму с укороченными мостами отсекли вре-
менной тесовой стеночкой. В стенке они покинули
щели, и всё показывало, что ломатели — не строители и не предполагают, чтобы Матрёне ещё долго
пришлось здесь жить.

А пока мужчины ломали, женщины готовили ко
дню погрузки самогон: водка обошлась бы чересчур

Александр Солженицын

дорого. Кира привезла из Московской области пуд сахару, Матрёна Васильевна под покровом ночи носила тот сахар и бутыли самогонщику.

Вынесены и соштабелёваны были брёвна перед воротами, зять-машинист уехал в Черусти за трактором.

Но в тот же день началась мятель — *дуель,* по-матрёниному. Она кутила и кружила двое суток и замела дорогу непомерными сугробами. Потом, чуть дорогу умяли, прошёл грузовик-другой — внезапно потеплело, в один день разом распустило, стали сырые туманы, журчали ручьи, прорывшиеся в снегу, и нога в сапоге увязала по всё голенище.

Две недели не давалась трактору разломанная горница! Эти две недели Матрёна ходила как потерянная. Оттого особенно ей было тяжело, что пришли три сестры её, все дружно обругали её дурой за то, что горницу отдала, сказали, что видеть её больше не хотят, — и ушли.

И в те же дни кошка колченогая сбрела со двора — и пропала. Одно к одному. Ещё и это пришибло Матрёну.

Наконец стаявшую дорогу прихватило морозом. Наступил солнечный день, и повеселело на душе. Матрёне что-то доброе приснилось под тот день. С утра узнала она, что я хочу сфотографировать кого-нибудь за старинным ткацким станом (такие ещё стояли в двух избах, на них ткали грубые половики), — и усмехнулась застенчиво:

— Да уж погоди, Игнатич, пару дней, вот горницу, бывает, отправлю — сложу свой стан, ведь цел у меня, — и снимешь тогда. Ей-богу правда!

Видно, привлекало её изобразить себя в старине. От красного морозного солнца чуть розовым залилось замороженное окошко сеней, теперь укороченных, — и грел этот отсвет лицо Матрёны. У тех людей всегда лица хороши, кто в ладах с совестью своей.

Перед сумерками, возвращаясь из школы, я увидел движение близ нашего дома. Большие новые тракторные сани были уже нагружены брёвнами, но многое ещё не поместилось — и семья деда Фаддея, и приглашённые помогать кончали сбивать ещё одни сани, самодельные. Все работали, как безумные, в том ожесточении, какое бывает у людей, когда пахнет большими деньгами или ждут большого угощения. Кричали друг на друга, спорили.

Спор шёл о том, как везти сани — порознь или вместе. Один сын Фаддея, хромой, и зять-машинист толковали, что сразу обои сани нельзя, трактор не утянет. Тракторист же, самоуверенный толстомордый здоровяга, хрипел, что ему видней, что он *водитель* и повезёт сани вместе. Расчёт его был ясен: по уговору машинист платил ему за перевоз горницы, а не за рейсы. Двух рейсов за ночь — по двадцать пять километров да один раз назад — он никак бы не сделал. А к утру ему надо было быть с трактором уже в гараже, откуда он увёл его тайком *для левой*.

Старику Фаддею не терпелось сегодня же увезти всю горницу — и он кивнул своим уступить. Вторые, наспех сколоченные сани подцепили за крепкими первыми.

Матрёна бегала среди мужчин, суетилась и помогала накатывать брёвна на сани. Тут заметил я, что она в моей телогрейке, уже измазала рукава о льдистую грязь брёвен, — и с неудовольствием сказал ей об этом. Телогрейка эта была мне память, она грела меня в тяжёлые годы.

Так я в первый раз рассердился на Матрёну Васильевну.

Александр Солженицын

— Ой-ой-ойиньки, головушка бедная! — озадачилась она. — Ведь я её бегма подхватила, да и забыла, что твоя. Прости, Игнатич. — И сняла, повесила сушиться.

Погрузка кончилась, и все, кто работал, человек до десяти мужчин, прогремели мимо моего стола и нырнули под занавеску в кухоньку. Оттуда глуховато застучали стаканы, иногда звякала бутыль, голоса становились всё громче, похвальба — задорнее. Особенно хвастался тракторист. Тяжёлый запах самогона докатился до меня. Но пили недолго — темнота заставляла спешить. Стали выходить. Самодовольный, с жестоким лицом вышел тракторист. Сопровождать сани до Черустей шли зять-машинист, хромой сын Фаддея и ещё племянник один. Остальные расходились по домам. Фаддей, размахивая палкой, догонял кого-то, спешил что-то втолковать. Хромой сын задержался у моего стола закурить и вдруг заговорил, как любит он тётку Матрёну, и что женился недавно, и вот сын у него родился только что. Тут ему крикнули, он ушёл. За окном зарычал трактор.

Последней торопливо выскочила из-за перегородки Матрёна. Она тревожно качала головой вслед ушедшим. Надела телогрейку, накинула платок. В дверях сказала мне:

— И что было двух не срядить? Один бы трактор занемог — другой подтянул. А теперь чего будет — Богу весть!..

И убежала за всеми.

После пьянки, споров и хождения стало особенно тихо в брошенной избе, выстуженной частым открыванием дверей. За окнами уже совсем стемнело. Я тоже влез в телогрейку и сел за стол. Трактор стих в отдалении.

Прошёл час, другой. И третий. Матрёна не возвращалась, но я не удивлялся: проводив сани, должно быть, ушла к своей Маше.

И ещё прошёл час. И ещё. Не только тьма, но глубокая какая-то тишина опустилась на деревню. Я не мог тогда понять, отчего тишина, — оттого, оказалось, что за весь вечер ни одного поезда не прошло по линии в полуверсте от нас. Приёмник мой молчал, и я заметил, что очень уж, как никогда, развозились мыши: всё нахальней, всё шумней они бегали под обоями, скребли и попискивали.

Я очнулся. Был первый час ночи, а Матрёна не возвращалась.

Вдруг услышал я несколько громких голосов на деревне. Ещё были они далеко, но как подтолкнуло меня, что это к нам. И правда, скоро резкий стук раздался в ворота. Чужой властный голос кричал, чтоб открыли. Я вышел с электрическим фонариком в густую темноту. Деревня вся спала, окна не светились, а снег за неделю притаял и тоже не отсвечивал. Я отвернул нижнюю завёртку и впустил. К избе прошли четверо в шинелях. Неприятно это очень, когда ночью приходят к тебе громко и в шинелях.

При свете огляделся я, однако, что у двоих шинели — железнодорожные. Старший, толстый, с таким же лицом, как у того тракториста, спросил:

— Где хозяйка?

— Не знаю.

— А трактор с санями из этого двора уезжал?

— Из этого.

— Они пили тут перед отъездом?

Все четверо щурились, оглядывались в полутьме при настольной лампе. Я так понял, что кого-то арестовали или хотели арестовать.

— Да что случилось?

174   Александр Солженицын

— Отвечайте, что вас спрашивают!

— Но...

— Поехали пьяные?

— Они пили тут?

Убил ли кто кого? Или перевозить нельзя было горницы? Очень уж они на меня наседали. Но одно было ясно: что за самогонщину Матрёне могут дать срок.

Я отступил к кухонной дверке и так перегородил её собою.

— Право, не заметил. Не видно было.

(Мне и действительно не видно было, только слышно.)

И как бы растерянным жестом я провёл рукой, показывая обстановку избы: мирный настольный свет над книгами и тетрадями; толпу испуганных фикусов; суровую койку отшельника. Никаких следов разгула. А за часы-то, часы, самогонный запах подразвеялся.

Они уже и сами с досадой заметили, что никакой попойки здесь не было. И повернули к выходу, между собой говоря, что, значит, пьянка была не в этой избе, но хорошо бы прихватить, что была. Я провожал их и допытывался, что же случилось. И только в калитке мне буркнул один:

— Разворотило их всех. Не соберёшь.

А другой добавил:

— Да это что! Двадцать первый скорый чуть с рельс не сошёл, вот было бы.

И они быстро ушли.

Кого — их? Кого — всех? Матрёна-то где?..

Я вернулся в избу, отвёл полог и прошёл в кухоньку. Тут самогонный смрад ещё сохранялся, ударил в меня. Это было застывшее побоище — сгруженных табуреток и скамьи, пустых лежачих бутылок и одной неоконченной, стаканов, недоеденной селёдки, лука и раскромсанного сала.

Всё было мертво. И только тараканы спокойно ползали по полю битвы.

Я кинулся всё убирать. Я полоскал бутылки, убирал еду, разносил стулья, а остаток самогона спрятал в тёмное подполье подальше.

И лишь когда я всё это сделал, я встал пнём посреди пустой избы: что-то сказано было о двадцать первом скором. К чему?.. Может, надо было всё это показать им? Я уже сомневался. Но что за манера проклятая — ничего не объяснить нечиновному человеку?

И вдруг скрипнула наша калитка. Я быстро вышел на мосты:

— Матрёна Васильевна?

В избу, пошатываясь, вошла её подруга Маша:

— Матрёна-то... Матрёна-то наша, Игнатич...

Я усадил её, и, мешая со слезами, она рассказала.

На переезде — горка, взъезд крутой. Шлагбаума нет. С первыми санями трактор перевалил, а трос лопнул, и вторые сани, самодельные, на переезде застряли и разваливаться начали — Фаддей для них лесу хорошего не дал, для вторых саней. Отвезли чуток первые — за вторыми вернулись, трос ладили — тракторист и сын Фаддея хромой, и туда же, меж трактором и санями, понесло и Матрёну. Что́ она там подсобить могла мужикам? Вечно она в мужичьи дела мешалась. И конь когда-то её чуть в озеро не сшиб, под прорубь. И зачем на переезд проклятый пошла? — отдала горницу, и весь её долг, рассчиталась... Машинист всё смотрел, чтобы с Черустей поезд не нагрянул, его б фонари далеко видать, а с другой стороны, от станции нашей, шли два паровоза сцепленных — без огней и задом. Почему без огней — неведомо, а когда паровоз задом идёт — машинисту с тендера сыплет в глаза

Александр Солженицын

пылью угольной, смотреть плохо. Налетели — и в мясо тех троих расплющили, кто между трактором и санями. Трактор изувечили, сани в щепки, рельсы вздыбили, и паровоза оба набок.

— Да как же они не слышали, что паровозы подходят?

— Да трактор-то заведенный орёт.

— А с трупами что?

— Не пускают. Оцепили.

— А что я про скорый слышал... будто скорый?..

— А скорый десятичасовой — нашу станцию с ходу, и тоже к переезду. Но как паровозы рухнули — машинисты два уцелели, спрыгнули и побежали назад, и руками махают, на рельсы ставши, — и успели поезд остановить... Племянника тоже бревном покалечило. Прячется сейчас у Клавки, чтоб не знали, что он на переезде был. А то ведь затягают свидетелем!.. Незнайка на печи лежит, а знайку на верёвочке ведут... А муж Киркин — ни царапины. Хотел повеситься, из петли вынули. Из-за меня, мол, тётя погибла и брат. Сейчас пошёл сам, арестовался. Да его теперь не в тюрьму, его в дом безумный. Ах, Матрёна-Матрёнушка!..

Нет Матрёны. Убит родной человек. И в день последний я укорил её за телогрейку.

Разрисованная красно-жёлтая баба с книжного плаката радостно улыбалась.

Тётя Маша ещё посидела, поплакала. И уже встала, чтоб идти. И вдруг спросила:

— Игнатич! Ты помнишь... вязаночка серая была у Матрёны... Она ведь её после смерти прочила Таньке моей, верно?

И с надеждой смотрела на меня в полутьме — неужели я забыл?

Но я помнил:

— Прочила, верно.

— Так слушай, может, разреши я её заберу сейчас? Утром тут родня налетит, мне уж потом не получить.

И опять с мольбой и надеждой смотрела на меня — её полувековая подруга, единственная, кто искренно любил Матрёну в этой деревне...

Наверно, так надо было.

— Конечно... Берите... — подтвердил я.

Она открыла сундучок, достала вязанку, сунула под полу и ушла...

Мышами овладело какое-то безумие, они ходили по стенам ходенём, и почти зримыми волнами перекатывались зелёные обои над мышиными спинами.

Идти мне было некуда. Ещё придут сами ко мне, допрашивать. Утром ждала меня школа. Час ночи был третий. И выход был: запереться и лечь спать.

Запереться, потому что Матрёна не придёт.

Я лёг, оставив свет. Мыши пищали, стонали почти, и всё бегали, бегали. Уставшей бессвязной головой нельзя было отделаться от невольного трепета — как будто Матрёна невидимо металась и прощалась тут, с избой своей.

И вдруг в притёмке у входных дверей, на пороге, я вообразил себе чёрного молодого Фаддея с занесённым топором:

«Если б то не брат мой родной — порубал бы я вас обоих!»

Сорок лет пролежала его угроза в углу, как старый тесак, — а ударила-таки...

3

На рассвете женщины привезли с переезда на санках под накинутым грязным мешком — всё, что осталось от Матрёны. Скинули мешок, чтоб обмы-

Александр Солженицын

вать. Всё было месиво — ни ног, ни половины туловища, ни левой руки. Одна женщина перекрестилась и сказала:

— Ручку-то правую оставил ей Господь. Там будет Богу молиться...

И вот всю толпу фикусов, которых Матрёна так любила, что, проснувшись когда-то ночью в дыму, не избу бросилась спасать, а валить фикусы на пол (не задохнулись бы от дыму), — фикусы вынесли из избы. Чисто вымели полы. Тусклое Матрёнино зеркало завесили широким полотенцем старой домашней вытоки. Сняли со стены праздные плакаты. Сдвинули мой стол. И к окнам, под образа, поставили на табуретках гроб, сколоченный без затей.

А в гробу лежала Матрёна. Чистой простынёй было покрыто её отсутствующее изуродованное тело, и голова охвачена белым платком, — а лицо осталось целёхонькое, спокойное, больше живое, чем мёртвое.

Деревенские приходили постоять-посмотреть. Женщины приводили и маленьких детей взглянуть на мёртвую. И если начинался плач, все женщины, хотя бы зашли они в избу из пустого любопытства, — все обязательно подплакивали от двери и от стен, как бы аккомпанировали хором. А мужчины стояли молча навытяжку, сняв шапки.

Самый же плач доставалось вести родственницам. В плаче заметил я холодно-продуманный, искони заведённый порядок. Те, кто подале, подходили к гробу ненадолго и у самого гроба причитали негромко. Те, кто считал себя покойнице роднее, начинали плач ещё с порога, а достигнув гроба, наклонялись голосить над самым лицом усопшей. Мелодия была самодеятельная у каждой плакальщицы. И свои собственные излагались мысли и чувства.

Тут узнал я, что плач над покойной не просто есть плач, а своего рода политика. Слетелись три сестры Матрёны, захватили избу, козу и печь, заперли сундук её на замок, из подкладки пальто выпотрошили двести похоронных рублей, приходящим всем втолковывали, что они одни были Матрёне близкие. И над гробом плакали так:

— Ах, нянька-нянька! Ах, лёлька-лёлька! И ты ж наша единственная! И жила бы ты тихо-мирно! И мы бы тебя всегда приласкали! А погубила тебя твоя горница! А доконала тебя, заклятая! И зачем ты её ломала? И зачем ты нас не послушала?

Так плачи сестёр были обвинительные плачи против мужниной родни: не надо было понуждать Матрёну горницу ломать. (А подспудный смысл был: горницу-ту вы взять взяли, избы же самой мы вам не дадим!)

Мужнина родня — Матрёнины золовки, сёстры Ефима и Фаддея, и ещё племянницы разные приходили и плакали так:

— Ах, тётанька-тётанька! И как же ты себя не берегла! И наверно, теперь *они* на нас обиделись! И родимая ж ты наша, и вина вся твоя! И горница тут ни при чём. И зачем же пошла ты туда, где смерть тебя стерегла? И никто тебя туда не звал! И как ты умерла — не думала! И что же ты нас не слушалась?..

(И изо всех этих причитаний выпирал ответ: в смерти её мы не виноваты, а насчёт избы ещё поговорим!)

Но широколицая грубая «вторая» Матрёна — та подставная Матрёна, которую взял когда-то Фаддей по одному лишь имечку, — сбивалась с этой политики и простовато вопила, надрываясь над гробом:

— Да ты ж моя сестричечка! Да неужели ж ты на меня обидишься? Ох-ма!.. Да бывалоча мы всё

Александр Солженицын

с тобой говорили и говорили! И прости ты меня, горемычную! Ох-ма!.. И ушла ты к своей матушке, а наверно, ты за мной заедешь! Ох-ма-а-а!..

На этом «ох-ма-а-а» она словно испускала весь дух свой — и билась, билась грудью о стенку гроба. И когда плач её переходил обрядные нормы, женщины, как бы признавая, что плач вполне удался, все дружно говорили:

— Отстань! Отстань!

Матрёна отставала, но потом приходила вновь и рыдала ещё неистовее. Вышла тогда из угла старуха древняя и, положа Матрёне руку на плечо, сказала строго:

— Две загадки в мире есть: как родился — не помню, как умру — не знаю.

И смолкла Матрёна тотчас, и все смолкли до полной тишины.

Но и сама эта старуха, намного старше здесь всех старух и как будто даже Матрёне чужая вовсе, погодя некоторое время тоже плакала:

— Ох ты, моя болезная! Ох ты, моя Васильевна! Ох, *надоело мне вас провожать!*

И совсем уже не обрядно — простым рыданием нашего века, не бедного ими, рыдала злосчастная Матрёнина приёмная дочь — та Кира из Черустей, для которой ломали и везли эту горницу. Её завитые локончики жалко растрепались. Красны, как кровью залиты, были глаза. Она не замечала, как сбивается на морозе её платок, или надевала пальто мимо рукава. Она невменяемая ходила от гроба приёмной матери в одном доме к гробу брата в другом, — и ещё опасались за разум её, потому что должны были мужа судить.

Выступало так, что муж её был виновен вдвойне: он не только вёз горницу, но был железнодорожный машинист, хорошо знал правила неохраняемых переездов — и должен был сходить на станцию, предупредить о тракторе. В ту ночь в уральском скором тысяча жизней людей, мирно спавших на первых и вторых полках при полусвете поездных ламп, должна была оборваться. Из-за жадности нескольких людей: захватить участок земли или не делать второго рейса трактором.

Из-за горницы, на которую легло проклятие с тех пор, как руки Фаддея ухватились её ломать.

Впрочем, тракторист уже ушёл от людского суда. А управление дороги само было виновно и в том, что оживлённый переезд не охранялся, и в том, что паровозная сплотка шла без фонарей. Потому-то они сперва всё старались свалить на пьянку, а теперь замять и самый суд.

Рельсы и полотно так искорёжило, что три дня, пока гробы стояли в домах, поезда не шли — их заворачивали другою веткой. Всю пятницу, субботу и воскресенье — от конца следствия и до похорон — на переезде днём и ночью шёл ремонт пути. Ремонтники мёрзли и для обогрева, а ночью и для света раскладывали костры из даровых досок и брёвен со вторых саней, рассыпанных близ переезда.

А первые сани, нагруженные, целые, так и стояли за переездом невдали.

И именно это — что одни сани дразнили, ждали с готовым тросом, а вторые ещё можно было выхватывать из огня — именно это терзало душу чернобородого Фаддея всю пятницу и всю субботу. Дочь его трогалась разумом, над зятем висел суд, в собственном доме его лежал убитый им сын, на той же улице — убитая им женщина, которую он любил когда-то, — Фаддей только ненадолго приходил постоять у гробов, держась за бороду. Высокий лоб его был

Александр Солженицын

омрачён тяжёлой думой, но дума эта была — спасти брёвна горницы от огня и от козней Матрёниных сестёр.

Перебрав тальновских, я понял, что Фаддей был в деревне такой не один.

Что добром нашим, народным или моим, странно называет язык имущество наше. И его-то терять считается перед людьми постыдно и глупо.

Фаддей, не присаживаясь, метался то на посёлок, то на станцию, от начальства к начальству, и с неразгибной спиной, опираясь на посох, просил каждого снизойти к его старости и дать разрешение вернуть горницу.

И кто-то дал такое разрешение. И Фаддей собрал своих уцелевших сыновей, зятей и племянников, и достал лошадей в колхозе — и с того бока развороченного переезда, кружным путём через три деревни, обвозил остатки горницы к себе во двор. Он кончил это в ночь с субботы на воскресенье.

А в воскресенье днём — хоронили. Два гроба сошлись в середине деревни, родственники поспорили, какой гроб вперёд. Потом поставили их на одни розвальни рядышком, тётю и племянника, и по февральскому вновь обсыревшему насту под пасмурным небом повезли покойников на церковное кладбище за две деревни от нас. Погода была ветреная, неприютная, и поп с дьяконом ждали в церкви, не вышли в Тальново навстречу.

До околицы народ шёл медленно и пел хором. Потом — отстал.

Ещё под воскресенье не стихала бабья суетня в нашей избе: старушка у гроба мурлыкала псалтырь, Матрёнины сёстры сновали у русской печи с ухватом, из чела печи пышело жаром от раскалённых торфин — от тех, которые носила Матрёна в мешке с дальнего болота. Из плохой муки пекли невкусные пирожки.

В воскресенье, когда вернулись с похорон, а было уж то к вечеру, собрались на поминки. Столы, составленные в один длинный, захватывали и то место, где утром стоял гроб. Сперва стали все вокруг стола, и старик, золовкин муж, прочёл «Отче наш». Потом налили каждому на самое дно миски — медовой сыты. Её, на помин души, мы выхлебали ложками, безо всего. Потом ели что-то и пили водку, и разговоры становились оживлённее. Перед киселём встали все и пели «Вечную память» (так и объяснили мне, что поют её — перед киселём обязательно). Опять пили. И говорили ещё громче, совсем уже не о Матрёне. Золовкин муж расхвастался:

— А заметили вы, православные, что отпевали сегодня медленно? Это потому, что отец Михаил меня заметил. Знает, что я службу знаю. А иначе б — со святыми помоги, вокруг ноги — и всё.

Наконец ужин кончился. Опять все поднялись. Спели «Достойно есть». И опять, с тройным повтором: вечная память! вечная память! вечная память! Но голоса были хриплы, розны, лица пьяны, и никто в эту вечную память уже не вкладывал чувства.

Потом основные гости разошлись, остались самые близкие, вытянули папиросы, закурили, раздались шутки, смех. Коснулось пропавшего без вести мужа Матрёны, и золовкин муж, бья себя в грудь, доказывал мне и сапожнику, мужу одной из Матрёниных сестёр:

— Умер Ефим, умер! Как бы это он мог не вернуться? Да если б я знал, что меня на родине даже повесят, — всё равно б я вернулся!

Александр Солженицын

Сапожник согласно кивал ему. Он был дезертир и вовсе не расставался с родиной: всю войну перепрятался у матери в подполье.

Высоко на печи сидела оставшаяся ночевать та строгая молчаливая старуха, древнее всех древних. Она сверху смотрела немо, осуждающе на неприлично оживлённую пятидесяти- и шестидесятилетнюю молодёжь.

И только несчастная приёмная дочь, выросшая в этих стенах, ушла за перегородку и там плакала.

Фаддей не пришёл на поминки Матрёны — потому ли, что поминал сына. Но в ближайшие дни он два раза враждебно приходил в эту избу на переговоры с Матрёниными сёстрами и с сапожником-дезертиром.

Спор шёл об избе: кому она — сестре или приёмной дочери. Уж дело упиралось писать в суд, но примирились, рассудя, что суд отдаст избу не тем и не другим, а сельсовету. Сделка состоялась. Козу забрала одна сестра, избу — сапожник с женою, а в зачёт Фаддеевой доли, что он «здесь каждое брёвнышко своими руками перенянчил», пошла уже свезённая горница, и ещё уступили ему сарай, где жила коза, и весь внутренний забор, между двором и огородом.

И опять, преодолевая немощь и ломоту, оживился и помолодел ненасытный старик. Опять он собрал уцелевших сыновей и зятей, они разбирали сарай и забор, и он сам возил брёвна на саночках, на саночках, под конец уже только с Антошкой своим из 8-го «г», который здесь не ленился.

Избу Матрёны до весны забили, и я переселился к одной из её золовок, неподалёку. Эта золовка потом по разным поводам вспоминала что-нибудь о Матрёне и как-то с новой стороны осветила мне умершую.

— Ефим её не любил. Говорил: люблю одеваться *культурно,* а она — кое-как, всё по-деревенски. А одновó мы с ним в город ездили, на заработки, так он себе там сударку завёл, к Матрёне и возвращаться не хотел.

Все отзывы её о Матрёне были неодобрительны: и нечистоплотная она была; и за обзаводом не гналась; и не бережная; и даже поросёнка не держала, выкармливать почему-то не любила; и, глупая, помогала чужим людям бесплатно (и самый повод вспомнить Матрёну выпал — некого было дозвать огород вспахать на себе сохою).

И даже о сердечности и простоте Матрёны, которые золовка за ней признавала, она говорила с презрительным сожалением.

И только тут — из этих неодобрительных отзывов золовки — выплыл передо мною образ Матрёны, какой я не понимал её, даже живя с нею бок о бок.

В самом деле! — ведь поросёнок-то при каждой избе! А у неё не было. Что может быть легче — выкармливать жадного поросёнка, ничего в мире не признающего, кроме еды! Трижды в день варить ему, жить для него — и потом зарезать и иметь сало.

А она не имела...

Не гналась за обзаводом... Не выбивалась, чтобы купить вещи и потом беречь их больше своей жизни.

Не гналась за нарядами. За одеждой, приукрашивающей уродов и злодеев.

Не понятая и брошенная даже мужем своим, схоронившая шесть детей, но не нрав свой общительный, чужая сёстрам, золовкам, смешная, по-глупому работающая на других бесплатно, — она не скопила

Александр Солженицын

имущества к смерти. Грязно-белая коза, колченогая кошка, фикусы...

Все мы жили рядом с ней и не поняли, что есть она тот самый праведник, без которого, по пословице, не стоит село.

Ни город.

Ни вся земля наша.

1959

Правая кисть

В ту зиму я приехал в Ташкент почти уже мертвецом. Я так и приехал сюда — умирать.

А меня вернули пожить ещё.

Это был месяц, месяц и ещё месяц. Непуганая ташкентская весна прошла за окнами, вступила в лето, повсюду густо уже зеленело и совсем было тепло, когда стал и я выходить погулять неуверенными ногами.

Ещё не смея сам себе признаться, что я выздоравливаю, ещё в самых залётных мечтах измеряя добавленный мне срок жизни не годами, а месяцами, — я медленно переступал по гравийным и асфальтовым дорожкам парка, разросшегося меж корпусов медицинского института. Мне надо было часто присаживаться, а иногда, от разбирающей рентгеновской тошноты, и прилегать, пониже спустив голову.

Я был и таким, да не таким, как окружающие меня больные: я был много бесправнее их и вынужденно безмолвней их. К ним приходили на свидания, о них плакали родственники, и одна была их забота, одна цель — выздороветь. А мне выздоравливать было почти что и не для чего: у тридцатипятилетнего, у меня не было во всём мире никого родно-

го в ту весну. Ещё не было у меня — паспорта, и если б я теперь выздоровел, то надо было мне покинуть эту зелень, эту многоплодную сторону — и возвращаться к себе в пустыню, куда я сослан был **навечно**, под гласный надзор, с отметками каждые две недели, и откуда комендатура долго не удабривалась меня и умирающего выпустить на лечение.

Обо всём этом я не мог рассказать окружающим меня *вольным* больным.

Если б и рассказал, они б не поняли...

Но зато, держа за плечами десять лет медлительных размышлений, я уже знал ту истину, что подлинный вкус жизни постигается не во многом, а в малом. Вот в этом неуверенном переступе ещё слабыми ногами. В осторожном, чтоб не вызвать укола в груди, вдохе. В одной не побитой морозом картофелине, выловленной из супа.

Так весна эта была для меня самой мучительной и самой прекрасной в жизни.

Всё было для меня забыто или не видано, всё интересно: даже тележка с мороженым; даже подметальщик с брандспойтом; даже торговки с пучками продолговатой редиски; и уж тем более — жеребёнок, забредший на травку через пролом в стене.

День ото дня я отваживался отходить от своей клиники и дальше — по парку, посаженному, должно быть, ещё в конце прошлого века, когда клались и эти добротные кирпичные здания с открытой расшивкою швов. С восхода торжественного солнца весь южный день напролёт и ещё глубоко в жёлто-электрический вечер парк был наполнен оживлённым движением. Быстро сновали здоровые, неспешно расхаживали больные.

Там, где несколько аллей стекались в одну, идущую к главным воротам, — белел большой алебастровый Сталин с каменной усмешкой в усах. Дальше по пути к воротам с равномерной разрядкой расставлены были и другие вожди, поменьше.

Затем стоял писчебумажный киоск. Продавались в нём пластмассовые карандашики и заманчивые записные книжечки. Но не только деньги мои были сурово считанные, — а и книжки записные у меня уже в жизни бывали, потом попали *не туда,* и рассудил я, что лучше их никогда не иметь.

У самых же ворот располагались фруктовый ларёк и чайхана. Нас, больных, в полосатых наших пижамах, в чайхану не пускали, но загородка была открытая, и через неё можно было смотреть. Живой чайханы я в жизни не видал — этих отдельных для каждого чайников с зелёным или чёрным чаем. Была в чайхане европейская часть, со столиками, и узбекская — со сплошным помостом. За столиками ели-пили быстро, в испитой пиале оставляли мелочь для расплаты и уходили. На помосте же, на циновках под камышовым тентом, натянутым с жарких дней, сидели и полёживали часами, кто и днями, выпивали чайник за чайником, играли в кости, и как будто ни к каким обязанностям не призывал их долгий день.

Фруктовый ларёк торговал и для больных тоже — но мои ссыльные копеечки поёживались от цен. Я рассматривал со вниманием горки урюка, изюма, свежей черешни — и отходил.

Дальше шла высокая стена, за ворота больных тоже не выпускали. Через эту стену по два и по три раза на день переваливались в медицинский городок оркестровые траурные марши (потому что город — миллионный, а кладбище было — тут, рядом). Минут по десять они здесь звучали, пока медленное шествие миновало медицинский городок. Удары барабана отбивали отрешённый ритм. На толпу этот ритм не действовал, её подёргивания были чаще. Здоровые лишь чуть оглядывались и снова спешили, куда было нужно им (они все хорошо знали, чтó было нужно). А больные при этих маршах останавливались, долго слушали, высовывались из окон корпусов.

Чем явственней я освобождался от болезни, чем верней становилось, что останусь жив, тем тоскливей я озирался вокруг: мне уже было жаль это всё покидать.

На стадионе медиков белые фигуры перебрасывались белыми теннисными мячами. Всю жизнь мне хотелось играть в теннис, и никогда не привелось. Под крутым берегом клокотал мутно-жёлтый бешеный Салар. В парке жили осеняющие клёны, раскидистые дубы, нежные японские акации. И восьмигранный фонтан взбрасывал тонкие свежие серебринки струй — к вершинам. А что за трава была на газонах! — сочная, давно забытая (в лагерях её велели выпалывать как врага, в ссылке моей не росла никакая). Просто лежать на ней ничком, мирно вдыхать травяной запах и солнцем нагретые воспарения — было уже блаженство.

Тут, в траве, я лежал не один. Там и сям зубрили мило свои пухлые учебники студентки мединститута. Или, захлёбываясь в рассказах, шли с зачёта. Или, гибкие, покачивая спортивными чемоданчиками, — из душевой стадиона. Вечерами неразличимые, а потому втройне притягательные, девушки в нетроганых и троганых платьицах обходили фонтан и шуршали гравием аллеек.

Мне было кого-то разрывающе жаль: не то сверстников моих, перемороженных под Демянском, сожжённых в Освенциме, истравленных в Джезказгане, домирающих в тайге, — что не нам достанутся

Александр Солженицын

эти девушки. Или девушек этих — за то, чего мне им никогда не рассказать, а им не узнать никогда.

И целый день гравийными и асфальтовыми дорожками лились женщины, женщины, женщины! — молодые врачи, медицинские сёстры, лаборантки, регистраторши, кастелянши, раздатчицы и родственницы, посещающие больных. Они проходили мимо меня в снежно-строгих халатах и в ярких южных платьях, часто полупрозрачных, кто побогаче — вращая над головами на бамбуковых палочках модные китайские зонтики — солнечные, голубые, розовые. Каждая из них, промелькнув за секунду, составляла целый сюжет: её прожитой жизни до меня, её возможного (невозможного) знакомства со мной.

Я был жалок. Исхудалое лицо моё несло на себе пережитое — морщины лагерной вынужденной угрюмости, пепельную мертвизну задубенелой кожи, недавнее отравление ядами болезни и ядами лекарств, от чего к цвету щёк добавилась ещё и зелень. От охранительной привычки подчиняться и прятаться спина моя была пригорблена. Полосатая шутовская курточка едва доходила мне до живота, полосатые брюки кончались выше щиколоток, из тупоносых лагерных кирзовых ботинок вывешивались уголки портянок, коричневых от времени.

Последняя из этих женщин не решилась бы пройтись со мною рядом!.. Но я не видел сам себя. А глаза мои не менее прозрачно, чем у них, пропускали внутрь меня — мир.

Так однажды перед вечером я стоял у главных ворот и смотрел. Мимо стремился обычный поток, покачивались зонтики, мелькали шёлковые платья, чесучовые брюки на светлых поясах, вышитые рубахи и тюбетейки. Смешивались голоса, торговали фруктами, за загородкою пили чай, метали куби-

ки — а у загородки, привалившись к ней, стоял не-
складный маленький человечек, вроде нищего, и за-
дыхающимся голосом иногда обращался:

— Товарищи... Товарищи...

Пёстрая занятая толпа не слушала его. Я подошёл:

— Что скажешь, браток?

У этого человека был непомерный живот, больше, чем у беременной, — мешком обвисший, распи-
рающий грязно-защитную гимнастёрку и грязно-за-
щитные брюки. Сапоги его с подбитыми подошвами
были тяжелы и пыльны. Не по погоде отягощало
плечи толстое расстёгнутое пальто с засаленным воротником и затёртыми обшлагами. На голове лежала
стародавняя истрёпанная кепка, достойная огород-
ного пугала.

Отёчные глаза его были мутны.

Он с трудом приподнял одну кисть, сжатую
в кулак, и я вытянул из неё потную измятую бумажку. Это было угловато написанное цепляющимся по
бумаге пером заявление от гражданина Боброва
с просьбой определить его в больницу — и на заявле-
нии искоса две визы, синими и красными чернила-
ми. Синие чернила были горздравские и выражали
разумномотивированный отказ. Красные же чернила приказывали клинике мединститута принять
больного в стационар. Синие чернила были вчера,
а красные — сегодня.

— Ну что ж, — громко растолковывал я ему, как
глухому. — В приёмный покой вам надо, в первый
корпус. Пойдёте, вот, значит, прямо мимо этих... па-
мятников...

Но тут я заметил, что у самой цели силы оставили
его, что не только расспрашивать дальше и передви-
гать ноги по гладкому асфальту, но держать в руке

Александр Солженицын

полуторакилограммовый затасканный мешочек ему было невмочь. И я решил:

— Ладно, папаша, провожу, пошли. Мешочек-то давай.

Слышал он хорошо. С облегчением он передал мне мешочек, налёг на мою подставленную руку и, почти не поднимая ног, полозя сапогами по асфальту, двинулся. Я повёл его под локоть через пальто, порыжевшее от пыли. Раздувшийся живот будто перевешивал старика к переду. Он часто тяжело выдыхал.

Так мы пошли, два обтрёпыша, тою самой аллеей, где я в мыслях брал под руку красивейших девушек Ташкента. Долго, медленно мы тащились мимо тупых алебастровых бюстов.

Наконец свернули. По нашему пути стояла скамья с прислоном. Мой спутник попросил посидеть. Меня тоже уже начинало подташнивать, я перестоял лишку. Мы сели. Отсюда и фонтан было видно тот самый.

Ещё по дороге старик мне сказал несколько фраз и теперь, отдышавшись, добавил. Ему нужно было на Урал, и прописка в паспорте у него была уральская, в этом вся беда. А болезнь прихватила его где-то под Тахиа-Ташем (где, я помнил, какой-то великий канал начинали строить, бросили потом). В Ургенче его месяц держали в больнице, выпускали воду из живота и из ног, хуже сделали — и выписали. В Чарджоу он с поезда сходил, и в Урсатьевской, — но нигде его лечить не принимали, слали на Урал, по месту прописки. Ехать же в поезде никак ему сил не было, и денег не осталось на билет. И вот теперь в Ташкенте добился за два дня, чтобы положили.

Что он делал на юге, зачем его сюда занесло — уж я не спрашивал. Болезнь его была по медицинским справкам запетлистая, а если посмотреть на самого, так — последняя болезнь. Наглядясь на многих больных, я различал ясно, что в нём уже не оставалось жизненной силы. Губы его расслабились, речь была маловнятна, и какая-то тускловатость находила на глаза.

Даже кепка томила его. С трудом подняв руку, он стянул её на колени. Опять с трудом подняв руку, нечистым рукавом вытер со лба пот. Куполок его головы пролысел, а кругом, по темени, сохранились нечёсаные, сбитые пылью волосы, ещё русые. Не старость его довела, а болезнь.

На его шее, до жалкости потончавшей, цыплячьей, висело много кожи лишней, и отдельно ходил спереди трёхгранный кадык.

На чём было и голове держаться? Едва мы сели, она свалилась к нему на грудь, упёршись подбородком.

Так он замер, с кепкой на коленях, с закрытыми глазами. Он, кажется, забыл, что мы только на минутку присели отдохнуть и что ему надо в приёмный покой.

Вблизи перед нами серебряной нитью взвивалась почти бесшумная фонтанная струя. По ту сторону прошли две девушки рядом. Я проводил их в спину. Одна была в оранжевой юбке, другая в бордовой. Обе мне очень понравились.

Сосед мой слышно вздохнул, перекатил голову по груди и, приподняв жёлто-серые веки, посмотрел на меня снизу сбоку:

— А курить у вас не найдётся, товарищ?

— И из головы выкинь, папаша! — прикрикнул я. — Нам с тобой хоть не куря бы ещё землю сапогами погрести. В зеркало на себя посмотри. Кури-ить!

(Я сам-то курить бросил месяц назад, еле оторвался.)

Он засопел. И опять посмотрел на меня из-под жёлтых век снизу вверх, как-то по-собачьему.

Александр Солженицын

— Всё ж-таки дай рубля три, товарищ!

Я задумался, дать или не дать. Что ни говори, я оставался ещё зэк, а он был как-никак вольный. Сколько я лет там работал — мне ничего не платили. А когда стали платить, так вычитали: за конвой, за освещение зоны, за ищеек, за начальство, за баланду.

Из маленького нагрудного кармана своей шутовской курточки я достал клеёнчатый кошелёк, пересмотрел бумажки в нём. Вздохнул, протянул старику трёшницу.

— Спасибо, — просипел он. С трудом держа руку приподнятой, взял эту трёшницу, заложил её в карман — и тут же его освобождённая рука шлёпнулась на колено. А голова опять упёрлась подбородком в грудь.

Помолчали.

Перед нами за это время прошла женщина, потом ещё две студентки. Все трое мне очень понравились. Годами так бывало, что ни голоса их не услышишь, ни стука каблучка.

— Ещё удачно получилось, что вам резолюцию поставили. А то б и неделю тут околачивались. Простое дело. Многие так.

Он оторвал подбородок от груди и повернулся ко мне. В глазах его просветился смысл, дрогнул голос, и речь стала разборчивее:

— Сынок! Меня кладут потому, что я заслуженный человек. Я ветеран революции. Мне Сергей Мироныч Киров под Царицыном лично руку пожал. Мне персональную пенсию должны платить.

Слабое движение щёк и губ — тень гордой улыбки — выразились на его небритом лице.

Я оглядел его тряпьё и ещё раз его самого.

— Почему ж не платят?

— Жизнь так полегла, — вздохнул он. — Теперь меня не признают. Какие архивы сгорели, какие потеряны. И свидетелей не собрать. И Сергей Мироныча убили... Сам я виноват, справок не скопил... Одна вот только есть...

Правую кисть — суставы пальцев её были кругло-опухшие, и пальцы мешали друг другу — он донёс до кармана, стал туда втискивать, — но тут короткое оживление его прервалось, он опять уронил руку, голову и замер.

Солнце уже западало за здания корпусов, и в приёмный покой (до него оставалась сотня шагов) надо было поспешить: в клиниках никогда не было легко с местами.

Я взял старика за плечо:

— Папаша! Очнись! Вон, видишь дверь? Видишь? Я пойду подтолкну пока. А ты сможешь — сам дойди, нет — меня подожди. Мешочек твой я заберу.

Он кивнул, будто понял.

В приёмном покое — куске большого обшарпанного зала, отгороженном грубыми перегородками (за ними где-то была здесь баня, переодевальня, парикмахерская), днём всегда теснились больные и измирали долгие часы, пока их примут. Но сейчас, на удивленье, не было ни души. Я постучал в закрытое фанерное окошечко. Его растворила очень молодая сестра с носом-туфелькой, с губами, накрашенными не красной, а густо-лиловой помадой.

— Вам чего? — Она сидела за столом и читала, по всей видимости, комикс про шпионов.

Быстренькие такие у неё были глазки.

Я подал ей заявление с двумя резолюциями и сказал:

— Он еле ходит. Сейчас я его доведу.

— Не смейте никого вести! — резко вскрикнула она, даже не посмотрев бумажку. — Не знаете порядка? Больных принимаем только с девяти утра!

Это она не знала «порядка». Я просунул в форточку голову и, сколько поместилось, руку, чтоб она меня не прихлопнула. Там, отвесив криво нижнюю губу и скорчив физиономию гориллы, сказал блатным голосом, пришепячивая:

— Слушай, барышня! Между прочим, я у тебя не в шестёрках.

Она сробела, отодвинула стул в глубь своей комнатёнки и сбавила:

— Приёма нет, гражданин! В девять утра.

— Ты — прочти бумажку! — очень посоветовал я ей низким недоброжелательным голосом.

Она прочла.

— Ну и что ж! Порядок общий. И завтра, может, мест не будет. Сегодня утром — не было.

Она даже как бы с удовольствием это выговорила, что сегодня утром мест не было, как бы укалывая этим меня.

— Но человек — проездом, понимаете? Ему деться некуда.

По мере того как я выбирался из форточки назад и переставал говорить с лагерной ухваткой, лицо её принимало прежнее жестоко-весёлое выражение:

— У нас все приезжие! Куда их ложить? Ждут! Пусть на квартиру станет!

— Но вы — выйдите, посмотрите, в каком он состоянии.

— Ещё чего! Буду я ходить больных собирать! Я не санитарка!

И гордо дрогнула своим носом-туфелькой. Она так бойко-быстро отвечала, как будто была пружиною заведена на ответы.

— Так для кого вы тут сидите?! — хлопнул я ладонью по фанерной стенке, и посыпалась мелкая пыльца побелки. — Тогда заприте двери!

— Вас не спросили!! Нахал! — взорвалась она, вскочила, обежала кругом и появилась из коридорчика. — Кто вы такой? Не учите меня! Нам скорая помощь привозит!

Если б не эти грубо-лиловые губы и такой же лиловый маникюр, она была бы совсем недурна. Носик её украшал. И бровями она водила очень значительно. Халат на груди был широко отложен из-за духоты — и виднелась косынка розовенькая славная и комсомольский значок.

— Как? Если б он не сам к вам пришёл, а его б на улице подобрала скорая — вы б его приняли? Есть такое правило?

Она высокомерно оглядела мою нелепую фигуру, я — оглядел её. Я совсем забыл, что у меня портянки высовываются из ботинок. Она фыркнула, но приняла сухой вид и окончила:

— Да, больной! Есть такое правило.

И ушла за перегородку.

Шорох послышался позади меня. Я оглянулся. Мой спутник уже стоял здесь. Он слышал и понял. Придерживаясь за стену и перетягиваясь к большой садовой скамье, поставленной для посетителей, он чуть помахивал правой кистью, держа в ней истёртый бумажник.

— Вот... — изможденно выговаривал он, — вот, покажите ей... пусть она... вот...

Я успел его поддержать, опустил на скамью. Он беспомощными пальцами пытался вытянуть из бумажника свою единственную справку и никак не мог.

Я принял от него эту ветхую бумажку, подклеенную по сгибам от рассыпания, и развернул. Пишущей машинкой отпечатаны были фиолетовые строчки с буквами, пляшущими из ряда то вверх, то вниз:

«ПРОЛЕТАРИИ ВСЕХ СТРАН, СОЕДИНЯЙТЕСЬ!
Справка.

Дана сия товарищу Боброву Н. К. в том, что в 1921 году он действительно состоял в славном -овском губернском Отряде Особого Назначения имени Мировой Революции и своей рукой много порубал оставшихся гадов.

Комиссар...........»

Подпись.

И бледная фиолетовая печать.

Поглаживая рукою грудь, я спросил тихо:

— Это что ж — «Особого Назначения»? Какой?

— Ага, — ответил он, едва придерживая веки незакрытыми. — Покажите ей.

Я видел его руку, его правую кисть — такую маленькую, со вздувшимися бурыми венами, с кругло-опухшими суставами, почти неспособную вытянуть справку из бумажника.

И вспомнил эту моду — как пешего рубили с коня наотмашь наискосок.

Странно... На полном размахе руки доворачивала саблю и сносила голову, шею, часть плеча эта правая кисть. А сейчас не могла удержать — бумажника...

Подойдя к фанерной форточке, я опять надавил её. Регистраторша, не поднимая головы, читала свой комикс. На странице вверх ногами я увидел благородного чекиста, прыгнувшего на подоконник с пистолетом.

Я тихо положил ей надорванную справку поверх книги и, обернувшись, всё время поглаживая грудь от тошноты, пошёл к выходу. Мне надо было лечь быстрей, головою пониже.

— Чего это бумажки раскладываете? Заберите, больной! — стрельнула девица через форточку мне вслед.

Ветеран глубоко ушёл в скамью. Голова и даже плечи его как бы осели в туловище. Раздвинуто повисли беспомощные пальцы. Свисало распахнутое пальто. Круглый раздутый живот неправдоподобно лежал в сгибе на бёдрах.

Случай на станции
Кочетовка

— Алё, это диспетчер?

— Ну.

— Кто это? Дьячихин?

— Ну.

— Да не ну, а я спрашиваю — Дьячихин?

— Гони цистерны с седьмого на третий, гони. Дьячихин, да.

— Это говорит дежурный помощник военного коменданта лейтенант Зотов! Слушайте, что вы творите? Почему до сих пор не отправляете на Липецк эшелона шестьсот семьдесят... какого, Валя?

— Восьмого.

— Шестьсот семьдесят восьмого!

— Тянуть нечем.

— Как это понять — нечем?

— Паровоза нет, как. Варнаков? Варнаков, там, на шестом, четыре платформы с углем видишь? Подтяни их туда же.

— Слушайте, ка́к паровоза нет, когда я в окно вон шесть подряд вижу.

— Это сплотка.

— Что — сплотка?

— Паровозная. С кладбища. Эвакуируют.

— Хорошо, тогда маневровых у вас два ходит!

— Товарищ лейтенант! Да маневровых, я видел, — три!

— Вот рядом стоит начальник конвоя с этого эшелона, он меня поправляет — три маневровых. Дайте один!

— Их не могу.

— Что значит не можете? А вы отдаёте себе отчёт о важности этого груза? Его нельзя задерживать ни минуты, а вы...

— Подай на горку.

— ... а вы его скоро полсуток держите!

— Да не полсуток.

— Что у вас там — детские ясли или диспетчерская? Почему младенцы кричат?

— Да набились тут. Товарищи, сколько говорить? Очистите комнату. Никого отправить не могу. Военные грузы и те стоят.

— В этом эшелоне идёт консервированная кровь! Для госпиталя! Поймите!

— Всё понимаю. Варнаков? Теперь отцепись, иди к водокачке, возьми те десять.

— Слушайте! Если вы в течение получаса не отправите этого эшелона — я буду докладывать выше! Это не шутка! Вы за это ответите!

— Василь Васильич! Дайте трубку, я сама...

— Передаю военному диспетчеру.

— Николай Петрович? Это Подшебякина. Слушай, что там в депо? Ведь один СУшка уже был заправлен.

— Так вот, товарищ сержант, идите в конвойный вагон, и если через сорок минут... Ну, если до полседьмого вас не отправят — придёте доложите.

— Есть прийти доложить! Разрешите идти?

— Идите.

Начальник конвоя круто, чётко развернулся и, с первым шагом отпустив руку от шапки, вышел.

Лейтенант Зотов поправил очки, придававшие строгое выражение его совсем не строгому лицу, посмотрел на военного диспетчера Подшебякину, девушку в железнодорожной форме, как она, рассыпав обильные белые кудряшки, разговаривала в старомодную трубку старомодного телефона, — и из её маленькой комнаты вышел в свою такую же маленькую, откуда уже дальше не было двери.

Комната линейной комендатуры была угловая на первом этаже, а наверху, как раз над этим углом, повреждена была водосточная труба. Толстую струю воды, слышно хлеставшую за стеной, толчками ветра отводило и рассыпало то перед левое окно, на перрон, то перед правое, в глухой проходик. После ясных октябрьских заморозков, когда утро заставало всю станцию в инее, последние дни отсырело, а со вчерашнего дня лило этого дождя холодного не переставая так, что удивляться надо было, откуда столько воды на небе.

Зато дождь и навёл порядок: не было этой бестолковой людской перетолчки, постоянного кишения гражданских на платформах и по путям, нарушавшего приличный вид и работу станции. Все спрятались, никто не лазил на карачках под вагонами, не перелезал по вагонным лесенкам, местные не пёрлись с вёдрами варёной картошки, а пассажиры товарных составов не бродили меж поездов, как на толкучке, развесив на плечах и руках бельё, платье, вязаные вещи. (Торговля эта очень смущала лейтенанта Зотова: её как будто и допускать было нельзя и запрещать было нельзя — потому что не отпускалось продуктов на эвакуируемых.)

Не загнал дождь только людей службы. В окно виден был часовой на платформе с зачехлёнными грузами — весь облитый струящимся дождём, он стоял и даже не пытался его стряхивать. Да по третьему пути маневровый паровоз протягивал цистерны,

Александр Солженицын

и стрелочник в брезентовом плаще с капюшоном махал ему палочкой флажка. Ещё тёмная малорослая фигурка вагонного мастера переходила вдоль состава второго пути, ныряя под каждый вагон.

А то всё было — дождь-косохлёст. В холодном настойчивом ветре он бил в крыши и стены товарных вагонов, в грудь паровозам; сёк по красно-обожжённым изогнутым железным рёбрам двух десятков вагонных остовов (коробки сгорели где-то в бомбёжке, но уцелели ходовые части, и их оттягивали в тыл); обливал четыре открыто стоявшие на платформах дивизионные пушки; сливаясь с находящими сумерками, серо затягивал первый зелёный кружок семафора и кое-где вспышки багровых искр, вылетающих из теплушечных труб. Весь асфальт первой платформы был залит стеклянно-пузырящейся водой, не успевавшей стекать, и блестели от воды рельсы даже в сумерках, и даже тёмно-бурая насыпка полотна вздрагивала невсачивающимися лужами.

И всё это не издавало звуков, кроме глухого подрагивания земли да слабого рожка стрелочника, — гудки паровозов отменены были с первого дня войны.

И только дождь трубил в разорённой трубе.

За другим окном, в проходике у забора пакгауза, рос дубок. Его трепало, мочило, он додержал ещё тёмных листьев, но сегодня слетали последние.

Стоять и глазеть было некогда. Надо было раскатывать маскировочные бумажные шторки на окнах, зажигать свет и садиться за работу. Ещё много надо было успеть до смены в девять часов вечера.

Но Зотов не опускал шторок, а снял командирскую фуражку с зелёным околышем, которая на дежурстве даже в комнате всегда сидела у него на голове, снял очки и медленно потирал пальцами глаза, утомлённые переписыванием шифрованных номеров транспортов с одной карандашной ведомости на другую. Нет, не усталость, а тоска подобралась к нему в темнеющем прежде времени дне — и заскребла.

Тоска была даже не о жене, оставшейся с ещё не рождённым ребёнком далеко в Белоруссии, под немцами. Не о потерянном прошлом, потому что у Зотова не было ещё прошлого. Не о потерянном имуществе, потому что он его не имел и иметь не хотел бы никогда.

Угнетённость, потребность выть вслух была у Зотова от хода войны, до дикости непонятного. По сводкам Информбюро провести линию фронта было нельзя, можно было спорить, у кого Харьков, у кого Калуга. Но среди железнодорожников хорошо было известно, что за Узловую на Тулу поезда уже не шлют и через Елец дотягиваются разве что до Верховья. То там, то сям прорывались бомбардировщики и к рязань-воронежской линии, сбрасывали по нескольку бомб, досталось и Кочетовке. А дней десять назад свалились откуда-то два шальных немецких мотоциклиста, влетели в Кочетовку и на ходу строчили из автоматов. Одного из них положили, другой унёсся, но на станции от стрельбы все испереполошились, и начальник отряда спецназначения, ведающий взрывами в случае эвакуации, успел рвануть водокачку заложенным ранее толом. Теперь вызвали восстановительный поезд, и третий день он работал здесь.

Но не в Кочетовке было дело, а — почему же война так идёт? Не только не было революции по всей Европе, не только мы не вторгались туда малой кровью и против любой комбинации агрессоров, но сошлось теперь — до каких же пор? Что б ни делал он днём и ложась вечером, только и думал Зотов: до

Александр Солженицын

каких же пор? И когда был не на службе, а спал на квартире, всё равно просыпался по радиоперезвону в шесть утра, томясь надеждой, что сегодня-то загремит победная сводка. Но из чёрного раструба безнадёжно выползали вяземское и волоколамское направления и клешнили сердце: а не сдадут ли ещё и Москву? Не только вслух (вслух спросить было опасно), но самого себя Зотов боялся так спросить — всё время об этом думал и старался не думать.

Однако тёмный этот вопрос ещё был не последним. Сдать Москву ещё была не вся беда. Москву сдавали и Наполеону. Жгло другое: а — потом что? А если — до Урала?..

Вася Зотов преступлением считал в себе даже пробегание этих дрожащих мыслей. Это была хула, это было оскорбление всемогущему, всезнающему Отцу и Учителю, который всегда на месте, всё предвидит, примет все меры и не допустит.

Но приезжали из Москвы железнодорожники, кто побывал там в середине октября, и рассказывали какие-то чудовищно-немыслимые вещи о бегстве заводских директоров, о разгроме где-то каких-то касс или магазинов — и молчаливая му́ка опять сжимала сердце лейтенанта Зотова.

Недавно, по дороге сюда, Зотов прожил два дня в командирском резерве. Там был самодеятельный вечер, и один худощавый бледнолицый лейтенант с распадающимися волосами прочёл свои стихи, никем не проверенные, откровенные. Вася сразу даже не думал, что запомнил, а потом всплыли в нём оттуда строчки. И теперь, шёл ли он по Кочетовке, ехал ли поездом в главную комендатуру Мичуринска или телегой в прикреплённый сельсовет, где ему поручено было вести военное обучение пацанов и инвалидов, — Зотов повторял и перебирал эти слова, как свои:

Наши сёла в огне и в дыму города...
И сверлит и сверлит в исступленьи
Мысль одна: да когда же? когда же? Когда
Остановим мы их наступленье?!

И ещё так, кажется, было:

Если Ленина дело падёт в эти дни —
Для чего мне останется жить?

Тоже и Зотов совсем не хотел уцелеть с тех пор, как началась война. Его маленькая жизнь значила лишь — сколько он сможет помочь Революции. Но как ни просился он на первую линию огня — присох в линейной комендатуре.

Уцелеть для себя — не имело смысла. Уцелеть для жены, для будущего ребёнка — и то было не непременно. Но если бы немцы дошли до Байкала, а Зотов чудом бы ещё был жив, — он знал, что ушёл бы пешком через Кяхту в Китай, или в Индию, или за океан — но для того только ушёл бы, чтобы там влиться в какие-то окрепшие части и вернуться с оружием в СССР и в Европу.

Так он стоял в сумерках под лив, хлёст, толчки ветра за окнами и, сжавшись, повторял стихи того лейтенанта.

Чем гуще в комнате темнело, тем ясней калилась вишнёво-нагретая дверца печи и падал жёлтый рассеянный снопик через остеклённую шибку двери из соседней комнаты, где дежурный военный диспетчер по линии НКПС сидела уже при свете.

Она хотя и не подчинялась дежурному помощнику военного коменданта, но по работе никак не могла без него обойтись, потому что ей не положено было знать ни содержания, ни назначения грузов, а только номера вагонов. Эти номера носила ей списчица вагонов тётя Фрося, которая и вошла сейчас, тяжело оббивая ноги.

— Ах, дождь заливённый! — жаловалась она. — Ах, заливенный! А всё ж сбывает мал-малешко.

— Но семьсот шестьдесят пятый надо переписать, тётя Фрося, — сказала Валя Подшебякина.

— Ладно, перепишу, дай фонарь направить.

Дверь была не толста и прикрыта не плотно, Зотову был слышен их разговор.

— Хорошо, я угля управилась получить, — говорила тётя Фрося. — Теперь ничего не боюсь, на одной картошке ребятишков передержу. А у Дашки Мелентьевой — и не докопана. Поди-ка поройся в грязе́.

— Скажи, мороз хватит. Холодает как.

— Ранняя зима будет. Ох, в такую войну да зима ранняя... А вы сколько картошки накопали?

Зотов вздохнул и стал опускать маскировку на окнах, аккуратно прижимая шторку к раме, чтоб ни щёлочкой не просвечивало.

Вот этого он понять не мог, и это вызывало в нём обиду и даже ощущение одиночества. Все эти рабочие люди вокруг него как будто так же мрачно слушали сводки и расходились от репродукторов с такой же молчаливой болью. Но Зотов видел разницу: окружающие жили как будто и ещё чем-то другим кроме новостей с фронта, — вот они копали картошку, доили коров, пилили дрова, обмазывали стёкла. И по времени они говорили об этом и занимались этим гораздо больше, чем делами на фронте.

Глупая баба! Привезла угля — и теперь «ничего не боится». Даже — танков Гудериана?

Ветер тряс деревцо у пакгауза и в том окне чуть позванивал одним стёклышком.

Зотов опустил последнюю шторку, включил свет. И сразу стало в тёплой, чисто выметенной, хотя и голой комнате уютно, как-то надёжно, обо всём стало думаться бодрей.

Прямо под лампочкой, посередине комнаты, стоял стол дежурного, позади него у печки — сейф, к окну — старинный дубовый станционный диван на три места со спинкой (из спинки толстыми вырезанными буквами выступало название дороги). На диване этом можно было ночью прилечь, да редко приходилось за работой. Ещё была пара грубых стульев. Между окон висел цветной портрет Кагановича в железнодорожном мундире. Висела раньше и карта путей сообщения, но капитан, комендант станции, велел снять её, потому что в комнату сюда входят люди и если среди них затешется враг, то, скосясь, он может сориентироваться, какая дорога куда.

— Я — чулки выменивала, — хвастала в соседней комнате тётя Фрося, — пару чулков шёлковых брала у их за пяток картофельных лепёшек. Чулков теперь, может, до конца войны не будет. Ты мамке скажи, чтоб она не зевала, из картошки б чего настряпала — и туда, к теплушкам. С руками вырывают. А Грунька Мострюкова надысь какую-то чудну́ю рубашку выменяла — бабью, ночную, мол, да с прорезями, слышь, в таких местах... ну, смехота! Собрались в её избе бабы, глядели, как она мерила, — животы порвали!.. И мыло тоже можно брать у их, и дёшево. А мыло теперь продукт дефективный, не купишь. Ты скажи мамке, чтоб не зевала!

— Не знаю, тётя Фрося...

— Чо, тебе чулки не нужны?

— Чулки очень нужны, да как-то совестно... у эвакуированных...

— У выковыренных-то и брать! Они отрезы везут, кустюмы везут, мыло везут — прям как на ярмарку и снаряжались. Там такие мордатые еду-у-уть! — отварную курицу им, слышь, подавай, другого не хотят! У кого даже, люди видели, сотенные прямо пачками перевязаны, и пачек полон чемойдан. Банк, что ль, забрали? Только деньги нам не нужны, везите дальше.

— Ну, вот твои квартиранты...

— Э-этих ты не равняй. Эти голь да босота, они из Киева подхватились в чём были, как до нас доехали — удивляться надо. Полинка на почту устроилась, зарплатка ей недохударная, а и чего — та зарплата? Я бабку повела, подпол ей открыла — вот, говорю, картошку бери, и капусту квашеную бери, и за комнату мне с вас тоже ничего не надо. Бедных я, Валюша, всегда жалею, богатый — пощады не проси!

На письменном столе Зотова стояло два телефона — один путейский, такая же старинная крутилка в жёлтой деревянной коробке, как у военного диспетчера, и второй свой, зуммерный, полевой, связанный с кабинетом капитана и с караульным помещением станционного продпункта. Бойцы с продпункта были единственной военной силой кочетовской комендатуры, хотя главная задача их была охранять продукты. Всё ж они тут топили, убирали, и сейчас ведро крупного бриллиантового угля в запас стояло перед печкой, топи — не хочу.

Зазвонил путейский телефон. Уже преодолев свою сумеречную минутную слабость, Зотов бодро подбежал, схватил трубку, другой рукой натягивая фуражку, и стал ответно кричать в телефон. На дальнее расстояние он всегда кричал — иногда потому, что слышно было плохо, а больше по привычке.

Звонили из Богоявленской, просили подтвердить, какие *попутные* он получил, какие ещё нет.

Попутные — сопроводительные зашифрованные указания от предыдущей комендатуры о том, какие транспорты куда направляются, — передавались по телеграфу. Только час назад Зотов сам отнёс несколько таких телеграфистке и получил от неё. В полученных надлежало быстренько разбираться, какие транспорты группировать с какими и на какую станцию, и давать указания железнодорожному военному диспетчеру, какие вагоны сцеплять с какими. И составлять и отправлять новые попутные, а себе оставлять копии от них и подкалывать.

И, положив трубку, Зотов тут же поспешно бухнулся в стул, близоруко наклонился над столом и углубился в попутные.

Но немного мешали ему опять из той комнаты. Там вошёл, стуча сапогами, мужчина и бросил на пол сумку с железом. Тётя Фрося спросила про дождь, тишает ли. Тот буркнул что-то и, должно быть, сел.

(Правда, из повреждённой трубы уже не хлестало так слышно, но крепчал и толкался в окна ветер.)

— Чего ты сказал, старик? — крикнула Валя Подшебякина.

— Студенеет, говорю, — отозвался старик густым ещё голосом.

— Ты ведь слышишь, Гаврила Никитич? — прикрикнула и тётя Фрося.

— Слышу, — ответил старик. — Только в уху пощёлкивает.

— А как же ты вагоны проверяешь, дед? Ведь их простукивать надо.

— Их и так видно.

— Ты, Валя, не знаешь, он наш кочетовский, это Кордубайло. По всем станциям вагонные мастера, сколько их есть, — его ученики. Уж он до войны десять лет на печи сидел. А вот вышел, видишь.

Александр Солженицын

И опять, опять тётя Фрося что-то завела. Зотову досаждать стала болтовня, и он хотел уже пойти пугнуть её, как в соседней комнате стали обговаривать вчерашний случай с эшелоном окруженцев.

О случае этом Зотов знал от своего подсменного, такого ж, как сам он, дежурного помощника военного коменданта, которому вчера и досталось принимать меры, потому что на станции Кочетовка не было своей этапной комендатуры. Вчера утром на станции сошлись рядом два эшелона: со Щигр через Отрожку везли тридцать вагонов окруженцев, и на тридцать вагонов отчаянных этих людей было пять сопровождающих от НКВД, которые сделать с ними, конечно, ничего не могли. Другой же, встречный эшелон, изо Ртищева, был с мукой. Мука везлась частью в запломбированных вагонах, частью же в полувагонах, в мешках. Окруженцы сразу разобрались, в чём дело, атаковали полувагоны, взлезли наверх, вспарывали ножами мешки, насыпали себе в котелки и обращали гимнастёрки в сумки и сыпали в них. От конвоя, шедшего при мучном эшелоне, стояло на путях два часовых — в голове и в хвосте. Головной часовой, совсем ещё паренёк, кричал несколько раз, чтобы не трогали, — его не слушал никто, и из конвойной теплушки к нему подмога не подходила. Тогда он вскинул винтовку, выстрелил и единственным этим выстрелом уложил в голову одного окруженца — прямо там, наверху.

Зотов слушал-слушал их разговор — не так они говорили, не так понимали. Он не выдержал, пошёл объяснить. Раскрыв дверь и став на пороге, он посмотрел на них на всех через простые круглые свои очёчки.

Справа за столом сидела тоненькая Валя над ведомостями и графиками в разноцветных клетках.

Вдоль окна, закрытого такой же синей маскировочной бумагой, шла простая скамья, на ней сидела тётя Фрося, немолодая, матёрая, с властным мужественным складом, какой бывает у русских женщин, привыкших самим управляться и на работе и дома. Брезентовый мокрый серо-зелёный плащ, даваемый ей в дежурство, коробился на стене, а она сидела в мокрых сапогах, в чёрном обтёрханном гражданском пальтишке и ладила коптилку, вынутую из ручного четырёхугольного фонаря.

На входной двери наклеен был розовый листок, какие всюду развешивались по Кочетовке: «Берегись сыпного тифа!» Бумага плакатика была такая же болезненно-розовая, как сыпь тифозного или как те обожжённые железные кости вагонов из-под бомбёжки.

Недалеко от двери, чтобы не наследить, сидел чуть в сторону печи прямо на полу, ослонясь о стену, старик Кордубайло. Рядом с ним лежала кожаная старая сумка с тяжёлым инструментом, брошенная так, чтоб только не на дороге, и рукавицы, измызганные в мазуте. Старик, видно, сел, как пришёл — не отряхаясь и не раздеваясь, и сапоги его и плащ подтекали по полу лужицами. Между ногами, подтянутыми в коленях, стоял на полу незажжённый фонарь, такой же, как у тёти Фроси. Под плащом на старике был неопрятный чёрный бушлат, опоясанный бурым грязноватым кушаком. Башлык его был откинут: на голове, ещё кудлатой, крепко насажен был старый-престарый железнодорожный картуз. Картуз затенял глаза, на свет лампочки выдавался только сизый носище да толстые губы, которыми Кордубайло сейчас слюнявил газетную козью ножку и дымил. Растрёпанная борода его меж сединой сохраняла ещё черноту.

Александр Солженицын

— А что ж ему оставалось? — доказывала Валя, пристукивая карандашиком. — Ведь он на посту, ведь он часовой!

— Ну, правильно, — кивал старик, роняя крупный красный пепел махорки на пол и на крышку фонаря. — Правильно... Есть все хотят.

— К чему это ты? — нахмурилась девушка. — Кто это — все?

— Да хоть бы мы с тобой, — вздохнул Кордубайло.

— Вот бестолковый ты, дед! Да что ж они — голодные? Ведь им казённый паёк дают. Что ж их, без пайка везут, думаешь?

— Ну, правильно, — согласился дед, и с цигарки опять посыпались раскалённые красные кусочки, теперь к нему на колено и полу бушлата.

— Смотри, сгоришь, Гаврила Никитич! — предупредила тётя Фрося.

Старик равнодушно глядел, не стряхивая, как гасли махорочные угольки на его мокрых тёмных ватных брюках, а когда они погасли, чуть приподнял кудлато-седую голову в картузе:

— Вы, девки, часом, сырой муки, в воде заболтавши, не ели?

— Зачем же — сырую? — поразилась тётя Фрося. — Заболтаю, замешу да испеку.

Старик чмокнул бледными толстыми губами и сказал не сразу — у него все слова так выступали не сразу, а будто долго ещё на костылях шли оттуда, где рождались:

— Значит, голоду вы не видали, милые.

Лейтенант Зотов переступил порог и вмешался:

— Слушай, дед, а что такое п р и с я г а — ты воображаешь, нет?

Зотов заметно для всех окал.

Дед мутно посмотрел на лейтенанта. Сам дед был невелик, но велики и тяжелы были его сапоги, напитанные водой и кой-где вымазанные глиной.

— Чего другого, — пробурчал он. — Я и сам пять раз присягал.

— Ну, и кому ты присягал? Царю Миколашке?

Старик мотнул головой:

— Хватай раньше.

— Как? Ещё Александру Третьему?

Старик сокрушённо чмокнул и курил своё.

— Ну! А теперь — народу присягают. Разница есть?

Старик ещё просыпал пеплу на колено.

— А мука чья? Не народная? — горячилась Валя и всё отбрасывала назад весёлые спадающие волосы. — Муку — для кого везли? Для немцев, что ли?

— Ну, правильно, — ничуть не спорил старик. — Да и ребята тоже не немцы ехали, тоже наш народ.

Докуренную козью ножку он согнул до конца и погасил о крышку фонаря.

— Вот старик непонятливый! — задело Зотова. — Да что такое порядок государственный — ты представляешь? — окал он. — Это если каждый будет брать, что ему понравится, я возьму, ты возьмёшь — разве мы войну выиграем?

— А зачем мешки ножами резали? — негодовала Валя. — Это по-каковски? Это наш народ?

— Должно быть, зашиты были, — высказал Кордубайло и вытер нос рукой.

— Так — разорничать? чтоб мимо сыпалось? на путя? — возмутилась тётя Фрося. — Сколько прорвали да сколько просыпали, товарищ лейтенант! Это сколько детей можно накормить!

— Ну, правильно, — сказал старик. — А в такой вот дождь в полувагонах и остальная помокнет.

Александр Солженицын

— А, да что с ним говорить! — раздосадовался Зотов на себя больше, что встрял в никчёмный и без того ясный разговор. — Не шумите тут! Работать мешаете!

Тётя Фрося уже пообчистила фитиль, зажгла коптилку и укрепила её в фонаре. Она поднялась за своим отвердевшим, скоробившимся плащом:

— Ну-к, подвостри мне, Валюша, карандашик. Пойду семьсот шестьдесят пятый списывать.

Зотов ушёл к себе.

Вся эта вчерашняя история могла кончиться хуже. Окруженцы, когда убили их товарища, оставили мешки с мукой и бросились с рёвом на мальчишку-часового. Они уже вырвали у него винтовку — да, кажется, он её и отдал без сопротивления, — начали бить его и просто бы могли растерзать, если б наконец не подоспел разводящий. Он сделал вид, что арестовал часового, и увёл.

Когда везут окруженцев, каждая комендатура подноравливает спихнуть их сразу дальше. Прошлой ночью ещё один такой эшелон — 245413-й, из Павельца на Арчеду, — Зотов принял и поскорее проводил. Эшелон простоял в Кочетовке минут двадцать, окруженцы спали и не выходили. Окруженцы, когда их много вместе, — страшный, лихой народ. Они не часть, у них нет оружия, но чувствуют они себя вчерашней армией, это те самые ребята, которые в июле стояли где-нибудь под Бобруйском, или в августе под Киевом, или в сентябре под Орлом.

Зотов робел перед ними — с тем же чувством, наверно, с каким мальчишка-часовой отдал винтовку, не стреляя больше. Он стыдился за своё положение тылового коменданта. Он завидовал им и готов был, кажется, принять на себя даже некоторую их небезупречность, чтоб только знать, что за его спиной тоже — бои, обстрелы, переправы.

Сокурсники Васи Зотова, все друзья его — были на фронте.

А он — здесь...

Так тем настойчивей надо было работать! Работать, чтоб не только сдать смену в ажуре, но ещё другие, другие дела успевать делать! Как можно больше и лучше успеть в эти дни, уже осенённые двадцать четвёртой годовщиной. Любимый праздник в году, радостный наперекор природе, а в этот раз — рвущий душу.

Кроме всей текучки, уже неделю тянулось за Зотовым дело, имевшее начало в его смену: был налёт на станцию, и немцы порядочно разбомбили эшелон с воинскими грузами, в котором были и продукты. Если б они разбомбили его начисто — на этом бы дело и закрылось. Но, к счастью, уцелело многое. И вот теперь требовали от Зотова составить в четырёх экземплярах полные акты-перечни: грузов, приведённых в полную негодность (их должны были списать с соответствующих адресатов и отнарядить новые); грузов, приведенных в негодность от сорока до восьмидесяти процентов (об использовании их должно было решиться особо); грузов, приведенных в негодность от десяти до сорока процентов (их должны были направлять дальше по назначению с оговорками или частичной заменой); наконец, грузов, оставшихся в целости. Усложнялось дело тем, что хотя грузы разбомблённого поезда все теперь были собраны в пакгаузах, но это произошло не тотчас, по станции бродили непричастные люди, и можно было подозревать хищения. Кроме того, установка процента годности требовала экспертизы (эксперты приезжали из Мичуринска и из Воронежа) и бесконечной переставки ящиков в пакгаузах, а грузчиков не хватало.

Александр Солженицын

Разбомбить и дурак может, а поди разберись!

Впрочем, Зотов и сам любил доконечную точность в каждом деле, поэтому он много уже провернул из этих актов, мог позаняться ими сегодня, а за неделю думал и всё подогнать.

Но даже и эта работа была — текучка. А выглядел Зотов себе ещё работу такую. Вот сейчас он, человек с высшим образованием, а в характере с задатками систематизации, работает на комендантской работе — и получает полезный опыт. Ему особенно хорошо видны сейчас: и недостатки наших мобилизационных предписаний, с которыми нас застала война; и недостатки в организации слежения за воинскими грузами; видны и многие значительные и мелкие улучшения, которые можно было бы внести в работу военных комендатур. Так не прямой ли долг его совести такие все наблюдения делать, записывать, обрабатывать — и подать в виде докладной записки в Наркомат обороны? Пусть его труд не успеет быть использован в эту войну, но как много он будет значить для следующей!

Так вот для какого ещё дела надо найти время и силы! (Хотя выскажи такую идею капитану или в комендатуре узла — будут смеяться. Недалёкие люди.)

Скорей же разбираться с попутными! Зотов потёр одну о другую круглые ладонца с короткими толстенькими пальцами, взял химический карандаш и, сверяясь с шифровкой, разносил на несколько листов ясным овальным почерком многозначные, иногда и дробные номера транспортов, грузов и вагонов. Эта работа не допускала описки — так же как прицел орудия. Он в усердии мелко наморщил лоб и оттопырил нижнюю губу.

Но тут в стекольце двери стукнула Подшебякина:

— Можно, Василь Васильич? — И, не очень дожидаясь ответа, вошла, неся тоже ведомость в руках.

Вообще-то не полагалось ей сюда заходить, решить вопрос можно было на пороге или в той комнате, — но с Валей у него уже не раз совпадали дежурные сутки, и просто деликатность мешала ему не пустить её сюда.

Поэтому он только залистнул шифровку и как бы случайно чистой бумагой прикрыл колонки чисел, которые писал.

— Василь Васильич, я что-то запуталась! Вот, смотрите... — Второго стула не было вблизи, и Валя прилегла к ребру стола и повернула к Зотову ведомость с кривоватыми строчками и неровными цифрами. — Вот, в эшелоне четыреста сорок шесть был такой вагон — пятьдесят семь восемьсот тридцать один. Так куда его?

— Сейчас скажу. — Он выдвинул ящик, сообразил, какой из трёх скоросшивателей взять, открыл (но не так, чтоб она могла туда засматривать) и нашёл сразу: — Пятьдесят семь восемьсот тридцать первый — на Пачелму.

— Угу, — сказала Валя, записала «Пач», но не ушла, а обсасывала тыльце карандаша и продолжала смотреть в свою ведомость, всё так же приклонённая к его столу.

— Вот ты «че» неразборчиво написала, — укорил её Зотов, — а потом прочтешь как «вэ» — и на Павелец загонишь.

— Неу-жели! — спокойно отозвалась Валя. — Будет вам, Василь Васильич, ко мне придираться-то!

Посмотрела на него из-под локона.

Но подправила «ч».

— Потом во-от что... — протянула она и опять взяла карандаш в рот. Обильные локонцы её, почти

Александр Солженицын

льняные, спустились со лба, завесили глаза, но она их не поправляла. Такие они были вымытые и, наверно, мягонькие, — Зотов представил, как приятно потрепать их рукой. — Вот что... Платформа ноль пять сто десять.

— Малая платформа?

— Нет, большая.

— Вряд ли.

— Почему?

— Одной цифры не хватает.

— И что ж теперь делать? — Она откинула волосы. Ресницы были у неё такие ж беленькие.

— Искать, что! Надо внимательней, Валя. Эшелон — тот же?

— У-гм.

Заглядывая в скоросшиватель, Зотов стал примеряться к номерам.

А Валя смотрела на лейтенанта, на его смешные отставленные уши, нос картошкой и глаза бледно-голубые с серинкой, хорошо видные через очки. По работе он был въедливый, этот Василь Васильич, но не злой. А чем особенно ей нравился — был он мужчина не развязный, вежливый.

— Эх! — рассердился Зотов. — Сечь тебя розгами! Не ноль пять, а два ноля пять, голова!

— Два-а ноля! — удивилась Валя и вписала ноль.

— Ты ж десятилетку кончила, как тебе не стыдно?

— Да бросьте, Василь Васильич, при чём тут десятилетка? И — куда её?

— На Кирсанов.

— У-гу, — записала Валя.

Но не уходила. В том же положении, наклонённая к столу, близ него, она задумалась и пальцем одним играла с отщепинкой в доске столешницы: отклоняла отщепинку, а та опять прижималась к доске.

Мужские глаза невольно прошлись по небольшим девичьим грудям, сейчас в наклоне видимым ясно, а то всегда скраденным тяжеловатой железнодорожной курткой.

— Скоро дежурство кончится, — надула Валя губы. Они были у неё свеженькие, бледно-розовые.

— Ещё до «кончится» поработать надо! — нахмурился Зотов и перестал разглядывать девушку.

— Вы — опять к своей ба-а-бке пойдёте... Да?

— А куда ж ещё?

— Ни к кому в гости не сходите...

— Нашла время для гостей!

— И чего вам сладкого у той бабки? Даже кровати нет путёвой. На ларе спите.

— А ты откуда знаешь?

— Люди знают, говорят.

— Не время сейчас, Валечка, на мягком нежиться. А мне — тем более. И так стыдно, что не на фронте.

— Так что ж вы? дела не делаете? Чего тут стыдного! Ещё и в окопах небось наваляетесь. Ещё живы ли будете... А пока можно, надо жить как люди.

Зотов снял фуражку, растёр стянутый лоб (фуражка была маловата ему, но на складе другой не нашлось).

Валя на уголке ведомости вырисовывала карандашом длинную острую петельку, как коготок.

— А чего вы от Авдеевых ушли? Ведь там лучше было.

Зотов опустил глаза и сильно покраснел.

— Ушёл — и всё.

(Неужели от Авдеевых разнеслось по посёлку?..)

Валя острила и острила коготок.

Помолчали.

Валя покосилась на его круглую голову. Снять ещё очки — и ребячья какая-то будет голова, негустые светлые волосы завиточками там и сям поднялись, как вопросительные знаки.

— И в кино никогда не пойдёте. Наверно, книги у вас интересные. Хоть бы дали почитать.

Зотов вскинулся. Краска его не сходила.

— Откуда знаешь, что книги?

— Думаю так.

— Нет у меня книг. Дома остались.

— Жалеете просто.

— Да нету, говорю. Куда ж таскать? У солдата — вещмешок, больше не положено.

— Ну, тогда у нас возьмите почитать.

— А у вас много?

— Да стоят на полочке.

— Какие же?

— Да какие... «Доменная печь»... «Князь Серебряный»... И ещё есть.

— Ты все прочла?

— Некоторые. — И вдруг подняла голову, ясно поглядела и дыханием высказала: — Василь Васильич! А вы — переходите к нам! У нас комната Вовкина свободная — ваша будет. Печка туда греет, тепло. Мама вам готовить будет. Что за охота вам — у бабки?

И они посмотрели друг на друга, каждый со своей загадкой.

Валя видела, что лейтенант заколебался, что он сейчас согласится. И почему б ему не согласиться, чудаку такому? Все военные всегда говорят, что не женаты, а он один — женат. Все военные, расквартированные в посёлке, — в хороших семьях, в тепле и в заботе. Хотелось и Вале, чтобы в доме, откуда отец и брат ушли на войну, жил бы мужчина. Тогда и со смены, поздно вечером, по затемнённым, замешенным грязью улицам посёлка они будут возвращаться вместе (уж придётся под руку), потом весело садиться вместе за обед, шутить, друг другу что-нибудь рассказывать...

А Вася Зотов едва ли не с испугом посмотрел на девушку, открыто зовущую его к себе в дом. Она была лишь годика на три моложе его и если называла по имени-отчеству и на «вы», то не из-за возраста, а из уважения к лейтенантским кубикам. Он понимал, что вкусными обедами из его сухого пайка и теплом от печки дело не кончится. Он заволновался. Ему таки хотелось сейчас взять и потрепать её доступные белые кудряшки.

Но — никак было нельзя.

Он поправил воротник с красными кубиками в зелёных петлицах, хоть воротник ему не жал, очки поправил.

— Нет, Валя, никуда не пойду. Вообще, работа стоит, что мы разболтались?

И надел зелёную фуражку, отчего беззащитное курносое лицо его построжело очень.

Девушка посмотрела ещё исподлобья, протянула:
— Да ла-адно вам, Василь Васильич!

Вздохнула. Не молодо, как-то с трудом, поднялась из своего наклонного положения и, влача ведомость в опущенной руке, ушла.

А он растерянно моргнул. Может, вернись бы она ещё раз и скажи ему твёрдо — он уступил бы.

Но она не возвращалась.

Никому тут Вася не мог объяснить, почему он жил в плохо отапливаемой нечистой избе старухи с тремя внуками и спал на коротком неудобном ларе. В огромной жестоковатой мужской толчее сорок первого года его уже раз-другой поднимали на пересмех, когда он вслух рассказывал, что любит жену и думает быть ей всю войну верен и за неё тоже вполне ручается. Хорошие ребята, подельчивые друзья

Александр Солженицын

хохотали дружно, как-то дико, били его по плечу и советовали не теряться. С тех пор он вслух не говорил такого больше, а тосковал только очень, особенно проснувшись глухими ночами и думая, каково ей там, далеко-далеко под немцами и ожидая ребёнка.

Но не из-за жены даже он отказал сейчас Вале, а из-за Полины...

И не из-за Полины даже, а из-за...

Полина, чернявенькая стриженая киевляночка с матовым лицом, была та самая, которая жила у тёти Фроси, а работала на почте. На почту, если выдавалось время, Вася ходил читать свежие газеты (пачками за несколько дней, они опаздывали). Так получалось пораньше, и все газеты можно было видеть сразу, не одну-две только. Конечно, почта — не читальня, и никто не обязан был давать ему читать, но Полина понимала его и все газеты выносила ему к концу прилавка, где он стоя, в холоде их читал. Как и для Зотова, для Полины война не была бесчувственным качением неотвратимого колеса, но — всей её собственной жизнью и будущим всем, и чтоб это будущее угадать — она так же беспокойными руками разворачивала эти газеты и так же искала крупинки, могущие объяснить ей ход войны. Они часто читали рядом, наперехват показывая друг другу важные места. Газеты заменяли им письма, которых они не получали. Полина внимательно вчитывалась во все боевые эпизоды сводок, угадывая, не там ли её муж, и по совету Зотова прочитывала, морща матовый лоб, даже статьи о стрелковой и танковой тактике в «Красной звезде». А уж статьи Эренбурга Вася читал ей вслух сам, волнуясь. И некоторые он выпрашивал у Полины, из чьих-то недосланных газет вырезал и хранил.

Полину, ребёнка её и мать он полюбил так, как вне беды люди любить не умеют. Сынишке он приносил сахару из своего пайка. Но никогда, перелистывая вместе газеты, он не смел пальцем коснуться её белой руки — и не из-за мужа её, и не из-за своей жены, а из-за того святого горя, которое соединило их.

Полина стала ему в Кочетовке — нет, по всю эту сторону фронта — самым близким человеком, она была глазом совести и глазом верности его — и как же мог он стать на квартиру к Вале? что подумала бы Полина о нём?

Но и без Полины — не мог он сейчас беспечно утешаться с какой-нибудь женщиной, когда грозило рухнуть всё, что он любил.

И тоже как-то неловко было признаться Вале и лейтенантам, его сменщикам, что было-таки у него вечернее чтение, была книга — единственная захваченная в какой-то библиотеке в суматошных путях этого года и возимая с собой в вещмешке.

Книга эта была — синий толстенький первый том «Капитала» на шершавой рыжеватой бумаге тридцатых годов.

Все студенческие пять лет мечтал он прочесть заветную эту книгу, и не раз брал её в институтской библиотеке, и пытался конспектировать, и держал по семестру, по году — но никогда не оставалось времени, заедали собрания, общественные нагрузки, экзамены. И, не кончив одной страницы конспекта, он сдавал книгу, когда шёл с июньской обходной. И даже когда проходили политэкономию, самое время было читать «Капитал» — преподаватель отговаривал: «Утонете!» — советовал нажимать на учебник Лапидуса, на конспекты лекций. И действительно, только-только успевали.

Но вот теперь, осенью сорок первого, в зареве огромной тревоги, Вася Зотов мог здесь, в дыре, найти время для «Капитала». Так он и делал — в часы,

Александр Солженицын

свободные от службы, от всевобуча и от заданий райкома партии. На квартире у Авдеевых, в зальце, уставленном филодендронами и алоэ, он садился за шаткий маленький столик и при керосиновой лампе (не на все дома посёлка хватало мощности дизельного движка), поглаживая грубую бумагу рукой, читал: первый раз — для охвата, второй раз — для разметки, третий раз — конспектируя и стараясь всё окончательно уложить в голове. И чем мрачней были сводки с фронта, тем упрямей нырял он в толстую синюю книгу. Вася так понимал, что когда он освоит весь этот хотя бы первый том и будет стройным целым держать его в памяти — он станет непобедимым, неуязвимым, неотразимым в любой идейной схватке.

Но не много было таких вечеров и часов, и страниц было записано им несколько — как помешала Антонина Ивановна.

Это была тоже квартирантка Авдеевых, приезжая из Лисок, ставшая здесь, в Кочетовке, сразу заведующей столовой. Она была деловая и так на ногах держалась крепко, что в столовой у неё не очень было поскандалить. В столовой у неё, как Зотов узнал потом, совали за рубль в оконце глиняную миску с горячей серой безжирной водой, в которой плавало несколько макаронин, а с тех, кто не хотел просто губами вытягивать это всё из миски, ещё брали рубль залога за деревянную битую ложку. Сама же Антонина Ивановна, вечерами велев Авдеевым поставить самовар, выносила к хозяйскому столу хлеб и сливочное масло. Лет ей оказалось всего двадцать пять, но выглядела она женщиной основательной, была беложава, гладка. С лейтенантом она всегда приветливо здоровалась, он отвечал ей рассеянно и долго путал её с прихожей родственницей хозяйки. Горбясь над своим томом, он не замечал и не слышал, как она, придя с работы тоже поздно, всё ходила через его проходной залец в свою спаленку и оттуда назад к хозяевам и опять к себе. Вдруг она подходила и спрашивала: «Что это вы всё читаете, товарищ лейтенант?» Он прикрывал том тетрадью и отвечал уклончиво. В другой раз она спрашивала: «А как вы думаете, не страшно, что я на ночь дверь свою не закладываю?» Зотов отвечал ей: «Чего бояться! Я же — тут, и с оружием». А ещё через несколько дней, сидя над книгой, он почувствовал, что, перестав сновать туда-сюда, она как будто не ушла из зальца. Он оглянулся — и остолбенел: прямо здесь, в его комнате, она постелилась на диване и уже лежала, распустив волосы по подушке, а одеялом не покрыв белых наглых плеч. Он уставился в неё и не находился, что теперь делать. «Я вам тут не помешаю?» — спросила она с насмешкой. Вася встал, теряя соображение. Он даже шагнул уже крупно к ней — но вид этой откормленной воровской сытости не потянул его дальше, а оттолкнул.

Он даже сказать ей ничего не мог, ему горло перехватило ненавистью. Он повернулся, захлопнул «Капитал», нашёл ещё силы и время спрятать его в вещмешок, бросился к гвоздю, где висели шинель и фуражка, на ходу снимая ремень, отягощённый пистолетом, — и так, держа его в руке, не опоясавшись, кинулся к выходу.

Он вышел в непроглядную темень, куда из замаскированных окон, ни с тучевого неба не пробивалось ни соломинки света, но где холодный осенний ветер с дождём, как сегодня, рвал и сек. Оступаясь в лужи, в ямы, в грязь, Вася пошёл в сторону станции, не сразу сообразя, что так и несёт в руках ремень с пистолетом. Такая жгла его бессильная обида, что он чуть не заплакал, бредя в этой чёрной стремнине.

Александр Солженицын

С тех-то пор и не стало ему жизни у Авдеевых: Антонина Ивановна, правда, больше с ним не здоровалась, но стала водить к себе какого-то мордатого кобеля, гражданского, однако в сапогах и кителе, как требовал дух времени. Зотов пытался заниматься — она же нарочно не прикрывала своей двери, чтоб долго слышал он, как они шутили и как она повизгивала и постанывала.

Тогда он и ушёл к бабке полуглухой, у которой нашёл только ларь, застланный рядном.

Но вот, видно, разнеслась сплетня по Кочетовке. Неужели до Полины дойдёт? Стыдно...

Отвлекли его эти мысли от работы. Он схватился опять за химический карандаш и заставил себя вникнуть в попутные и опять чётким овальным почерком разносил номера транспортов и грузов, составляя тем самым новые попутные, под копирку. И кончил бы эту работу, но неясность вышла с большим транспортом из Камышина — как его разбивать. Дело это мог решить только сам комендант. Зотов дал один зуммер по полевому телефону, взял трубку и слушал. И ещё дал один зуммер подольше. И ещё долгий один. Капитан не отвечал. Значит, в кабинете его не было. Может быть, отдыхает дома после обеда. Перед сменой-то дежурных он придёт обязательно — выслушать рапорта.

За дверью иногда Подшебякина звонила диспетчеру станции. Тётя Фрося пришла, опять ушла. Потом послышался тяжёлый переступ в четыре сапога. В дверь постучали, приоткрыли, звонко спросили:

— Разрешите войти?

И, не дожидаясь и не дослышивая разрешения, вошли. Первый — гренадёрского роста, гибкий, с розовым охолодавшим лицом — ступил на середину комнаты и с пристуком пятки доложил:

— Начальник конвоя транспорта девяносто пять пятьсот пять сержант Гайдуков! Тридцать восемь пульмановских вагонов, всё в порядке, к дальнейшему следованию готов!

Он был в новой зимней шапке, ладной долгой шинели командирского покроя с разрезом, запоясан кожаным широким ремнём с пряжкою-звездой, и начищенные яловые были на нём сапожки.

Из-за спины его выступил слегка, как бы перетоптался, не отходя далеко от двери, второй — коренастый, с лицом одубело-смуглым, тёмным. Он полунехотя поднял пятерню к шлему-будёновке с опущенными, но незастёгнутыми ушами и не отрапортовал, а сказал тихо:

— Начальник конвоя транспорта семьдесят один шестьсот двадцать восемь младший сержант Дыгин. Четыре шестнадцатитонных вагона.

Солдатская шинель его, охваченная узким брезентовым пояском, имела одну полу перекошенную или непоправимо изжёванную как бы машиной, сапоги были кирзовые, с истёртыми переломами гармошки.

А лицо у сержанта Дыгина было набровое челюстное лицо Чкалова, но не молодого лихого Чкалова, погибшего недавно, а уже пожившего, обтёртого.

— Так! Очень рад! Очень рад! — сказал Зотов и встал.

Ни по званию своему, ни по роду работы совсем он не должен был вставать навстречу каждому входящему сержанту. Но он действительно рад был каждому и спешил с каждым сделать дело получше. Своих подчинённых не было у помощника коменданта,

Александр Солженицын

и эти, приезжающие на пять минут или на двое суток, были единственные, на ком Зотов мог проявить командирскую заботу и распорядительность.

— Знаю, знаю, попутные ваши уже пришли. — Он нашёл на столе и просматривал их. — Вот они, вот они... девяносто пять пятьсот пять... семьдесят один шестьсот двадцать восемь... — И поднял доброжелательные глаза на сержантов.

Их шинели и шапки были только слегка примочены, вразнокап.

— А что это вы сухие? Дождь — кончился?

— Перемежился, — с улыбкой тряхнул головой статный Гайдуков, стоящий и не по «смирно» будто бы, но вытянуто. — Северяк задувает крепенько!

Было ему лет девятнадцать, но с тем ранним налётом мужества, который на доверчивое лицо ложится от фронта, как загар от солнца.

(Вот этот налёт фронта на лицах и поднимал Зотова от стола.)

А дел к ним у помощника коменданта было мало. Во всяком случае не полагалось разговаривать о составе грузов, потому что они могли везти вагоны запломбированными, ящики забитыми и сами не знать, что везут.

Но им — многое надо было от коменданта попутной станции.

И они врезались в него — одним весёлым взглядом и одним угрюмым.

Гайдукову надо было понять, не прицепчивая ли тыловая крыса этот комендант, не потянется ли сейчас смотреть его эшелон и груз.

За груз он, впрочем, не опасался нисколько, свой груз он не просто охранял, но любил: это было несколько сот отличных лошадей, и отправленных смышлёным интендантом, загрузившим в тот же эшелон прессованного сена и овса в достатке, не надеясь на пополнение в пути. Гайдуков вырос в деревне, смала пристрастен был к лошадям и ходил к ним теперь как к друзьям, в охотку, а не по службе помогая дежурным бойцам поить, кормить их и доглядывать. Когда он отодвигал дверь и по проволочной висячей стремянке подымался в вагон с «летучей мышью» в руке, все шестнадцать лошадей вагона — гнедые, рыжие, караковые, серые — поворачивали к нему свои насторожённые длинные умные морды, иные перекладывали их через спины соседок и смотрели немигающими большими грустными глазами, ещё чутко перебирая ушами, как бы не сена одного прося, но — рассказать им об этом грохочущем подскакивающем ящике и зачем их, куда везут. И Гайдуков обходил их, протискиваясь между тёплыми крупами, трепал гривы, а когда не было с ним бойцов, то гладил храпы и разговаривал. Им на фронт было ехать тяжелей, чем людям; им этот фронт был нужен, как пятая нога.

Чего Гайдуков опасался сейчас перед комендантом (но тот, видно, парень сходный, и стеречься нечего) — чтоб не пошёл он заглянуть в его теплушку. Хотя солдаты в конвое Гайдукова ехали больше новички, но сам он уже побывал на переднем крае и в июле был ранен на Днепре, два месяца пролежал в госпитале и поработал там при каптёрке, и вот ехал снова на фронт. Поэтому он знал и уставы и как их можно и надо нарушать. Их двадцать человек молодых ребят лишь попутно везли лошадей, а сдав их, должны были влиться в дивизию. Может быть, через несколько дней всё это новое обмундирование они измажут в размокшей траншейной глине, да ещё хорошо, если в траншеях, а то за бугорочками малыми будут прятать головы от наседающих на плечи немец-

Александр Солженицын

ких мин — миномёты немецкие больше всего досади-
ли Гайдукову летом. Так сейчас эти последние дни
хотелось прожить тепло, дружно, весело. В их про-
сторной теплушке две чугунные печи калились, не
переставая, углем-кулаком, добытым с других составов. Эшелон их пропускали быстро, нигде они не за-
стаивались, но как-то успевали раз в сутки напоить
лошадей и раз в три дня отоварить продаттестаты.
А если эшелон шёл быстро, в него просились. И хотя
устав строго запрещал пускать гражданских в кара-
ульные помещения, сам Гайдуков и помощник его,
перенявший от него разбитную манеру держаться, не
могли смотреть на людей, стынущих на осеннем по-
лотне и ошалело бегающих вдоль составов. Не то
чтобы пускали просящих всех, но не отказывали
многим. Какого-то инспектора хитрого пустили за
литр самогону, ещё рыжего старика с сидорами — за
шматок сала, кого — ни за так, а особенно отзывно —
не устаивало их сердце — подхватывали они в свой
вагон, спуская руки навстречу, молодок и девок, тоже
всё едущих и едущих куда-то, зачем-то. Сейчас там,
в жаре гомонящей теплушки, рыжий старик что-то
лопочет про первую мировую войну, как он без малого не получил георгиевского креста, а из девок одна
только недотрога, нахохлясь совушкой, сидит тут же
у печки. Остальные давно от жары скинули пальто,
телогрейки, даже и кофточки. Одна, оставшись
в красной соколке и сама раскраснелая, стирает со-
рочки ребятам и пособника своего, выжимающего
бельё, хлопает мокрым скрутком, когда он слишком
к ней подлезает. Две стряпают для ребят, заправляя
домашним смальцем солдатский сухой паёк. А ещё
одна сидит и вычинивает, у кого что порвалось. Уедут
с этой станции — поужинают, посидят у огня, споют
под разухабистую болтанку вагона на полном ходу,

а потом, не особо разбирая смены бодрствующей и отдыхающей (все намаиваются равно в водопой), — расползутся по нарам из неструганых досок, пóкатом спать. И из этих сегодняшних молодок, как и из вчерашних, лишь недавно проводивших мужей на войну, и из девок — не все устоят, и там, в затеньях от фонаря, лягут с хлопцами обнявшись.

Да и как не пожалеть солдягу, едущего на передовую! Может, это последние в его жизни денёчки...

И чего сейчас только хотел Гайдуков от коменданта — чтобы тот отпустил его побыстрей. Да ещё бы выведать как-нибудь маршрут: для пассажирок — где их ссаживать, и для себя — на каком теперь участке воевать? мимо дому не придётся ли кому проехать?

— Та-ак, — говорил лейтенант, поглядывая в попутные. — Вы не вместе ехали? Вас недавно сцепили?

— Да вот станций несколько.

Очками упершись в бумагу, лейтенант вытаращил губы.

— И почему вас сюда завезли? — спросил он старого Чкалова. — Вы в Пензе — были?

— Были, — отозвался хрипло Дыгин.

— Так какого же чёрта вас крутануули через Ряжск? Это удивляться надо, вот головотяпы!

— Теперь вместе поедем? — спросил Гайдуков.

(Идя сюда, он узнал от Дыгина его направление и хотел смекнуть своё.)

— До Грязей вместе.

— А потом?

— Военная тайна, — приятно окая, покрутил головой Зотов и сквозь очки снизу вверх прищурился на рослого сержанта.

— А всё ж таки? Через Касторную, нет?.. — подговаривался Гайдуков, наклоняясь к лейтенанту.

— Там видно будет, — хотел строго ответить

Александр Солженицын

Зотов, но губы его чуть улыбнулись, и Гайдуков отсюда понял, что через Касторную.

— Прямо вечерком и уедем?

— Да. Вас держать нельзя.

— Я — ехать не могу, — проскрипел Дыгин веско, недружелюбно.

— Вы — лично? Больны?

— Весь конвой не смога'т.

— То есть... как? Я не понимаю вас. Почему вы не можете?

— Потому что мы — не собаки!! — прорвалось у Дыгина, и шары его глаз прокатились яростно под веками.

— Что за разговоры, — нахмурился Зотов и выпрямился. — А ну-ка поосторожней, младший сержант! — ещё сильнее окал он.

Тут Зотов доглядел, что и зелёненький-то треугольник младшего сержанта был ввинчен только в одну петлицу шинели Дыгина, а вторая пуста была, осталась треугольная вмятина и дырочка посередине. Распущенные уши его буденновского шлема, как лопухи, свисали на грудь.

Дыгин зло смотрел исподлобья:

— Потому что мы... — простуженным голосом хрипел он, — одиннадцатый день... голодные...

— Как?? — откинулся лейтенант, и очки его сорвались с одного уха, он подхватил дужку, надел. — Как это может быть?

— Так. Быва'т... Очень просто.

— Да у вас продаттестаты-то есть?

— Бумагу жевать не будешь.

— Да как вы живы тогда?!

— Так и живы.

Как вы живы! Пустой ребячий этот вопрос очкарика вконец рассердил Дыгина, и подумал он, что не будет ему помощи и на станции Кочетовка. Как вы живы! Не сам он, а голод и ожесточение стянули ему челюсти, и он по-волжски тяжело смотрел на беленького помощника военного коменданта в тёплой чистой комнате. Семь дней назад раздобылись они свёклой на одной станции, набрали два мешка прямо из сваленной кучи — и всю неделю свёклу эту одну парили в котелках, парили и ели. И уже воротить их стало с этой свёклы, кишки её не принимали. Позапрошлой ночью, когда стояли они в Александро-Невском, поглядел Дыгин на своих заморенных солдатиков-запасников — все они были старше его, а и он не молод, — решился, встал. Ветер выл под вагонами и свиристел в щели. Чем-то надо было нутро угомонить хоть немножко. И — ушёл во мрак. Он вернулся часа через полтора и три буханки кинул на нары. Солдат, сидевший около, обомлел: «Тут и белая одна!» — «Ну? — равнодушно досмотрелся и Дыгин. — А я не заметил». Обо всём этом не рассказывать же было сейчас коменданту. Как вы живы!.. Десять дней ехало их четверо по своей родной стране, как по пустыне. Груз их был — двадцать тысяч сапёрных лопаток в заводской смазке. И везли они их — Дыгин знал это с самого места — из Горького в Тбилиси. Но все грузы были, видно, срочней, чем этот заклятый, холодный, в застывшей смазке груз. Начиналась третья неделя, а они ещё и половины пути не проехали. Самый последний диспетчеришка, кому не лень, отцеплял их четыре вагона и покидал на любом полустанке. По продаттестатам получили они на три дня в Горьком, а потом на три дня в Саранске — и с тех пор нигде не могли прихватить продпункт открытым. Однако и это бы всё было горе перетерпное, они б и ещё пять дней переголодовали, если б знали, что потом за все пятнадцать получат. Но выло брюхо и стонала душа оттого, что закон всех продпунктов: за прошлые дни не выдаётся. Что прошло, то в воду ушло.

— Но почему ж вам не отоваривают? — добивался лейтенант.

— А вы — отоварите? — раздвинул челюсти Дыгин.

Он ещё из вагона выпрыгивал — узнал у встречного бойца, что продпункт на этой станции есть. Но — стемнело уже, и, по закону, нечего было топать к тому окошку.

Сержант Гайдуков забыл свою весёлую стойку перед комендантом и повёрнут был к Дыгину. Теперь он длинной рукой трепанул того по плечу:

— Брато-ок! Да что ж ты мне не сказал? Да мы тебе сейчас подкинем!

Дыгин не колыхнулся под хлопком и не повернулся, всё так же мёртво глядя на коменданта. Он сам себе тошен был, что такой недотёпистый со своими стариками — за все одиннадцать дней не попросили они есть ни у гражданских, ни у военных: они знали, что лишнего куска в такое время не бывает. И подъехать никто не просился в их теплушку заброшенную, отцепляемую. И табак у них кончился. А из-за того, что вся теплушка была в щелях, они зашили тёсом три окошка из четырёх, и в вагоне у них было темно и днём. И, уже махнув на всё, они и топили-то поконец рук — и так на долгих остановках, по суткам и по двое, вокруг темноватой печки сидели, уваривали свёклу в котелках, пробовали ножом и молчали.

Гайдуков выровнялся молодцеватым броском:

— Разрешите идти, товарищ лейтенант?

— Идите.

И убежал. Тёплой рукой сейчас они отсыпят солдягам и пшена и табачку. У той старухи слезливой ничего за проезд не брали — ну-ка, пусть для ребят выделит, не жмётся. И инспектору надо ещё по чемодану постучать, услышать обязан.

— Та-ак, седьмой час, — соображал лейтенант. — Продпункт наш закрыт.

— Они всегда закрыты быва'т... Они с десяти до пяти только... В Пензе я в очередь стал, шумят — эшелон отходит. Моршанск ночью проехали. И Ряжск ночью.

— Подожди-подожди! — засуетился лейтенант. — Я этого дела так не оставлю! А ну-ка!

И он взял трубку полевого телефона, дал один долгий зуммер.

Не подходили.

Тогда он дал тройной зуммер.

Не подходили.

— А, чёрт! — Ещё дал тройной. — Гуськов, ты?

— Я, товарищ лейтенант.

— Почему у тебя боец у телефона не сидит?

— Отошёл тут. Молока кислого я достал. Хотите — вам принесу, товарищ лейтенант?

— Глупости, ничего не надо!

(Он не из-за Дыгина так сказал. Он и всё время запрещал Гуськову что-нибудь себе носить — принципиально. И чтобы сохранялась чистота деловых отношений, иначе с него потом службы не потребуешь. Напротив, Зотов и капитану докладывал, что Гуськов разбалтывается.)

— Гуськов! Вот какое дело. Приехал тут конвой, четыре человека, они одиннадцатый день ничего не получают.

Гуськов свистнул в телефон.

— Что ж они, раззявы!

— Так вышло. Надо помочь. Надо, слушай, сейчас как-нибудь вызвать Чичишева и Саморукова, и чтоб они выдали им по аттестату.

Александр Солженицын

— Где их найдёшь, лёгкое дело!

— Где! На квартирах.

— Грязюка такая, ног по колено не выдерешь, да темно, как у...

— Чичишев близко живёт.

— А Саморуков? За путями. Да не пойдёт он ни за что, товарищ лейтенант!

— Чичишев пойдёт.

Бухгалтер Чичишев был военнослужащий, призван из запаса, и пришлёпали ему четыре треугольника, но никто не видел в нём военного, а обычного бухгалтера, немолодого, наторелого в деле. Он и разговаривать без счётов не мог. Спрашивал: «Сколько времени? Пять часов?» — и пять сейчас же для понимания крепко щёлкал на косточках. Или рассуждал: «Если человек один (и косточку — щёлк!), ему жить трудно. Он (и вторую к первой — щёлк!) — женится». Когда от очереди, гудящей, сующей ему продаттестаты, он был отделён закрытым окном и решёткой и только малая форточка оставлена для сующихся рук — Чичишев бывал очень твёрд, кричал на бойцов, руки отталкивал и форточку прикрывал, чтоб не дуло. Но если ему приходилось выйти прямо к толпе или команда прорывалась к нему в каморку — он сразу втягивал шар головы в маленькие плечи, говорил «братцы» и ставил штампы. Так же суетлив и услужлив он перед начальством, не посмеет отказать никому, у кого в петлицах кубики. Продпункт не подчиняется дежурному помощнику коменданта, но Чичишев не откажет, думал Зотов.

— А Саморуков не пойдёт, — твердил своё Гуськов.

Старшиной считался и Саморуков, но с презрением смотрел на лейтенантов. Здоровый, раскормленный волк, он был просто кладовщик и ларёчник продпункта, но держался на четыре *шпалы*. С достоинством, на четверть часа позже, он подходил к ларьку, проверял пломбы, открывал замки, поднимал и подпирал болтами козырёк — и всё с видом одолжения на неприязненном щекастом лице. И сколько бы красноармейцев, торопящихся на эшелоны, команд и одиночек, и инвалидов ни теснилось бы перед окошком, матеря и костыляя друг друга, пробиваясь поближе, — Саморуков спокойно заворачивал рукава по локоть, обнажая жирные руки колбасника, придирчиво проверял на измятых, изорванных аттестатах штампы Чичишева и спокойно взвешивал (и уж наверно недовешивал!), ничуть не волнуясь, успеют ребята на свои эшелоны или нет. Он и квартиру себе выбрал на отшибе нарочно, чтоб его не беспокоили в нерабочее время, и хозяйку подыскал с огородом и с коровой.

Зотов представил себе Саморукова — и в нём забулькало. Эту породу он ненавидел, как фашистов, угроза от них была не меньше. Он не понимал, почему Сталин не издаст указа — таких Саморуковых расстреливать тут же, в двух шагах от ларька, при стечении народа.

«Нет, Саморуков не пойдёт», — соображал и Зотов. И злясь, и подло робея перед ним, Зотов не решился бы его тронуть, если б эти нерасторопные ребята не ели три или пять только дней. Но — одиннадцать!

— Ты вот что, Гуськов, ты не посылай бойца, а пойди к нему сам. И не говори, что четыре человека голодных, а скажи, что срочно вызывает капитан — через меня, понял? И пусть идёт ко мне. А я — договорюсь!

Гуськов молчал.

— Ну, чего молчишь? Приказание понял? «Есть» — и отправляйся.

— А вы капитана спрашивали?

— Да тебе какое дело? Отвечаю — я! Капитан вышел, нет его сейчас.

— И капитан ему не прикажет, — рассудил Гуськов. — Такого порядка нет, чтоб ночью пломбу снимать и опять ставить из-за двух буханок да трёх селёдок.

И то была правда.

— А чего спешка такая? — размышлял Гуськов. — Пусть до десяти утра подождут. Одна ночь, подумаешь! На брюхо лёг, спиной укрылся.

— Да у них эшелон сейчас уходит. Быстрый такой эшелон, жалко их отцеплять, они без того застряли. Груз-то их где-то ждут, где-то нужен.

— Так если эшелон уходит — всё равно Саморуков прийти не успеет. Туда да назад по грязи, хоть и с фонарём, полтора часа, не меньше. Два.

Опять-таки разумно расположил Гуськов...

Не разжимая челюстей, в шишаке будёновки с опущенными ушами, дочерна обветренный, Дыгин впивался в трубку — понять, что же толкуют с той стороны.

— И за сегодня пропало, — потерянно кивнул он теперь.

Зотов вздохнул, отпустил клапан, чтобы Гуськов не слышал.

— Ну, что делать, братец? Сегодня не выйдет. Может, до Грязей идите с этим эшелоном? Эшелон хороший, к утру — там.

И уговорил бы, но Дыгин уже почувствовал в этом лейтенанте слабинку.

— Не поеду. Арестуйте. Не поеду.

В стекло двери постучали. Какой-то дородный гражданин в шерстяном широком кепи в чёрно-серую рябинку стоял там. С вежливым поклоном он, видимо, спрашивал разрешения, но здесь не было слышно.

— Ну-ну! Войдите! — крикнул Зотов. И нажал клапан трубки: — Ладно, Гуськов, положи трубку, я подумаю.

Мужчина за дверью не сразу понял, потом отворил немного и ещё раз спросил:

— Разрешите войти?

Зотова удивил его голос — богатый, низкий и благородносдерживаемый, чтобы не хвалиться. Одет он был в какую-то долгополую, но с окороченными рукавами, тяжёлую рыжую куртку невоенного образца, обут же — в красноармейские ботинки с обмотками. В руке он держал красноармейский небольшой засаленный вещмешок. Другой рукой, входя, он приподнял солидную кепку и поклонился обоим:

— Здравствуйте!

— Здравствуйте.

— Скажите, пожалуйста, — очень вежливо, но и держась осанисто, как если б одет был не странно, а весьма даже порядочно, спросил вошедший, — кто здесь военный комендант?

— Дежурный помощник. Я.

— Тогда, вероятно, я — к вам.

Он поискал, куда деть рябую кепку, припылённую, кажется, и углем, не нашёл, поджал её под локоть другой руки, а освободившеюся озабоченно стал расстёгивать свой суконник. Суконник его был вовсе без ворота, а верней, ворот был оторван, и тёплый шерстяной шарф окутывал оголённую шею. Расстегнувшись, подо всем этим вошедший открыл летнее, сильно выгоревшее, испачканное красноармейское обмундирование — и ещё стал отстёгивать карман гимнастёрки.

— Подождите-подождите, — отмахнулся Зотов. — Так вот что... — Он щурился на угрюмого неподвижного Дыгина. — Что в моей власти полностью, то

Александр Солженицын

я тебе сделаю: отцеплю тебя сейчас. В десять часов утра отоваришься...

— Спасибо, — сказал Дыгин и смотрел налитыми глазами.

— Да не спасибо, а вообще-то не положено. С таким хорошим эшелоном идёшь. Теперь к чему тебя прицепят — не знаю.

— Да уж две недели тащимся. Сутки больше, сутки меньше, — оживился Дыгин. — Груз я свой вижу.

— Не-ет, — поднял палец Зотов и потряс. — Нам с тобой судить нельзя. — Покосился на постороннего, подошёл к Дыгину плотно и сказал еле внятно, но так же заметно окая: — Раз уж ты свой груз видишь — сообрази. Твоими лопатками сколько окопаться может? Две дивизии! А в землю влезть — это жизнь сохранить. Двадцать тысяч лопаток — это двадцать тысяч красноармейских жизней. Так?

Зотов опять покосился. Вошедший, поняв, что он мешает, отошёл к стене, отвернулся и свободной рукой по очереди закрывал — нет, не закрывал, а грел уши.

— Что? Замёрзли? — усмехнулся Зотов громко.

Тот обернулся, улыбаясь:

— Вы знаете, страшно похолодало. Ветер — безумный. И мокрый какой-то.

Да, ветер свистел, обтираясь об угол здания, и позвенивал непримазанным стеколком в правом окне, за шторкой. И опять пожуркивала вода из трубы.

Очень симпатичная, душу растворяющая улыбка была у этого небритого чудака. Он и стрижен не был наголо. Короткие и негустые, но покрывали его крупную голову мягкие волосы, сероватые от искорок седины.

Не был он похож ни на бойца, ни на гражданского.

— Вот, — держал он в руке приготовленную бумажку. — Вот моя...

— Сейчас, сейчас. — Зотов взял его бумажку не глядя. — Вы... присядьте. Вот на этот стул можете. — Но, ещё взглянув на его шутовской кафтан, вернулся к столу, шифровку и ведомости собрал, запер в сейф, тогда кивнул Дыгину и вышел с ним к военному диспетчеру.

Она что-то доказывала по телефону, а тётя Фрося, на корточках присев к печи, обсушивалась. Зотов подошёл к Подшебякиной и взял её за руку — за ту, которая держала трубку.

— Валюша...

Девушка обернулась живо и посмотрела на него с игринкой — так, показалось ей, ласково он её взял и держал за руку. Но ещё кончила в телефон:

— А тысяча второй на проход идёт, у нас к нему ничего. На тамбовскую забирай его, Петрович!..

— Валечка! Пошли быстренько тётю Фросю или переписать, или прямо сцепщикам показать эти четыре вагона, вот младший сержант с ней пойдёт, — и пусть диспетчер их отцепит и отсунет куда-нибудь с прохода до утра.

Тётя Фрося с корточек, как сидела, большим суровым лицом обернулась на лейтенанта и сдвинула губу.

— Хорошо, Василь Васильич, — улыбнулась Валя. Она без надобности так и держала руку с трубкой, пока он не снял своих пальцев. — Пошлю сейчас.

— А состав тот — с первым же паровозом отправлять. Постарайся.

— Хорошо, Василь Васильич, — радостно улыбалась Валя.

— Ну, всё! — объявил лейтенант Дыгину.

Александр Солженицын

Тётя Фрося вздохнула, как кузнечный мех, крякнула и распрямилась.

Дыгин молча поднял руку к виску и подержал так. Лопоухий он был от распущенного шлема, и ничего в нём не было военного.

— Только мобилизован? Из рабочих небось?

— Да. — Дыгин твёрдо благодарно смотрел на лейтенанта.

— Треугольничек-то привинти, — указал ему Зотов на пустую петлицу.

— Нету. Сломался.

— И шлем или уж застегни, или закати, понял?

— Куда закатывать? — огрызнулась тётя Фрося уже в плаще. — Там дряпня заворачивает! Пошли, милок!

— Ну ладно, счастливого! Завтра тут другой будет лейтенант, ты на него нажимай, чтоб отправлял.

Зотов вернулся к себе, притворил дверь. Он и сам четыре месяца назад понятия не имел, как затягивать пояс, а поднимать руку для отдачи приветствия казалось ему особенно нелепо и смешно.

При входе Зотова посетитель не встал со стула полностью, но сделал движение, изъявлявшее готовность встать, если нужно. Вещмешок теперь лежал на полу, и мелко-рябое кепи покрывало его.

— Сидите, сидите. — Зотов сел за стол. — Ну так что?

Он развернул бумажку.

— Я... от эшелона отстал... — виновато улыбнулся тот.

Зотов читал бумажку — это был догонный лист от ряжского военного коменданта — и, взглядывая на незнакомца, задавал контрольные вопросы:

— Ваша фамилия?

— Тверитинов.

— А зовут вас?

— Игорь Дементьевич.

— Это вам уже больше пятидесяти?

— Нет, сорок девять.

— Какой был номер вашего эшелона?

— Понятия не имею.

— Что ж, вам не объявляли номера?

— Нет.

— А почему здесь поставлен? Назвали его — вы?

(Это был 245413-й — тот арчединский, который Зотов проводил прошлой ночью.)

— Нет. Я рассказал в Ряжске, откуда и когда он шёл, — и комендант, наверно, догадался.

— Где вы отстали?

— В Скопине.

— Как же это получилось?

— Да если откровенно говорить... — та же сожалительная улыбка тронула крупные губы Тверитинова, — пошёл... вещички поменять. На съестное что-нибудь... А эшелон ушёл. Теперь без гудков, без звонков, без радио — так тихо уходят.

— Когда это было?

— Позавчера.

— И не успеваете догнать?

— Да, видимо, нет. И — чем догонять? На платформе — дождь. На площадке вагонной, — знаете, такая с лесенкой, — сквозняк ужасный, а то и часовые сгоняют. В теплушки не пускают: или права у них нет, или места у них нет. Видел я однажды пассажирский поезд, чудо такое, так кондукторы стоят на ступеньках по двое и прямо, знаете, сталкивают людей, чтоб не хватались за поручни. А товарные — когда уже тронутся, тогда садиться поздно, а пока стоят без паровоза — в какую сторону они пойдут, не догадаешься. Эмалированной дощечки «Москва— Минеральные Воды» на них нет. Спрашивать ни у кого нельзя, за шпиона посчитают, к тому ж я так одет... Да вообще у нас задавать вопросы опасно.

— В военное время конечно.

— Да оно и до войны уже было.

— Ну, не замечал!

— Было, — чуть сощурился Тверитинов. — После тридцать седьмого...

— А — что́ тридцать седьмой? — удивился Зотов. — А что было в тридцать седьмом? Испанская война?

— Да нет... — опять с той же виноватой улыбкой потупился Тверитинов.

Мягкий серый шарф его распустился и в распахе суконника свисал ниже пояса.

— А почему вы не в форме? Шинель ваша где?

— Мне вообще шинели не досталось. Не выдали... — улыбнулся Тверитинов.

— А откуда этот... чапан?

— Люди добрые дали.

— М-м-да... — Зотов подумал. — Но вообще я должен сказать, что вы довольно быстро ещё добрались. Вчера утром вы были у ряжского коменданта, а сегодня вечером уже здесь. Как же вы ехали?

Тверитинов смотрел на Зотова в полноту своих больших доверчивых мягких глаз. Зотову была на редкость приятна его манера говорить; его манера останавливаться, если казалось, что собеседник хочет возразить; его манера не размахивать руками, а как-то лёгкими движениями пальцев пояснять свою речь.

— Мне исключительно повезло. На какой-то станции я вылез из полувагона... Я за эти два дня стал разбираться в железнодорожной терминологии.

«Полувагон» — я считал, в нём должно же быть что-то от вагона, ну, хотя бы полкрыши. Я залез туда по лесенке, а там просто железная яма, капкан, и сесть нельзя, прислониться нельзя: там прежде был уголь, и на ходу пыль взвихривается и всё время кружит. Досталось мне там. Тут ещё и дождь пошёл...

— Так в чём же вам повезло? — расхохотался Зотов. — Не понимаю. Вон одежонку испачкали как!

Когда он смеялся, две большие добрые смеховые борозды ложились по сторонам его губ — вверх до разляпистого носа.

— Повезло, когда я вылез из полувагона, отряхнулся, умылся и вижу: цепляют к одному составу паровоз на юг. Я побежал вдоль состава — ну ни одной теплушки, и все двери запломбированы. И вдруг смотрю — какой-то товарищ вылез, постоял по надобности и опять лезет в незакрытый холодный вагон. Я — за ним. А там, представляете, — полный вагон ватных одеял!

— И не запломбирован?!

— Нет! Причём, видимо, они сперва были связаны пачками, там по десять или по пять, а теперь многие пачки развязаны, и очень удобно в них зарыться. И несколько человек уже спят!

— Ай-яй-яй!

— Я в три-четыре одеяла замотался и так славно, так сладко спал — целые сутки напролёт! Ехали мы или стояли — ничего не знаю. Тем более третий день мне пайка не дают — я спал и спал, всю войну забыл, всё окружение... Видел родных во сне...

Его небритое мятое лицо светилось.

— Стоп! — спохватью сорвался Зотов со стула. — Это в том составе... Вы с ним приехали — когда?

— Да вот... минут — сколько? Сразу к вам пришёл.

Александр Солженицын

Зотов кинулся к двери, с силой размахнул её, выскочил:

— Валя! Валя! Вот этот проходной на Балашов, тысяча какой-то по-вашему...

— Тысяча второй.

— Он ещё здесь?

— Ушёл.

— Это — точно?

— Точно.

— Ах, чёрт!! — схватился он за голову. — Сидим тут, бюрократы проклятые, бумажки перекладываем, ничего не смотрим, хлеб зря едим! А ну-ка, вызовите Мичуринск—Уральский!

Он заскочил опять к себе и спросил Тверитинова:

— А вы номер вагона не помните?

— Нет, — улыбнулся Тверитинов.

— Вагон — двухосный или четырёхосный?

— Я этого не понимаю...

— Ну как не понимаете! Маленький или большой? На сколько тонн?

— Как в гражданскую войну говорилось: «сорок человек, восемь лошадей».

— Так шестнадцать тонн, значит. И — конвоя не было?

— Да как будто нет.

— Василь Васильич! — крикнула Валя. — Военный диспетчер на проводе. Вам — коменданта?

— Да может, и не коменданта, груз, может, и не военный.

— Так тогда разрешите, я сама выясню?

— Ну, выясните, Валечка! Может, эти одеяла просто эвакуируются, шут их там знает. Пусть пройдут внимательно, найдут этот вагон, определят принадлежность, сактируют, запломбируют — одним словом, разберутся!

— Хорошо, Василь Васильич.

— Ну пожалуйста, Валечка. Ну, вы — очень ценный работник!

Валя улыбнулась ему. Кудряшки засыпали всё её лицо.

— Алё! Мичуринск—Уральский!..

Зотов затворил дверь и, ещё волнуясь, прошёл по комнате, побил пястью о пясть.

— Работы — не охватить, — окал он. — И помощника не дают!.. Ведь эти одеяла шутя могут разворовать. Может, уже недостача.

Он ещё походил, сел. Снял очки протереть тряпочкой. Лицо его сразу потеряло деловитость и быстрый смысл, стало ребяческое, защищённое только зелёной фуражкой.

Тверитинов терпеливо ждал. Он обошёл безрадостным взглядом шторки маскировки, цветной портрет Кагановича в мундире железнодорожного маршала, печку, ведро, совок. В натопленной комнате суконник его, ометенный угольной пылью, начинал тяготить Тверитинова. Он откинул его по-за плечи, а шарф снял.

Лейтенант надел очки и опять смотрел в догонный лист. Догонный лист, собственно, не был настоящим документом, он составлен был со слов заявителя и мог содержать в себе правду, а мог и ложь. Инструкция требовала крайне пристально относиться к окруженцам, а тем более — одиночкам. Тверитинов не мог доказать, что он отстал именно в Скопине. А может быть, в Павельце? И за это время съездил в Москву или ещё куда-нибудь по заданию?

Но в его пользу говорило, что уж очень быстро он добрался.

Впрочем, где гарантия, что он именно из этого эшелона?

Александр Солженицын

— Так вам тепло было сейчас ехать?

— Конечно. Я б с удовольствием и дальше так поехал.

— Зачем же вы вылезли?

— Чтоб явиться к вам. Мне так велели в Ряжске.

На большой голове Тверитинова все черты были крупны: лоб широк и высок, брови густые, крупные, и нос большой. А подбородок и щёки заросли равномерной серо-седоватой щетиной.

— Откуда вы узнали, что это Кочетовка?

— Грузин какой-то спал рядом, он мне сказал.

— Военный? В каком звании?

— Я не знаю, он из одеял только голову высунул.

Тверитинов стал отвечать как-то печально, как будто с каждым ответом теряя что-то.

— Ну, так. — Зотов отложил догонный лист. — Какие у вас есть ещё документы?

— Да никаких, — грустно улыбнулся Тверитинов. — Откуда ж у меня возьмутся документы?

— Н-да... Никаких?

— В окружении мы нарочно уничтожали, у кого что было.

— Но сейчас, когда вас принимали на советской территории, вам же должны были выдать что-то на руки?

— Ничего. Составили списки, разбили по сорок человек и отправили.

Верно, так и должно было быть. Пока человек не отстал, он член сороковки, не нужны ему документы.

Но своё невольное расположение к этому воспитанному человеку с такой достойной головой Зотову всё же хотелось подтвердить хоть каким-нибудь материальным доказательством.

— Ну что-нибудь! Что-нибудь бумажное у вас в карманах осталось?

— Ну только разве... фотокарточки. Семьи.

— Покажите! — не потребовал, а попросил лейтенант.

У Тверитинова слегка поднялись брови. Он ещё улыбнулся той растерянной или не могущей выразить себя улыбкой и из того же кармана гимнастёрки (другой у него не застёгивался, не было пуговицы) вынул плоский свёрток плотной оранжевой бумаги. Он развернул его на коленях, достал две карточки девять на двенадцать, сам ещё взглянул на ту и другую, потом привстал, чтобы поднести карточки коменданту, — но от стула его до стола было недалеко, Зотов переклонился и принял снимки. Он стал рассматривать их, а Тверитинов, продолжая держать разогнутую обёртку у колена, выпрямил спину и тоже пытался издали смотреть.

На одной из карточек в солнечный день в маленьком саду и, наверно, ранней весной, потому что листочки ещё были крохотные, а глубина деревьев сквозистая, снята была девочка лет четырнадцати в полосатеньком сереньком платьице с перехватом. Из открытого ворота возвышалась длинная худая шейка, и лицо было вытянутое, тонкое — на снимке хоть и неподвижное, а как бы вздрогнувшее. Во всём снимке было что-то недозревшее, недосказанное, и получился он не весёлый, а щемящий.

Девчушка очень понравилась Зотову. Его губы распустились.

— Как зовут? — тихо спросил он.

Тверитинов сидел с закрытыми глазами.

— Ляля, — ещё тише ответил он. Потом открыл веки и поправился: — Ирина.

— Когда снята?

— В этом году.

— А где это?

Александр Солженицын

— Под Москвой.

Полгода! Полгода прошло с минуты, когда сказали: «Ляленька! Снимаю!» — и щёлкнули затвором, но уже грохнули десятки тысяч стволов с тех пор, и вырвались миллионы чёрных фонтанов земли, и миллионы людей прокружились в какой-то проклятой карусели — кто пешком из Литвы, кто поездом из Иркутска. И теперь со станции, где холодный ветер нёс перемесь дождя и снега, где изнывали эшелоны, безутолку толпошились днём и на чёрных полах располагом спали ночью люди, — как было поверить, что и сейчас есть на свете этот садик, эта девочка, это платье?!

На втором снимке женщина и мальчик сидели на диване и рассматривали большую книжку с картинками во весь лист. Мать тоже была худощавая, тонкая, наверно высокая, а семилетний мальчик с плотным лицом и умным-преумным выражением смотрел не в книжку, а на мать, объяснявшую ему что-то. Глаза у него были такие же крупные, как у отца.

И вообще, все они в семье были какие-то отборные. Самому Зотову никогда не приходилось бывать в таких семьях, но мелкие засечки памяти то в Третьяковской галерее, то в театре, то при чтении незаметно сложились в понятие, что такие семьи есть. Их умным уютом пахнуло на Зотова с двух этих снимков.

Возвращая их, Зотов заметил:

— Да вам жарко. Вы разденьтесь.

— Да, — согласился Тверитинов и снял суконник. Он затруднился, куда его деть.

— Вон, на диван, — показал Зотов и даже сделал движение положить сам.

Теперь обнаружились латки, надорванность, разнота пуговиц летней обмундировки Тверитинова и неумелость с обмотками: свободные витки их сползали и побалтывались. Вся одежда такая казалась издевательством над его большой седоватой головой.

Зотов уже не сдерживал симпатии к этому уравновешенному человеку, не зря так сразу понравившемуся ему.

— А кто вы сами? — с уважением спросил он.

Грустно заворачивая карточки в оранжевую бумагу, Тверитинов усмехнулся своему ответу:

— Артист.

— Да-а? — поразился Зотов. — Как это я не догадался сразу! Вы очень похожи на артиста!..

(Сейчас-то он менее всего походил!..)

— ...Заслуженный, наверно?

— Нет.

— Где ж вы играли?

— В Драматическом, в Москве.

— В Москве я только один раз был — во МХАТе, мы экскурсией ездили. А вот в Иванове часто бывал. Вы — ивановский новый театр не видели?

— Нет.

— Снаружи — так себе, коробка серая, железобетонный стиль, а внутри — замечательно! Я очень любил бывать в театрах, ведь это не просто развлечение, ведь в театрах учишься, верно?..

(Конечно, акты о сгоревшем эшелоне кричали, что в них надо разбираться, но на то нужно было полных два дня всё равно. А лестно познакомиться и часок поговорить с большим артистом!)

— В каких же ролях вы играли?

— Многих, — невесело улыбнулся Тверитинов. — За столько лет не перечислишь.

— Ну всё-таки? Например?

— Ну... подполковник Вершинин... доктор Ранк...

Александр Солженицын

— У-гм... у-гм... — (Не помнил Зотов таких ролей.) — А в пьесах Горького вы не играли?

— Конечно, обязательно.

— Я больше всего люблю пьесы Горького. И вообще — Горького! Самый наш умный, самый гуманный, самый большой писатель, вы согласны?

Тверитинов сделал бровями усилие найти ответ, но не нашёл его и промолчал.

— Мне кажется, я даже фамилию вашу знаю. Вы — не заслуженный?

Зотов слегка покраснел от удовольствия разговора.

— Был бы заслуженный, — чуть развёл руками Тверитинов, — пожалуй, здесь бы не был сейчас.

— Почему?.. Ах, ну да, вас бы не мобилизовали.

— Нас и не мобилизовали. Мы шли — в ополчение. Мы записывались добровольно.

— Ну так добровольно записывались, наверно, и заслуженные?

— Записывались все, начиная с главных режиссёров. Но потом некто после какого-то номера провёл черту, и выше черты — остались, ниже черты — пошли.

— И было у вас военное обучение?

— Несколько дней. Штыковому бою. На палках. И как бросать гранаты. Деревянные.

Глаза Тверитинова упёрлись в какую-то точку пола так прочно, что казались остеклелыми.

— Но потом вас — вооружили?

— Да, уже на марше подбрасывали винтовки. Образца девяносто первого года. Мы до самой Вязьмы шли пешком. А под Вязьмой попали в котёл.

— И много погибло?

— Я так думаю, в плен больше попало. Небольшая нас группка слилась с окруженцами-фронтовиками, они нас и вывели. Я даже не представляю сейчас, где фронт? У вас карты нет?

— Карты нет, сводки неясные, но я так могу вам сказать: Севастополь с кусочком наш, Таганрог у нас, Донбасс держим. А вот Орёл и Курск — у них...

— Ой-йо-йо!.. А под Москвой?

— Под Москвой особенно непонятно. Направления уже почти дачные. А Ленинград — тот вообще отрезан...

Лоб Зотова и вся полоса глаз сдвинулись в морщины страдания:

— А я не могу попасть на фронт!

— Попадёте ещё.

— Да вот разве потому только, что война — не на год.

— Вы были студент?

— Да! Собственно, мы защищали дипломы уже в первые дни войны... Какая уж там защита!.. Мы должны были к декабрю их готовить. Тут нам сказали: тащите, у кого какие чертежи, расчёты, и ладно. — Зотову стало интересно, свободно, он захлёбывался всё сразу рассказать. — Да ведь все пять лет... Мы поступали в институт — уже поднял мятеж Франко! Потом сдали Австрию! Чехословакию! Тут началась мировая война! Тут — финская! Вторжение Гитлера во Францию! в Грецию! в Югославию!.. С каким настроением мы могли изучать текстильные машины?! Но дело не в этом. После защиты дипломов ребят послали сразу на курсы при Академии моторизации-механизации, а я из-за глаз отстал, очень близорукий. Ну, ходил штурмовал военкомат каждый день, каждый день. У меня опыт ещё с тридцать седьмого года... Единственное, чего добился, — дали путёвку в Интендантскую академию. Ладно. Я с этой путёвкой проезжал Москву, да и сунулся в Наркомат обороны. Допросился к какому-то полковнику старому, он спешил ужасно, уже портфель застёгивал. Так, мол, и так, я инженер, не хочу быть интендантом. «Покажите диплом!» А диплома со мной нет... «Ладно, вот тебе один только вопрос, ответишь — значит, инженер: что такое кривошип?» Я ему чеканю с ходу: «Устройство, насаженное на ось вращения и шарнирно соединённое с шатуном для...» Зачеркнул Интендантскую, пишет: «В Транспортную академию». И убежал с портфелем. Я — торжествую! А приехал в Транспортную — набора нет, только курсы военных комендантов. Не помог и кривошип!..

Вася знал, что не время сейчас болтать, вспоминать, но уж очень был редок случай отвести душу с внимательным интеллигентным человеком.

— Да вы курите, наверно? — опомнился Вася. — Курите же, пожалуйста... — он скосился на догонный лист... — Игорь Дементьевич. Вот табак, вот бумага — мне выдают, а я не курю.

Он достал из ящика пачку лёгкого табака, едва начатую, и подвинул Игорю Дементьевичу.

— Курю, — сознался Игорь Дементьевич, и лицо его озарилось предвкушением. Он приподнялся, наклонился над пачкой, но не стал сразу сворачивать, а сперва просто набрал в себя табачного духу и, кажется, чуть простонал. Потом прочёл название табака, покрутил головой: — Армянский...

Свернул толстую папиросу, склеил языком, и тут же Вася поджёг ему спичку.

— А в ватных одеялах — там никто не курит? — осведомился Зотов.

— Я не заметил, — уже блаженно откинулся Игорь Дементьевич. — Наверно, не было ни у кого.

Он курил с прищуренными глазами.

— А что вы упомянули о тридцать седьмом? — только спросил он.

— Ну, вы же помните обстановку тех лет! — горячо рассказывал Вася. — Идёт испанская война! Фашисты — в Университетском городке. Интербригада! Гвадалахара, Харама, Теруэль! Разве усидишь? Мы требуем, чтобы нас учили испанскому языку, — нет, учат немецкому. Я достаю учебник, словарь, запускаю зачёты, экзамены — учу испанский. Я чувствую по всей ситуации, что мы там участвуем, да революционная совесть не позволит нам остаться в стороне! Но в газетах ничего такого нет. Как же мне туда попасть? Очевидно, что просто бежать в Одессу и садиться на корабль — это мальчишество, да и пограничники. И вот я — к начальнику четвёртой части военкомата, третьей части, второй части, первой части: пошлите меня в Испанию! Смеются: ты с ума сошёл, там никого наших нет, что ты будешь делать?.. Вы знаете, я вижу, как вы любите курить, забирайте-ка эту пачку всю себе! Я всё равно для угощения держу. И на квартире ещё есть. Нет уж, пожалуйста, положите её в вещмешок, завяжите, тогда поверю!.. Табачок теперь — «проходное свидетельство», пригодится вам в пути... Да, и вдруг, понимаете, читаю в «Красной звезде», а я все газеты сплошь читал, цитируют французского журналиста, который, между прочим, пишет: «Германия и СССР рассматривают Испанию как опытный полигон». А я — дотошный. Выпросил в библиотеке этот номер, подождал ещё дня три, не будет ли редакционного опровержения. Его нет. Тогда иду к самому военкому и говорю: «Вот, читайте. Опровержения не последовало, значит, факт, что мы там воюем. Прошу послать меня в Испанию простым стрелком!» А военком как

Александр Солженицын

хлопнет по столу: «Вы — не провоцируйте меня! Кто вас подослал? Надо будет — позовём. Кругом!»

И Вася сердечно рассмеялся, вспоминая. Смеховые бороздки опять легли по его лицу. Очень непринуждённо ему стало с этим артистом и хотелось рассказать ещё о приезде испанских моряков, и как он держал к ним ответную речь по-испански, и расспросить, что и как было в окружении, вообще поговорить о ходе войны с развитым, умным человеком.

Но Подшебякина приоткрыла дверь:

— Василь Васильич! Диспетчер спрашивает: у вас есть что-нибудь к семьсот девяносто четвёртому? А то мы его на проход пустим.

Зотов посмотрел в график:

— Это какой же? На Поворино?

— Да.

— Он уже здесь?

— Минут через десять подойдёт.

— Там что-то грузов наших мало. Что там ещё?

— Там промышленные грузы и несколько пассажирских теплушек.

— Ах, вот замечательно! Замечательно! Игорь Дементьевич, вот на этот я вас и посажу! Это очень для вас хороший поезд, вылезать не надо. Нет, Валечка, мои грузы идут там целиком, можно на проход. Пусть примут его тут поближе, на первый или на второй, скажи.

— Хорошо, Василь Васильич.

— А насчёт одеял ты всё передала?

— Всё точно, Василь Васильич.

Ушла.

— Жалко только одно, что накормить мне вас нечем, ни сухаря тут в ящике нет. — Зотов выдвинул ящик, как бы всё же не уверенный, может, сухарь-то и есть. Но паёк его был как паёк, и хлеб, приносимый на дежурство, Вася съедал с утра. — А ведь вы с тех пор, как отстали, ничего не едите?

— Не беспокойтесь, ради Бога, Василь Васильич. — Тверитинов приложил развёрнутый веер из пяти пальцев к своей засмуроженной гимнастёрке с разными пуговицами. — Я и так бесконечно вам благодарен. — И взгляд и голос его уже не были печальны. — Вы меня пригрели буквально и переносно. Вы — добрый человек. Время такое тяжёлое, это очень ценишь. Теперь, пожалуйста, объясните мне, куда же я поеду и что мне делать дальше?

— Сперва вы поедете, — с удовольствием разъяснял Зотов, — до станции Грязи. Вот жалко, карты нет. Представляете, где это?

— Н-не очень... Название слышал, кажется.

— Да известная станция! Если в Грязях вы будете днём, пойдите с этим вашим листком — вот, я делаю на нём отметку, что вы были у меня, — пойдите к военному коменданту, он напишет распоряжение в продпункт, и вы получите на пару дней паёк.

— Очень вам благодарен.

— А если ночью — сидите, не вылезайте, держитесь за этот эшелон! Вот бы влипли вы в своих одеялах, если б не проснулись, — завезли б вас!.. Из Грязей ваш поезд пойдёт на Поворино, но и в Поворино — разве только на продпункт, не отстаньте! — он довезёт вас ещё до Арчеды. В Арчеду-то и назначен ваш эшелон двести сорок пять четыреста тринадцать.

И Зотов вручил Тверитинову его догонный лист. Пряча лист в карман гимнастёрки, всё тот же, на котором застёгивался клапан, Тверитинов спросил:

— Арчеда? Вот уж никогда не слышал. Где это?

Александр Солженицын

— Это считайте уже под Сталинградом.

— Под Сталинградом, — кивнул Тверитинов. Но лоб его наморщился. Он сделал рассеянное усилие и переспросил: — Позвольте... Сталинград... А как он назывался раньше?

И — всё оборвалось и охолонуло в Зотове! Возможно ли? Советский человек — не знает Сталинграда? Да не может этого быть никак! Никак! Никак! Это не помещается в голове!

Однако он сумел себя сдержать. Подобрался. Поправил очки. Сказал почти спокойно:

— Раньше он назывался Царицын.

(Значит, не окруженец. Подослан! Агент! Наверно, белоэмигрант, потому и манеры такие.)

— Ах, верно, верно, Царицын. Оборона Царицына.

(Да не офицер ли он переодетый? То-то карту спрашивал... И слишком уж переиграл с одежонкой.)

Враждебное слово это — «офицер», давно исчезнувшее из русской речи, даже мысленно произнесённое, укололо Зотова, как штык.

(Ах, спростовал! Ах, спростовал! Так, спокойствие. Так, бдительность. Что теперь делать? Что теперь делать?)

Зотов нажал один долгий зуммер в полевом телефоне.

И держал трубку у уха, надеясь, что сейчас капитан снимет свою.

Но капитан не снимал.

— Василь Васильич, мне всё-таки совестно, что я вас обобрал на табак.

— Ничего, пожалуйста, — отклонил Зотов.

(Тюха-матюха! Раскис. Расстилался перед врагом, не знал, чем угодить.)

— Но уж тогда разрешите — я ещё разик у вас надымлю. Или мне выйти?

(Выйти ему?! Прозрачно! Понял, что промах дал, теперь хочет смыться.)

— Нет-нет, курите здесь. Я люблю табачный дым.

(Что же придумать? Как это сделать?..)

Он нажал зуммер трижды. Трубку сняли:

— Караульное слушает.

— Это Зотов говорит.

— Слушаю, товарищ лейтенант.

— Где там Гуськов?

— Он... вышел, товарищ лейтенант.

— Куда это — вышел? Что значит — вышел? Вот обеспечь, чтобы через пять минут он был на месте.

(К бабе пошёл, негодяй!)

— Есть обеспечить.

(Что же придумать?)

Зотов взял листок бумаги и, заслоняя от Тверитинова, написал на нём крупно: «Валя! Войдите к нам и скажите, что 794-й опаздывает на час».

Он сложил бумажку, подошёл к двери и отсюда сказал, протянув руку:

— Товарищ Подшебякина! Вот возьмите. Это насчёт того транспорта.

— Какого, Василь Васильич?

— Тут номера написаны.

Подшебякина удивилась, встала, взяла бумажку. Зотов, не дожидаясь, вернулся.

Тверитинов уже одевался.

— Мы поезда не пропустим? — доброжелательно улыбался он.

— Нет, нас предупредят.

Зотов прошёлся по комнате, не глядя на Тверитинова. Осадил сборки гимнастёрки под ремнём на

Александр Солженицын

спину, пистолет перевёл со спины на правый бок. Поправил на голове зелёную фуражку. Абсолютно нечего было делать и не о чем говорить.

А лгать Зотов — не умел.

Хоть бы говорил что-нибудь Тверитинов, но он молчал скромно.

За окном иногда журчала струйка из трубы, отметаемая и разбрасываемая ветром.

Лейтенант остановился около стола и, держась за угол его, смотрел на свои пальцы.

(Чтобы не дать заметить перемены, надо было смотреть по-прежнему на Тверитинова, но он не мог себя заставить.)

— Итак, через несколько дней — праздник! — сказал он. И насторожился.

(Ну, спроси, спроси: какой праздник? Тогда уж последнего сомнения не будет.)

Но гость отозвался:

— Да-а...

Лейтенант взбросил на него взгляд. Тот продолжительно кивал, куря.

— Интересно, будет парад на Красной площади?

(Какой уж там парад! Он и не думал об этом, а просто так, чтобы время занять.)

В дверь постучали.

— Разрешите, Василий Васильевич? — Валя просунула голову. Тверитинов увидел её и потянулся за вещмешком. — Семьсот девяносто четвёртый задержали на перегоне. Придёт на час позже.

— Да-а-а! Вот какая досада. — (Его самого резала противная фальшь своего голоса.) — Хорошо, товарищ Подшебякина.

Валя скрылась.

За окном близко, на первом пути, послышалось сдержанное дыхание паровоза, замедляющийся к остановке стук состава; передалось подрагивание земли.

Пришёл!

— Что же делать? — размышлял вслух Зотов. — Мне ведь надо идти на продпункт.

— Так я выйду, я — где угодно, пожалуйста, — охотливо сказал Тверитинов, улыбаясь и вставая уже с вещмешком в руках.

Зотов снял с гвоздя шинель.

— А зачем вам мёрзнуть где попало? В станционный залик не вступите, там на полу лежат сплошь. Вы не хотите пройти со мной на продпункт?..

Это звучало как-то неубедительно, и он добавил, чувствуя, что краснеет:

— Я... может быть, сумею вам... там... устроить что-нибудь поесть.

Если б ещё Тверитинов не обрадовался! Но он просиял:

— Это уж был бы с вашей стороны верх добросердечия. Я не смею вас просить.

Зотов отвернулся, осмотрел стол, тронул дверцу сейфа, потушил свет:

— Ну, пойдёмте.

Запирая дверь, сказал Вале:

— Если вызовут с телеграфа, я скоро вернусь.

Тверитинов выходил перед ним в своём дурацком чапане и расслабленных, сбивающихся обмотках.

Через холодный тёмный коридорчик с синей лампочкой они вышли на перрон.

В черноте ночи под неразличимым небом косо неслись влажные, тяжёлые, не белые вовсе хлопья дряпни — не дождя и не снега.

Прямо на первом пути стоял поезд. 794-й. Он весь был чёрен, но немного чернее неба — и так уга-

Александр Солженицын

дывались его вагоны и крыши. Слева, куда протянулся паровоз, огнедышаще светился зольник, сыпалась жаркая светящаяся зола на полотно и относилась в сторону быстро. Ещё дальше и выше — ни на чём висел одинокий круглый зелёный огонь семафора. Направо, к хвосту поезда, где-то вспрыскивали струйки огненных искр над вагонами. Туда, к этим искоркам жизни, по перрону торопились тёмные фигуры, больше бабьи. Сливалось тяжёлое дыхание многих от чего-то невидимого навьюченного, громоздкого. Тянули за собой плачущих и молчаливых детей. Кто-то вдвоём, запышенные, оттолкнув Зотова, пронесли огромный сундук, что ли. Ещё кто-то за ними со скрежетом тянул волоком по перрону что-то ещё тяжелее. (Именно теперь, когда такая убойная стала езда, — теперь-то все и возили с собой младенцев, бабушек, таскали мешки невподым, корзины величиной с диваны и сундуки величиной с комоды.)

Если б не зола под паровозом, не семафор, не искры теплушечных труб да не приглушённый огонёк фонаря, промелькнувший где-то на дальних путях, — поверить было бы нельзя, что многие эшелоны сбились тут и что это станция, а не дремучий лес, не тёмное чистое поле, в медлительных годовых переменах уже покорно готовое к зиме.

Но слышало ухо: лязганье сцепов, рожок стрелочника, пыхтение двух паровозов, топот и гомон всполошенных людей.

— Нам сюда! — позвал Зотов в проходик, в сторону от перрона, прочь от того поезда, который так хорошо мог увезти Тверитинова.

У Зотова был фонарик с осинённым стёклышком, и он несколько раз посветил под ноги, чтоб и Тверитинов видел.

— Ох! Чуть кепку не сорвало! — пожаловался Тверитинов.

Лейтенант шёл молча.

— Снег не снег, за воротник лезет, — поддерживал тот разговор.

У него-то и воротника не было.

— Здесь будет грязно, — предупредил лейтенант.

И они вступили в самую хлюпающую, чвакающую грязь, не разобрать было дороги посуше.

— Стой!! Кто идёт? — оглушающе крикнул часовой где-то близко.

Тверитинов сильно вздрогнул.

— Лейтенант Зотов.

Так напрямик, выше щиколотки в грязи и, где гуще, с усилием вытягивая ноги, они обошли флигель продпункта и с другой стороны взошли на крылечко. Постучали сильно ногами и с плеч сбили мокроту. Ещё посветив фонариком в сенях, лейтенант ввёл Тверитинова в общее помещение с пустым столом и двумя лавками. Давно искали шнура провести сюда лампочку, но и по сегодня небелёная тесовая комната эта слабо и неровно освещена была фонарём, поставленным на стол. Углы скрадывались темнотой.

Открылась дверь дежурки. Освещённый сзади электричеством, а спереди тёмный, стал в двери боец.

— Где Гуськов? — строго спросил Зотов.

— Стой!! Кто идёт? — рявкнули снаружи.

На крыльце затопали, вошёл Гуськов и бегавший за ним красноармеец.

— Явился, товарищ лейтенант. — Гуськов сделал только приблизительное движение, похожее на отдачу приветствия. На лице Гуськова, всегда немного нахальном, Зотов и в полусвете угадывал сейчас недовольные подёргивания — из-за того, что отрывал

Александр Солженицын

его по пустякам лейтенант, которому он почти и не подчинялся.

Вдруг Зотов сердито закричал:

— Сержант Гуськов! Сколько постов положено в вашем карауле?!

Гуськов не испугался, но удивился (Зотов не кричал никогда). Тихо он ответил:

— Положено два, но вы знаете, что...

— Нич-чего не знаю! Как в караульном расписании стоит — так поставьте немедленно!

Губа Гуськова опять дёрнулась:

— Красноармеец Бобнев! Возьмите оружие, станьте на пост.

Тот боец, что привёл Гуськова, обошёл начальство, тяжело стуча по полу, и ушёл в соседнее помещение.

— А вы, сержант, пойдёте со мной в комендатуру.

Уж и так Гуськов смекнул, что случилось что-то.

Красноармеец вернулся, неся винтовку с примкнутым штыком, прошагал мимо всех чётко и у двери в сени стал в позу часового.

(И вот когда овладела Зотовым робость! Не шли слова, какие сказать.)

— Вы... я... — Зотов очень мягко, с трудом поднимая глаза на Тверитинова, — я пока по другому делу... — Он особенно явственно выговаривал сейчас «о». — А вы здесь присядьте, пожалуйста. Пока. Подождите.

Дико выглядела голова Тверитинова в широкой кепке вместе с тревожной тенью своей на стене и на потолке. Перехлестнувшийся шарф удавкой охватывал его шею.

— Вы меня здесь оставите? Но, Василь Васильич, я тут поезд пропущу! Уж разрешите, я пойду на перрон.

— Нет-нет... Вы останетесь здесь... — спешил к двери Зотов.

И Тверитинов понял:

— Вы — задерживаете меня?! — вскрикнул он. — Товарищ лейтенант, но за что?! Но дайте же мне догнать мой эшелон!

И тем же движением, каким он уже раз благодарил, он приложил к груди пять пальцев, развёрнутых веером. Он сделал два быстрых шага вслед лейтенанту, но сообразительный часовой выбросил винтовку штыком впереклон.

Зотову невольно пришлось оглянуться и ещё раз — последний раз в жизни — увидеть при тусклом фонаре это лицо, отчаянное лицо Лира в гробовом помещении.

— Что вы делаете! Что вы делаете! — кричал Тверитинов голосом гулким, как колокол. — Ведь этого не исправишь!!

Он взбросил руки, вылезающие из рукавов, одну с вещмешком, распух до размеров своей крылатой тёмной тени, и потолок уже давил ему на голову.

— Не беспокойтесь, не беспокойтесь, — сильно окая, уговаривал Зотов, ногой нащупывая порог сеней. — Надо будет только выяснить один вопросик...

И ушёл.

И за ним Гуськов.

Проходя комнату военного диспетчера, лейтенант сказал:

— Этот состав задержите ещё.

В кабинете он сел за стол и писал.

«Оперативный пункт ТО НКВД.

Настоящим направляю вам задержанного, назвавшегося окруженцем Тверитиновым Игорем Дементьевичем, якобы отставшим в Скопине от эшелона 245413. В разговоре со мной...»

— Собирайся! — сказал он Гуськову. — Возьми бойца и отвезёшь его в Мичуринск.

Прошло несколько дней, миновали и праздники.

Но не уходил из памяти Зотова этот человек с такой удивительной улыбкой и карточкой дочери в полосатеньком платьице.

Всё сделано было, кажется, так, как надо.

Так, да не так...

Хотелось убедиться, что он таки переодетый диверсант или уж освобождён давно. Зотов позвонил в Мичуринск, в оперативный пункт.

— А вот я посылал вам первого ноября задержанного, Тверитинова. Вы не скажете — что с ним выяснилось?

— Разбираются! — твёрдо и сразу ответили в телефон. — А вы вот что, Зотов. В актах о грузах, сгоревших до восьмидесяти процентов, есть неясности. Это очень важное дело, на этом кто-то может руки нагреть.

И всю зиму служил Зотов на той же станции, тем же помощником коменданта. И не раз тянуло его ещё позвонить, справиться, но могло показаться подозрительным.

Однажды из узловой комендатуры приехал по делам следователь. Зотов спросил его как бы невзначай:

— А вы не помните такого Тверитинова? Я как-то осенью задержал его.

— А почему вы спрашиваете? — нахмурился следователь значительно.

— Да просто так... интересно... чем кончилось?

— Раз-берутся и с вашим Тверикиным. У нас брака не бывает.

Но никогда потом во всю жизнь Зотов не мог забыть этого человека...

1962

Для пользы дела

1

— ...Ну, кто тут меня?.. Здравствуйте, ребятки! Кого ещё не видела — здравствуйте, здравствуйте!

— С победой, Лидия Георгиевна!

— С новосельем!

— С победой и вас, мальчики! И вас, девочки! — Лидия Георгиевна вскинула руки и шевелила пальцами приветственно, всем видно. — С новым учебным годом — и на новом месте!

— Ура-а-а!!

— Не жалко, что поработали? Каникул — не жалко? Воскресений — не жалко?

— Не-е-ет!

— И скажите, ребята, как у нас с младшими благополучно кончилось: никто под кран не попал, никто в канаву не свалился!

Лидия Георгиевна стояла на верхней маленькой площадке лестницы, у дверей учительской, и оглядывала молодёжь, отеснившую её с трёх сторон — из узкого коридора справа, из узкого коридора слева и по неширокой лестнице снизу. Это было самое просторное помещение в здании техникума, здесь даже собрания устраивали, протягивая ещё репродукторы в коридоры. Обычно здесь не было много света, но в сегодняшний солнечный было довольно, чтоб различать лица и пестроту лёгких летних одежд. Подруги с подругами, друзья с друзьями сгрудились тесно, перекладывая подбородки через плечи передних и подтягиваясь за их шеи, чтоб лучше видеть, — и всё это вместе сияло и чего-то ждало от Лидии Георгиевны.

— А кто это там прячется от меня? Лина? Ты косу срезала? Такую косу!

— Да кто их теперь носит, Лидия Георгиевна!

Учительница озиралась, и ей хорошо было видно, как за лето преуспели новые девичьи причёски: где-то ещё мелькали, правда, и короткие косички с цветными бантиками, и скромные проборчики — но уже, о, как много стало этих по виду необихоженных, кой-как брошенных, полурастрёпанных, а на самом деле очень рассчитанных копнышек. А мальчики все были с незастёгнутыми вóротами — и те, кто уже выкладывал покоряющий чуб, и у кого волосы торчали ёжиком.

Здесь не было младших — тех почти детей, но и столпившиеся старшекурсники были ещё в том незакоренелом, послушном возрасте, когда людей так легко повернуть на всё хорошее. Это светилось сейчас.

Едва выйдя сюда из учительской, и всё сразу увидя, и окунувшись в глаза и улыбки, Лидия Георгиевна взволновалась — от этого высшего ощущения учителя: когда тебя вот так ждут и обступают.

А они не могли бы назвать, чтó они видели в ней, просто по свойству юности любили всё непритворное: на лице её никому не трудно было прочесть, что она думает именно то, что говорит. И ещё особенно узнали и полюбили её за эти месяцы на стройке, где она провела и свой отпуск, куда приходила не в праздничных костюмах, а только в тёмном и где стеснялась посылать других на работу, куда сама не пошла бы. Она вместе с девочками мела, сгребала, подносила.

Ей было скоро тридцать, она была замужем и имела двухлетнюю дочку — но все студенты только что не в глаза называли её Лидочкой, и мальчишки гордились бросаться бегом по её поручениям, которые давала она лёгким, но властным движением руки, а иногда — это был знак особого доверия или надежды — прикоснувшись кончиками пальцев к плечу посылаемого.

— Ну, Лидия Георгиевна! Когда переезжаем?

— Когда?!

— Ребятки, семь лет ждали! Подождём ещё двадцать минут. Сейчас Фёдор Михеич вернётся.

— Лидия Георгиевна! А — что иногородним? Нам же надо или на квартиры — или будет общежитие?

— Надоело по два человека на койке!

— Да ещё б я не понимала, ребятки! А таскаться сюда за переезд по грязи?

— Туфель никогда не наденешь! Из сапог не вылазим!

— Но иногородним надо решать сегодня!

— А почему до сих пор не переехали?

— Там... недоделки какие-то...

— Всегда-а недоделки!

— Мы сами доделаем, пусть нас пустят!

Паренёк из комитета комсомола в рубашке в коричнево-красную клетку, который и вызвал Лидию Георгиевну из учительской, спросил:

— Лидия Георгиевна! Надо обсудить — как будем переезжать? Кто что будет делать?

Александр Солженицын

— Да, ребятки, надо так организовать, чтоб хоть за нами-то задержки не было. У меня идея такая...

— Тише вы, пингвины!

— Такая идея: машин будет две-три, они перевозить будут, конечно, станки и самое тяжёлое. А всё остальное, друзья, мы вполне можем перетащить, как муравьи! Ну, сколько тут?.. Какое расстояние?

— Полтора километра.

— Тысяча четыреста, я мерил!

— Чем ты мерил?

— Счётчиком велосипедным.

— Ну, так неужели будем машин ждать неделю? Девятьсот человек! — что ж мы, за день не перетащим?

— Перета-щим!

— Перета-а-ащим!!

— Давайте скорей, да здесь общежитие устроим!

— Давайте скорей, пока дождя нет!

— Вот что, Игорь! — Лидия Георгиевна повелительным движением приложила щепотку пальцев к груди юноши в красно-коричневой рубашке (у неё получалось это, как у генерала, когда он вынимает из кармана медаль и уверенно прикалывает солдату). — Кто тут есть из комитета? — Лидия Георгиевна и была от партбюро прикреплена к комитету комсомола.

— Да почти все. От вакуумного оба здесь, от электронщиков... На улице некоторые.

— Так! Сейчас соберитесь. Напишите, только разборчиво, список групп. Против каждой проставьте, сколько человек, и прикиньте, кому какую лабораторию, какой кабинет переносить — где тяжести больше, где меньше. Если удастся — придерживайтесь классных руководителей, но чтоб ребятам было по возрасту. И сейчас же мы с таким проектиком пойдём к Фёдор Михеичу, утвердим — и каждую группу прямо в распоряжение преподавателя!

— Есть! — выпрямился Игорь. — Эх, последнее заседание в коридоре, а там уж у нас комната будет! Алё! Комитет! Генка! Рита! Где соберёмся?

— А мы, ребятки, пошли на улицу! — звонко кликнула Лидия Георгиевна. — Там и Фёдора Михеича раньше увидим.

Повалили громко вниз и на улицу, освобождая лестницу.

Снаружи на пустыре перед техникумом, где плохо привились маленькие деревца, было ещё сотни две ребят. Третьекурсники вакуумного стояли тесной гурьбой, девушки — обмышку и, друг другу глядя в глаза, выпевали свой самодеятельный премированный гимн, хором настаивали:

> Не хотим, не хотим тосковать.
> При лучин-нушке да при свече!
> Будем-будем-будем-будем выпускать
> И диоды!
> И триоды!
> И тетроды!
> И пентоды!
> И побольше ламп СВЧ!

Младшие играли в третьего лишнего и в догонялки. Догнав, с аппетитом хлопали между лопатками.

— Зачем по спине лупишь?

— Не по спине, а по хребтине! — важно отвечал мальчишка с волейбольной камерой за поясом. Но заметив, как Лидия Георгиевна угрозила пальцем, прыснул и побежал.

Самые молодые — новички, поступившие из семилеток, стояли робкими кучками, чисто одетые, и на всё внимательно оглядывались.

Александр Солженицын

Несколько мальчиков пришли с велосипедами и катали девочек на рамах.

По небу шли белые пуховые облака, как взбитые. Иногда закрывали солнце.

— Ой, хоть бы дождя не было, переехать, — вздыхали девчонки.

Особняком стояли и разговаривали четверокурсники с радиотехнического: блузки девушек весьма незатейливы, рубашка юноши резкого жёлтого цвета и вся запятнана причудливыми изображениями пальм, кораблей и катамаранов. У Лидии Георгиевны пробежала давно удивляющая её мысль: в прежние годы все цвета, украшения и придумки принадлежали девушкам, как и должно быть. Но с какого-то года началось состязание: мальчики стали одеваться пестрей и цветнее девочек, будто предстояло ухаживать не им, а за ними.

— Ну, Валерик, — спросила она у этого юноши с катамаранами, — что за лето прочёл?

— Да почти ничего, Лидия Георгиевна, — снисходительно отвечал Валерик.

— Но почему же? — расстроилась Лидия Георгиевна. — Зачем же я тебя учила?

— Наверно, по программе надо было. — Ему не хотелось продолжать разговор.

— А если книжки читать — тогда ни кино, ни телевизора!.. Когда же успеть-то? — затараторили девушки подле него. — Телевизор без выходных!

Подходили и другие четверокурсники.

Лоб Лидии Георгиевны был далеко открыт прямо назад заброшенными волосами.

— Конечно, ребятки, не в нашем техникуме, где вы изучаете телевизоры, мне вас агитировать против телевидения, но всё же помните: телевизионная программа — мотылёк, живёт один день, а книга — века!

— Книга? И книга — один день! — возразил взъерошенный Чурсанов в серой рубашке с вывернутым и уже подлатанным воротником.

— Откуда ты взял? — возмутилась Лидия Георгиевна.

— А я в одном дворе с книжным магазином живу. Знаю: их потом складывают и назад увозят. На макулатуру, под нож.

— Так надо ж ещё посмотреть, какие книги увозят.

Чурсанов рос без отца, у матери-дворничихи не один, после 7-го класса понуждён был в техникум. По литературе и русскому тянулся между двойкой и тройкой, но в техникуме считался гениальным радистом: повреждение умел искать без схемы, будто чувствовал, где оно.

Прищурился:

— Я и смотрел, пожалуйста вам скажу. Многие из этих книг в газетах очень хвалили.

Тут и другие стали забивать. Здоровяк с фотоаппаратом через плечо протеснился и объявил:

— Лидия Георгиевна, давайте говорить откровенно. Вы нам на прощанье дали длиннючий список книг. А зачем они нам? Человеку техническому, а таких в нашей стране большинство, надо читать свои специальные журналы, иначе болван будешь, с завода выгонят, и правильно.

— Правильно! — кричали другие. — А спортивные журналы когда читать?

— А «Советский экран»?

— Но поймите, ребята, книга запечатлевает нашего современника! наши свершения! Книга должна нам дать глубины, которых...

— Насчёт классиков дайте скажу! — тянул руку сутулый, почти с горбом, серьёзный мальчик.

— Насчёт сжатости дайте скажу! — ещё кричали.

— Нет, погодите! — смиряла Лидия Георгиевна бунтарей. — Я вам этого так не оставлю! Теперь у нас будет большой актовый зал, устроим диспут, я вытащу на трибуну всех, кто сейчас...

— Едет! Едет!! Едет!!! — закричали младшие, а потом и старшие. Младшие забегали друг за другом ещё, ещё быстрей, старшие расступились, обернулись. Из окон второго этажа высунулись учителя и студенты.

От переезда, трудно покачиваясь на бугорках и иногда расшлёпывая лужи колесом, сюда шёл побитый грузовой техникумский «газик». Уже видно было через стекло кабины и директора с шофёром, которых перекачивало вправо и влево. Те ученики, которые бросились навыперёдки с криками встречать директора, первые заметили, что лицо Фёдора Михеевича почему-то совсем не радостно.

И замолчали.

По обе стороны грузовика они сопроводили его, пока он остановился. Фёдор Михеевич, в простом и не новом синем костюме, приземистый, с непокрытой, уже седеющей головой, вышел из кабины и осмотрелся. Ему надо было идти ко входу, но заставлена была и прямая дорожка туда, и с боков подковою плотно стояла молодёжь, смотрела и ждала. А у самых нетерпеливых вырывалось сперва потише:

— Ну как, Фёдор Михеич?

— Когда?

— Когда?..

Потом и громче из задних рядов:

— Переезжаем?

— Когда переезжаем?

Он ещё раз обвёл десятки ждущих спрашивающих глаз. Видно, что ответа не донести было до второго этажа, ответить было здесь. Эти вопросы ребята задавали всю весну и всё лето. Но и директор, и классные руководители только усмехались: «От вас зависит. Как работать будете». Сейчас же Фёдору Михеевичу оставалось вздохнуть и сказать, не скрыв досады:

— Придётся, товарищи, немного подождать. У строителей не всё готово.

У него голос был всегда глуховатый, как простуженный.

Толпа студентов вздохнула.

— Опять подождать...

— Опять не готово!..

— Так послезавтра ж — первое сентября!..

— Так что? Опять на квартиры идти?..

Студент с катамаранами усмехнулся и сказал своим девушкам:

— Я вам говорил? Как закон. И это ещё не всё, подождите.

Стали кричать:

— А мы сами доделать не можем, Фёдор Михеич? Директор улыбнулся:

— Что? — понравилось самим? Нет, этого — не можем.

Девочки из переднего ряда убеждённо уговаривали:

— Фёдор Михеич! А давайте всё равно переедем! Ну что там осталось?

Директор, широколобый, ширококостый, смотрел на них с затруднением:

— Ну что, девочки, я вам буду всё объяснять?.. Ну кой-где полы не высохли...

— А мы там ходить не будем!

— Доски проложим!

— ...Шпингалетов многих нет...

— Ну и пусть, сейчас лето!

— ...Отопительную систему ещё надо опробовать...

— Фу! Так это к зиме!

— ...Да ещё там мелочей разных...

Фёдор Михеевич только махнул рукой. На лбу его согналось много морщинок. Не рассказывать же было ребятам, что нужен акт о приёмке здания; что подписывают его подрядчик и заказчик; подрядчик-то, пожалуй, и подпишет, ему бы сдать поскорей, да и Фёдору Михеевичу так дорого сейчас время, что и он подписал бы, если б техникум сам был заказчик; но заказчиком техникум быть не мог, потому что не имел штатов для архтехстройконтроля; вместо него заказчиком был отдел капитального строительства завода релейной аппаратуры, а заводу этому совсем нечего было спешить и нарушать порядок. Директор завода Хабалыгин, который всё лето обещал Фёдору Михеевичу, что в августе примет здание в любом случае, недавно сказал: «Нет уж, товарищи! Пока последнего шурупа не ввернут, мы акта не подпишем!» По сути-то он был и прав.

А девчонки ныли:

— Ой! Так хочется переехать, Фёдор Михеич! Так настроились!

— Чего вы настроились?! — резковато прикрикнул на девочек Чурсанов, стоявший выше других на бугорке. — Так и так на месяц в колхоз поедем, не всё равно из какого здания — из того или из этого?

— Да-а-а!.. В колхоз!.. — вспомнили и другие. За летним строительством они и забыли.

— В этом году не поедем! — твёрдо сказала Лидия Георгиевна сзади.

Тут только заметил её Фёдор Михеевич.

— Почему не поедем, Лидия Георгиевна? Почему? — стали её спрашивать.

— Надо областную газету читать, друзья мои! Статья была.

— Статья-а?..

— Всё равно поедем...

Фёдор Михеевич рассторонил студентов и пошёл к дверям. Лидия Георгиевна нагнала его на лестнице. Лестница такая и была как раз, чтоб только двоим идти рядом.

— Фёдор Михеич! Но в сентябре-то они сдадут?

— Сдадут, — ответил он рассеянно.

— У нас есть хороший план — как всё перетащить с обеда субботы до утра понедельника. Так что мы учебного дня не потеряем. Раскрепим все группы по лабораториям. Комитет сейчас делает.

— Очень хорошо, — кивал директор, думая о своём. Его смущало всё-таки, что недоделки действительно оставались ничтожные, и заказчик мог это предвидеть две и три недели назад, и вполне можно было ускорить и принять здание. Но в некоторых мелочах было так, будто заказчик сам затягивал.

— Теперь, Фёдор Михеич!.. Мы на комитете обсуждали Енгалычева, и он нам слово давал, мы за него ручаемся. С первого сентября верните ему стипендию! — Она смотрела просительно и убеждённо.

— Заступница, — покачал головой директор. — А он — опять?

— Нет, нет! — уверяла она уже на верху лестницы, в виду других преподавателей и секретаря.

— Ну, смотрите.

Он пошёл в свой небольшой кабинетик, тем временем послав за завучем и заведующими отделениями. Он хотел от них услышать и убедиться, что они

Александр Солженицын

готовы начать новый год при всех обстоятельствах и необходимое для этого сделали уже и без него.

Вообще Фёдор Михеевич за долгие годы в этом техникуме старался руководить так, чтобы побольше крутилось без него и поменьше требовалось его единоличных решений. Окончив ещё до войны институт связи, он же не мог вникнуть во все новые специальности быстроизменчивой техники и быть умнее своих инженеров. Человек умеренный, нечестолюбивый, он понимал роль руководителя не как капризного прихотника, а лишь как точку благообразного завершения и соединения друг другу доверяющих, друг к другу приработавшихся людей.

Секретарь Фаина, очень независимая и уже не совсем молодая девица, обвязанная цветной косынкой под подбородок так, что свободный конец её от быстрого хода треугольным флажком трепыхался позади темени, внесла, положила перед директором заполненный диплом и открыла пузырёк с тушью.

— Это — которая по болезни защищала вот...

— А-а...

Фёдор Михеевич проверил перо, макнул ещё, потом пальцами левой руки плотно, как браслетом, охватил кисть правой и тогда только расписался.

В его второе ранение, в Трансильвании, ему не только ключицу сломало и она срослась неровно, но и сильно контузило. Он стал слышать хуже, и ещё дрожали у него руки, так что ответственной подписи он не давал одною правою рукой.

2

Часа через полтора многие разошлись. Остались те преподаватели с лаборантами, кому надо было готовить практические занятия. Толпились студенты в бухгалтерии регистрировать частные квартиры. Лидия Георгиевна с комитетом составили свой план, как перебираться, и утвердили его у директора и заведующих отделениями.

Фёдор Михеевич ещё сидел с завучем, когда Фаина с трепыханием флажка на голове ворвалась в кабинет и сенсационно объявила, что идут с переезда две «Волги», и не иначе как сюда. Директор выглянул в окно и увидел, что две «Волги» — цвета морской волны и серая, — переваливаясь на бугорках, шли действительно сюда.

Без сомнения, это могло быть только начальство, и полагалось бы спуститься встретить его. Но никакого начальства он не ждал и остался стоять у открытого окна второго этажа.

Легковые подрулили ко входу, и из них вышло пять человек в шляпах: двое — в твёрдых зелёных, как было принято среди руководства в этом городе, остальные — в светлых.

Переднего Фёдор Михеевич тут же и узнал: это был Всеволод Борисович Хабалыгин, директор завода релейных приборов, и он же — «титулодержатель» на постройку нового здания техникума. Он был начальник большой руки и ворочал не такими делами, как Фёдор Михеевич, но относился к нему всегда приязненно. Сегодня с утра уже дважды Фёдор Михеевич звонил Хабалыгину — попросить, чтобы тот смягчился и всё-таки разрешил бы своему ОКСу принять здание техникума с перечнем недоделок. Но оба раза ему ответили, что Всеволода Борисовича нет.

Сейчас у Фёдора Михеевича мелькнула догадка, и он сказал своему высокому, худому как жердь завучу:

— Слушай, Гриша! Может, это комиссия, чтоб ускорить, а? Вот бы!

И он поспешил встретить гостей. Деловой суровый завуч, которого очень боялись студенты, пошёл за ним.

Фёдор Михеевич только успел спуститься на один марш — и уже все пятеро друг за другом поднимались к той же площадке. Первым шёл невысокий Хабалыгин. Ему не было ещё шестидесяти, но он очень огрузнел, давно миновал седьмой пуд веса и изнемогал от толщины. Виски его были посеребрены.

— А-а, — одобрительно протянул он руку директору техникума. И, взойдя на площадку, обернулся. — Вот, — сказал он, — товарищ из нашего министерства.

Товарищ из министерства был моложе гораздо, но тоже дебёл порядочно. Он дал на мгновение Фёдору Михеевичу подержать концы своих трёх белых, нежных пальцев и прошёл выше.

Впрочем, «наше» министерство уже второй год сюда не относилось, с тех пор как техникум отошёл к совнархозу.

— А я ведь вам два раза звонил сегодня! — обрадованно улыбался Фёдор Михеевич Хабалыгину и тронул его за рукав. — Я очень хотел вас просить...

— Вот, — сказал Хабалыгин, — товарищ из Комитета по Делам... — Он и назвал, по каким именно делам, но Фёдор Михеевич растерялся и недослышал.

Товарищ из Комитета по Делам был и вовсе молодой человек, стройный, хорош собой и до мелочей модно одетый.

— А вот, — сказал Хабалыгин, — инспектор по электронике из... — Он и назвал, откуда, но при этом стал уже подниматься по лестнице, и Фёдор Михеевич опять недослышал.

Инспектор по электронике был низенький чёрненький вежливый человек с небольшими, лишь под носом, чёрными усиками.

А последним шёл инструктор промышленного отдела обкома партии, которого Фёдор Михеевич хорошо знал. Они поздоровались.

В руках ни у кого ничего не было.

На верхней площадке около перил, замыкающих пролёт, стоял, как солдат, вытянувшийся строгий завуч. Одни кивнули ему, другие нет.

Поднял наверх своё уширенное тело и Хабалыгин. На узкой лестнице техникума, пожалуй, ни пойти с ним рядом, ни разминуться было нельзя. Поднявшись, он отпыхивался. Только постоянно оживлённый, энергичный его вид отклонял желание посочувствовать ему — как в ходьбе и движении он борется со своим изобильным телом, вся неблаговидная жирность которого ещё была припрятана умелыми портными.

— Пройдёмте ко мне? — пригласил Фёдор Михеевич наверху.

— Да нет, что ж рассиживаться!.. — возразил Хабалыгин. — Веди нас, директор, сразу показывай, как живёшь. А, товарищи?

Товарищ из Комитета по Делам, отодвинув рукав импортного пыльника, посмотрел на часы и сказал:

— Конечно.

— Да как живу? — вздохнул Фёдор Михеевич. — Не живём, а мучаемся. В две смены. В лабораториях не хватает рабочих мест. В одной комнате разные практикумы, то и дело приборы со столов убирать, новые ставить.

Он смотрел то на одного, то на другого и говорил таким тоном, будто оправдывался и извинялся.

Александр Солженицын

— Ну, уж ты распишешь та-кого! — заколыхался не то в кашле, не то в смехе Хабалыгин. Обвисающие складки на его шее, как гривенка у вола, тоже заколыхались. — Удивляться надо, как ты семь лет тут прожил!

Фёдор Михеевич поднял кустистые светлые брови над светлыми глазами:

— Так, Всеволод Борисович, не столько ж было отделений! И потоки меньше!

— Ну, веди-веди, посмотрим!

Директор кивнул завучу, чтобы везде было открыто, и повёл показывать. Гости пошли, не снимая плащей и шляп.

Вошли в просторную комнату с обмыкающими стеллажами по стенам, забитыми аппаратурой. Преподаватель, лаборантка в синем халатике и студент-старшекурсник, тот самый Чурсанов с залатанным воротом, готовили практикум. Комната была на юг и залита солнцем.

— Ну! — сказал Хабалыгин весело. — Чем плохо? Прекрасное помещение!

— Но вы же поймите, — обиделся Фёдор Михеевич, — ведь здесь три лаборатории одна на другой: основ радиотехники и антенн, радиопередающих устройств и радиоприёмных устройств.

— Ну так что из этого?! — Товарищ из министерства тоже обиженно повернул крупную взрачную голову. — А вы думаете, у нас в министерстве после реорганизации столы просторнее стоят? Ещё тесней.

— И тем более — родственные лаборатории! — Хабалыгин, очень довольный, похлопал директора по плечу. — Не прибедняйся, товарищ дорогой, не прибедняйся!

Фёдор Михеевич взглянул на него озадаченно.

Хабалыгин время от времени двигал губами и тяжёлыми щеками, будто только что прилично закусил, но ещё не почистил зубов и кое-где там застряла еда.

— А это — зачем? — Товарищ из Комитета по Делам стоял перед странными, очень уж просторными, как на великана, резиновыми сапогами с закатанными голенищами и чуть потрагивал их острым носком полуботинка.

— Высоковольтные боты, — тихо пояснил преподаватель.

— Боты??

— Высоковольтные! — громко крикнул Чурсанов с дерзостью человека, которому нечего терять.

— А-а-а, ну да, ну да, — сказал товарищ из Комитета по Делам и прошёл за другими.

Инструктор обкома, выходя последним, спросил у Чурсанова:

— А зачем они?

— Когда передатчик ремонтируют, — ответил Чурсанов.

Фёдор Михеевич собрался показывать каждую комнату, но, миновав несколько, гости вошли в аудиторию. На стенах висели таблицы английских времён и наглядные картинки. Полки шкафа были загромождены стереометрическими моделями.

Инспектор по электронике пересчитал столы (их оказалось тринадцать) и, двумя пальцами пригладив свои колкие усики, спросил:

— По сколько человек у вас в группах? По тридцать?

— Да, в основном...

— Значит, по трое — не сидят.

Пошли дальше.

В небольшой лаборатории телевидения штук де-

Александр Солженицын

сять телевизоров разных марок, новёхонькие и полу-
разобранные, стояли на столах.

— Работают? Все? — кивнул на них товарищ из
Комитета по Делам.

— Каким надо — те работают, — тихо ответил молодой франтоватый лаборант. На нём был песочный
костюм с каким-то техническим значком в лацкане
и яркий галстук.

Лежала пачка инструкций к работам, и, перекладывая их, инспектор прочитывал вполголоса:

— «Настройка телевизора по испытательной та-
блице», «Использование телевизора в виде усилите-
ля», «Построение сигналов изображения»...

— Ну вот, тут и стеллажей нет, обходитесь! — заметил Хабалыгин.

Фёдор Михеевич всё меньше понимал — чего же
хотела эта комиссия?

— Так потому, что всё — рядом, в препаратор-
ской. Покажи, Володя.

— Ещё и препараторская есть? Замечательно живёте!

Дверь в препараторскую была как в кладовку —
меньше обычной. Тонкий, изящный лаборант легко
туда вошёл, товарищ из министерства не без труда
впучился за ним, но сразу почувствовал, что там не
походишь. Остальные только засовывали туда головы, по очереди.

Препараторская оказалась узким ущельем между
двумя рядами стеллажей до потолка. Лаборант же-
стами экскурсовода проводил рукою снизу доверху:

— Вот имущество телевизионной лаборатории.
Вот — лаборатории электропитания. Вот — радио-
технических измерений.

Приборы со стрелками, ящики чёрные, коричне-
вые и жёлтые забивали все полки.

— А это зачем? — ткнул пальцем товарищ из министерства.

Он доглядел, что лаборант всё-таки выиграл место на стене, и в этом местечке, не заставленном приборами, приколота была цветная вырезка по контурам — погрудный портрет молодой женщины. Из нашего журнала или из заграничного была вырезана эта грешница, понять без подписи было нельзя — а просто красивая женщина с тёмно-каштановыми волосами, в блузке с красной прошивкой двумя дугами. Подбородком касаясь переплетенных рук своих, оголённых до локтей, она склонила голову чуть набок и смотрела взглядом совершенно не служебным на молоденького лаборанта и на опытного товарища из министерства.

— Вот, говорите — места нет, — буркнул тот, с трудом разворачиваясь на выход, — а чёрт-те что развешиваете.

И, ещё разок покосившись на красавицу, вышел.

По техникуму уже пронеслась весть о какой-то страшной комиссии, и там и сям то выглядывали из дверей, то мелькали по коридору лица.

Лидия Георгиевна попалась комиссии как раз навстречу. Она посторонилась, как бы влипла спиной и ладонями в стену, и проводила их тревожным взглядом. Она не слышала их разговора, но по виду директора могла понять, что совершается что-то неладное.

Фёдор Михеевич задержал под локоть инструктора обкома и, отстав с ним, спросил тихо:

— Слушай! А кто вообще эту комиссию прислал? Почему из совнархоза никого нет?

— Виктор Вавилыч мне велел сопровождать, я и сам не знаю.

Александр Солженицын

Всё на той же верхней лестничной площадке Хабалыгин прокашлялся, ещё поколыхав лишними желтоватыми складками жира на шее, и закурил.

— Та-ак. Ну, и дальше в том же роде.

Товарищ из Комитета по Делам посмотрел на ручные часы:

— В общем, ясно.

Инспектор по электронике погладил двумя пальцами усики и ничего не сказал.

Товарищ из министерства спросил:

— Кроме этого — сколько ещё зданий?

— Ещё два, но...

— Ещё-о два??

— Но — каких? Одноэтажных. Совсем неудобных. И разбросаны. Пойдёмте посмотрим.

— Там и мастерские?

— Да вообще вы понимаете, в каких условиях мы живём? — приходя в себя от какой-то скованности гостеприимства или зачарованности высоким положением гостей, заволновался Фёдор Михеевич. — Ведь у нас нет общежития! — вот это здание теперь пойдёт под общежитие. Ребята и девочки живут на частных квартирах по всему городу, иногда слышат ругань, пьянство наблюдают. Вся воспитательная работа у нас к чёрту летит, где ж её проводить? — на этой лестнице?

— Ну! Ну-у! — раздались протестующие голоса комиссии.

— Воспитательная работа — это в ваших руках! — строго сказал молодой человек из Комитета по Делам.

— Тут уж вы ни на кого не ссылайтесь! — добавил инструктор обкома.

— Тут уж вам оправданий нет... — развёл коротки́ми руками и Хабалыгин.

Фёдор Михеевич невольно покрутил головой и даже потряс плечами — то ли чтоб его не жалили со всех сторон, то ли чтобы стряхнуть с себя это беспомощное положение отвечающего. Если самому не спросить — видно, ничего не поймёшь и не узнаешь. Кустистые белые брови его сошлись.

— Простите. Я всё-таки хотел бы знать — кем вы уполномочены? И по какому вопросу?

Товарищ из министерства приподнял шляпу и отёр лоб платком. Без шляпы он был ещё представительней. Волосы, хотя уже и редкие, но очень величавые, украшали его темя.

— А вы ещё не знаете? — покойно удивился он. — Имеется такое постановление нашего министерства и вот, — он кивнул, — комитета, что важный номерной научно-исследовательский институт, запланированный открыть в нашем городе, будет размещён в тех зданиях, которые первоначально предполагалось отдать вашему техникуму. Так ведь, Всеволод Борисович?

— Так. Так, — подтвердил Хабалыгин кивками головы в твёрдой зелёной шляпе. — Так, так, — с сочувствием посмотрел он на директора техникума и дружески потрепал его по плечу. — Годика два, товарищ дорогой, ты ещё впо-олне пробудешь здесь, а за это время тебе новое здание отстроят, ещё лучше! Так надо, милый, не горюй. Так надо! Для пользы дела.

И без того приземистый, Фёдор Михеевич ещё осел и странно смотрел, будто его перелобанили прямым ударом палки.

— А как же... — совсем не главное пришло ему на язык, — мы тут не красили, не ремонтировали?.. — Когда Фёдор Михеевич расстраивался, голос его, и без того простуженный, очень падал, до сиплости.

— Ну-у, ничего! — успокаивал его Хабалыгин. — Небось в прошлом году красили.

Товарищ из Комитета по Делам спустился с одной ступеньки.

Было так много, так много сразу сказать им, что директор техникума и вовсе не находился, что же сказать.

— Но какое отношение я имею к вашему министерству? — сипло протестовал он, заступая дорогу гостям. — Мы — местный совнархоз. Для такой передачи вам надо иметь решение правительства!

— Совершенно верно, — мягко отстранила его комиссия, уже спускаясь. — Вот мы и подготовляем материалы для такого решения. Через два дня оно будет.

И все пятеро они пошли вниз, а директор стоял, взявшись за верхние перила, и смотрел в пролёт неосмысленно.

— Фёдор Михеич! — выступила из коридора Лидия Георгиевна, почему-то держась за горло — загоревшее на стройке горло, открытое отложным воротником. — Что они сказали, Фёдор Михеич?

— Здание забирают, — совсем невыразительно, малозвучным, осевшим голосом сказал директор, не посмотрев на неё.

И пошёл в свой кабинет.

— Как? Ка-ак? — не сразу вскрикнула она. — Новое? — забирают?! — И побежала за ним, цокая каблучками. В двери кабинета она соткнулась с бухгалтершей, оттеснила её и вбежала за директором.

Он медленно шёл к своему столу.

— Слу-у-ушайте! — почти пропела Лидочка ему в спину не своим голосом. — Слу-у-ушайте! Зачем же так несправедливо? Ведь это же н е с п р а в е д л и-в о! — всё громче кричала она — то самое, что и он должен был им крикнуть, но он же был директор и не женщина. Откуда-то много слёз щедро катилось по её лицу. — Что ж мы ребятам скажем? Значит, мы ребят — обманули?..

Кажется, никогда он её и не видел плачущей.

Директор сел в своё кресло и бессмысленно смотрел в стол перед собой. Весь лоб его сложился в одни морщинки — мелкие и все горизонтальные.

Бухгалтер — старая сухенькая женщина с узлом жидких волос на затылке — стояла тут же с чековой книжкой в руках.

Она всё слышала и поняла. Она бы ушла сейчас и не надоедала, но она только что звонила в банк, и ей ответили, что можно приехать получить. Чек уже был выписан, проставлена сумма, дата.

И она всё-таки подошла, положила перед директором длинную книжку с голубыми полосками и придерживала её рукой.

Фёдор Михеевич омакнул перо, браслетом пальцев левой руки охватил кисть правой и поднёс уже расписаться — но, даже сцепленные, руки его плясали.

Он попробовал расписаться на бумажке. Перо начало писать непохожее что-то, потом ковырнуло бумагу и брызнуло.

Фёдор Михеевич поднял глаза на бухгалтера и улыбнулся.

Бухгалтер закусила губы, взяла чековую книжку и вышла поспешно.

3

Всё это так сразу обвалилось на директора, комиссия прошла так победно и быстро, что он при ней не доискался нужных слов и по уходе её не мог сообразить нужного порядка действий.

290   Александр Солженицын

Он позвонил в совнархоз, в отдел учебных заведений. Там только всё и услышали от него, возмутились и обещали выяснить. Это могло бы его подбодрить.

Но не подбодрило.

Комиссия-то приезжала неспроста...

Фёдору Михеевичу было так стыдно сейчас — стыдно перед студентами, перед преподавателями, перед всеми, кого он призывал строить, уверенно обещая им переезд; и было у него так разрушено сейчас всё, что он месяцами и даже годами со своими помощниками обсуждал над планом здания, — что ему легче теперь было бы, кажется, сменить свою собственную квартиру на худшую, только б новое здание отдали техникуму.

В голове у него затмилось, и чего-то он никак не мог сообразить.

Никому ничего не сказав и на голову ничего не надев, он вышел наружу, чтобы прояснилось.

А выйдя, пошёл к переезду, не замечая этого сам, всё перетеребливая в уме те десятки жизненных важностей, которые терял техникум вместе с новым зданием. Перед ним опустился шлагбаум — Фёдор Михеевич остановился, хотя мог поднырнуть. Издали показался длинный товарный поезд. Он подкатил и с грохотом пронёсся под уклон. Ничего этого Фёдор Михеевич не заметил сознательно. Шлагбаум подняли — он пошёл дальше.

Когда он ясно понял, где он, — это было уже во дворе нового здания. Ноги сами принесли его сюда. Парадный ход, полностью отделанный и отзеркаленный, был заперт. Фёдор Михеевич шёл со двора, уже распланированного, очищенного и приведённого в порядок студентами. Двор был велик, на нём предполагали развернуть хорошую физкультурную площадку.

Во дворе стоял грузовик строителей, и сантехники с шумом бросали в него какие-то кронштейны, трубы, ещё что-то, но Фёдор Михеевич не придал значения.

Он вошёл внутрь и с удовольствием гулко шёл по каменным плиткам просторного вестибюля с двумя гардеробными по бокам на тысячу мест. Поворотные треугольники из алюминиевых труб с крючками и рожками для шапок сверкали там — и как будто от этого их блеска просветилось директору то простое, чего он до сих пор не подумал, потому что думал всё время за техникум, а не за нового хозяина: да что же будет этот институт делать с таким зданием? Вот эти раздевалки, например, надо сломать, потому что в институте не будет и ста человек. А физкультурный зал с огромной шведской стенкой, вделанными кольцами, турником, решётками и сетками на окнах? Это всё теперь срывать и выворачивать? А мастерские с бетонными основаниями — по числу учебных станков? А вся система электропроводки? А вся планировка здания по аудиториям? Доски? Большая аудитория амфитеатром? Актовый зал?.. А?..

А между тем мимо него прошли маляры, прошли два плотника с инструментом — и все к выходу.

— Э, слушайте! — опомнился директор. — Товарищи!

Те уходили.

— Братцы!

Те обернулись.

— Куда это вы? Время рабочее!

— Всё-о, директор! — весело сказал младший из плотников, а старший мрачно пошёл своей дорогой. — Закуривай! Мы уходим.

— Да куда уходите?

— Снимают. Начальство приказало.

Александр Солженицын

— Как снимают?

— Ну как снимают, не знаешь? На другой объект. Чтоб сегодня же в одномашку там приступить. — И ещё прежде замечав, что седенький директор этот — мужик не гордый, плотник вернулся и похлопал его по руке: — Закурить-то дай, директор.

Фёдор Михеевич протянул ему помятую пачку.

— Да где ж начальник стройучастка?

— У-ехал уже! Самый первый.

— А что сказал?

— Сказал: кончай, это уже не наше! Другая власть забирает.

— Ну, а доделывать кто? — рассердился Фёдор Михеевич. — Чего скалишься-то? Сколько тут доделать осталось, а? — Он когда супил брови, у него лицо выходило сердитое.

— Фу-у! — уже дымя и догоняя товарищей, крикнул плотник. — Не знаешь, как делается? Сактируют, передадут под копирочку — всё в порядке, приветик!

Фёдор Михеевич проводил взглядом весёлого плотника в измазанной спецовке. Убегал, сверкая подковками ботинок, тот самый совнархоз, который пришёл на это злополучное, три года в фундаменте застывшее здание и поднял его, обвершил и озеркалил.

Совнархоз убегал, но мысль о переделках, о неисчислимых и совершенно нелепых переделках в этом здании вернула директору силу сопротивления. Он понял, что правда — на его стороне! Он тоже почти побежал, так же стуча по гулкому полу вестибюля.

Комната, где был действующий телефон, оказалась заперта. Фёдор Михеевич поспешил наружу. Крепчающий ветер взмётывал и пошвыривал песком. Грузовик со строителями уже выходил из ворот. Сторож был за воротами, но директор не стал теперь возвращаться, а нащупал пятнадцать копеек и пошёл к автомату.

Он позвонил секретарю горкома Грачикову. Секретарша ответила, что у Грачикова совещание. Он назвался, попросил узнать, примет ли его секретарь горкома и когда. Ответ был: через час.

Фёдор Михеевич пошёл, опять пешком. Идя и сидя потом перед кабинетом Грачикова, он в памяти перебирал все этажи и все аудитории нового здания и, казалось ему, не находил такого места, где б институту не пришлось или ломать стенку, или ставить новую. И в записной книжке он стал прикидывать, во что это обойдётся.

Иван Капитонович Грачиков был для Фёдора Михеевича не просто секретарь горкома, но ещё и фронтовой приятель. Они воевали в одном полку, правда — недолго вместе. Фёдор Михеевич был начальником связи полка. Грачиков прибыл из госпиталя уже позже и заменил убитого командира батальона. Они распознались тогда, что земляки, и виделись, и по телефону иногда калякали, когда тихо бывало ночью, вспоминали свои места. Тут убило командира роты в батальоне Грачикова. Как всегда в полку, штабными командирами затыкали все пробоины, и Фёдора Михеевича послали командиром роты, временно. Это «временно» обернулось двумя сутками: через двое суток его ранило, а из госпиталя он уже в ту дивизию не попал.

Сейчас он сидел и вспоминал, что как-то все неприятности у него всегда сходятся на последние дни августа: это ранение в сорок втором году в батальоне Грачикова было двадцать девятого августа, то есть вчера. А в сорок четвёртом году его ранило тридцатого августа.

Александр Солженицын

Как раз сегодня.

Из кабинета стали выходить, и Фёдора Михеевича позвали.

— Беда случилась, Иван Капитоныч! — глухо, с захрипом, прямо с порога предупредил директор. — Беда!..

Он сел на стул (Грачиков велел повыносить из кабинета все эти кресла, в которых люди утопали и еле поднимались подбородком до стола) и стал рассказывать. Грачиков склонил голову об руку, щекою на ладонь, и слушал.

Лицо Ивана Капитоновича природа вырубила грубовато: губы ему оставила толстые, нос широкий, уши большие. Но хотя волосы у него были чёрные и чуб стоял как-то наискось, придавая ему грозность, — всё вместе лицо его было такое выразительно русское, что невозможно было переодеть его ни в какой чужестранный костюм или мундир, чтоб его тотчас же не признали за русака.

— Ну, скажи, Иван Капитонович, — волновался директор, — ну разве это не глупо? Я уж не говорю — для техникума, но с государственной точки зрения — разве не глупо?

— Глупо, — уверенно приговорил Грачиков, не меняя телоположения.

— Слушай, во что обойдутся переделки, вот я прикинул на бумажке. Всё здание стоит четыре миллиона, так? А переделок если не на два миллиона, так на полтора, вот смотри...

И из записной книжки он вычитывал названия работ и сколько это может стоить. Он всё больше чувствовал свою неопровержимую правоту.

Грачиков же неподвижно, спокойно слушал и думал. Он как-то говорил Фёдору Михеевичу, что едва ли не главное освобождение от проклятой войны ощутил в том, что с него была снята обязанность принимать решения единоличные и мгновенные, а правильные или неправильные — разберёмся на том свете. Грачиков очень любил решать дела не спехом, а толком — самому подумать и людей послушать. И не по нутру ему было кончать разговоры и совещания приказами, он старался собеседников убедить до конца, чтобы те сказали: «Да, это верно», или его убедили бы, что — неверно. И как бы упорно ему ни возражали, он не терял выдержанного приветливого образа разговора. Всё это отнимало, конечно, время; первый секретарь обкома Кнорозов быстро заметил за ним эту слабость и в своей неоспоримой лаконичной манере швырнул ему как-то: «Размазня ты, а не работник! Не советский у тебя стиль!» Но Грачиков обопнулся на своём: «Почему? Наоборот. Я — *советно* работаю, с народом я *советуюсь*».

Секретарём горкома Грачиков стал с последней городской конференции, после больших и разнообразных успехов того завода, где он был секретарём парткома.

— А про этот институт научно-исследовательский ты слышал что-нибудь, Иван Капитонович? Откуда он взялся?

— Слышал. — Грачиков всё так же держал и голову и руку. — Говорили о нём ещё весной. Потом затянулось.

— Да-а, — посетовал директор техникума. — Принял бы Хабалыгин здание, въехали б мы числа двадцатого августа — и уж нас не ущипнёшь.

Помолчали.

В молчаньи этом Фёдор Михеевич почувствовал, как из-под ног его и от рук уходит та твердь, за которую он только что держался. Полтора миллиона переделок не сотрясли кабинета, Грачиков не схватил двумя руками две телефонные трубки, не вскочил, не побежал никуда.

— А что? Очень важный институт, да? — осевшим голосом спросил Фёдор Михеевич.

Грачиков вздохнул:

— Раз *почтовый ящик* — уж тут не спрашивай. Всё у нас важное.

Вздохнул и директор.

— Иван Капитонович, но что же делать? Ведь они постановление правительства возьмут — тогда кончено. Ведь тут два дня каких-нибудь, тут срок.

Грачиков думал.

Фёдор Михеевич ещё довернулся в его сторону, так что коленями упёрся в письменный стол, налёг на стол и обеими руками подпёр голову.

— Слушай. А что, если прямо в Совет Министров телеграммку отстукать? Сейчас как раз такое время — связь школы с жизнью... От моего имени. Я не боюсь.

Грачиков посмотрел на него с минуту, очень внимательно. И вдруг сдрогнула с лица его вся грозность и обернулась сочувственной улыбкой. Грачиков заговорил, как любил — чуть певуче, фразами длинными, законченными, с каким-то хлебосольным оттенком:

— Фёдор Михеевич, душа ты моя, как ты это себе представляешь — постановление правительства? Ты думаешь, сидит тебе весь Совмин за длинным столом и толкуют, как быть с твоим зданием, да? Только им и дела. И тут как раз твою телеграммку подносят, да?.. Постановление правительства — значит, что на днях этого министра или этого председателя комитета должен принять кто-то из зампредов. Министр придёт на доклад с несколькими бумагами и между прочим скажет: вот этот **НИИ**, сами, мол, знаете, первейшей необходимости, решили в том городе дислоцировать, а тут и здание готово кстати. Зампред спросит: а для кого строили? Министр ему: для техникума, но техникум пока расположен вполне терпимо, мы посылали авторитетную комиссию, товарищи изучили вопрос на месте. Ну, перед тем как визу ставить, зампред ещё спросит: а обком не возражает? Понимаешь — обком! И телеграммку твою сюда же назад и вернут: проверьте факты! — Грачиков чмокнул толстыми губами. — Эти вещи вблизи рассматривать, тут вся сила в обкоме.

Теперь он положил руку на трубку, но ещё не снимал её.

— Мне вот то не нравится, что там инструктор обкома был и не возражал. Если и Виктор Вавилыч уже согласие дал — то, брат, плохо. Он ведь решений не меняет.

Виктора Вавиловича Кнорозова Грачиков, конечно, побаивался — да и кто в области его не боялся!

Он снял трубку.

— Это Коневский?.. Грачиков говорит. Слушай, Виктор Вавилыч у себя?.. А когда вернётся?.. Вот как... Ну, если всё-таки сегодня вернётся — скажи, что я очень прошу меня принять... Хоть с квартиры вечером...

Он положил трубку и ещё на рычагах покатал её ладонью — в одну сторону, в другую, туда, сюда. Посмотрел на усечённую чёрную пирамидку телефона, перевёл глаза на Фёдора Михеевича, убравшего голову в руки.

— Вообще, Михеич, — задушевно сказал Грачиков, — люблю я техникумы. У нас всё за академиками гонятся, меньше инженера образования и не признают. Нам же в промышленности всего насущней техники нужны. А техникумы — на задворках, не твой один. А ведь вы! — ведь вы вот каких детей принимаете (он показал рукой лишь немного выше стола, каких детей Фёдор Михеевич никогда не принимал), — и через четыре года (он выставил большой палец рожком), — вó специалисты получаются. Я ж у тебя на защите проектов был весной, ты помнишь?

— Помню, — невесело кивнул Фёдор Михеевич.

За этим большим деловым столом, к которому поперёк ещё был приставлен другой, под зелёной скатертью, Иван Капитонович говорил с таким доброжелательством, как если б на столах этих были расставлены не чернильный прибор, утыкалка для ручек, календарь, пресс-папье, телефоны, графин, поднос, пепельница, а — на белой скатерти тарелки с солёным, печёным и заливным и хозяин уговаривал бы гостя отведать и с собой даже взять.

— Какой-то мальчишка лет девятнадцати, может быть первый раз галстук надел, развесил по всей доске чертежи, выставил на стол какой-то регулятор-индикатор-калибратор, который сам же он и сделал, индикатор этот пощёлкивает, помигивает, а парень ходит, палочкой по чертежам помахивает и так это чешет, мне просто завидно стало! Какие слова у него, какие понятия: коэффициент конструктивной преемственности! — да чёрт же тебя дери, а? Ведь пацан!.. Я сидел — и за себя расстроился: какая ж у меня специальность? Что я историю партии знаю и марксистскую диалектику? — так её все должны знать, тут нашего преимущества нет. Вот такие ж пацаны и на заводе у меня делами ворочали. Так я каким голосом буду ему давать указания повышать производительность?.. Я сам и глазами и ушами набирался, сколько мог. Был бы я помоложе, Михеич, сейчас с удовольствием в твой техникум катнул бы, на вечернее...

И, видя, что директор совсем уныл, рассмеялся:

— ...в старое здание!

Но Фёдор Михеевич не улыбнулся. Он опять вобрал голову в плечи и сидел как отемяшенный. Тут секретарша напомнила, что Грачикова ждут.

4

Хотя никто ничего студентам не объявлял, но к следующему утру уже все знали.

Утром запасмурнело. Натягивало дождь.

Кто приходил в техникум — собирались снаружи кучками, но холодно было. В аудитории не пускали — дежурные студенты убирали там, в лаборатории тем более не пускали, там налаживали, — и опять стали сходиться и толпиться на той же лестнице.

Гудели. Девчонки ахали и хныкали. Крепыш, отличавшийся рекордами на копке траншей, громко заорал:

— Так что ж, ребята, мы — зря ишачили? А, Игорь? Чего теперь объяснять будешь?

Игорь, тот член комитета, который вчера готовил список, каким группам какую лабораторию переносить, стоял на верхней площадке в смущении.

— Ну, подожди, разберутся...

— Кто разберётся?

— Ну, может, напишем куда...

— А правда, девчонки! — убеждённо заговорила девочка с тощеньким пробором, с лицом сурово-старательной ученицы. — Давайте в Москву жалобу писать!

Она самая смирная была, но дошло у неё до краю, хоть техникум бросать: доплачивать за койку дальше по семидесяти рублей из стипендии она не могла.

Александр Солженицын

— Эх, накатать бы! — прихлопнула ладошкой по перилам другая — со смоляными тонкими кудрями, в спортивной свободной курточке. — Да все девятьсот подпишемся, а?

— Правильно!..

— А вы узнайте раньше — можно такие подписи собирать? — охладили их с другой стороны.

Валька Рогозкин, первый легкоатлет техникума, лучший бегун на сто и четыреста метров, первый прыгун и первый крикун, как бы лежал на наклонных перилах лестницы: одну ногу он держал спущенной на ступеньку, вторую занёс через перила и грудью прилёг на них; на перилах же сплёл он и руки, на них упёр подбородок и в раскоряченном таком положении, пренебрегая шиканьем девчонок, смотрел вверх — туда, где стоял Игорь, а на изломе перил бесстрашно сидел, как бы не чувствуя за спиной шестиметрового пролёта, смуглый, плечистый, очень спокойный Валька Гугуев.

— Слушайте меня, э!! — пронзительно закричал Валька Рогозкин. — Эт всё ерунда! Давайте лучше — все как один — забастуем!

— Кто это тебе разрешит? — насторожился Игорь.

— А кто должен разрешать? — вылупился Рогозкин. — Конечно, никто не разрешит! А мы — забастуем! Да будь спок, ребята! — вдохновлялся он и кричал ещё громче: — Во напугаются! Через несколько дней совсем другая комиссия приедет, на самолёте прилетит — и назад нам наше здание отдадут, ещё и прибавят!

Заволновались.

— А стипендии не лишат?

— Это б сильно!

— Исключить могут!

— Это — не метод! — перекрикивал Игорь. — Это — не наш метод! И из головы выбрось!

— А что — писать, да? Ну пиши, пиши.

Не заметили за гамом, как по лестнице поднималась тётя Дуся с оцинкованным ведром. Поравнявшись с Рогозкиным, она перевела ведро в другую руку, а той рукой размахнулась и с чувством бы вмазала ему пятернёй пониже спины, да он увидел прежде и соскочил проворно, так что рука тёти Дуси лишь чуть по нему прошлась.

— Э-э! — взвопил Рогозкин. — Тёть Дуся! Это не метод! Я в другой раз...

— В другой раз ляжь ещё так! — погрозила пятернёй тётя Дуся. — Я тебя отповажу, не очухаешься! Перила для этого сделаны, да?

Все громко смеялись. Очень все в техникуме любили тётю Дусю.

Она шла выше, раздвигая студентов. Лицо её было морщинисто, но подвижно и сходилось к решительному подбородку. Может быть, по природе достойна она была лучшего поста, чем занимала.

— Эт всё ерунда, тёть Дуся! — крикнули ей. — А вот скажите — зачем здание отдали?

— А ты не знаешь? — прикинулась тётя Дуся. — Там паркетных полов дюже много. Все натирать — с ума спятишь.

И пошла, погремливая ведром.

Дружно смеялись.

— А ну, Валька! Отколи! — сказали ребята Гугуеву, заметив с верхней площадки группу новых девушек, вошедших со двора. — Люська идёт!

Валька Гугуев спрыгнул с угла перил, раздвинул соседей, стал перед верхними замыкающими прямыми перилами очень серьёзно, утвердил на них руки ладонями, примерился, обхватил — и вдруг

Александр Солженицын

лёгким толчком ног взбросил своё ладное тело вверх и мягко, уверенно вышел в стойку над пропастью.

Это был смертный номер.

По лестнице прошёл угомон. Все запрокинули головы.

Та самая Люся, для которой всё это делалось, уже успела взойти на несколько ступенек, обернулась теперь и с ужасом смотрела круто вверх, откуда человек, стоящий вниз головой, сейчас бы рухнул прямо на неё и на камни, если бы упал, — но он не падал! — он, незаметнейше балансируя, а почти неподвижно, выжимал свою стойку над лестничным пролётом и совсем не торопился выходить из неё. При этом к пролёту он был обращён беззащитной спиной, вытянутые во всю длину и сложенные вместе ноги ещё, как нарочно, нависали по дуге над пустотой, а голова — голова была ниже всего и тоже вывернута к спине, а потому Валька мог прямо смотреть на Люсю — крохотную, запахнутую в светлый плащик с поднятым воротником, но без берета, с короткими беленькими волосами, примоченными дождём.

Но различал ли он её? — даже в пасмурном свете лестницы видно было, как лицо и шея смельчака потемнели от прилившей крови.

И вдруг раздались оклики вполголоса:

— Атáс! Атас!

Гугуев тотчас перекачнулся в сторону площадки, мягко стал на ноги и невинно облегся о те же самые перила.

За такой аттракцион вполне можно было лишиться стипендии, как его уже раз и лишали за то, что он по всему техникуму дал на десять минут раньше звонок с урока (опаздывали в кино).

По лестнице, ещё не успевшей зашуметь и послушно расступавшейся перед ним, поднимался сумрачный долговязый завуч.

Он слышал это «атас», знал, что так ребята предупреждают об опасности, и понимал, что тишина его встретила неестественная. Но не заметил виновника.

Тем более что Рогозкин, вечный зачинала споров, тут же к нему и привязался.

— Григорий Лаврентьевич! — на всю лестницу резко закричал Рогозкин. — А зачем здание отдали, а? Сами строили!

И нарочито-дурашливо склонил голову набок, ожидая ответа. Он ещё из школы пришёл с этой манерой смешить публику, особенно на уроках.

Все молчали и ждали, что скажет завуч.

Вот так — и вся жизнь преподавателя: одному на всех надо быстро найтись, и каждый раз по-новому.

Григорий Лаврентьевич долгим придирчивым взглядом посмотрел на Рогозкина. Тот выдержал взгляд, всё так же держа голову набок.

— А вот, — сказал медленно завуч, — ты техникум кончишь... Хотя... где ж тебе кончить!

— Это вы на соревнования намекаете? — скороговоркой отразил Рогозкин. (Каждую весну и каждую осень он пропускал занятий вволю — то из-за областных соревнований, то всероссийских.) — Зря вы, зря! У меня, если хотите знать, уже даже зреют, — он смешно покрутил пальцем около виска, — идеи дипломного проекта!

— Ну-у?? Это хорошо. Так вот, кончишь техникум — куда работать пойдёшь?

— Куда пошлют! — с преувеличенной бойкостью отрапортовал Рогозкин, выправляя голову и вытягиваясь.

— Вот в то здание, может, и пошлют. Или другие туда пойдут. Так ваша работа и оправдается. Всё наше будет.

— О! Это здорово! Я согласен! Спасибо! — очень, очень обрадованно сказал Рогозкин. — Тогда мы и все в то здание не хотим.

Но завуч уже успел уйти от неприятного разговора в кабинет директора.

Самого Фёдора Михеевича не было: он вчера не попал на приём и опять был сегодня в обкоме. Но у нескольких преподавателей, ожидавших сейчас в кабинете звонка директора, уже не было надежды на успех.

Капли дождя там и сям разбились на стёклах. Неровное, в бугорках, пространство до переезда овлажнело и потемнело.

Начальники отделений сидели над простынями расписаний, передавая друг другу цветные карандаши и резинки и согласовывая комнаты, часы и людей. Секретарь партбюро Яков Ананьевич за маленьким столиком у окна, близ партийного сейфа, разбирался в скоросшивателях. Лидия Георгиевна стояла у того же окна. Вчера такая весёлая, быстрая, молодая, сегодня она выглядела пожилым, больным человеком. И одета была так.

Яков Ананьевич, невысокий, уже лысоватый, очень аккуратный, хорошо выбритый, с чистой розовой кожей щёк, разговаривал, но при этом не покидал свою работу: каждую бумажку в папке он перелистывал осторожно, как живую, не заламывая, а если она была отпечатана на папиросной бумаге, так даже и нежно.

Он говорил очень мягко, негромко, но вместе с тем вразумительно:

— Нет, товарищи. Нет. Никакого общего собрания. И никаких собраний по отделениям, ни курсовых, ни даже классных. Это значило бы слишком заострять внимание на данном вопросе. Незачем. Узнать они узнают, стихийно.

— Да они уже знают, — сказал завуч. — Но они объяснений требуют.

— Ну что ж, — не найдя тут противоречия, спокойно ответил Яков Ананьевич, — в частных беседах можете отвечать, это неизбежно. Как надо отвечать? Отвечать надо так: это — институт, важный для родины. Он родствен нам по профилю, а электроника сейчас — основа технического прогресса, и никто не должен ставить ей препятствий, а напротив — расчищать дорогу.

Все молчали, и Яков Ананьевич ещё перелистнул бережно две-три бумажки, не находя нужной.

— Да наконец, и этого можно ничего не разъяснять, а отвечать короче: этот институт — государственного значения, и не нам с вами обсуждать целесообразность.

Он ещё перелистнул и нашёл нужное, и ещё раз поднял ясные спокойные глаза:

— А собирать собрания? Как-то особенно обсуждать данный вопрос? Это была бы политическая ошибка. Даже напротив: если учащиеся будут настаивать на собрании — надо их от этого отвести.

— Я не согласна!! — резко обернулась к нему Лидия Георгиевна, и вздрогнули все её отброшенные волосы.

Яков Ананьевич благорассудно смотрел на неё и спросил всё так же бережно:

— Но с чем вы тут можете быть не согласны, Лидия Георгиевна?

— Прежде всего с тем... Вот — с тоном вашим! Вы не только уже примирились, но вы как будто — д о -

в о л ь н ы ! да! — просто-таки довольны, что у нас отобрали это здание!

Яков Ананьевич развёл кистями — не всеми руками, а именно кистями:

— Но, Лидия Георгиевна, если это — государственная необходимость, то почему я могу быть ею недоволен?

— А главное, не согласна — с принципом вашим! — Не устояла на месте, стала ходить по малому простору кабинета и размахивала руками. — Я понимаю, как будет выглядеть то, что вы нам диктуете: ребята сочтут, и правильно сочтут, что мы боимся правды! Будут они за это нас уважать, да?.. Значит, когда у нас хорошее случится, мы о нём объявляем, вывешиваем на стенах, передаём через радиоузел, да? А о дурном или о трудном — пусть узнают, откуда хотят, и шепчутся, как хотят?

Не ко времени слёзы загородили ей горло, и она вышла быстро, чтобы не расплакаться.

Яков Ананьевич огорчённо посмотрел ей вслед и с большим сокрушением, закрыв глаза, покачал головой.

Лидия Георгиевна быстро шла по полутёмному коридору, зажав комочек носового платка в руке. Там и здесь ребята убирали, переносили прошлогодние щиты — результаты соцсоревнования, карикатуры на прогульщиков, стенные газеты.

В расширении, у чулана, где стояли ящики с вакуумными трубками, двое мальчиков с третьего курса окликнули её: они при разборке сняли сверху и теперь не знали, что делать с макетом — с тем самым объёмным макетом, который, подняв на четырёх шестах, они несли на октябрьской и первомайской демонстрациях перед колонной техникума.

Утверждённое на ящиках, здание, такое уже известное и любимое в мелочах, живо стояло перед ними: белое, с положенными в тех самых местах, где надо, голубыми и зеленоватыми отливами; с той же характерной полубашенкой на углу; с теми же подъездами — большим и малым; с огромными окнами актового зала и точным счётом обыкновенных окон в четыре этажа, каждое из которых уже было кому-то предназначено.

— Может, его это?.. — не глядя в глаза и виновато обминаясь, спросил один из мальчиков. — Порубить? Чего! И так повернуться негде...

5

Иван Капитонович Грачиков не любил военных воспоминаний, а своих — особенно. Потому не любил, что на войне худого черпал мерой, а доброго — ложкой. Потому что каждый день и шаг войны связаны были в его пехотинской памяти со страданиями, жертвами и смертями хороших людей.

Также не любил он, что и на втором десятке лет после войны жужжат военными словами там, где они совсем не надобны. На заводе он и сам не говорил и других отучал говорить: «На фронте наступления за внедрение передовой техники... бросим в прорыв... форсируем рубеж... подтянем резервы...» Он считал, что все выражения эти, вселяющие войну и в самый мир, утомляют людей. А русский язык расчудесно обможется и без них.

Но сегодня он изменил своему принципу. В приёмной первого секретаря обкома он сидел с директором техникума, ожидая (в то время как в его собственной приёмной сидели люди и ждали его самого). Грачиков нервничал, звонил отсюда своей

Александр Солженицын

секретарше, выкурил две папиросы. Потом присмотрелся к голове Фёдора Михеевича, безрадостно вобранной в плечи, и показалось ему, что вчера тут было засеяно сединою меньше полполя, а сегодня больше. И чтобы тот не кручинился, Грачиков стал ему рассказывать один смешной случай, который произошёл с людьми, знакомыми им обоим, в те короткие дни, когда дивизия их отдыхала во втором эшелоне. Это было уже в сорок третьем году, после ранения Фёдора Михеевича.

Однако зря он рассказывал — Фёдор Михеевич не рассмеялся. А сам Грачиков так и знал, что лучше не разживлять воспоминаний войны. По связи их, уже невольно, пришёл ему в голову и следующий день, когда дивизия получила срочный приказ перейти Сож и развернуться.

Там был разбитый мост. Сапёры ночью отремонтировали его, и Грачиков поставлен был дежурным офицером у входа на переправу: никого не пропускать, пока не пройдёт их дивизия. А мост был тесен, края развалены, негладок настил, и скопляться нельзя было, потому что «юнкерсы» одномоторные два раза выкруживали из-за леса и бросались пикировать, правда — бомбы в воду. И переправа, начавшаяся ещё до рассвета, затянулась за полдень. Тут подсобрались и другие части, тоже охотники переправиться, но ждали очереди в мелком соснячке. Вдруг выехало шесть каких-то крытых (ординарец Грачикова называл «скрытых») новеньких машин, одна в одну, и сразу, обгоняя колонну дивизии, полезли втиснуться на переправу. «Сто-о-ой!» — свирепо кричал Грачиков переднему шофёру и бежал ему наперехват, а тот ехал. Рука Грачикова едва было не дёрнулась или, кажется, уже дёрнулась к кобуре. Тут пожилой офицер в плащ-накидке из первой кабины открыл дверцу и так же свирепо крикнул: «А ну-ка, сюда, майор!» — и повертом плеча сбросил полнакидки — и оказался генерал-лейтенантом. Грачиков подбежал, робея. «Куда руку тянул? — грозно кричал генерал. — Под трибунал хочешь? А ну, пропусти мои машины!» Пока он не приказал пропустить его машины, Грачиков готов был выяснить всё по-хорошему, без крика, и, может, ещё пропустил бы. Но когда сталкивались лбами справедливость и несправедливость, а у второй-то лоб от природы крепче, — ноги Грачикова как в землю врастали, и уж ему было всё равно, что с ним будет. Он вытянулся, козырнул и откроил: «Не пропущу, товарищ генерал-лейтенант!» — «Да ты что-о! — взвопил генерал и сошёл на подножку. — Как фамилия??» — «Майор Грачиков, товарищ генерал-лейтенант. Разрешите узнать вашу!» — «Завтра же будешь в штрафной!» — яровал тот. «Хорошо, а сегодня займите очередь!» — отбил Грачиков, шагнул перед радиатор их машины и стал, чувствуя, что наливается до бурости вся шея его и лицо, но зная, что не соступит. Генерал запахнулся во гневе, подумал, захлопнул дверцу, и повернули шесть его машин...

Наконец от Кнорозова вышли несколько человек — из областного сельхозуправления и из сельскохозяйственного отдела обкома. Секретарь Кнорозова Коневский (он держался с таким пошибом, и такой у него был письменный стол, что новичок вполне бы его и принял за секретаря обкома) сходил в кабинет и вернулся.

— Виктор Вавилович примет вас одного! — объявил он непреклонно.

Грачиков мигнул Фёдору Михеевичу и пошёл.

У Кнорозова ещё задержался главный зоотехник. Вывернув голову, сколько мог, и извернувшись весь так, будто сами кости у него были гибкие, зоотехник смотрел в большой лист, лежащий перед Кнорозовым, где были красивые цветные диаграммы и цифры.

Грачиков поздоровался.

Высокий гологоловый Кнорозов не обернулся к нему, только скосился:

— Сельского хозяйства на тебе нет. А ходишь — пристаёшь. Жил бы спокойно.

Сельским хозяйством он часто попрекал Грачикова. А сейчас, как знал Грачиков, Кнорозов надумал с сельским хозяйством не только направиться, но и прославиться.

— Так вот, — сказал Кнорозов зоотехнику, медленно и веско опуская пять выставленных длинных пальцев полукружием на большой лист, будто ставя огромную печать. Он сидел ровно, не нуждаясь в спинке кресла для поддержки, и чёткие жёсткие линии ограничивали его фигуру и для смотрящего спереди, и для смотрящего сбоку. — Так вот. Я говорю вам то, что вам сейчас нужно. А нужно вам — то, что я сейчас говорю.

— Ясно, Виктор Вавилович, — поклонился главный зоотехник.

— Возьми же. — Кнорозов освободил лист.

Зоотехник осторожно, двумя руками, выбрал лист со стола Кнорозова, скатал в трубку и, опустив голову, плешью вперёд, пересек этот очень просторный, со многими стульями, рассчитанный на многолюдные заседания кабинет.

Думая, что сейчас пойдёт за директором техникума, Грачиков не сел, только упёрся в кожаную спинку кресла перед собой.

Кнорозов, даже сидя за столом, выказывал свою статность. Долгая голова ещё увышала его. Хотя был он далеко не молод, отсутствие волос не старило его, но даже молодило. Он не делал ни одного лишнего движения, и кожа лица его тоже без надобности не двигалась, отчего лицо казалось отлитым навсегда и не выражало мелких минутных переживаний. Размазанная улыбка расстроила бы это лицо, нарушила бы его законченность.

— Виктор Вавилович! — выговаривая все звуки полностью, сказал Грачиков. Полупевучим говорком своим он как бы наперёд склонял к мягкости и собеседника. — Я — ненадолго. Мы тут с директором — насчёт здания электронного техникума. Приезжала московская комиссия, заявила, что здание передаётся НИИ. Это — с вашего ведома?

Всё так же глядя не на Грачикова, а перед собой вперёд, в те дали, которые видны были ему одному, он растворил губы лишь настолько, насколько это было нужно, и отрубисто ответил:

— Да.

И, собственно, разговор был окончен.

Да?..

Да.

Кнорозов гордился тем, что он никогда не отступал от сказанного. Как прежде в Москве слово Сталина, так в этой области ещё и теперь слово Кнорозова никогда не менялось и не отменялось. И хотя Сталина давно уже не было, Кнорозов — был. Он был один из видных представителей волевого стиля руководства и усматривал в этом самую большую свою заслугу.

Чувствуя, что начинает волноваться, Грачиков заставлял себя говорить всё приветливее и дружелюбнее:

— Виктор Вавилович! А почему бы им не построить себе специальное, для них приспособленное здание? Ведь тут одних внутренних переделок...

— Сроки! — отрубил Кнорозов. — Тематика — на руках. Объект должен открыться немедленно.

— Но окупит ли это переделки, Виктор Вавилович? И... — поспешил он, чтобы Кнорозов не кончил разговора, — и, главное, воспитательная сторона! Студенты техникума совершенно бесплатно и с большим подъёмом трудились там год, они...

Кнорозов повернул голову — только голову, не плечи — на Грачикова и, уже отзванивая металлом, сказал:

— Я не понимаю. Ты — секретарь горкома. Мне ли тебе объяснять, как бороться за честь города? В нашем городе не бывало и нет ни одного НИИ. Не так легко было нашим людям добиться его. Пока министерство не раздумало — надо пользоваться случаем. Мы этим сразу переходим в другой класс городов — масштаба Горького, Свердловска.

Но Грачикова не только не убедили и не прибили его фразы, падающие, как стальные балки, а он почувствовал подступ одной из тех решающих минут жизни, когда ноги его сами врастали в землю, и он не мог отойти.

Оттого что сталкивались справедливость и несправедливость.

— Виктор Вавилович! — уже не сказал, а отчеканил он тоже, резче, чем бы хотел. — Мы — не бароны средневековые, чтобы подмалёвывать себе погуще герб. Честь нашего города в том, что эти ребята строили — и радовались, и мы обязаны их поддержать! А если здание отнять — у них на всю жизнь закоренится, что их обманули. Обманули раз — значит, могут и ещё раз!

— Обсуждать нам — нечего! — грохнула швеллерная балка побольше прежних. — Решение принято!

Оранжевая вспышка разорвалась в глазах Грачикова. Налились и побурели шея его и лицо.

— В конце концов что́ нам дороже? камни или люди? — выкрикнул Грачиков. — Что мы над камнями этими трясёмся?

Кнорозов поднялся во всю свою ражую фигуру.

— Де-ма-го-гия! — прогремел он над головой ослушника.

И такая была воля и сила в нём, что, кажется, протяни он длань — и отлетела бы у Грачикова голова.

Но уже говорить или молчать — не зависело от Грачикова. Он уже не мог иначе.

— Не в камнях, а в людях надо коммунизм строить, Виктор Вавилович!! — упоённо крикнул он. — Это — дольше и трудней! А в камнях мы если завтра даже всё достроим, так у нас ещё никакого коммунизма не будет!!

И замолчали оба.

И стояли не шевелясь.

Иван Капитонович заметил, что пальцам его больно. Это впился он в спинку кресла. Отпустил.

— Не дозрел ты до секретаря горкома, — тихо обронил Кнорозов. — Это мы проглядели.

— Ну и не буду, подумаешь! — уже с лёгкостью отозвался Грачиков, потому что главное он высказал. — Работу себе найду.

— Какую это? — насторожился Кнорозов.

— Черновую, какую! Полюбите нас чёрненькими! — говорил Грачиков в полный голос.

Кнорозов долгим полусвистом выпустил воздух через сжатые зубы.

Положил руку на трубку.

Взял её.

Сел.

Александр Солженицын

— Саша. Соедини с Хабалыгиным.

Соединяли.

Здесь, в кабинете, — ни слова.

— Хабалыгин?.. Скажи, а что ты будешь делать с неприспособленным зданием?..

(Разве «будет делать» — Хабалыгин?..)

— ...Как — небольшие? Очень большие... Сроки — это я понимаю... В общем, пока довольно с тебя над одним зданием голову ломать... Соседнего — не дам. Построишь ещё лучше.

Положил трубку.

— Ну, позови директора.

Грачиков пошёл звать, уже думая над новым: Хабалыгин переходит в НИИ?

Вошли с директором.

Фёдор Михеевич вытянулся и уставился в секретаря обкома. Он любил его. Он всегда им восхищался. Он радовался, когда попадал к нему на совещания и здесь мог зачерпнуть, зарядиться от всесобирающей воли и энергии Кнорозова. И потом, до следующего совещания, бодро хотелось выполнять то, что было поручено на предыдущем: повышать ли успеваемость, копать ли картошку, собирать металлолом. То и дорого было Фёдору Михеевичу в Кнорозове, что да так да, а нет так нет. Диалектика диалектикой, но, как и многие другие, Фёдор Михеевич любил однозначную определённость.

И сейчас он вошёл не оспаривать, а выслушать приговор о своём здании.

— Что, обидели? — спросил Кнорозов.

Фёдор Михеевич слабо улыбнулся.

— Выше голову! — тихо твёрдо сказал Кнорозов. — От каких же ты трудностей теряешься!

— Я не теряюсь, — хрипловато сказал Фёдор Михеевич и прокашлялся.

— Там у тебя рядом общежитие начато? Достро-
ишь — будет техникум. Ясно?

— Ясно, да, — заверил Фёдор Михеевич.

Но в этот раз как-то не получил заряда бодрости.
Закружились сразу мысли: что это — на зиму глядя;
что учебный год — на старом месте; что опять-таки
и новый техникум будет без актового и физкультур-
ных залов; и общежития при нём не будет.

— Только, Виктор Вавилович! — озабоченно высказал Фёдор Михеевич вслух. — Тогда проект придётся менять. Комнатки — маленькие, на четырёх
человек, а надо их — в аудитории, в лаборатории...

— Со-гла-суете! — отсекая движением руки, отпустил их Кнорозов. Уж такими-то мелочами его
могли бы не тревожить.

По пути в раздевалку Грачиков похлопал директора по спине:

— Ну, Михеич, и то ничего. Построишь.

— И перекрытие над подвалом менять, — раз-
глядывал новые и новые заботы директор. — Для
станков-то его мощней надо. А из-за перекрытия,
значит, и первый этаж разбирать, какой уже построили.

— Да-а... сказал Грачиков. — Ну что ж, рассма-
тривай так, что тебе в хорошем месте дали участок
земли, и котлован уже выкопан, и фундамент зало-
жен. Тут перспектива верная: к весне построишь
и влезешь, мы с совнархозом подможем. Скажи —
хорошо хоть это здание отбили.

Оба в тёмных плащах и фуражках, они вышли на
улицу. Дул прохладный, но приятный ветер и нёс на
себе мелкие свежие капли.

— Между прочим, — нахмурился Грачиков, — ты
не знаешь, Хабалыгин в министерстве на каком
счету?

— О-о! Он там большой человек! Он давно говорил: у него там дружки-и! А ты думаешь — он мог бы помочь? — с минутной надеждой спросил Фёдор Михеевич. — Нет. Если б мог помочь, он бы тут же и возражал, когда с комиссией ходил. А он — соглашался...

Прочно расставив ноги, Грачиков смотрел вдоль улицы. Ещё спросил:

— Он что? Специалист по релейным приборам?

— Да ну, какой специалист. Просто — руководитель с опытом.

— Ну, бувай! — вздохнул Грачиков, с размаху подал и крепко пожал ему руку.

Он шёл к себе, обдумывая Хабалыгина. Конечно, такой НИИ — не заводик релейной аппаратуры. Тут директору и ставка не та, и почёт не тот, и к лауреатству можно славировать.

Изловили и клеймили в областной газете какого-то шофёра с женой-учительницей, которые развели при доме цветник, а цветы продавали на базаре.

Но как поймать Хабалыгина?..

Пешком, медленно пошёл Фёдор Михеевич, чтоб его хорошенько продуло. От бессонницы, и от двух порошков нембутала, и от всего, что он передумал за эти сутки, внутри у него стояло что-то неповоротливое, отравное — но ветром этим свежим оно по маленьким кусочкам из него выдувалось.

Что ж, думал он, начнём опять сначала. Соберём всех девятьсот и объявим: здания у нас, ребята, нет. Надо строить. Поможем — будет быстрей.

Ну, сперва со скрипом.

Потом ещё раз увлекутся, как увлекает работа сама по себе.

Поверят.

И построят.

Ещё годок переживём и в старом, ладно.

... А пришёл, сам не замечая, — к новому, сверкающему металлом и стеклом.

Второе, рядом, — чуть поднялось из земли, заплыло песком и глиной.

В безлукавой памяти Фёдора Михеевича после вопросов Грачикова зашевелились какие-то оборванные, повисшие нити о Хабалыгине — и кончиками тянулись друг к другу связаться: и как оттягивал приём объекта в августе, и его радостный вид в комиссии.

И странно — о ком он только начал доумевать по дороге сюда, того и увидел первого на заднем большом дворе строительного участка: Хабалыгин в твёрдой зелёной шляпе и хорошем коричневом пальто решительно ходил по размокшей глине, пренебрегая тем, что измазал полуботинки, и распоряжался несколькими рабочими, видно своими же. Двое рабочих и шофёр стягивали из кузова грузовика столбы — и свежеокрашенные, и уже посеревшие, послужившие в столбовской службе, с отрубленными гнилыми концами. Двое других рабочих, наклонясь, что-то делали, как показывал им Хабалыгин командными взмахами коротких рук. Фёдор Михеевич подошёл ближе и разглядел, что они забивают колья — но забивают не по-честному, не по прямой, а с каким-то хитрым долгим выступом, чтобы побольше двора прихватить к институту и поменьше оставить техникуму.

— Да Всеволод Борисович! Имейте же вы совесть! Что вы делаете? — вскричал обделённый директор. — Ребятам в пятнадцать-шестнадцать лет дышать надо! побегать! — куда я их буду выпускать?

Хабалыгин как раз занял важную точку, откуда определялась последняя линия его злонаходчивого забора. Расставив ноги поперёк будущей черты, он утвердился и уже поднял руку для взмаха, когда услышал Фёдора Михеевича, подступившего к нему вплотную. Так и держа ладонь ребром перед головой, Хабалыгин лишь чуть повернул голову (да зашеек у него был такой, что особенно головой не разворочаешься), чуть подобрал верхней губой нелёгкие щёки свои, оклычился и проворчал:

— Что? Что-что?

Не дожидаясь ответа, он отвернулся, в створе ладони проверил своих разметчиков, одного выровнял кивками четырёх сложенных пальцев и окончательно, взмахнув короткой рукою, прорубил ею воздух.

Не только воздух, он разрубил, кажется, и самую землю. Нет, не разрубил — он так взмахнул, как проложил бы некую великую трассу. Он взмахнул, как древний полководец, показавший путь войскам. Как первый капитан, наконец-то проложивший верный азимут к Северному полюсу.

И лишь исполнив свой долг, обернулся к Фёдору Михеевичу и объяснил ему:

— Так — надо, товарищ дорогой.

Рабочие носили столбы.

Захар-Калита

Друзья мои, вы просите рассказать что-нибудь из летнего велосипедного? Ну вот, если не скучно, послушайте о Поле Куликовом.

Давно мы на него целились, но как-то всё дороги не ложились. Да ведь туда раскрашенные щиты не зазывают, указателей нет, и на карте найдёшь не на каждой, хотя битва эта по Четырнадцатому веку досталась русскому телу и русскому духу дороже, чем Бородино по Девятнадцатому. Таких битв не на одних нас, а на всю Европу в полтысячи лет выпадала одна. Эта битва была не княжеств, не государственных армий — битва материков.

Может, мы и подбираться вздумали нескладно: от Епифани через Казановку и Монастырщину. Только потому, что дождей перед тем не было, мы проехали в сёдлах, за рули не тащили, а через Дон, ещё не набравший глубины, и через Непрядву переводили свои велосипеды по пешеходным двудосочным мосткам.

Задолго, с высоты, мы увидели на другой обширной высоте как будто иглу в небо. Спустились — потеряли её. Опять стали вытягивать вверх — и опять показалась серая игла, теперь уже явнее, а рядом с ней привиделась нам как будто церковь, но странная, постройки невиданной, какая только в сказке может примерещиться: купола её были как бы сквозные, прозрачные, и в струях жаркого августовского дня колебались и морочили — то ли есть они, то ли нет.

Хорошо догадались мы в лощинке у колодца напиться и фляжки наполнить — это очень нам потом пригодилось. А мужичок, который ведро нам давал, на вопрос: «Где Поле Куликово?» — посмотрел на нас как на глупеньких:

— Да не Кулико́во, а Кули́ково. Подле поля-то деревня Куликовка, — а Кулико́вка вона, на Дону, в другу сторону.

После этого мужичка мы пошли глухими просёлками и до самого памятника несколько километров не встретили уже ни души. Просто это выпало нам так в тот день — ни души, в стороне где-то и пома-

Александр Солженицын

хивала тракторная жатка, и здесь тоже люди были не раз, и придут не раз, потому что засеяно было всё, сколько глаз охватывал, и доспевало уже, — где греча, где свёкла, клевер, овёс, и рожь, и горох (того гороху молодого и мы полущили), — а всё же не было никого в тот день, и мы прошли как по священному безмолвному заповеднику. Нам без помех думалось о тех русоволосых ратниках, о девяти из каждого пришедшего десятка, которые вот тут, на сажень под теперешним наносом, легли и до́кости растворились в земле, чтоб только Русь встряхнулась от басурманов.

Весь этот некрутой и широкий взъём на Мамаеву высоту не мог резко изменить очертаний и за шесть веков, разве обезлесел. Вот именно тут где-то, на обозримом отсюда окружьи, с вечера 7 сентября и ночью, переходя Дон, располагались кормить коней (да только пеших было больше), дотачивать мечи, крепиться духом, молиться и гадать — едва ли не четверть миллиона русских, больше двухсот тысяч. Тогда народ наш в седьмую ли долю был так люден, как сейчас, и эту силищу вообразить невозможно — двести тысяч!

И из каждых десяти воинов — девять ждали последнего своего утра.

А и через Дон перешли наши тогда не с добра — кто ж по охоте станет на битву так, чтоб обрезать себя сзади рекою? Горька правда истории, но легче высказать её, чем таить: не только черкесов и генуэзцев привёл Мамай, не только литовцы с ним были в союзе, но и князь рязанский Олег. (И Олега тоже понять бы надо: он землю свою проходную не умел иначе сберечь от татар. Жгли его землю перед тем за семь лет, за три года и за два.) Для того и перешли русские через Дон, чтобы Доном ощитить свою спину от своих же, от рязанцев: не ударили бы, православные.

Игла маячила впереди, да уже не игла, а статная, ни на что не похожая башня, но не сразу мы могли к ней выбиться: просёлки кончались, упирались в посевы, мы обводили велосипеды по межам — и наконец из земли, ниоткуда не начинаясь, стала проявляться затравяневшая, заглохшая, заброшенная, а ближе к памятнику уже и совсем явная, уже и с канавами, старая дорога.

Посевы оборвались, на высоте начался подлинный заповедник, кусок глухого пустопорожнего поля, только что не в ковыле, а в жёстких травах — и лучше нельзя почтить этого древнего места: вдыхай дикий воздух, оглядывайся и видь! — как по восходу солнца сшибаются Телебей с Пересветом, как стяги стоят друг против друга, как монгольская конница спускает стрелы, трясёт копьями и с перекажёнными лицами бросается топтать русскую пехоту, рвать русское ядро — и гонит нас назад, откуда мы пришли, туда, где молочная туча тумана встала от Непрядвы и Дона.

И мы ложимся, как скошенный хлеб. И гибнем под копытами.

Тут-то, в самой заверти злой сечи, — если кто-то сумел угадать место, — поставлен и памятник, и та церковь с неземными куполами, которые удивили нас издали. Разгадка же вышла проста: со всех пяти куполов соседние жители на свои надобности ободрали жесть, и купола просквозились, вся их нежная форма осталась ненарушенной, но выявлена только проволокой, и издали кажется маревом.

А памятник удивляет и вблизи. Пока к нему не подойдёшь пощупать — не поймёшь, как его сделали. В прошлом веке, уже тому больше ста лет, а придумка — собрать башню из литья — вполне сегодняшняя, только сегодня не из чугуна бы лили. Две площадки, одна на другую, потом двенадцатерик, потом он постепенно скругляется, сперва обложенный, опоясанный чугунными же щитами, мечами, шлемами, чугунными славянскими надписями, потом уходит вверх, как труба в четыре раздвига (а самые раздвиги отлиты как бы из органных тесно сплочённых труб), потом шапка с насечкой и надо всем — золочёный крест, попирающий полумесяц. И всё это — метров на тридцать, всё это составлено из фигурных плит, да так ещё стянуто изнутри болтами, что ни болтика, ни щёлки нигде не проглядывало, будто памятник цельно отлит, — пока время, а больше внуки и правнуки не прохудили там и сям.

Долго идя по пустому полю, мы и сюда пришли как на пустое место, не чая кого-нибудь тут встретить. Шли и размышляли: почему так? Не отсюда ли повелась судьба России? Не здесь ли совершён поворот её истории? Всегда ли только через Смоленск и Киев роились на нас враги?.. А вот — никому не нужно, никому невдомёк.

И как же мы были рады ошибиться! Сперва невдали от памятника мы увидели седенького старичка с двумя парнишками. Они лежали на траве, бросив рюкзак, и что-то писали в большой книге, размером с классный журнал. Мы подошли, узнали, что это — учитель литературы, ребят он подхватил где-то недалеко, книга же была совсем не из школы, а ни мало ни много как Книга Отзывов. Но ведь здесь музея нет, у кого ж хранится она в диком поле?

И тут-то легла на нас от солнца дородная тень. Мы обернулись. Это был Смотритель Куликова Поля! — тот муж, которому и довелось хранить нашу славу.

Ах, мы не успели выдвинуть объектив! Да и против солнца нельзя. Да и Смотритель не дался бы под аппарат (он цену себе знал и во весь день потом ни разу не дался). Но описывать его — самого ли сразу? Или сперва его мешок? (В руках у него был простой крестьянский мешок, до половины наложенный и не очень, видно, тяжёлый, потому что он, не утомляясь, его держал.)

Смотритель был ражий мужик, отчасти и на разбойника. Руки и ноги у него здоровы́ удались, а ещё рубаха была привольно расстёгнута, кепка посажена косовато, из-под неё выбивалась рыжизна, брился он не на этой неделе, на той, но через́ всю щеку продралась красноватая свежая царапина.

— А! — неодобрительно поздоровался он, так над нами и нависая. — Приехали? На чём?

Он как бы недоумевал, будто забор шёл кругом, а мы дырку нашли и проскочили. Мы кивнули ему на велосипеды, составленные в кустах. Хоть он держал мешок, как перед посадкой на поезд, а вид был такой, что и паспорта сейчас потребует. Лицо у него было худое, клином вниз, а решимости не занимать.

— Предупреждаю! Посадку не мять! Велосипедами.

И тем сразу было нам установлено, что здесь, на Поле Куликовом, не губы распустя ходят.

На Смотрителе был расстёгнутый пиджак — долгополый и охватистый, как бушлат, кой-где и подштопанный, а цвета того самого из присказки — серо-буро-малинового. В пиджачном отвороте сияла звезда, мы подумали сперва — орденская; нет — звезда октябрёнка с Лениным в кружке. Под пиджаком же носил он навыпуск длинную синюю в белую полоску ситцевую рубаху, какую только в деревне могли ему сшить; зато перепоясана была рубаха армейским ремнём с пятиконечной звездою. Брюки офицерские диагоналевые третьего срока заправлены были в кирзовые сапоги, уже протёртые на сгибах голенищ.

— Ну? — спросил он учителя, много мягче. — Пишете?

— Сейчас, Захар Дмитрич, — повеличал его тот, — кончаем.

— А вы? — строго опять. — Тоже будете писать?

— Мы — попозже. — И чтоб как-нибудь от его напора отбиться, перехватили: — А когда этот памятник поставлен — вы-то знаете?

— А как же!! — обиженно откинулся он и даже захрипел, закашлялся от обиды. — А зачем же я здесь?!

И, опустив осторожно мешок (в нём звякнули как бы не бутылки), Смотритель вытащил нам из кармана грамотку, развернул её — тетрадный лист, где печатными буквами, не помещаясь по строкам, было написано посвящение Дмитрию Донскому и год поставлен — 1848.

— Это что ж такое?

— А вот, товарищи, — вздохнул Захар Дмитрич, прямодушно открывая, что и он не так силён, как выдал себя вначале, — вот и понимайте. Это уж я сам с плиты списал, потому что каждый требует: когда поставлен? И место, хотите покажу, где плита была.

— Куда ж она делась?

— А чёрт один из нашей деревни упёр — и ничего с ним не сделаем.

— И знаете — кто?

— Ясно знаю. Да долю-то буковок я у него отбил, управился, а остальные до сих пор у него. Мне б хоть буковки все, я б тут их приставил.

— Да зачем же он плиту украл?

— По хозяйству.

— И что ж, отобрать нельзя?

— Ха-га! — подбросил голову Захар на наш дурацкий вопрос. — Вот именно что! Власти не имею! Ружья — и то мне не дают. А тут — с автоматом надо.

Глядя на его расцарапанную щеку, мы про себя подумали: и хорошо, что ему ружья не дают.

Тут учитель кончил писать и отдал Книгу Отзывов. Думали мы — Захар Дмитриевич под мышку её возьмёт или в мешок сунет, — нет, не угадали. Он отвёл полу своего запашного пиджака, и там, с исподу, у него оказался пришит из мешочной же ткани карман не карман, торба не торба, а верней всего *калита́,* размером как раз с Книгу Отзывов, так что она входила туда плотненько. И ещё при той же калите было стремечко для тупого чернильного карандаша, который он тоже давал посетителям.

Убедясь, что мы прониклись, Захар-Калита взял свой мешок (да, таки стекольце в нём позванивало) и, загребая долгими ногами, сутулясь, пошёл в сторонку, под кусты. То разбойное оживление, с которым он нас одёрнул поначалу, в нём прошло. Он сел, ссутулился ещё горше, закурил — и курил с такой неутолённой кручиной, с такой потерянностью, как будто все лёгшие на этом поле легли только вчера и были ему братья, свояки и сыновья и он не знал теперь, как жить дальше.

Мы решили пробыть тут день до конца и ночь: посмотреть, какова она, куликовская ночь, опетая Блоком. Мы, не торопясь, то шли к памятнику, то осматривали опустошённую церковь, то бродили по полю, стараясь вообразить, кто где стоял 8 сентября, то влезали на чугунные плоскости памятника.

О, здесь были до нас, здесь были! Не упрекнуть, что памятник забыт. Не ленились идолы зубилом выбивать по чугуну и гвоздями процарапывать, а кто послабей — углем писать на церковных стенах: «Здесь был супруг Полунеевой Марии и Лазарев Николай с 8-V-50 по 24-V»; «Здесь были делегаты районного совещания...»; «Здесь были работники Кимовской РКСвязи 23-VI-52»; «Здесь были...»; «Здесь были...».

Тут подъехали на мотоцикле трое рабочих парней из Новомосковска. Они легко вскочили на плоскости, стали разглядывать и ласково обхлопывать нагретое серо-чёрное тело памятника, удивляясь, как он здорово собран, и объясняли нам. За то и мы им с верхней площадки показали, что знали, о битве.

А кому теперь уж так точно это знать — где было и как? По летописным рассказам, монголо-татары на конях врубались в пешие наши полки, редили и гнали нас к донским переправам — и уже не защитою от Олега обернулся Дон, а грозил гибелью. Быть бы Дмитрию и тогда Донским, да с другого конца. Но верно он всё расчёл и сам держался, как не всякий сумел бы великий князь. Под знаменем своим он оставил боярина в убранстве, а сам бился как ратник, и видели люди: рубился он с четырьмя татарами сразу. Однако и великокняжеский стяг изрубили, и Дмитрий с помятым панцирем еле дополз до леса, — нас топтали и гнали. Вот тут-то из лесной засады в спину зарьявшимся татарам ударил со своим войском другой Дмитрий, Волынский-Боброк, московский воевода. И погнал он татар туда, как они и скакали, наступая, только заворачивал крутенько и сшибал в Непрядву. С того-то часа воспрянули русские: повернули стенкою на татар, и с земли поднимались, и всю ставку с ханами, и Мамая самого, гнали сорок вёрст через реку Птань и аж до Красивой Мечи. (Но и тут легенда перебивает легенду, и из соседней деревни Ивановки старик рассказывает всё по-своему: что туман, мол, никак не расходился, и в тумане принял Мамай обширный дубняк обок себя за русское войско, испугался: «Ай, силён крестьянский Бог!» — и так-то побежал.)

А поле боя потом русские разбирали и хоронили трупы — восемь дней.

— Одного всё ж не подобрали, так и оставили, — упрекнул весёлый слесарь из Новомосковска.

Мы обернулись, и — нельзя было не расхохотаться. Да! — один поверженный богатырь лежал и по сей день невдалеке от памятника. Он лежал ничком на матушке родной земле, уронив на неё удалую голову, руки-ноги молодецкие разбросав косыми саженями, и уж не было при нём ни щита, ни меча, вместо шлема — кепка затасканная, да близ руки — мешок. (Всё ж приметно было, что ту полу с калитой, где береглась у него Книга Отзывов, он не мял под животом, а выпростал рядом на траву.) И если только не попьяну он так лежал, а спал или думал, была в его распластанной разбросанности — скорбь. Очень это подходило к Полю. Так бы фигуру чугунную тут и отлить, положить.

Только Захар, при всём его росте, для богатыря был жидковат.

— В колхозе работать не хочет, вот должностишку и нашёл, загорать, — буркнул другой из ребят.

А нам больше всего не нравилось, как Захар наскакивал на новых посетителей, особенно от кого по виду ожидал подвоха. За день приезжали тут ещё некоторые, — он на шум их мотора подымался, отряхивался и сразу наседал на них грозно, будто за памятник отвечал не он, а они. Ещё прежде их и пуще их Захар возмущался запустением, так яро возмущался, что нам уж и верить было нельзя, где это в груди у него сидит.

— А как вы думали?! — напустился он на четверых из «Запорожца», размахивая руками. — Вот я подожду-подожду да перешагну через районный отдел культуры! — (Ноги его вполне ему это позволяли.) — Отпуск возьму да поеду в Москву, к самой Фурцевой! Всё расскажу!

Но как только замечал, что посетители сробели и против него не выстаивают, — брал свой мешок (важно брал, как начальник берёт портфель) и шёл в сторону прикорнуть, покурить.

Перебраживая туда и сюда, мы за день встречали Захара не раз. Заметили, что при ходьбе он на одну ногу улегает, спросили — отчего. Он ответил гордо:

— Память фронта!

И опять же мы не поверили.

Фляжки мы свои высосали и подступили к Захару — где б водицы достать. Води-ицы? В том и суть, объяснил, что колодца нет, на рытьё денег не дают, и на всём знаменитом поле воду можно пить только из луж. А колодец — в деревне.

Уж как к своим он к нам навстречу с земли больше не подымался.

Что-то мы ругнулись насчёт надписей — прорубленных, процарапанных, — Захар отразил:

— А посмотрите — года какие? Найдите хоть один год свежий — тогда меня волоките. Это всё до меня казаковали, а при мне — попробуй! Ну, может, в церкви гад какой затаился, написал, так ноги у меня — одни!

Церковь во имя Сергия Радонежского, сплотившего русские рати на битву, а вскоре потом побратавшего Дмитрия Донского с Олегом Рязанским, построена как добрая крепость, это — тесно сдвинутые глыбные тела: усечённая пирамида самой церкви, переходное здание с вышкой и две круглых крепостных башни. Немногие окна — как бойницы.

Внутри же не только всё ободрано, но нет и пола, ходишь по песку. Спросили мы у Захара.

— Ха-га-а! Хватились! — позлорадствовал он на нас. — Это ещё в войну наши кули́ковские все плиты с полов повыламывали, себе дворы умостили, чтоб ходить не грязно. Да у меня записано, у кого сколько плит... Ну да фронт проходил, тут люди не терялись. Ещё поперед наших все иконостасовые доски пустили землянки обкладывать да в печки.

Час от часу с нами обвыкая, Захар уже не стеснялся лазить при нас в свой мешок, то кладя что, то доставая, и так мы мало-помалу смекнули, что ж он в том мешке носит. Никакую не выпивку. Он носил там подобранные в кустах после завтрака посетителей бутылки (двенадцать копеек) и стеклянные банки (пятак). Ещё носил там бутыль с водой, потому что иного водопоя и ему целый день не было. Две буханки ржаных носил, от них временами уламывал и всухомятку жевал:

— Весь день народ валит, сходить пообедать в деревню некогда.

А может быть, в иные дни бывала там у него и заветная четвертинка или коробка рыбных консервов, из-за чего и тягал он мешок, опасаясь оставить. В тот день, когда уже солнце склонялось, приехал к нему на мотоцикле приятель, они в кустах часа полтора просидели, приятель уехал, а Захар пришёл уже без мешка, говорил громче, руками размахивал пошире и, заметив, что я что-то записываю, предостерёг:

— А попечение — есть! Есть! В пятьдесят седьмом постановили тут конструкцию делать. Вон, тумбы, видите, врыты округ памятника? Это с того года.

В Туле их отливали. Ещё должны были с тумбы на тумбу цепи навешивать, ну не привезли цепей. И вот — меня учредили, содержат! Да без меня б тут всё прахом!

— Сколько ж платят вам, Захар Дмитрич?

Он вздохнул кузнечным мехом и не стал даже говорить. Пообмялся, тогда сказал тихо:

— Двадцать семь рублёв.

— Как же может быть? Ведь минимальная — тридцать.

— Вот — может... А я без выходных. А с утра до вечера без перерыва. А ночью — опять тут.

Ах, завирал Захар!

— Ночью-то — зачем?

— А как же? — оскорбился он. — Да разве на ночь тут можно покинуть? Да самое ночью-то и смотреть. Машина какая придёт — номер её записать.

— Да зачем же номер?

— Так ружья мне не вручают! Мол, посетителей застрелишь. Вся власть — номер записать. А если набедит?

— И кому ж потом номер?

— Да никому, так и остаётся... Теперь, дом для приезжих построили, видали? И его охранять.

Домик этот мы видели, конечно. Одноэтажный, из нескольких комнат, он был близок к окончанию, но на замке. Стёкла были уже и вставлены, и кой-где опять разбиты, полы уже настланы, штукатурка не кончена.

— А вы нас туда ночевать пустите? — (К закату потягивало холодком, ночь обещала быть строгой.)

— В дом приезжих? Никак.

— Так для кого ж он?

— Никак! И ключи не у меня. И не просите. Вот в моём сарайчике можете.

Покатый низенький его сарайчик был на полдюжины овец. Нагибаясь, мы туда заглянули. Постлано там было убитым вытертым сенцом, на полу котелок с чем-то недохлёбанным, ещё несколько пустых бутылок и совсем засохший кусок хлеба. Велосипеды наши, однако, там уставлялись, могли и мы лечь, и хозяину дать вытянуться.

Но он-то на ночь оставаться был не дурак:

— Ужинать пойду. К себе в Куликовку. Горяченького перехватить. А вы на крючок запирайтесь.

— Так вы стучите, когда придёте! — посмеялись мы.

— Ладно.

Захар-Калита отвернул другую полу своего чудомудрого пиджака, не ту, где Книга Отзывов, и на ней оказалось тоже две пришитых петли. Из мешка-самобранки он достал топор с укороченным топорищем и туго вставил его в петли.

— Вот, — сказал он мрачно. — Вот и всё, что есть. Больше не велят.

Он высказал это с такой истой обречённостью, как будто ожидалось, что орда басурман с ночи на ночь прискачет валить памятник и встретить её доставалось ему одному, вот с этим одним топориком. Он так это высказал, что мы даже дрогнули в сумерках: может, он не шалопут вовсе? может, вправду верит, что без его ночной охраны погибло Поле?

Но, ослабевший от выпивки и дня шумоты и беготни, ссутуленный и чуть прихрамывая, Захар наддал в свою деревню, и мы ещё раз посмеялись над ним.

Как мы и хотели, мы остались на Куликовом Поле одни. Стала ночь с полною луной. Башня памятника и церковь-крепость выставились чёрными заслонами против неё. Слабые дальние огоньки Куликовки и Ивановки заслеплялись луною. Не пролетел ни один самолёт. Не проурчал ни один автомобильный мотор. Никакой отдалённый поезд не простучал ниоткуда. При луне уже не видны были границы близких посевов. Эта земля, трава, эта луна и глушь были все те самые, что и в 1380 году. В заповеднике остановились века, и, бредя по ночному Полю, всё можно было вызвать: и костры, и конские тёмные табуны, и услышать блоковских лебедей в стороне Непрядвы.

И хотелось Куликовскую битву понимать в её цельности и необратимости, отмахнуться от скрипучих оговорок летописцев: что всё это было не так сразу, не так просто, что история возвращалась петлями, возвращалась и душила. Что после дорогой победы оскудела воинством русская земля. Что Мамая тотчас же сменил Тохтамыш и уже через два года после Куликова попёр на Москву, Дмитрий Донской бежал в Кострому, а Тохтамыш опять разорил и Рязань, и Москву, и обманом взял Кремль, грабил, жёг, головы рубил и тянул верёвками пленных снова в Орду.

Проходят столетия — извивы Истории сглаживаются для дальнего взгляда, и она выглядит как натянутая лента топографов.

Ночь глубоко холодела, и как мы закрылись в сарайчике, так проспали крепко. Уезжать же решено у нас было пораньше. Чуть засвело́ — мы выкатили велосипеды и, стуча зубами, стали навьючивать их.

Обелил травы иней, а от Куликовки, из низинки, по польцу, уставленному копнами, тянул веретёнами туманец.

Но едва мы отделились от стенок сарайчика, чтобы сесть и ехать, — от одной из копён громко сердито залаяла и побежала на нас волосатомордая сивая собака. Она побежала, а за нею развалилась и копна: разбуженный лаем, оттуда встал кто-то длинный, окликнул собаку и стал отряхаться от соломы. И уже довольно было светло, чтоб мы узнали нашего Захара-Калиту, одетого ещё в какое-то пальтишко с короткими рукавами.

Он ночевал в копне, в этом пронимающем холоде! Зачем? Какое беспокойство или какая привязанность могла его принудить?

Сразу отпало всё то насмешливое и снисходительное, что мы думали о нём вчера. В это заморозное утро встающий из копны, он был уже не Смотритель, а как бы Дух этого Поля, стерегущий, не покидавший его никогда.

Он шёл к нам, ещё отряхиваясь и руки потирая, и из-под надвинутой кепочки показался нам старым добрым другом.

— Да почему ж вы не постучали, Захар Дмитрич?

— Тревожить не хотел, — поводил он озябшими плечами и зевал. Весь он ещё был в соломенной перхоти. Он расстегнулся протрястись — и на месте увидели мы и Книгу Отзывов и единственно дозволенный топорик.

Да сивый пёс ещё рядом скалил зубы.

Мы попрощались тепло и уже крутили педалями, а он стоял, подняв долгую руку, и кричал нам в успокоение:

— Не-е-ет! Не-е-ет, я этого так не оставлю! Я до Фурцевой дойду! До Фурцевой!

Как жаль

Оказался перерыв на обед в том учреждении, где Анне Модестовне надо было взять справку. Досадно, но был смысл подождать: оставалось минут пятнадцать, и она ещё успевала за свой перерыв.

Ждать на лестнице не хотелось, и Анна Модестовна спустилась на улицу.

День был в конце октября — сырой, но не холодный. В ночь и с утра сеялся дождик, сейчас перестал. По асфальту с жидкой грязцой проносились легковые, кто поберегая прохожих, а чаще обдавая. По середине улицы нежно серел приподнятый бульвар, и Анна Модестовна перешла туда.

На бульваре никого почти не было, даже и вдали. Здесь, обходя лужицы, идти по зернистому песку было совсем не мокро. Палые намокшие листья лежали тёмным настилом под деревьями, и если идти близко к ним, то как будто вился от них лёгкий запах — остаток ли не отданного во время жизни или уже первое тление, а всё-таки отдыхала грудь меж двух дорог перегоревшего газа.

Ветра не было, и вся густая сеть коричневых и черноватых влажных... — Аня остановилась — ... вся сеть ветвей, паветвей, ещё меньших веточек, и сучочков, и почечек будущего года, — вся эта сеть была обнизана множеством водяных капель, серебристо-белых в пасмурном дне. Это была та влага, что после дождя осталась на гладкой кожице веток и в безветрии ссочилась, собралась и свесилась уже каплями — круглыми с кончиков нижних сучков и овальными с нижних дуг веток.

Переложив сложенный зонтик в ту же руку, где была у неё сумочка, и стянув перчатку, Аня стала пальцы подводить под капельки и снимать их. Когда удавалось это осторожно, то капля целиком передавалась на палец и тут не растекалась, только слегка плющилась. Волнистый рисунок пальца виделся через каплю крупнее, чем рядом, капля увеличивала, как лупа.

Но, показывая сквозь себя, та же капля одновременно показывала и над собой: она была ещё и шаровым зеркальцем. На капле, на светлом поле от облачного неба, видны были — да! — тёмные плечи в пальто, и голова в вязаной шапочке, и даже переплетение ветвей над головой.

Так Аня забылась и стала охотиться за каплями покрупней, принимая и принимая их то на ноготь, то на мякоть пальца. Тут совсем рядом она услыхала твёрдые шаги и сбросила руку, устыдясь, что ведёт себя, как пристало её младшему сыну, а не ей.

Однако проходивший не видел ни забавы Анны Модестовны, ни её самой — он был из тех, кто замечает на улице только свободное такси или табачный киоск. Это был с явною печатью образования молодой человек с ярко-жёлтым набитым портфелем, в мягкошерстном цветном пальто и ворсистой шапке, смятой в пирожок. Только в столице встречаются такие раннеуверенные, победительные выражения. Анна Модестовна знала этот тип и боялась его.

Спугнутая, она пошла дальше и поравнялась с газетным щитом на голубых столбиках. Под стеклом висел «Труд» наружной и внутренней стороной. В одной половине стекло было отколото с угла, газета замокла, и стекло изнутри обводнилось. Но именно в этой половине внизу Анна Модестовна прочла заголовок над двойным подвалом: «Новая жизнь долины реки Чу».

Эта река не была ей чужа: она там и родилась, в Семиречьи. Протерев перчаткой стекло, Анна Модестовна стала проглядывать статью.

Писал её корреспондент нескупого пера. Он начинал с московского аэродрома: как садился на самолёт и как, словно по контрасту с хмурой погодой, у всех было радостное настроение. Ещё он описывал своих спутников по самолёту, кто зачем летел, и даже стюардессу мельком. Потом — фрунзенский аэродром и как, словно по созвучию с солнечной погодой, у всех было очень радостное настроение. Наконец он переходил собственно к путешествию по долине реки Чу. Он с терминами описывал гидротехнические работы, сброс вод, гидростанции, оросительные каналы, восхищался видом орошённой и плодоносной теперь пустыни и удивлялся цифрам урожаев на колхозных полях.

А в конце писал:

«Но немногие знают, что это грандиозное и властное преобразование целого района природы замыслено было уже давно. Нашим инженерам не пришлось проводить заново доскональных обследований долины, её геологических слоёв и режима вод. Весь главный большой проект был закончен и обоснован трудоёмкими расчётами ещё сорок лет назад, в 1912 году, талантливым русским гидрографом и гидротехником Модестом Александровичем В*, тогда же начавшим первые работы на собственный страх и риск».

Анна Модестовна не вздрогнула, не обрадовалась — она задрожала внутренней и внешней дрожью, как перед болезнью. Она нагнулась, чтобы лучше видеть последние абзацы в самом уголке, и ещё пыталась протирать стекло и едва читала:

«Но при косном царском режиме, далёком от интересов народа, его проекты не могли найти осуществления. Они были погребены в департаменте земельных улучшений, а то, что он уже прокопал, — заброшено.

Как жаль! — (кончал восклицанием корреспондент) — как жаль, что молодой энтузиаст не дожил до торжества своих светлых идей! что он не может взглянуть на преображённую долину!»

Кипяточком болтнулся страх, потому что Аня уже знала, что сейчас сделает: сорвёт эту газету! Она воровато оглянулась вправо, влево — никого на бульваре не было, только далеко чья-то спина. Очень это было неприлично, позорно, но...

Газета держалась на трёх верхних кнопках. Аня просунула руку в пробой стекла. Тут, где газета намокла, она сразу сгреблась уголком в сырой бумажный комок и отстала от кнопки. До средней кнопки, привстав на цыпочки, Аня всё же дотянулась, расшатала и вынула. А до третьей, дальней, дотянуться было нельзя — и Аня просто дёрнула. Газета сорвалась — и вся была у неё в руке.

Но сразу же за спиной раздался резкий дробный турчок милиционера.

Как опалённая (она сильно умела пугаться, а милицейский свисток её и всегда пугал), Аня выдернула пустую руку, обернулась...

Бежать было поздно и несолидно. Не вдоль бульвара, а через проём бульварной ограды, которого Аня не заметила раньше, к ней шёл рослый милиционер, особенно большой от намокшего на нём плаща с откинутым башлыком.

Он не заговорил издали. Он подошёл не торопясь. Сверху вниз посмотрел на Анну Модестовну, потом на опавшую, изогнувшуюся за стеклом газету, опять на Анну Модестовну. Он строго над ней высился. По широконосому румяному лицу его и рукам было видно, какой он здоровый — вполне ему вытаскивать людей с пожара или схватить кого без оружия.

Не давая силы голосу, милиционер спросил:

Александр Солженицын

— Это что ж, гражданка? Будем двадцать пять рублей платить?..

(О, если только штраф! Она боялась — будет хуже истолковано!)

— ...Или вы хотите, чтоб люди газет не читали?

(Вот, вот!)

— Ах, что вы! Ах, нет! Простите! — стала даже как-то изгибаться Анна Модестовна. — Я очень раскаиваюсь... Я сейчас повешу назад... если вы разрешите...

Нет уж, если б он и разрешил, газету с одним отхваченным и одним отмокшим концом трудновато было повесить.

Милиционер смотрел на неё сверху, не выражая решения.

Он уж давно дежурил, и дождь перенёс, и ему кстати было б сейчас отвести её в отделение вместе с газетой: пока протокол — подсушиться маненько. Но он хотел понять. Прилично одетая дама, в хороших годах, не пьяная.

Она смотрела на него и ждала наказания.

— Чего вам газета не нравится?

— Тут о папе моём!.. — Вся извиняясь, она прижимала к груди ручку зонтика, и сумочку, и снятую перчатку. Сама не видела, что окровянила палец о стекло.

Теперь постовой понял её и пожалел за палец и кивнул:

— Ругают?.. Ну, и что́ одна газета поможет?..

— Нет! Нет-нет! Наоборот — хвалят!

(Да он совсем не злой!)

Тут она увидела кровь на пальце и стала его сосать. И всё смотрела на крупное простоватое лицо милиционера.

Его губы чуть развелись:

— Так что вы? В ларьке купить не можете?

— А посмотрите, какое число! — она живо отняла палец от губ и показала ему в другой половине витрины на несорванной газете. — Её три дня не снимали. Где ж теперь найдёшь?!

Милиционер посмотрел на число. Ещё раз на женщину. Ещё раз на опавшую газету. Вздохнул:

— Протокол нужно составлять. И штрафовать... Ладно уж, последний раз, берите скорей, пока никто не видел...

— О, спасибо! Спасибо! Какой вы благородный! Спасибо! — зачастила Анна Модестовна, всё так же немного изгибаясь или немного кланяясь, и раздумала доставать платок к пальцу, а проворно засунула всё ту же руку с розовым пальцем туда же, ухватила край газеты и потащила. — Спасибо!

Газета вытянулась. Аня, как могла при отмокшем крае и одной свободной рукой, сложила её. С ещё одним вежливым изгибом сказала:

— Благодарю вас! Вы не представляете, какая это радость для мамы и папы! Можно мне идти?

Стоя боком, он кивнул.

И она пошла быстро, совсем забыв, зачем приходила на эту улицу, прижимая косо сложенную газету и иногда на ходу посасывая палец.

Бегом к маме! Скорей прочесть вдвоём! Как только папе назначат точное жительство, мама поедет туда и повезёт сама газету.

Корреспондент не знал! Он не знал, иначе б ни за что не написал! И редакция не знала, иначе б не пропустила! Молодой энтузиаст — дожил! До торжества своих светлых идей он дожил, потому что смертную казнь ему заменили, двадцать лет он отсидел в тюрьмах и лагерях. А сейчас, при этапе на вечную ссылку, он подавал заявление самому Берия, прося сослать его в долину реки Чу. Но его сунули не туда,

и комендатура теперь никак не приткнёт этого бес-
полезного старичка: работы для него подходящей
нет, а на пенсию он не выработал.

Пасхальный крестный ход

Учат нас теперь знатоки, что маслом не надо писать всё, как оно точно есть. Что на то цветная фотография. Что надо линиями искривлёнными и соче-
таниями треугольников и квадратов передавать
мысль вещи вместо самой вещи.

А я не доразумеваю, какая цветная фотография
отберёт нам со смыслом нужные лица и вместит
в один кадр пасхальный крестный ход патриаршей
переделкинской церкви через полвека после революции. Один только этот пасхальный сегодняшний
ход разъяснил бы многое нам, изобрази его самыми
старыми ухватками, даже без треугольников.

За полчаса до благовеста выглядит приоградье патриаршей церкви Преображения Господня как топ-
таловка при танцплощадке далёкого лихого рабочего
посёлка. Девки в цветных платочках и спортивных
брюках (ну, и в юбках есть) голосистые, ходят по
трое, по пятеро, то толкнутся в церковь, но густо там
в притворе, с вечера раннего старухи места занима-
ли, девчонки с ними перетявкнутся и наружу; то
кружат по церковному двору, выкрикивают развяз-
но, кличутся издали и разглядывают зелёные, розовые и белые огоньки, зажжённые у внешних настен-
ных икон и у могил архиереев и протопресвитеров.
А парни — и здоровые и плюгавые — все с победным
выражением (кого они победили за свои пятнад-
цать-двадцать лет? — разве что шайбами в ворота...),
все почти в кепках, шапках, кто с головой непокры-

той, так не тут снял, а так ходит, каждый четвёртый выпимши, каждый десятый пьян, каждый второй курит, да противно как курит, прислюнивши папиросу к нижней губе. И ещё до ладана, вместо ладана, сизые клубы табачного дыма возносятся в электрическом свете от церковного двора к пасхальному небу в бурых неподвижных тучах. Плюют на асфальт, в забаву толкают друг друга, громко свистят, есть и матюгаются, несколько с транзисторными приёмниками наяривают танцевалку, кто своих марух обнимает на самом проходе, и друг от друга этих девок тянут, и петушисто посматривают, и жди как бы не выхватили ножи: сперва друг на друга ножи, а там и на православных. Потому что на православных смотрит вся эта молодость не как младшие на старших, не как гости на хозяев, а как хозяева на мух.

Всё же до ножей не доходит — три-четыре милиционера для прилики прохаживаются там и здесь. И мат — не воплями через весь двор, а просто в голос, в сердечном русском разговоре. Потому и милиция нарушений не видит, дружелюбно улыбается подрастающей смене. Не будет же милиция папиросы вырывать из зубов, не будет же она шапки с голов схлобучивать: ведь это на улице, и право не верить в Бога ограждено конституцией. Милиция честно видит, что вмешиваться ей не во что, уголовного дела нет.

Растеснённые к ограде кладбища и к церковным стенам, верующие не то чтоб там возражать, а озираются, как бы их ещё не пырнули, как бы с рук не потребовали часы, по которым сверяются последние минуты до воскресения Христа. Здесь, вне храма, их, православных, и меньше гораздо, чем зубоскалящей, ворошащейся вольницы. Они напуганы и утеснены хуже, чем при татарах.

Александр Солженицын

Татары наверное не наседали так на Светлую Заутреню.

Уголовный рубеж не перейдён, а разбой бескровный, а обида душевная — в этих губах, изогнутых по-блатному, в разговорах наглых, в хохоте, ухаживаниях, выщупываниях, курении, плевоте в двух шагах от страстей Христовых. В этом победительно-презрительном виде, с которым сопляки пришли смотреть, как их деды повторяют обряды пращуров.

Между верующими мелькают одно-два мягких еврейских лица. Может крещёные, может сторонние. Осторожно посматривая, ждут крестного хода тоже.

Евреев мы всё ругаем, евреи нам бесперечь мешают, а оглянуться б добро: каких мы русских тем временем вырастили? Оглянешься — остолбенеешь.

И ведь, кажется, не штурмовики 30-х годов, не те, что пасхи освящённые вырывали из рук и улюлюкали под чертей, — нет! Это как бы любознательные: хоккейный сезон по телевидению кончился, футбольный не начинался, тоска, — вот и лезут к свечному окошечку, растолкав христиан, как мешки с отрубями, и, ругая «церковный бизнес», покупают зачем-то свечки.

Одно только странно: все приезжие, а все друг друга знают, и по именам. Как это у них так дружно получилось? Да не с одного ль они завода? Да не комсорг ли их тут ходит тоже? Да может эти часы им как за дружину записываются?

Ударяет колокол над головой крупными ударами — но подменный: жестяные какие-то удары вместо полнозвучных глубоких. Колокол звонит, объявляя крестный ход.

И тут-то повалили! — не верующие, нет, опять эта ревущая молодость. Теперь их вдвое и втрое навалило во двор, они спешат, сами не зная, чего ищут, какую сторону захватывать, откуда будет Ход. Зажигают красные пасхальные свечечки, а от свечек — от свечек они прикуривают, вот что! Толпятся, как бы ожидая начать фокстрот. Ещё не хватает здесь пивного ларька, чтоб эти чубатые вытянувшиеся ребята — порода наша не мельчает! — сдували бы белую пену на могилы.

А с паперти уже сошла голова Хода и вот заворачивает сюда под мелкий благовест. Впереди идут два деловых человека и просят товарищей молодых сколько-нибудь расступиться. Через три шага идёт лысенький пожилой мужичок вроде церковного ктитора и несёт на шесте тяжеловатый гранёный остеклённый фонарь со свечой. Он опасливо смотрит вверх на фонарь, чтоб нести его ровно, и в стороны так же опасливо. И вот отсюда начинается картина, которую так хотелось бы написать, если б я мог: ктитор не того ли боится, что строители нового общества сейчас сомнут их, бросятся бить?.. Жуть передаётся и зрителю.

Девки в брюках со свечками и парни с папиросами в зубах, в кепках и в расстёгнутых плащах (лица неразвитые, вздорные, самоуверенные на рубль, когда не понимают на пятак; и простогубые есть, доверчивые; много этих лиц должно быть на картине) плотно обстали и смотрят зрелище, какого за деньги нигде не увидишь.

За фонарём движутся двое хоругвей, но не раздельно, а тоже как от испуга стеснясь.

А за ними в пять рядов по две идут десять поющих женщин с толстыми горящими свечами. И все они должны быть на картине! Женщины пожилые, с твёрдыми отрешёнными лицами, готовые и на смерть, если спустят на них тигров. А две из десяти — девушки, того самого возраста девушки, что

Александр Солженицын

столпились вокруг с парнями, однолетки — но как очищены их лица, сколько светлости в них.

Десять женщин поют и идут сплочённым строем. Они так торжественны, будто вокруг крестятся, молятся, каются, падают в поклоны. Эти женщины не дышат папиросным дымом, их уши завешаны от ругательств, их подошвы не чувствуют, что церковный двор обратился в танцплощадку.

Так начинается подлинный крестный ход! Что-то пробрало и зверят по обе стороны, притихли немного.

За женщинами следуют в светлых ризах священники и дьяконы, их человек семь. Но как непросторно они идут, как сбились, мешая друг другу, почти кадилом не размахнуться, орарий не поднять. А ведь здесь, не отговорили б его, мог бы идти и служить Патриарх всея Руси!..

Сжато и поспешно они проходят, а дальше — а дальше Хода нет. Никого больше нет! Никаких богомольцев в крестном ходе нет, потому что назад в храм им бы уже не забиться.

Молящихся нет, но тут-то и попёрла, тут-то и попёрла наша бражка! Как в проломленные ворота склада, спеша захватить добычу, спеша разворовать пайки, обтираясь о каменные вереи, закруживаясь в вихрях потока, — теснятся, толкаются, пробиваются парни и девки — а зачем? Сами не знают. Поглядеть, как будут попы чудаковать? Или просто толкаться — это и есть их задание?

Крестный ход без молящихся! Крестный ход без крестящихся! Крестный ход в шапках, с папиросами, с транзисторами на груди — первые ряды этой публики, как они втискиваются в ограду, должны ещё обязательно попасть на картину!

И тогда она будет завершена!

Старуха крестится в стороне и говорит другой:

— В этом году хорошо, никакого фулиганства. Милиции сколько.

Ах, вот оно! Так это ещё — лучший год?..

Что ж будет из этих рожёных и выращенных главных наших миллионов? К чему просвещённые усилия и обнадёжные предвидения раздумчивых голов? Чего доброго ждём мы от нашего будущего?

Воистину: обернутся когда-нибудь и растопчут нас всех!

И тех, кто натравил их сюда, — тоже растопчут.

10 апреля 1966 Первый день Пасхи

Крохотки
1958—1963

Дыхание

Ночью был дождик, и сейчас переходят по небу тучи, изредка брызнет слегка.

Я стою под яблоней отцветающей — и дышу. Не одна яблоня, но и травы вокруг сочают после дождя — и нет названия тому сладкому духу, который напаивает воздух. Я его втягиваю всеми лёгкими, ощущаю аромат всею грудью, дышу, дышу, то с открытыми глазами, то с закрытыми — не знаю, как лучше.

Вот, пожалуй, та воля — та единственная, но самая дорогая воля, которой лишает нас тюрьма: дышать так, дышать здесь. Никакая еда на земле, никакое вино, ни даже поцелуй женщины не слаще мне этого воздуха, этого воздуха, напоённого цветением, сыростью, свежестью.

Пусть это — только крохотный садик, сжатый звериными клетками пятиэтажных домов. Я перестаю слышать стрельбу мотоциклов, завывание радиол, бубны громкоговорителей. Пока можно ещё дышать после дождя под яблоней — можно ещё и пожить!

Озеро Сегден

Об озере этом не пишут и громко не говорят. И заложены все дороги к нему, как к волшебному замку; над всеми дорогами висит знак запретный, простая немая чёрточка.

Человек или дикий зверь, кто увидит эту чёрточку над своим путём — поворачивай! Эту чёрточку ставит земная власть. Эта чёрточка значит: ехать нельзя и лететь нельзя, идти нельзя и ползти нельзя.

А близ дорог в сосновой чаще сидят в засаде постовые с турчками и пистолетами.

Кружишь по лесу молчаливому, кружишь, ищешь, как просочиться к озеру, — не найдёшь, и спросить не у кого: напугали народ, никто в том лесу не бывает. И только вслед глуховатому коровьему колокольчику проберёшься скотьей тропой в час полуденный, в день дождливый. И едва проблеснёт тебе оно, громадное, меж стволов, ещё ты не добежал до него, а уж знаешь: это местечко на земле излюбишь ты на весь свой век.

Сегденское озеро — круглое, как циркулем вырезанное. Если крикнешь с одного берега (но ты не крикнешь, чтоб тебя не заметили) — до другого только эхо размытое дойдёт. Далеко. Обомкнуто озеро прибрежным лесом. Лес ровен, дерево в дерево, не уступит ни ствола. Вышедшему к воде, видна тебе вся окружность замкнутого берега: где жёлтая полоска песка, где серый камышок ощетинился, где зелёная мурава легла. Вода ровная-ровная, гладкая без ряби, кой-где у берега в ряске, а то прозрачная белая — и белое дно.

Замкнутая вода. Замкнутый лес. Озеро в небо смотрит, небо — в озеро. И есть ли ещё что на земле — неведомо, поверх леса — не видно. А если что и есть — оно сюда не нужно, лишнее.

Александр Солженицын

Вот тут бы и поселиться навсегда... Тут душа, как воздух дрожащий, между водой и небом струилась бы, и текли бы чистые глубокие мысли.

Нельзя. Лютый князь, злодей косоглазый, захватил озеро: вон дача его, купальни его. Злоденята ловят рыбу, бьют уток с лодки. Сперва синий дымок над озером, а погодя — выстрел.

Там, за лесами, горбит и тянет вся окружная область. А сюда, чтоб никто не мешал им, — закрыты дороги, здесь рыбу и дичь разводят особо для них. Вот следы: кто-то костёр раскладывал, притушили в начале и выгнали.

Озеро пустынное. Милое озеро.

Родина...

Утёнок

Маленький жёлтый утёнок, смешно припадая к мокрой траве беловатым брюшком и чуть не падая с тонких своих ножек, бегает передо мной и пищит: «Где моя мама? Где мои все?»

А у него не мама вовсе, а курица: ей подложили утиных яиц, она их высидела между своими, грела равно всех. Сейчас перед непогодой их домик — перевёрнутую корзину без дна — отнесли под навес, накрыли мешковиной. Все там, а этот затерялся. А ну-ка, маленький, иди ко мне в ладони.

И в чём тут держится душа? Не весит нисколько, глазки чёрные — как бусинки, ножки — воробьиные, чуть-чуть его сжать — и нет. А между тем — тёпленький. И клювик его бледно-розовый, как наманикюренный, уже разлапист. И лапки уже перепончатые, и жёлт в свою масть, и крыльца пушистые уже выпирают. И вот даже от братьев отличился характером.

А мы — мы на Венеру скоро полетим. Мы теперь,

если все дружно возьмёмся, — за двадцать минут целый мир перепашем.

Но никогда! — никогда, со всем нашим атомным могуществом, мы не составим в колбе, и даже если перья и косточки нам дать, — не смонтируем вот этого невесомого жалкенького жёлтенького утёнка...

Прах поэта

Теперь деревня Льгово, а прежде древний город Ольгов стал на высоком обрыве над Окою: русские люди в те века после воды, питьевой и бегучей, второй облюбовывали — красоту. Ингварь Игоревич, чудом спасшийся от братних ножей, во спасенье своё поставил здесь монастырь Успенский. Через пойму и пойму в ясный день далеко отсюда видно, и за тридцать пять вёрст на такой же крути — колокольня высокая монастыря Иоанна Богослова.

Оба их пощадил суеверный Батый.

Это место, как своё единственное, приглядел Яков Петрович Полонский и велел похоронить себя здесь. Всё нам кажется, что дух наш будет летать над могилой и озираться на тихие просторы.

Но — нет куполов, и церквей нет, от каменной стены половина осталась и достроена дощаным забором с колючей проволокой, а над всей древностью — *вышки,* пугала гадкие, до того знакомые, до того знакомые... В воротах монастырских — *вахта.* Плакат: «За мир между народами!» — русский рабочий держит на руках африканёнка.

Мы — будто ничего не понимаем. И меж бараков охраны выходной надзиратель в нижней сорочке объясняет нам:

— Монастырь тут был, в мире второй. Первый в Риме, кажется. А в Москве — уже третий. Когда детская колония здесь была, так мальчишки, они ж не разбираются, все стены изгадили, иконы побили. А потом колхоз купил обе церкви за сорок тысяч рублей — на кирпичи, хотел шестирядный коровник строить. Я тоже нанимался: пятьдесят копеек платили за целый кирпич, двадцать за половинку. Только плохо кирпичи разнимались, всё комками с цементом. Под церковью склёп открылся, архиерей лежал, сам — череп, а мантия цела. Вдвоём мы ту мантию рвали, порвать не могли...

— А вот скажите, тут по карте получается могила Полонского, поэта. Где она?

— К Полонскому нельзя. Он — в *зоне*. Нельзя к нему. Да чо там смотреть? — памятник ободранный? Хотя постой, — надзиратель поворачивается к жене. — Полонского-то вроде выкопали?

— Ну. В Рязань увезли, — кивает жена с крылечка, щёлкая семячки.

Надзирателю самому смешно:

— Освободился, значит...

Вязовое бревно

Мы пилили дрова, взяли вязовое бревно — и вскрикнули: с тех пор как ствол в прошлом году срезали, и тащили трактором, и распиливали его на части, и кидали в баржи и кузовы, и накатывали в штабели, и сваливали на землю — а вязовое бревно не сдалось! Оно пустило из себя свежий зелёный росток — целый будущий вяз или ветку густошумящую.

Уж бревно положили мы на козлы, как на плаху, но не решались врезаться в шею пилой: как же пилить его? Ведь оно тоже жить хочет! Ведь вот как оно хочет жить — больше нас!

Отраженье в воде

В поверхности быстрого потока не различить отражений ни близких, ни далёких: даже если не мутен он, даже если свободен от пены — в постоянной струйчатой ряби, в неугомонной смене воды отраженья неверны, неотчётливы, непонятны.

Лишь когда поток через реки и реки доходит до спокойного широкого устья, или в заводи остановившейся, или в озерке, где вода не продрогнет, — лишь там мы видим в зеркальной глади и каждый листик прибрежного дерева, и каждое пёрышко тонкого облака, и налитую голубую глубь неба.

Так и ты, так и я. Если до сих пор всё никак не увидим, всё никак не отразим бессмертную чеканную истину, — не потому ли, значит, что ещё движемся куда-то? Ещё живём?..

Гроза в горах

Она застала нас в непроглядную ночь перед перевалом. Мы выползли из палаток — и затаились.

Она шла к нам через Хребет.

Всё было — тьма, ни верха, ни низа, ни горизонта. Но вспыхивала раздирающая молния, и отделялась тьма от света, выступали исполины гор, Белала-Кая и Джугутурлючат, и чёрные сосны многометровые около нас, ростом с горы. И лишь на мгновение показывалось нам, что есть уже твёрдая земля, — и снова всё было мрак и бездна.

Вспышки надвигались, чередовались блеск и тьма, сиянье белое, сиянье розовое, сияние фиолетовое, и всё на тех же местах выступали горы и сосны, поражая своей величиной, — а когда исчезали, нельзя было поверить, что они есть.

Александр Солженицын

Голос грома наполнил ущелья, и не слышен стал постоянный рёв рек. Стрелами Саваофа молнии падали сверху в Хребет, и дробились в змейки, в струйки, как бы разбрызгиваясь о скалы или поражая и разбрызгивая там что живое.

И мы... мы забыли бояться молнии, грома и ливня — подобно капле морской, которая не боится ведь урагана. Мы стали ничтожной и благодарной частицей этого мира. Этого мира, в первый раз создававшегося сегодня — на наших глазах.

Город на Неве

Преклонённые ангелы со светильниками окружают византийский купол Исаакия. Три золотых гранёных шпиля перекликаются через Неву и Мойку. Львы, грифоны и сфинксы там и здесь — оберегают сокровища или дремлют. Скачет шестёрка Победы над лукавою аркою Росси. Сотни портиков, тысячи колонн, вздыбленные лошади, упирающиеся быки...

Какое счастье, что здесь ничего уже нельзя построить! — ни кондитерского небоскрёба втиснуть в Невский, ни пятиэтажную коробку сляпать у канала Грибоедова. Ни один архитектор, самый чиновный и бездарный, употребив всё влияние, не получит участка под застройку ближе Чёрной Речки или Охты.

Чуждое нам — и наше самое славное великолепие! Такое наслаждение бродить теперь по этим проспектам! Но стиснув зубы, проклиная, гния в пасмурных болотах, строили русские эту красоту. Косточки наших предков слежались, сплавились, окаменели в дворцы — желтоватые, бурые, шоколадные, зелёные.

Страшно подумать: так и наши нескладные гиблые жизни, все взрывы нашего несогласия, стоны расстрелянных и слёзы жён — всё это тоже забудется начисто? всё это тоже даст такую законченную вечную красоту?..

Шарик

Во дворе у нас один мальчик держит пёсика Шарика на цепи — кутёнком его посадил, с детства.

Понёс я ему однажды куриные кости, ещё тёплые, пахучие, а тут как раз мальчик спустил беднягу побегать по двору. Снег во дворе пушистый, обильный, Шарик мечется прыжками, как заяц, то на задние ноги, то на передние, из угла в угол двора, из угла в угол, и морда в снегу.

Подбежал ко мне, лохматый, меня опрыгал, кости понюхал — и прочь опять, брюхом по снегу!

Не надо мне, мол, ваших костей, — дайте только свободу!..

Способ двигаться

Что́ был конь — играющий выгнутою спиной, рубящий копытами, с размётанной гривой, с разумным горячим глазом! Что́ был верблюд — двугорбый лебедь, медлительный мудрец с усмешкой познания на круглых губах! Что́ был даже черноморденький ишачок — с его терпеливой твёрдостью, живыми ласковыми ушами!

А мы избрали?.. — вот это безобразнейшее из творений Земли, на резиновых быстрых лапах, с мёртвыми стеклянными глазами, тупым ребристым рылом, горбатое железным ящиком. Оно не проржёт о радости степи, о запахах трав, о любви к кобылице

                                            Александр Солженицын

или к хозяину. Оно постоянно скрежещет железом и плюёт, плюёт фиолетовым вонючим дымом.

Что ж, каковы мы — таков и наш способ двигаться.

Старое ведро

Ох, да и тоскливо же бывшему фронтовику бродить по Картунскому бору. Какая-то земля здесь такая, что восемнадцатый год сохраняются, лишь чуть обвалились, не то что полосы траншей, не то что огневые позиции пушек — но отдельная стрелковая ячейка маленькая, где неведомый Иван хоронил своё большое тело в измызганной короткой шинельке. Брёвна с блиндажных перекрытий за эти годы, конечно, растащили, а ямы остались ясные.

Хоть в этом самом бору я не воевал, а — рядом, в таком же. Хожу от блиндажа к блиндажу, соображаю, где что могло быть. И вдруг у одного блиндажа, у выхода, наталкиваюсь на старое, восемнадцать лет лежалое, а и до тех восемнадцати уже отслужившее ведро.

Оно уж тогда было худое, в первую военную зиму. Может, из деревни сгоревшей подхватил его сообразительный солдатик да стенки ко дну ещё на конус смял и приладил его переходом от жестяной печки в трубу. Вот в этом самом блиндаже в ту тревожную зиму дней девяносто, а может сто пятьдесят, когда фронт тут остановился, гнало худое ведро через себя дым. Оно накалялось шибко, от него руки грели, от него прикуривать можно было, и хлеб близ него подрумянивали. Сколько дыму через себя ведро пропустило — столько и мыслей невысказанных, писем ненаписанных — от людей, уже, может быть, покойных давно.

А потом как-нибудь утром, при весёлом солнышке, боевой порядок меняли, блиндаж бросали, командир торопил свою команду — «ну! ну!» — ординарец печку порушил, втиснул её всю на машину, и колена все, а худому ведру места не нашлось. «Брось ты его, заразу! — старшина крикнул. — Там другое найдёшь!» Ехать было далеко, да и дело уж к весне поворачивало, постоял ординарец с худым ведром, вздохнул — и опустил его у входа.

И все засмеялись.

С тех пор и брёвна с блиндажа содрали, и нары изнутри, и столик — а худое верное ведро так и осталось у своего блиндажа.

Стою над ним, нахлынуло. Ребята чистые, друзья фронтовые! Чем были живы мы и на что надеялись, и самая дружба наша бескорыстная — прошло всё дымом, и никогда уж больше не служить этому ржавому, забытому...

На родине Есенина

Четыре деревни одна за другой однообразно вытянуты вдоль улицы. Пыль. Садов нет. Нет близко и леса. Хилые палисаднички. Кой-где грубо-яркие цветные наличники. Свинья зачуханная посреди улицы чешется о водопроводную колонку. Мерная вереница гусей разом обёртывается вслед промчавшейся велосипедной тени и шлёт ей дружный воинственный клич. Деятельные куры раскапывают улицу и зады, ища себе корму.

На хилый курятник похожа и магазинная будка села Константинова. Селёдка. Всех сортов водка. Конфеты-подушечки слипшиеся, каких уже пятнадцать лет нигде не едят. Чёрных буханок булыги, увесистей вдвое, чем в городе, не ножу, а топору под стать.

Александр Солженицын

В избе Есениных — убогие перегородки не до потолка, чуланчики, клетушки, даже комнатой не назовёшь ни одну. В огороде — слепой сарайчик, да банька стояла прежде, сюда в темень забирался Сергей и складывал первые стихи. За пряслами — обыкновенное польце.

Я иду по деревне этой, каких много и много, где и сейчас все живущие заняты хлебом, наживой и честолюбием перед соседями, — и волнуюсь: небесный огонь опалил однажды эту окрестность, и ещё сегодня он обжигает мне щёки здесь. Я выхожу на окский косогор, смотрю вдаль и дивлюсь: неужели об этой далёкой тёмной полоске хворостовского леса можно было так загадочно сказать:

На бору со звонами плачут глухари...?

И об этих луговых петлях спокойной Оки:

Скирды солнца в водах лонных...?

Какой же слиток таланта метнул Творец сюда, в эту избу, в это сердце деревенского драчливого парня, чтобы тот, потрясённый, нашёл столькое для красоты — у печи, в хлеву, на гумне, за околицей, — красоты, которую тысячу лет топчут и не замечают?..

Колхозный рюкзак

Когда вас в пригородном автобусе больно давят в грудь или в бок его твёрдым углом, — вы не браните́сь, а посмотрите хорошо на него, этот лубяной плетёный короб на широком брезентовом разлохмаченном ремне. В город возят в нём молоко, творог, помидоры за себя и за двух соседок, из города — полста батонов на три семьи.

Он ёмок, прочен и дёшев, этот бабий рюкзак, с ним не сравняются его разноцветные спортивные братья с карманчиками и блестящими пряжками. Он держит столько тяжести, что даже через телогрейку не выносит его ремня навычное крестьянское плечо.

Потому и взяли бабы такую моду: плетёнку вскидывают на середину спины, а ремень нахомучивают себе через голову. Тогда равномерно раскладывается тяжесть по двум плечам и груди.

Братья по перу! Я не говорю: примерьте такую корзиночку на спину. Но если вас толкнули — езжайте в такси.

Костёр и муравьи

Я бросил в костёр гнилое брёвнышко, недосмотрел, что изнутри оно густо населено муравьями.

Затрещало бревно, вывалили муравьи и в отчаяньи забегали, забегали поверху и корёжились, сгорая в пламени. Я зацепил брёвнышко и откатил его на край. Теперь муравьи многие спасались — бежали на песок, на сосновые иглы. Но странно: они не убегали от костра. Едва преодолев свой ужас, они заворачивали, кружились и — какая-то сила влекла их назад, к покинутой родине! — и были многие такие, кто опять взбегали на горящее брёвнышко, метались по нему и погибали там...

Мы-то не умрём

А больше всего мы стали бояться мёртвых и смерти.

Если в какой семье смерть, мы стараемся не писать туда, не ходить: чтó говорить о ней, о смерти, мы не знаем...

Даже стыдным считается называть кладбище как серьёзное что-то. На работе не скажешь: «на воскресник я не могу, мне, мол, *моих* надо навестить на кладбище». Разве это дело — навещать тех, кто есть не просит?

Перевезти покойника из города в город? — блажь какая, никто под это вагона не даст. И по городу их теперь с оркестром не носят, а быстро прокатывают на грузовике.

Когда-то на кладбищах наших по воскресеньям ходили между могил, пели светло и кадили душистым ладаном. Становилось на сердце примирённо, рубец неизбежной смерти не сдавливал его больно. Покойники словно чуть улыбались нам из-под зелёных холмиков: «Ничего!.. Ничего...»

А сейчас, если кладбище держится, то вывеска: «Владельцы могил! Во избежание штрафа убрать прошлогодний мусор!» Но чаще — закатывают их, ровняют бульдозерами — под стадионы, под парки культуры.

А ещё есть такие, кто умер за отечество, — ну, как тебе или мне ещё придётся. Этим Церковь наша отводила прежде день — поминовение воинов, на поле брани убиенных. Англия их поминает в День Маков. Все народы отводят день такой — думать о тех, кто погиб за нас.

А за *нас-то* — за нас больше всего погибло, но дня такого у нас нет. Если на всех погибших оглядываться — кто кирпичи будет класть? В трёх войнах теряли мы мужей, сыновей, женихов — пропадите, постылые, под деревянной крашеной тумбой, не мешайте нам жить! Мы-то ведь никогда не умрём!

Приступая ко дню

На восходе солнца выбежало тридцать молодых на поляну, расставились вразрядку все лицом к солнцу и стали нагибаться, приседать, кланяться, ложиться ниц, простирать руки, воздевать руки, запрокидываться с колен. И так — четверть часа.

Издали можно было представить, что они молятся.

Никого в наше время не удивляет, что человек каждодневно служит терпеливо и внимательно телу своему.

Но оскорблены были бы, если бы так служил он своему духу.

Нет, это не молитва. Это — зарядка.

Путешествуя вдоль Оки

Пройдя просёлками Средней России, начинаешь понимать, в чём ключ умиротворяющего русского пейзажа.

Он — в церквах. Взбежавшие на пригорки, взошедшие на холмы, царевнами белыми и красными вышедшие к широким рекам, колокольнями стройными, точёными, резными поднявшиеся над соломенной и тёсовой повседневностью — они издалека-издалека кивают друг другу, они из сёл разобщённых, друг другу невидимых, поднимаются к единому небу.

И где б ты в поле, в лугах ни брёл, вдали от всякого жилья, — никогда ты не один: поверх лесной стены, стогов намётанных и самой земной округлости всегда манит тебя маковка колоколенки то из Борок Ловецких, то из Любичей, то из Гавриловского.

Александр Солженицын

Но ты входишь в село и узнаёшь, что не живые — убитые приветствовали тебя издали. Кресты давно сшиблены или скривлены; ободранный купол зияет остовом поржавевших рёбер; растёт бурьян на крышах и в расщелинах стен; редко ещё сохранилось кладбище вокруг церкви; а то свалены и его кресты, выворочены могилы; заалтарные образы смыты дождями десятилетий, исписаны похабными надписями.

На паперти — бочки с соляркой, к ним разворачивается трактор. Или грузовик въехал кузовом в дверь притвора, берёт мешки. В той церкви подрагивают станки. Эта — просто на замке, безмолвная. Ещё в одной и ещё в одной — клубы. «Добьёмся высоких удоев!». «Поэма о море». «Великий подвиг».

И всегда люди были корыстны, и часто недобры. Но раздавался звон вечерний, плыл над селом, над полем, над лесом. Напоминал он, что покинуть надо мелкие земные дела, отдать час и отдать мысли — вечности. Этот звон, сохранившийся нам теперь в одном только старом напеве, поднимал людей от того, чтоб опуститься на четыре ноги.

В эти камни, в колоколенки эти, наши предки вложили всё своё лучшее, всё своё понимание жизни.

Ковыряй, Витька, долбай, не жалей! Кино будет в шесть, танцы в восемь...

Молитва

Как легко мне жить с Тобой, Господи!
Как легко мне верить в Тебя!
Когда расступается в недоумении
    или сникает ум мой,
    когда умнейшие люди

не видят дальше сегодняшнего вечера
и не знают, что надо делать завтра, —
Ты снисылаешь мне ясную уверенность,
        что Ты есть
        и что Ты позаботишься,
        чтобы не все пути добра были закрыты.
На хребте славы
        земной я с удивлением оглядываюсь на тот
путь
        через безнадёжность — сюда,
        откуда и я смог послать человечеству
        отблеск лучей Твоих.
И сколько надо будет,
        чтобы я их ещё отразил, —
Ты дашь мне.
А сколько не успею —
        значит, Ты определил это другим.

Крохотки
1996—1999

Лиственница

Что за диковинное дерево!

Сколько видим её — хвойная, хвойная, да. Того и разряду, значит? А, нет. Приступает осень, рядом уходят лиственные в опад, почти как гибнут. Тогда — по соболезности? не покину вас! мои и без меня перестоят покойно — осыпается и она. Да как дружно осыпается и празднично — мельканием солнечных искр.

Сказать, что — сердцем, сердцевиной мягка? Опять же нет: её древесная ткань — наинадёжная в мире, и топор её не всякий возьмёт, и для сплава неподымна, и покинутая в воде — не гниёт, а крепится всё ближе к вечному камню.

Ну, а возвратится снова, всякий год как внезапным даром, ласковое тепло, — знать, ещё годочек нам отпущен, можно и опять зазеленеть — и к своим вернуться через шелковистые иголочки.

Ведь — и люди такие есть.

Молния

Только в книгах я читал, сам никогда не видел: как молния раскалывает деревья.

А вот и повидал. Из проходившей грозы, среди дня — да ослепил молненный блеск наши окна светлым золотом, и сразу же, не отстав и на полную секунду, — ударище грома: шагов двести-триста от дома, не дальше?

Минула гроза. Так и есть: вблизи, на лесном участке. Среди высочайших сосен избрала молния и не самую же высокую липу — а за что? И от верха, чуть ниже маковки, — прошла молния повдоль и повдоль ствола, через её живое и в себе уверенное нутро. А иссилясь, не дошла до низа — соскользнула? иссякла?.. Только земля изрыта близ подпалённого корневища, да на полсотни метров разбросало крупную щепу.

И одна плаха ствола, до середины роста, отвалилась в сторону, налегла на сучья безвинных соседок. А другая — ещё подержалась денёк, стояла — какою силой? — она уж была и насквозь прорвана, зияла сквозной большой дырою. Потом — и она завалилась в свою сторону, в дружливый развилок ещё одной высокой сестры.

Так и нас, иного: когда уже постигает удар кары-совести, то — черезо всё нутро напрострел, и черезо всю жизнь вдоль. И кто ещё остоится после того, а кто и нет.

Колокол Углича

Кто из нас не наслышан об этом колоколе, в диковинное наказание лишённом и языка и одной проушины, чтоб никогда уже не висел в колокольном достоинстве; мало того — битом плетьми, а ещё и сосланном за две тысячи вёрст, в Тобольск, на коломаге, — и во всю, и во всю эту даль не лошади везли заклятую клажу, но тянули на себе наказанные угличане — сверх тех двухсот, уже казнённых за растерзанье *государевых людей* (убийц малого царевича), и те — с языками урезанными, дабы не изъясняли по-своему происшедшее в городе.

Александр Солженицын

Возвращаясь Сибирью, пересёкся я в Тобольском кремле с опустелым следом изгнанника — в часовенке-одиночке, где отбывал он свой тристалетний срок, пока не был помилован к возврату. А вот — я и в Угличе, в храме Димитрия-на-крови. И колокол, хоть и двадцатипудовый, а всего-то в полчеловеческих роста, укреплен тут в почёте. Бронза его потускла до выстраданной серизны. Било его свисает недвижно. И мне предлагают — ударить.

Я — бью, единожды. И какой же дивный гул возникает в храме, сколь многозначно это слитие глубоких тонов, из старины — к нам, неразумно поспешливым и замутнённым душам. Всего один удар, но длится полминуты, а додлевается минуту полную, лишь медленно-медленно величественно угасая — и до самого умолка не теряя красочного многозвучья. Знали предки тайны металлов.

В первые же миги по известью, что царевич зарезан, пономарь соборной церкви кинулся на колокольню, догадливо заперев за собою дверь, и, сколько в неё ни ломились недруги, бил и бил набат вот в этот самый колокол. Вознёсся вопль и ужас углического народа — то колокол возвещал общий страх за Русь.

Те раскатные колокольные удары — клич великой Беды — и предвестили Смуту Первую. Досталось и мне, вот, сейчас ударить в страдальный колокол — где-то в длении, в тлении Смуты Третьей. И как избавиться от сравненья: провидческая тревога народная — лишь досадная помеха трону и непробивной боярщине, что четыреста лет назад, что теперь.

Колокольня

Кто хочет увидеть единым взором, в один окоём, нашу недотопленную Россию — не упустите посмотреть на калязинскую колокольню.

Она стояла при соборе, в гуще изобильного торгового города, близ Гостиного двора, и на площадь к ней спускались улицы двухэтажных купеческих особняков. И никакой же провидец не предсказал тогда, что древний этот город, переживший разорения жестокие и от татар, и от поляков, на своём восьмом веку будет, невежественной волей самодурных властителей, утоплен на две трети в Волге: всё бы спасла вторая плотина, да поскудились большевики на неё. (Да что! — Молóга и вся на дне.) И сегодня, стань на прибрежной грани, — даже воображению твоему уже не подъять из хляби этот изневольный Китеж, или Атлантиду, ушедшую на дюжину саженей глубины.

Но осталась от утопленного города — высокостройная колокольня. Собор взорвали или растащили на кирпичи ради нашего будущего — а колокольню почему-то не доспели свалить, даже вовсе не тронули, как заповедную бы. И — вот, стоит из воды, добротнейшей кладки, белого кирпича, в шести ярусах сужаясь кверху (полтора яруса залито), в последние годы уж и отмостку присыпали к ней для сохранности низа, — стоит, нисколько не покосясь, не искривясь, пятью просквожёнными пролётами, а дальше луковкой и шпилем — в небо! Да ещё на шпиле — каким чудом? — крест уцелел. От крупных волжских теплоходов, не добирающих высотой, как издали глянуть, и на пол-яруса, — шлёпают волны по белым стенам, и с палуб уже пятьдесят лет глазеют советские пассажиры.

Как по израненным, бродишь по грустным уцелевшим улочкам, где и с покошенными уже домишками тех поспешно переселённых затопленцев. На фальшивой набережной калязинские бабы, сохраняя старую приверженность к исконной мягкости и чистоте волжской воды, тщатся выполаскивать бельё.

Александр Солженицын

Полузамерший, переломленный, недобитый город, с малым остатком прежних отменных зданий. Но и в этой запусти у покинутых тут, обманутых людей нет другого выбора, как жить. И жить — здесь.

И для них тут, и для всех, кто однажды увидел это диво: ведь стоит колокольня! Как наша надежда. Как наша молитва: нет, всю Русь до конца не попустит Господь утопить...

Старение

Сколько написано об ужасе смерти, но и: какое же естественное она звено, если не насильственна.

Помню в лагере греческого поэта, уже обречённого, а лет — за тридцать. И никакого страха перед смертью не было в его мягко-печальной улыбке. Я изумился. А он: «Прежде чем наступает смерть, в нас происходит внутренняя подготовка: мы созреваем к ней. И уже ничто не страшно».

Всего год прошёл тогда — и я испытал всё это на себе сам, в мои тридцать четыре. Месяц за месяцем, неделя за неделей клонясь к смерти, свыкаясь, — я в своей готовности, смиренности опередил тело.

Так насколько же легче, какая открытость, если к смерти медленно подводит нас преклонный возраст. Старение — вовсе не наказание Божье, в нём своя благодать и свои тёплые краски.

Тепло видеть возню ребятишек, набирающих крепости и характера. Теплить может даже ослабление твоих сил, сравниваешь: а каким, значит, коренником я был раньше. Не вытягиваешь целого дня работы — сладок и краткий перерыв сознания, и снова ясность второго или третьего утра в день, ещё подарок. И есть наслаждение духа — ограничиваться в поедании, не искать вкусовых переборов: ещё ты вживе, а поднимаешься выше материи. И тонкий голосок синиц в ещё оснеженном полувесеннем лесу — вдвойне милее от того, что скоро ты их не услышишь, наслушивайся! А какой неотъёмный клад — воспоминания; молодой того лишён, при тебе же они все, безотказно, и живой отрывок их посещает тебя ежедень — при медленном-медленном переходе от ночи ко дню, ото дня к ночи.

Ясное старение — это путь не вниз, а вверх.

Только не пошли, Бог, старости в нищете и холоде. Как — и бросили мы стольких и стольких...

Позор

Какое это мучительное чувство: испытывать позор за свою Родину.

В чьих Она равнодушных или скользких руках, безмысло или корыстно правящих Её жизнь. В каких заносчивых, или коварных, или стёртых лицах видится Она миру. Какое тленное пойло вливают Ей вместо здравой духовной пищи. До какого разора и нищеты доведена народная жизнь, не в силах взняться.

Унизительное чувство, неотстанное. И — не беглое, оно не переменяется легко, как чувства личные, повседневные, от мелькучих обстоятельств. Нет, это — постоянный, неотступный гнёт, с ним просыпаешься, с ним проволакиваешь каждый час дня, с ним роняешься в ночь. И даже через смерть, освобождающую нас от огорчений личных, — от этого Позора не уйти: он так и останется висеть над головами живых, а ты же — их частица.

Листаешь, листаешь глубь нашей истории, ищешь ободрения в образцах. Но и знаешь неумолимую истину: бывало, и вовсе гибли народы земные. Это — бывало.

Александр Солженицын

Нет, другая глубь — той четверть сотни областей, где побыл я, — вот та дышит мне надеждой: там видел и чистоту помыслов, и неубитый поиск, и живых, щедродушных, родных людей. Неужель не прорвут они эту черту обречённости? Прорвут! ещё — в силах.

Но Позор висит и висит над нами, как жёлто-розовое отравленное облако газа, — и выедает наши лёгкие. И даже сдув его прочь — уже никогда не уберём его из нашей истории.

Лихое зелье

Сколько же труда кладёт земледелец: сохранить зёрна до срока, посеять угодно, дохолить до плодов растения добрые. Но с дикой резвостью взбрасываются сорняки — не только без ухода-досмотра, а *против* всякого ухода, в насмешку. То-то и пословица: лихое зелье — не скоро в землю уйдёт.

Отчего ж у добрых растений всегда сил меньше?

Видя невылазность человеческой истории, что в дальнем-дальнем давне, что в наисегодняшнем сегодня, — понуро склоняешь голову: да, знать — таков закон всемирный. И нам из него не выбиться — никогда, никакими благими издумками, никакими земными прожектами.

До конца человечества.

И отпущено каждому живущему только: свой труд — и своя душа.

Утро

Что происходит за ночь с нашей душой? В недвижной онемелости твоего сна она как бы получает волю, отдельно от этого тела, пройти через некие чистые пространства, освободиться ото всего ничтожного, что налипало на ней или морщило её в прошлый день, да даже и в целые годы. И возвращается с первозданной снежистой белизной. И распахивает тебе необъятно покойное, ясное утреннее состояние.

Как думается в эти минуты! Кажется: сейчас ты с какой-то нечаянной проницательностью — что-то такое поймёшь, чего никогда... чего...

Замираешь. Будто в тебе вот-вот тронется в рост нечто, какого ты в себе не изведывал, не подозревал. Почти не дыша, призываешь — тот светлый росток, ту верхушку белой лилийки, которая вот сейчас выдвинется из непротронутой глади вечной воды.

Благодательны эти миги! Ты — выше самого себя. Ты что-то несравненное можешь открыть, решить, задумать — только бы не расколыхать, только б не дать протревожить эту озёрную гладь в тебе самом...

Но что-нибудь вскоре непременно встряхивает, взламывает чуткую ту натяжённость: иногда чужое действие, слово, иногда твоя же мелкая мысль. И — чародейство исчезло. Сразу — нет той дивной бесколышности, нет того озерка.

И во весь день ты его уже не вернёшь никаким усилием.

Да и не во всякое утро.

Завеса

Сердечная болезнь — как образ самóй нашей жизни: ход её — в полной тьме, и не знаем мы дня конца: может быть, вот, у порога, — а может быть, ещё не скоро-нескоро.

Когда грозно растёт в тебе опухоль — то, если себя не обманывать, можно рассчитать неумолимые сроки. Но при сердечной болезни — ты порою лукаво здоров, ты не прикован к приговору, ты даже — как ни в чём не бывало.

Благословенное незнание. Это — милостивый дар.

А в острой стадии сердечная болезнь — как сиденье в камере смертников. Каждый вечер — ждёшь, не шуршат ли шаги? это *за мной?* Зато каждое утро — какое благо! какое облегчение: вот ещё один полный день даровал мне Господь. Сколько, сколько можно прожить и сделать за один-единственный только день!

В сумерки

Хорошо помню, очень у нас на Юге распространённое — сумерничанье. Перенесённое из дореволюции, может быть ещё подкрепилось оно скудными и опасными годами Гражданской войны. Но обычай этот жил и раньше. Склоняла к тому многомесячная теплота южных сумерек? — а многие были изважены: никогда не спешить с лампой. Ещё засветло управясь с делами, кто и со скотом, — не склонялись, однако, и спать ложиться. Выходили на завалинки, на уличные или дворовые скамейки, а то и просто сиживали в комнате, да при окнах открытых, без огня не напорхнёт мелкота. Садились тихо — один, другой, третий, как бы в задумчивости. И подолгу молчали.

А кто и говорил — то негромко, нерезко, невперебив. Почему-то в разговорах тех ни у кого не возникало задора спорить, или желчно упрекать, или ссориться. Лица — не видны почти, потом и вовсе, — и что-то незнакомое, вот, опознаётся в них, да и в голосах, что мы упустили заметить и за годы.

Овладевало всеми чувство чего-то единого, нам никогда не видимого, что тихо спускалось с гаснущего послезакатного неба, растворялось в воздухе, вливалось через окна, — та, незамечаемая в суете дня, глубокая серьёзность жизни, её нерастеребленный смысл. Наше касание к упускаемой загадке.

Петушье пенье

С обезлюженьем, с запустением, с вымиранием наших деревень забыли мы и помнить, а поколения и не слышали никогда — полуденного многогласного петушьего переклика. Из дворов во дворы, через улицу, за околицу, в солнечное лето — удивителен этот хор победной жизни.

Редко от чего приходит такое успокоение в душу. Никакими суетными звуками не зашумленный — этот яркий, вибрирующий, сочный, сильный выпев доносит до нас, что во всей тут округе — благословенный мир, нетревожный покой, таково нынешний день тёк досюда — да отчего б ему не потечь и дальше так? Пребывайте в ваших добрых занятиях.

Вот тут где-то он расхаживает гордо, бело-оранжевый, со знатным рыцарским красным гребнем.

Беспечально держится.

Нам бы — так.

Ночные мысли

То-то в лагере: наломаешь кости за день, только положил голову на соломенную подушку — уже слышишь: «Подъ-ё-ом!!» И — никаких тебе ночных мыслей.

А вот в жизни современной, круговертной, нервной, мелькучей, — за день не успевают мысли дозревать и уставляться, брошены на потом. Ночью же — они возвращаются, добрать своё. Едва в сознаньи твоём хоть чуть прорвалась пелена — ринулись, ринулись они в тебя, расплющенного, наперебой. И какая-то, поязвительней, подерзей, извилась на укус впереди других.

А твоё устояние, твоё достоинство — не отдаться этим вихрям, но овладеть потоком тёмным и направить его к тому, что здоровит. Всегда есть мысль, и не одна, какие вносят стерженьки покоя, — как в ядерный реактор вдвигают стержни, тормозящие от взрыва. Лишь уметь такой стержень, спасительный Божий луч, найти, или даже знать его себе наперёд — и за него держаться.

Тогда душа и разум очищаются, те вихри сбиваются прочь, и в будоражный объём бессонницы вступают благодатные, крупные мысли, до которых разве бы коснуться в суете дня?

И ещё спасибо бессоннице: с этого огляда — даже и нерешаемое решить.

Власть над собой.

Поминовение усопших

Оно — с высокой мудростью завещано нам людьми святой жизни.

Понять этот замысел — не в резвой юности, когда мы тесно окружены близкими, родными, друзьями. Но — с годами.

Ушли родители, уходят сверстники. Куда уходят? Кажется: это — неугадаемо, непостижно, нам не дано. Однако с какой-то предданной ясностью просвечивает, мерцает нам, что они — нет, не исчезли.

И — ничего больше мы не узнаем, пока живы. Но молитва за души их — перекидывает от нас к ним, от них к нам — неосязаемую арку — вселенского размаха, а беспреградной близости. Да вот они, почти можно коснуться. И — незнаемые они, и, по-прежнему, такие привычные. Но — отставшие от нас по годам: иные, кто был старше нас, те уже и моложе.

Сосредоточась, даже в д ы х а е ш ь их отзыв, заминку, предупреждение. И — своё земное тепло посылаешь им в обмен: может, и мы чем-то пособим?

И — обещанье встречи.

Молитва о России

Отче наш Всемилостивый!
Россиюшку Твою многострадную
не покинь в ошеломлении нынешнем,
в её израненности,
обнищании
и в смутности духа!
Господи Вседержитель!
Не дай ей, не дай пресечься:
не стать больше быть.
Сколько прямодушных сердец
 и сколько талантов
 Ты поселил в русских людях.
Не дай им загинутъ, погрузиться во тьму,—
 не послуживши во имя Твоё!
Из глубин Беды —
вызволи народ свой неукладный.

КРАТКИЕ ПОЯСНЕНИЯ

Один день Ивана Денисовича. — Рассказ был задуман автором в Экибастузском особом лагере зимой 1950/51. Написан в 1959 в Рязани, где А.И. Солженицын был тогда учителем физики и астрономии в школе. В 1961 послан в «Новый мир». Решение о публикации было принято на Политбюро в октябре 1962 под личным давлением Хрущёва. Напечатан в «Новом мире», 1962, № 11; затем вышел отдельными книжками в «Советском писателе» и в «Роман-газете». Но с 1971 года все три издания рассказа изымались из библиотек и уничтожались по тайной инструкции ЦК партии. С 1990 года рассказ снова издаётся на родине.

Образ Ивана Денисовича сложился из облика и повадок солдата Шухова, воевавшего в батарее А.И. Солженицына в советско-германскую войну (но никогда не сидевшего), из общего опыта послевоенного потока «пленников» и личного опыта автора в Особом лагере каменщиком. Остальные герои рассказа — все взяты из лагерной жизни, с их подлинными биографиями.

Матрёнин двор. — Написан в 1959. Исходное название — «Не стоит село без праведника»; окончательное — дал А.Т. Твардовский. При публикации рассказа год действия его, 1956, подменялся по требованию редакции годом 1953, то есть дохрущёвским временем. Напечатан в «Новом мире», 1963, № 1. Первым из рассказов А.И. Солженицына подвергся атаке в советской прессе. В частности, автору указывалось, что не использован опыт соседнего зажиточного колхоза, где председателем Герой Социалистического Труда. Критика недоглядела, что он и упоминается в рассказе как уничтожитель леса и спекулянт.

Рассказ полностью автобиографичен и достоверен. Жизнь Матрёны Васильевны Захаровой и смерть её воспроизведены как были. Истинное название деревни — Мильцево (Курловского района Владимирской области).

Правая кисть. — Написан в 1960, в воспоминание об истинном случае, — в то время, когда автор лечился в раковом диспансере в Ташкенте. В 1965 рассказ был предложен в несколько советских журналов, всюду отвергнут. После этого ходил в самиздате. Впервые напечатан в журнале «Грани» (Франкфурт, 1968, № 69).

Случай на станции Кочетовка. — Написан в ноябре 1962. Напечатан в «Новом мире», 1963, № 1; еще прежде того, в декабре 1962, отрывок напечатан в «Правде». (Из-за этого обстоятельства никогда не был подвергнут критике в советской прессе, так как «Правда» не могла ошибаться.) «Кочетовка» — реальное название станции, где и произошёл в 1941 году описанный подлинный случай. При публикации название было сменено на «Кречетовка» из-за остроты противостояния «Нового мира» и «Октября» (главный редактор — Кочетов), хотя все остальные географические пункты остались названными точно.

Для пользы дела. — Написан весной 1963, в условиях начавшегося притеснения «Нового мира» и автора. Задуман на основе истинного случая в Рязани. Напечатан в «Новом мире», 1963, № 7. Позже сокращён по сравнению с журнальным изданием. По близости к привычной советской тематике вызвал непропорционально большой поток читательских писем и некото-

Александр Солженицын

рую дискуссию в прессе. Под Кнорозовым подразумевается известный А. Ларионов, 1-й секретарь рязанского обкома, при Хрущёве зарвавшийся на афере с мясными поставками и кончивший самоубийством. Директор техникума — реальное лицо, прототип Грачикова — учитель рязанской школы, где работал автор.

Захар-Калита. — Написан осенью 1965. Напечатан в «Новом мире», 1966, № 1. Позже дошёл слух, что смотритель Захар Министерством культуры от Куликова поля отстранён.

Как жаль. — Написан осенью 1965, был предложен в несколько советских журналов, везде отвергнут. В основе — подлинный случай с дочерью профессора Владимира Александровича Васильева, упомянутый в «Архипелаге Гулаге», часть VI. Впервые напечатан в 20-томном Собрании сочинений А. Солженицына (Париж: ИМКА-пресс, 1978— 1991. Т. 3).

Пасхальный крестный ход. — Написан в 1966 в Переделкине под Москвой на первый день Пасхи, после описываемой заутрени. Ходил в самиздате, впервые напечатан в журнале «Посев» (Франкфурт, 1969).

Крохотки (1958—1963). — Писались в разное время с 1958 по 1960, многие в связи с велосипедными поездками автора по Средней России. Попытки напечатать их на родине в 60-х годах оказались тщетны. Ходили в самиздате. Первая публикация — журнал «Грани» (Франкфурт, 1964, № 56).

Крохотки (1996—1999). — «Только вернувшись в Россию, я оказался способен снова их писать, *там —* не мог...» (из письма автора в «Новый мир»). Первая публикация — «Новый мир», 1997, № 1, 3, 10; 1999, № 7.

Содержание